Joachim Gei
Heimaturlaub

Heimaturlaub

Joachim Geil

Roman / Steidl

1. Auflage 2010

Umschlaggestaltung: Steidl Design/Sarah Winter
unter Verwendung einer Fotografie von Gunnar Smoliansky
Satz, Druck, Bindung:
Steidl, Düstere Str. 4, 37073 Göttingen
www.steidl.de
Printed in Germany
ISBN 978-3-86930-077-1

Liebe Tante Elle.
Sende Dir die besten Glückwünsche zum Geburtstag. Und daß Du bald wieder gesund wirst. Heute haben mein Freund und ich einen Spaziergang gemacht. Heute habe ich gesehen wie ein Flugzeug an die Wolken geschrieben hat: IMI und Persil. Heute waren wir beim Baden. Ich habe jetzt keine Angst mehr vor dem Wasser. Mutti hat uns 3 geknipst. In der Schule ist es ganz schön.
Wir haben heute ein Diktat geschrieben.
Viele Grüße und Küsse auch an die Großeltern und an Tante Carla.
Einen Geburtstagskuß

von Dieter

Dieter Thomas, 27. VIII. 29

I

Vor ihm in der Reihe umfaßt ein alter, gegerbter Pfälzer Bauer die Stahlstützen des Bahnsteigdaches, um seine ledernen Hände zu kühlen, steht schwankend in seiner blauen Arbeitsjacke, als würde ihn nur noch der Rucksack, den er auf den Schultern trägt, im Gleichgewicht halten. Es ist schwül. Die Hand zwischen Hals und Uniformkragen, merkt in der kurzen Schlange der blonde Soldat, der einen guten Kopf größer ist als alle anderen Wartenden, daß es keinen Sinn hat, die feuchte Hitze entweichen zu lassen. Wo soll sie hin, wenn sie von feuchter Hitze umgeben ist? Der Motor des Triebwagens brummt auf. Der Bahnbeamte steht am Bahnsteig und verkauft die letzten Fahrkarten. Die Hitze steht am Bahnsteig und legt sich über die in der Sonne glänzenden Gleise, über die wenigen schattigen Stellen unter dem Bahnsteigdach. Die Leute, ordentlich einstiegsbereit, rühren sich nicht.

Der alte Bauer vor ihm nimmt die Hand von der Stahlstütze und droht, wenn er nun die Trittstufen hinaufsteigt, für einen Augenblick zur Seite zu kippen. Aber eigentlich gibt es keinen Zweifel: Er wird, wohl sogar ohne den Türrahmen des Wagens zu berühren, hineinschlüpfen. Denn das Schwanken ist nur Ausdruck eines intakten Gleichgewichts, das körperlich besteht und auch noch mit gekrümmtem Rücken gehalten wird. Der Körper da noch mal rein wie immer wie immer. Da gibt es keine Frage. Muß. Muß wie immer. Wie jedi Woch. Die Unterlippe schiebt der Alte unter die Oberlippe, um sie zu befeuchten, es geht fast automatisch, denn er hat keine Zähne mehr, beobachtet mit gelähmter Aufmerksamkeit der blonde Soldat hinter ihm in der kurzen Schlange.

Drinnen im Triebwagen steht die stickige Luft, obwohl die Fenster geöffnet sind. Der Soldat leckt über seine Lippen, die rosa glänzen wie bei einem Kind, da ist nicht mehr viel Feuchtigkeit auf der Zunge. Sie klebt beinahe fest. Die Feldflasche leer. Aber bald ist er da. Dann gibt es was zu trinken, dann gibt es ein kühles Haus, dann gibt es die Menschen, bei denen er einfach er sein kann, so wie seit Jahren, seit er denken kann, jeden Sommer. Das ganze Jahr hat er immer darauf gewartet, bis die Sommerferien kamen.

Das Holz der Pritschen riecht nach trockener Hitze, und der Qualm aus dem monströsen Holzvergaser dringt durch die Fenster. Hat alles keinen Sinn, denkt der junge Mann, Uniform hin Uniform her, der oberste Knopf drückt den Kragen viel zu fest an den Hals, und das bedeutet Schwitzen. Noch eine halbe Stunde, dann ist er da. Vielleicht holt ihn jemand ab, Tante Emmy, aber die hat zu tun, oder jemand von Roses. Tante Carla sicher nicht, die muß sich um die drei Kleinen kümmern. Onkel Gustav ist nicht der Abholer, der steht an der, wie er immer sagt, Gartenfront, und er meint das nicht als Scherz, denn es muß schließlich erzeugt werden, Tomaten, Äpfel, Kohl, Lauch, Kartoffeln.

Er muß auch nicht unbedingt abgeholt werden. Schon mit zehn ist er allein im Zug von Braunschweig in die Pfalz gefahren. Und es war schön, wie der Zug ratterte, wie freundliche Menschen in den Abteilen den kleinen Reisenden ansprachen, und er erzählte, von seinem Spielzeug und von der Schule. Unumwunden gab er zu, daß seine Noten nicht die besten waren und er versprochen hatte, sich zu bessern. Er erzählte von seinen Eltern in Braunschweig, von Mutti und Vati und Inge, seiner Schwester, eigentlich Halbschwester, denn seine leibliche Mutter kam aus der Pfalz. Aber jetzt war Mutti Mutti geworden und Inge seine Schwester. Er erzählte von den Großeltern, die er besuchte, und von Tante Elle, der besten und liebsten Tante.

Nicht viel los im Triebwagen, aber heiß, schier nicht atembare Luft. Was soll er im Sommer im 561er sagen, der fahrbaren Grenadiersbraut? Obwohl er da mit seinen Kameraden im Unterhemd sitzt wie ein Sportler. Die Panzer, die sie begleiten, sind wie Herdplatten. *Wenn Iwan Ruhe gibt, kannste obendrauf genüßlich Spiegeleier braten.* Als er das letztes Jahr Großvater erzählte, einfach so, wie man dem Großvater erzählt, was man so macht, da hat er gesagt, plötzlich ernst und mit wachen Augen: *Aha, Eierdiebe seid ihr also!* und lächelte gleich wieder mild hinter seinem weißen Bart.

Der Soldat setzt sich und will den obersten Knopf öffnen. Der alte Bauer, der jetzt neben ihm sitzt, hat seinen obersten auch aufgeknöpft. Die Arbeitsjacke hängt schlapp auf dem Hemd über Haut und Knochen. Die Trillerpfeife herrscht die Umgebung an, und die Umgebung nimmt Haltung an. Sogar den alten Bauern durchzuckt es kaum merklich, die Jacke vibriert, der Kopf schaukelt. Der junge Soldat schwitzt aufrecht unter den Achseln. Wenn das keine bösen Ränder an der Uniform gibt. Wenn so eine Hitze ist, dann denkt man, denkt er jetzt, immer nur an die Hitze, da denkt man an nichts anderes, man ist ganz gefangen in der Hitze, in dem Raum, in dem man sitzt, in dem Triebwagen, in dem man schwitzt. Man schwitzt, und wie man schwitzt. *Die Brühe steht einem überall,* würde Tante Emmy jetzt sagen. Und wenn man in Urlaub fährt, dann will man auch an nicht viel denken. Da ist es gut, wenn die drückende Schwüle einen dumpf macht. Man denkt ans Wichtige: Schwimmbad, Erdbeeren, was Kühles trinken.

Ach, wird das schön. Alles entspannt, die Kleinen, die spielen wollen. Erst mal ankommen, dann was trinken. Schatten und was trinken. Dann ab ins Schwimmbad. Eins nach dem anderen.

Als er sich am Kragen zu schaffen macht, wedelt sich der faltige alte Mann nickend Luft zu: *Jo jo.* Soll doch ruhig den Knopf aufmachen, meint er wohl. Hat Verständnis, bei dieser Hitze. Dann salutiert der Alte verschmitzt. Was soll er auch sonst tun, wenn er einen Soldaten sieht? Einen jungen Mann, blond und groß gewachsen, ohne krummen Rücken vom Schaffen auf dem Feld, nicht dem Feld der Ehre, dem Feld der Ähre, wie Onkel Gustav sagt, und er sagt auch das nicht als Scherz. Jahraus jahrein. Wann er gedient habe, fragt der Soldat nicht. Hier geht es um die Scholle, die in der Sonne zerbröckelt und im Regen an den Stiefeln kleben bleibt. Hier geht es um das Vieh im Stall und auf den Weiden, hier geht es um den Mist, den der Bauer nicht mehr riecht, den er, der Kompanieführer, aber noch am Bauern riecht. Der Soldat zieht die Mundwinkel zu einem Lächeln hoch, aber es will nicht gelingen, denn die Hitze ahndet jede Bewegung, die über das Luftholen hinausgeht. Dösen wäre jetzt nicht schlecht. Oder was trinken. Ach was, die letzten Minuten der Bahnfahrt muß man nicht verdösen, da kann man sich die schöne Landschaft anschauen. Ist doch alles prima hier. Mensch, so schön, so vertraut, so heimelig. Ein Grün, das in ihm ein wohliges Sprudeln auslöst, einen warmen Strom, der ihm sagt, daß er hier ganz richtig ist, daß er hierhergehört, zumindest im Sommer, im Sommer unbedingt. Aber in einem erschöpften Lächeln mit geschlossenen Augen stellt er fest, daß auch der warme Strom in ihm den Schweiß treibt.

Die Felder wiegen sich in der Sonne und wogen und wogen wie ein Meer. Jeder Windstoß durchfährt die Ähren und zieht einen hellen Schimmer durch das satte Grün. Diese Ruhe, diese friedliche Ruhe. Hinter dem Knattern des Triebwagenmotors könnte die Ruhe ganz schön friedlich sein, kaum zu glauben.

Der Alte hat seinen vollgepackten Rucksack auf die Knie gestellt. Mit den schwitzigen Händen öffnet er die Lederriemen und holt eine Spitztüte aus Zeitungspapier hervor. Was da drin ist, ist nicht schwer zu erraten. Das Papier hat rote Flecken und ist schon durchgeweicht. Von den Erdbeeren. Die Felder ziehen vorbei, die Berge dahinter verschieben sich kaum, als würden sie den jungen Mann begleiten, als wollten sie nicht mehr von seiner Seite weichen, wie zur Begrüßung, Kameraden, Freunde. Als Kind ist er auf den sommerlichen Burgruinen herumgekrochen, herumgerannt, hat herumgebuddelt.

Eine Kirchturmspitze mäht durch ein hügeliges Ährenfeld wie eine Sichel. Auf der Kirchturmspitze sitzt eine Taube, oder ist es der Wetterhahn? Wohl eine Taube. Genau, sie flattert kurz auf und lüftet die Flügel, als der Turm hinter dem Hügel verschwindet. Dieser zähe Fluß der Bewegung könnte stundenlang so weitergehen. Bestimmt kommt noch so ein Turm und noch so ein Turm und noch so ein Turm. Dann wird es dunkel. Dunkel und kühl. Ein Wald kühlt die Strecke. Fein. Der Wald bleibt. Fein. Diese Kirchturmspitze aber, mit der Taube, die ein fetter Rabe ist. Nicht zu fassen, wie sie die Felder mäht. Wie sie im Wald die Felder mäht. Eins ums andere, immer wieder hindurch.

Dann ist das Feld abgemäht, der Kirchturm hat ganze Arbeit geleistet, ganze Arbeit. Eingefahren die Ernte oder abgebrannt, einerlei. Da liegt das kahle Feld vor ihm. Aufgeweicht vom Regen. Die Erde klebt an den Stiefeln, hat die Stiefel aufgeweicht. Die Stiefel versinken zwischen den Stoppeln des Feldes. Auf dem Feld steht eine Feldküche. Auch sie versinkt langsam im Matsch. Ganz langsam. Noch scheint sie fest zu stehen. Doch die Räder sind schon im Sinken begriffen. Auf dem Feld die Feldküche, und sonst niemand.

Hallo? Keiner da?

Was ist das für ein Küchenstützpunkt, wo keiner kocht? Es dampft aus dem Kessel. Also hat doch jemand gekocht. Und jemand hat den Deckel nicht ordentlich zugemacht. Wird doch alles kalt.

Hallo?

Ein Windstoß weht den Geruch herüber, den Feldküchenkohldampfgeruch einer Suppe mit Einlage. Die Schöpfkelle aus Aluminium klopft gegen den heißen Behälter.

Kohldampf?

Jawoll, Herr Hauptmann.

Na, dann hauen Se mal rein.

Keiner da, wer spricht denn da?

Na, wir hier.

Weit und breit kein Mensch. Und auf dem Zwiebelturm dieser heruntergekommenen Holzkirche sitzt gar keine Taube, es ist ein fetter Rabe. Mit der Suppe und ihrer Einlage dringt verbranntes Holz in die Nase. Die Sonne steht hinter einem Schleier aus rauchigen Wölkchen, dicker Rauch steigt von den Feldern und hinter der Kirche auf. Daneben hängt ein Pope im Baum, baumelt. Sagt nichts, murmelt kein Gebet, die Zunge hängt ihm aus dem Mund.

Jetzt sagt schon, wo ihr euch versteckt habt! Gut, dann esse ich eben allein.

Die Schöpfkelle klappert, aber natürlich hat er kein Eßgeschirr dabei. Er ist doch auf Urlaub. Ab nächste Woche Urlaubssperre. Gerade noch durchgewitscht. Er greift die Kelle und hebt den Deckel an. Da dampft es ihm heiß um die Ohren, und im Kessel brodelt es. Fleisch und Knochen. Riesige Hühnerschlegel. Nur sind das Männerarme,

Frauenarme, Kinderarme, die in der Hitze sprudeln. Die sind quicklebendig und wuseln in der kochenden klaren Suppe herum. Ein Arm greift nach seiner Schöpfkelle. Großer Gott! Dieser knochige, glänzende, gekochte Arm entreißt ihm die Kelle und zieht sie in den Kessel. Doch sie verhakt, und der Soldat, der den Deckel zudrücken will, schafft es nicht. Schon drei Arme greifen jetzt aus dem Kessel. Gares Kochfleisch, aber quicklebendig. Da heißt es: Rennen, Leutnant!

Heimaturlaub? Der alte Bauer hält ihm die Tüte mit den Erdbeeren hin. *Sinn Sie uf Urlaub in de Hämat? Nemmense ruisch.*

Was? Ja. Danke.

Sinn frisch vun heit moje.

Der Wald ist vorbei, und das nächste Dorf mit dem nächsten Halt kommt heran.

Ei, Sie sehn so verdaddert aus.

Wo sind wir?

Bawwelroth. Ich muß do raus. Widdasehn.

Auf Wiedersehen. Er gähnt dem Alten ins Gesicht und versucht zu lächeln. Er ißt die Erdbeere mit Strunk. Da fällt ihm ein Tropfen Schweiß auf die Wimper seines rechten Auges. Er blinzelt und wischt sich den brennenden Tropfen aus dem Auge. Seine Stirn ist schweißnaß, die Brühe steht ihm im ganzen Gesicht. Kalter Schweiß. Natürlich, soll ja kühlen, aber dieser kalte Schweiß auf seiner Stirn ist nicht der Schweiß, der dem Alten unter der Kappe heraustropft, als er die Tür aufstößt, und unter dem Schild *Barbelroth* in den Staub fällt, während der Alte aus dem Wagen taumelt, seinen Rucksack mit einem eigenartigen Schwung auf seine Schultern gleiten läßt, den rechten Riemen auf die rechte Schulter, bis der ganze Mann von der Wucht des Rucksacks fast umgehauen wird, dann aber im richtigen Augenblick den linken Arm in den schwingenden linken Riemen steckt, mit wehender Arbeitsjacke gerade steht in seinen verdreckten Stiefeln und seinen Oberkörper nach vorne wirft. Doch er geht nicht auf das Dorf zu, geradeaus, er geht um den Triebwagen herum, nach rechts auf die Anhöhe zum Friedhof.

Der durchnäßte junge Mann holt ein Taschentuch hervor und wischt sich den Schweiß von der Stirn, den, das hätte er beinahe vergessen, Angstschweiß. Auch wenn augenblicklich ein Kloß in der trockenen Kehle sitzt und davor die Zunge am trockenen Gaumen klebt, wenn das Herz rast und die Stelle am Bein, die Stelle mit der Geschichte, die Stelle mit der Oberschenkelsache, gerade noch weggekommen von Debrezen. Wenn die Stelle juckt. Sie juckt, aber das macht jetzt nichts. Eigentlich klappt doch alles ganz prima. Hell leuchten die Felder in der Junisonne. Ein Kirchturm schiebt sich vorbei, und dahinter glänzen schon die Dächer der Kaserne, in die er nicht muß, denn seine steht in Salzwedel und er hat Urlaub, feldgrau vor den Bergen. Alles in Ordnung. Tadellos, die Uniform sitzt. Er hat den obersten Knopf der Uniformjacke nicht geöffnet. Der Anschluß im Bahnhof Winden hat doch direkt geklappt, selbst in diesen Zeiten. Tadellos kommt er gleich an. Fein fein fein.

2

Heute fahre ich selten hin, dorthin, wo ich herkomme. Die Mama steht am Bahnhof. Oft auch Onkel Wolfgang mit dem Auto, manchmal ist er sogar bis zum Bahnhof Winden gefahren, um mich abzuholen. Diesmal nicht, vor zwei Wochen noch, da hat er mich abgeholt, ich war zufällig auf der Durchreise. Diesmal fahre ich zur Beisetzung, denn Onkel Wolfgang ist plötzlich gestorben, ganz plötzlich.

Plötzlicher Herztod beim Schneiden einer Salatgurke. Meine Mutter fand ihn in seiner Küche, ihren Bruder tot in der Küche, vor dem Herd. Onkel Wolfgang hat sich immer sehr um die Familie gekümmert, immer im Hintergrund um die gekümmert, die gepflegt werden mußten, erst seine Mutter Carla, dann seinen Vater Gustav, dann seine Tante Elle. Dann, nach dem Tod meines Vaters, hat er meine Mutter unterstützt bei allem, was anstand, Gießen auf dem Friedhof, Fahren in den Supermarkt, Gießen im Garten, Winterfestmachen der Pflanzen. Der Mann im Haus. Kaum zu glauben, daß er jetzt nicht mehr ist, mit 64. Kein Alter, aber ein schöner Tod, mitten aus dem Leben, ohne Schmerzen. Im Familienkreis wird die Urne nun neben seinen Eltern Gustav und Carla vergraben, am besten unter die Schale mit den Geranien, dann muß man nicht die sorgsam eingepflanzten Blumen herausreißen. Nach der Beisetzung Mittagessen.

Ich werde wieder einen Stapel Fotos mitnehmen. Auf ihnen ist der Dieter zu sehen. Ich habe den Eindruck, der Wolfgang hatte eine gewisse Ähnlichkeit mit dem Dieter, auch blond und so ein Lächeln wie er, sein älterer Cousin, sein sehr viel älterer Cousin. Wo habt ihr die noch alle gefunden? Im Schrank, alle im Schrank. Und außerdem den gesamten Jahrgang 43. Den habe ich noch nicht mitgenommen. Der lag noch in der Kiste. Seltsam, habe ich vergessen. 54 Briefe. Habe sie bisher nie gezählt. Ist doch wurscht, wie viele, habe ich gedacht.

Die Kiste mit den Briefen hatte ich vor 15 Jahren nach Tante Elles Tod bei ihren Sachen gefunden. Noch eine Tote. Mit 90 gestorben, ich war gerade 17. Am letzten Abend atmete sie völlig mechanisch, und es rasselte beim Luftholen. Sie atmete, als wären die Züge, die sie noch hatte, abgezählt. Wenn jemand so mechanisch atmet, dann will man immer mitzählen, so als ob man überprüft, ob er es auch ordentlich macht. Ich stand an Tante Elles Bett und zählte eine Weile mit. Ihre Unterlippe schob sie unter die Oberlippe, um sie zu befeuchten, es ging fast automatisch, denn sie hatte keine Zähne mehr. Alle Zeichen standen auf mündliche Prüfung, am nächsten Morgen in Englisch. Da hieß es, es sei soweit.

Im Altersheim war ich immer seltener. Hatte sie besucht, doch sie war längst in einer anderen Welt. Dafür gab es einen Ausdruck, der schon unheimlich klang und mit dem man durch nur leichtes Kopfschütteln auf ein Ausmaß hinweisen konnte, wie wir es uns … totaler Pflegefall. Einmal habe ich sie mit Rötelkreide abgezeichnet, auf dem Bett im Heim, schönes beiges Ingres-Papier. Warum habe ich sie abgezeichnet? Ich glaube, ich brauchte einfach ein Modell, um Falten zu üben. Mit Weiß gehöht, so hatte ich es den Bildern von Eugen abgeschaut, Tante Elles älterem Bruder, der als Junge ausgesprochenes Zeichentalent hatte. Und mit den Falten, den eingefallenen Wangen und den weißen Haaren aus weißer Kreide, mit den offenen Augen, mit dem weißen Glanz der Augen sah sie aus wie eine alte Indianerin. Die letzte Tante Elle, die ich hatte, war eine alte Indianerin. Tante Elle war eine Indianerin, die am Vorabend einer möglichen mündlichen Prüfung in Englisch aufhörte zu atmen. »My aunt is on her way to heaven and therefore I didn't have any time to learn yesterday«, sagte ich meinem Englischlehrer, der das nicht durchgehen lassen konnte.

Das Haus in der Bismarckstraße war heruntergekommen. Die letzten Jahre hatte Tante Elle im Altersheim verbracht. Da half nichts. Es war schwierig für ihre Nichte und ihren Neffen, also meine Mutter und Onkel Wolfgang, die zunehmend verwirrte und bettlägerige Frau, im alten Haus in der Bismarckstraße zu pflegen. Dann hatte ein Wasserrohrbruch noch das ganze Gemäuer mürbe gemacht. Tante Elle war vor allem eine Erscheinung meiner Kindheit. Sie war meine *Groß*tante, von älteren Passanten und Verkäuferinnen auch fälschlicherweise als »die Oma« bezeichnet. Oma war Tante Elle nie, immer nur Großtante. Nie verheiratet, keine Kinder, der Stoff, aus dem die Tanten sind.

Die Indianerin, das merkte ich, weil ich schon 17 war, war nicht mehr Tante Elle. Es beruhigte mich, das zu wissen, denn man muß immer wissen, mit wem man es gerade zu tun hat. Schon als sie ins Altersheim kam, ging es im Haus in der Bismarckstraße an die Sichtung all dessen, was ich als Kind immer irgendwo aufblitzen gesehen hatte. Begleitet von den nun im Schimmel untergehenden Gerüchen, die mir in die Nase stiegen, die ich genau kannte, mit denen ich die Gerüche draußen in der Welt verglich. In der Trierer Konstantinbasilika roch es zum Beispiel, als ich sie einmal beim Klassenausflug besuchte, genau wie in Tante Elles Keksschrank. Diese Übereinstimmung verunsicherte mich zutiefst. In Tante Elles Keller roch es nach Moder und Heizöl. Im Blick die Einweckgläser und Flaschen mit Holundersaft und Melissensirup, in den Zimmern die alltäglichen Utensilien und die Dinge »vom Vater«.

»Vaters Stube«, sein Arbeitszimmer mit dem kargen Schreibtisch, darauf noch immer das Tintenfaß mit eingetrockneter schwarzer Tinte. Der Geruch der auch im Sommer kalten Stube. »Der Vater« arbeitete nicht mehr darin, er war lange tot. Außerdem war er bereits als Pensionär in das Haus gezogen, Pfarrer in Ruhe, später in seinem Schlafzimmer neben der Stube gestorben, einen heißen Sommer lang, es muß gestunken haben. Auf dem Weg zum Grab lief die Brühe aus dem Sarg, sagt meine Mutter, die als achtjähriges Mädchen hinterherging.

Schräg gegenüber das Plumpsklo, das einzige Plumpsklo, das ich jemals in Deutschland vorfand und benutzte. Eine

Holzbank mit einem runden Holzdeckel auf einem runden Loch. Man pißte in einen weißen Trichter aus Emaille oder Porzellan. Der Trichter mündete in eine dunkle Grube. Die dunkle Grube hüllte das Klo in einen beißenden Ammoniakgeruch.

Tante Elle bedeutete großes Glück, denn das Haus in der Bismarckstraße ließ mich nach dem Kindergarten in eine völlig andere Welt eintauchen. Als Erscheinung meiner Kindheit war Tante Elle völlig zeitlos, sie war alt, aber ohne Alter, sie war da, sie hatte keine Vergangenheit, eine rein gegenwärtige Tante, denn sie kaufte mir Spielsachen und aß mit mir Kuchen. Die Wunschtante, die man sich wünscht, weil sie einem alle Wünsche von den Augen abliest und nicht nur zu Weihnachten umsetzt. Irgend jemand meinte einmal, ich sei wohl auch das typische Opfer einer glücklichen Kindheit. Ja. Das Haus in der Bismarckstraße hatte einen großen Garten, und ich zog dort Gladiolen und Dahlien, erntete Kirschen und vor allen Dingen Brombeeren, die neben dem »Graffel« so üppig wuchsen, daß sie eine unüberschaubare Grenze bildeten, hinter der nur der Himmel lag. Natürlich lag hinter ihr der Mini-Markt. Aber ebenso gut war dahinter die Welt zu Ende. Die Brombeerhecken, der Kirschbaum, die Gladiolen, die Dahlien, die Himbeersträucher, die Johannisbeersträucher, die Erdbeerpflanzen, der Walnußbaum. Die Brombeermarmelade, die Kirschmarmelade, die Himbeermarmelade, die Erdbeermarmelade, die Johannisbeermarmelade.

Kirsch stand in Tante Elles enger Sütterlin-Schrift auf den schwarzroten Gläsern im Keller. Und es wurde geordnet, die Bücher, die Merian-Monatshefte, die Velhagen & Klasing-Monatshefte, die Briefe, Fotos, Unterlagen, der Krimskrams, sorgfältig aufbewahrt von der Finanzbeamtin Fräulein Stepp, Elle Stepp. Die Marmelade, Himbeer 1978: weg damit, Kirsch 1977: weg damit, Holundersaft 1976: weg damit. 1969: sowieso. 1970: auch, mein Jahrgang. Und dann hatte ich die Kiste aus »Vaters Stube« in den Händen. Sie sah aus wie eine Schatzkiste aus einem kitschigen Piratenfilm. Dunkles Holz, Metallbeschläge, darin Briefe. Briefe von Dieter, Tante Elles Lieblingsneffen. Er war früher das, was ich später war. Der Neffe, der seine Kindheit mit Tante Elle verbracht hat.

Dieter, Dietrich Eugen Christian, war der Sohn von Georg, Dr. Georg Emil Thomas. Natürlich begann alles woanders. Georg hatte Fidi geheiratet, Tante Elles Lieblingsschwester, eine verträumte Pfarrerstochter mit dunklen Augen, dunklen Augenrändern und dunklen Haaren. Alle fünf waren verträumte Pfarrerstöchter, geboren auf den Stationen des Landpfarrers Stepp, von einem Pfälzer Dorf ins nächste. Elle, Mädi, Fidi, Emmy, Carla. Eugen – »der Euscheen« –, der Bruder, war jung in den Krieg gezogen und direkt gefallen, Oktober 1914. Das Mädi, die jüngste, kam zum Schluß gar nicht mehr aus dem Bett, immer Fieber, Hirnhautentzündung, ganz jung gestorben. Die schöne, verträumte Fidi hatte immerhin noch Lehrer Georg geheiratet, dann auch jung gestorben, Darmverschluß, häßliche Geschichte, Sohn Dieter war gerade drei.

Die Verwandlung von Tante Elle in die Indianerin war nicht von heute auf morgen geschehen. Es begann das, was man damals als Verkalkung bezeichnete. Zunehmende Verwirrung, Verstockung, Erstarrung, Starrsinn. Und schließlich immer mehr »Mundfurzen«, wie Papa das nannte. Dazu blies Tante Elle die Backen leicht auf und ließ die Luft gleich wieder entweichen. Das Mundfurzen löste mehr und mehr das Summen ab. Und als ich weniger spielte und mehr und mehr las, kam mir die Frage in den Kopf, ob das Summen, das Tante Elle immer – also solange ich sie kannte – ausgezeichnet hat, nicht eine Art Selbstgespräch war oder ein in sich gekehrtes Signal in die Vergangenheit. War das Summen schon so etwas wie die Stimmen von Mädi, Fidi, Emmy, Carla und Euscheen?

Ich vertiefte mich in Bücher. Und ich hantierte mit Jahreszahlen, die ich in einer »Chronik der Deutschen« und anderen bunten, bilderreichen Büchern fand. Beim Hantieren mit Zahlen muß man aufpassen wie beim Hantieren mit Chemikalien.

Tante Elle wurde störrisch, und ich hörte – eigentlich war es ein Schock, der die Tante im Nu zerplatzen ließ –, ich hörte zum ersten Mal etwas Politisches von ihr. Gerade, als sie mir eine Pappschachtel zeigte, in »Vaters Stube«, verschiedene kleine Anstecker darin, Stoffblumen und Aluminiumschildchen. Wo sind die heute? An eines erinnere ich mich noch genau, mattes Silber, darauf in großen Textur-Buchstaben: BDM. Und zwei aus gewachstem Stoff: WHW und KdF. Gerade, als die ARD, das ZDF und der SWF betroffen den 50. Jahrestag der Machtergreifung, nun, feiern kann man hier nicht sagen, denn Betroffene begehen, also begingen. Diese Machtergreifung, bei der ich mir damals vorstellte, daß der bös guckende Hitler sie wie das größte Schnitzel auf dem Teller ergriff, war die erste Tat, die ich mir bei ihm vorstellte, bisher hatte ich ihn nur als Bild gekannt, vor allem als das fünfte Schwein. Von einem Frankreichurlaub brachte mein Vater irgendwann in den Siebzigern eine Fotokopie mit. Noch Grau in Grau auf glänzendem Papier. Auf ihr standen vier Schweine und darunter die Aufforderung: »Cherchez le 5ᵉ cochon!« Und wenn man das Blatt nach einem vorgegebenen Muster faltete, verschwanden die Schweine, und ein Teil von ihnen fügte sich zu dem Gesicht eines grimmigen schwarzhaarigen Mannes mit Schnurrbärtchen zusammen.

Da fiel Tante Elles trotziger politischer Satz: »Die Judde warn doch selbst schuld dran.« Ausgerechnet dieser Satz.

Als ich in der Pappschachtel kramte und Tante Elle mir so politisch kam, da war sie plötzlich verschwunden. Es gab sie nicht mehr. Ich war aufgewühlt und wollte augenblicklich das Haus in der Bismarckstraße verlassen. Doch mein Ärger erwies sich als ganz unpolitischer, privater Schmerz, der mir nichts weiter mitteilte, als daß nun die Kindheit abgeschlossen sei. Ich hätte heulen können.

Zwischen dem Verschwinden von Tante Elle und dem Auftauchen der zahnlosen Indianerin im Heimbett lagen ein paar Jahre, in denen ich weiterlas und Tante Elles Mundfurzen kein Selbstgespräch mehr war, sondern ein Symptom für den geistigen und körperlichen Verfall. Tante Elle zersetzte sich langsam und war nichts für einen Lesenden in der Pubertät, denn der brauchte nun alles andere, nur keine Tante. Und so kümmerte ich mich nicht weiter um die Signale des Summens, denn Tante Elle machte sich auf die Rückreise.

3

Nach ihrer Beerdigung gab es so viel zu ordnen, daß ich auch Dieters Briefe nur oberflächlich sortierte: nach Jahreszahlen. Ich wickelte sie in Butterbrotpapiere ein und schrieb darauf die jeweilige Jahreszahl. Die Butterbrotpapiere steckte ich wieder in die Kiste. Gelesen habe ich keinen einzigen Brief, nur das Datum oder den Poststempel, der mir ja beim Sortieren half. Auf zwei Päckchen schrieb ich aufgewühlt etwas unter die Jahreszahl, denn ich begann mir erste Gedanken über Geschichte zu machen und darüber, wie sie zustandekommt. Auf das Butterbrotpapier für 1939 schrieb ich den Zusatz »1. September: Überfall auf Polen«.

Ich war wohl sauer, daß Tante Elle aufgrund meines neuen Geschichtsbewußtseins geplatzt war. Dieses Bewußtsein hatte schon früher begonnen, als ich mit sechs oder sieben ein Buch in die Hände bekam, das »Berühmte Köpfe« hieß. Wie der Name schon sagt, waren alle möglichen Frauen und Männer aus der Geschichte mit ihren Lebensdaten abgebildet. Und mit den Bildern prägte ich mir die Lebensdaten ein. 1483 bis 1546, 1683 bis 1764, 1685 bis 1759, 1770 bis 1827, 1769 bis 1821, 1756 bis 1791, 1749 bis 1832, 1889 bis 1945. Mit den Zahlen kommt man den Leuten auf die Schliche, man kann Dinge exakt festmachen und historische Bezüge schaffen. Napoleon war ein Jahr älter als Beethoven. Mozart war drei, als Händel starb. Und man kann Eindruck schinden, als Dreikäsehoch bei Erwachsenenpartys.

So fing es an. Und dazu kam die plötzliche Erkenntnis, daß Tante Elle, 1897 bis 1988, eine Vergangenheit hatte.

Eine Nachbarin hat mir kürzlich erzählt, wie ihre Mutter in den Tagen vor dem Tod, als sie, die Tochter, an ihrem Bett wachte, abwesend von Dingen sprach, die vor langer Zeit gesprochen worden waren, Fetzen aus Dialogen mit ihrem Mann, dann mit ihrer eigenen Mutter, ganz zum Schluß sprach die Sterbende die Worte ihrer Mutter, sie wurde ihre Mutter und ging wörtlich in sie ein. Die Pfarrerstochter Elle Stepp sprach abwesend vom »Vater«.

Beerdigung im Familiengrab. Es regnete, und die Erde war aufgegraben. Auf dem Haufen Aushub lagen zwischen den nassen Lehmbollen auch gelbliche Stücke. Erst dachte ich, es seien Kartoffeln, aber was haben Kartoffeln auf dem Friedhof zu suchen? Es waren keine Kartoffeln, es waren Knochen. Steppsche Familienknochen, vielleicht noch vom Urgroßvater, dem alten Pfarrer, 1859 bis 1944, oder von der Urgroßmutter, 1871 bis 1946, vielleicht auch die von

Tante Emmy, 1894 bis 1962. Carla, 1901 bis 1971, meine Großmutter, lag in einem Grab oberhalb, neben ihrem Mann Gustav, 1894 bis 1979. Carla habe ich nie bewußt kennengelernt, sie starb in meinem ersten Lebensjahr. Meine Mutter hatte mich hinaufgetragen in den zweiten Stock des Hauses in der Luitpoldstraße, wo ihre Mutter mit offenem Rücken im Bett lag. Ich, so heißt es, habe, als sie mich in den Arm nehmen wollte, gekotzt.

Gustav hat Carla um acht Jahre überlebt. Ich kannte ihn als zahnlosen Opa, dessen rechte Hand verkrüppelt war, weshalb er immer zu meiner Mutter kam, damit sie ihm den obersten Kragenknopf seines Hemdes zuknöpfte. Seine Beerdigung war die erste, an die ich mich erinnern kann. Auch damals regnete es, und ich habe, wie man auf den Fotos sieht, am Grab Grimassen geschnitten, was nicht gut ankam.

Als ich dann neun Jahre später vor dem Erdloch für Tante Elle stand, überlegte ich, ob ich mir nicht einen der Knochen mitnehmen sollte. Ein schöner, runder Beckenknochen oder so etwas lag verlockend im Lehm. Aber ich tat es nicht, denn ich wußte ja nicht, von wem er war. Erst wenn man weiß, von wem ein Knochen ist, wird es interessant, ihn aufzuheben und auf den Schreibtisch zu legen wie eine Reliquie oder eine Trophäe, je nachdem, ob man glaubt oder jagt. An die Beerdigung erinnere ich mich überhaupt nicht mehr, nur an die Knochen.

4

Das Haus in der Bismarckstraße ist längst verkauft und umgebaut. Die braunen Balken zwischen den gelb lackierten Backsteinen des Obergeschosses, auf denen das Flachdach sitzt, sind weiß gestrichen, auch die Backsteine und die grünen Fensterläden, gediegen, weiß auf den roten Sandsteinen des Erdgeschosses, so macht das was her.

Wenn ich vorübergehe, stelle ich mir vor, wie ich auf dem kleinen Pfad ums Haus schlich, als Bäume und Sträucher noch das Ende der Welt ausmachten, obwohl man dahinter die Villen auf der anderen Straßenseite durchschimmern sah. Auf dem Garten, und das gibt im Vorbeigehen einen kleinen Stich, stehen dicht gedrängt Reihenhäuser.

15 Jahre später wickle ich die Briefe wieder aus den Butterbrotpapieren. Ich sitze in meiner Wohnung in einer großen Stadt, krame die alten Fotos hervor und lese diese Briefe nun endlich. In den folgenden Monaten lerne ich zwei neue Verwandte kennen, die ich bisher nie getroffen habe. Eine Tante Elle und ihren Neffen Dieter. Er schreibt ihr 15 Jahre lang, ihr und seinen Pfälzer Großeltern und Tanten, aber am häufigsten ihr. Mal krakelig, mal in wohl angemahnter Schönschrift, mal in Sütterlin, was aber immer wie angelernt und nicht angenommen aussieht. Sie ist 32, Obersteuersekretär im Landesfinanzamt Würzburg, er ist sieben, hat gerade Schreiben gelernt in Braunschweig und keine Angst mehr vor dem Wasser. Dann ist sie 46, Obersteuerinspektorin in Saarbrücken, er ist 22, Leutnant in einem Panzergrenadierausbildungsbataillon. Dann ist Tante Elle 48 und schreibt einen Brief, nicht an Dieter, ich finde ihn auch nicht in den Butterbrotpapieren, sondern in einem klemmenden Pappordner, in Tante Elles persönlicher Personalakte: »Gegen den Spruch der ›Zentralen Säuberungs-Kommission‹ beim Oberregierungspräsidium Hessen-Pfalz vom 16. 5. 1946 erhebe ich Berufung. Ich betrachte meine Entlassung als eine zu harte Maßnahme. Sie benachteiligt mich gegenüber meinen männlichen Kollegen, bei denen etwa die gleichen Verhältnisse wie bei mir vorliegen und die nur zurückversetzt wurden.«

Ein Haufen Fotos in der Kiste, ein Haufen Fotos woanders, ein Album im Schrank hinter der Kiste, ein zweites mittlerweile bei Verwandten im Allgäu. Da kommt neben den Briefen so viel anderes Material zusammen, daß ich den Überblick verliere. Ordnen und inventarisieren. Dieters Schwester Inge, eigentlich seine Halbschwester, denn Dr. Georg Thomas, Physiklehrer, hatte nach Fidis Tod wieder geheiratet. Anni, mit der er dann eben Inge hatte. Und Inge schickt mir heute ein Päckchen mit Briefen, die hat sie noch gefunden. Dieter hat sie an Verwandte väterlicherseits geschrieben, nach Goslar, andere Linie. Die haben jetzt nichts mit Tante Elle zu tun, aber es sind auch Briefe, auch von Dieter.

Ich inventarisiere die Briefe ordentlich, schreibe Briefstempel und Poststempel auf, Adresse und Absender und die Art der Sendung, ob Brief, Postkarte, Feldpostkarte oder Feldpostbrief. Man muß sich an etwas halten, an eine Ordnung, Zahlen, Fakten, sonst fällt alles auseinander. Es soll sich doch alles zu einem Bild zusammenfügen. Und was soll das für ein Bild sein? Was zeigt es? Na, deine Sippe. Und wie soll es sein? Na, authentisch. Irgendwie muß es ja gewesen sein. Besonders in den Jahren von 1933 bis 1945, von denen Hermann Göring abschließend sagte: »Zwölf Jahre anständig gelebt.« Und es war nicht alles schlecht, sagt man.

Wenn es authentisch sein soll, ändere ich dann nicht besser die Namen? Ich habe ein paar Erinnerungen, und die anderen auch. Sie springen von Ort zu Ort und von Augenblick zu Augenblick.

Luitpoldstraße. Bismarckstraße. Bahnhof. Schloß. Villa Zickzack, von wo Frau Ohlert, die kleine schmächtige, doch sehr feine Frau Ohlert, für mich Inbegriff einer alten Dame, immer die Bismarckstraße hinunterschwebte, an Tante Elles Haus vorbei, Begrüßung, kurzes Plaudern.

Frau Ohlert, eine geborene von Braacke. Und dann hängt man in diesen Erinnerungen fest, bebildert sie, so gut es geht, mit den alten Fotos und kommt schließlich bei Erinnerungen an, die man gar nicht gehabt haben kann. Das nenne ich einen kritischen Punkt. Meine Tante Elle war eben Großtante, dann nebenbei Rentnerin, aber nicht mehr Amtmännin oder Steuerinspektorin und auch längst nicht mehr Blockwart. Und Frau Ohlert, geborene von Braacke, hatte eine Schwester, Adelheid, Heidi.

Ich fahre selten hin, in die alte Heimat, Heimat ist meistens alt. Nun bin ich ganz woanders. Ich stehe am geöffneten Fenster. Die Schachtel auf dem kleinen roten Glastisch, der Aschenbecher daneben. Der Rauch meiner Zigarette zieht wieder ins Zimmer hinein. Dann kann ich doch gleich am Schreibtisch sitzen bleiben. Rauchen hilft bei der Konzentration. Ich muß mich konzentrieren, asche ab und versuche mich zu konzentrieren. Auf Fakten. Aus den Briefen muß es doch gelingen, die Zeit, in der sie geschrieben worden sind, zu lesen. Wozu sollen sie sonst taugen? Sie müssen Aufschluß geben. Und ich bin der Einzige, der sie gelesen hat. Außer Tante Elle natürlich. Aber sie hat die Briefe gelesen, weil sie an sie gerichtet waren. An mich sind sie nicht gerichtet.

Ich asche ab. Bin am Filter angekommen, nehme einen letzten kratzenden Zug, drücke den Stummel im kleinen Messingaschenbecher aus und schließe den Deckel, während sich die Rauchfahne aus dem Deckel in den Raum drängt und verzieht. Natürlich beginnt alles woanders.

Brief ohne Kuvert

Braunschweig, d. 15. 6. 44

Liebe Großeltern, liebe Tante Emmy!
Bin gut in Braunschweig angekommen, bleibe über Sonntag hier. Fahre dann über Nacht, bin dann wieder gegen 10 Uhr früh in

K'ruhe und um ¾2 da. Den genauen Tag schreibe ich noch, schätze so am Dienstag. Wenn dann das Bad auf ist, das Wetter herrlich und das Obst reif, kann ich mich nicht beklagen.
Tante Carlas Brief und Bilder erhielt ich gestern noch in Salzwedel, herzlichen Dank.
Sonst geht hier alles gut, die Wohnung ist wieder einigermaßen wohnlich und noch alle gesund.

Recht herzliche Grüße!
Euer Dieter.

5

Pünktlich. Dieter steigt aus dem Triebwagen, als die Kirchturmuhr schlägt. Er muß lachen, er denkt das Wort *Kirrrchturrrmuhrrr,* denkt an den Schlager von Zarah Leander, *Lara Zylinder,* wie Tante Emmy immer sagt, denkt an den Regen, der nicht da ist, der aber jetzt guttun würde, denkt, indem er ohne Ton mit der Zunge ein R rollt, an den Zeiger der Kirchturmuhr *und warrrte auf Dich.* Dreiviertelzwei. Am Bahnhof wartet niemand. Alle beschäftigt. Er steckt sich eine Zigarette ins Gesicht *Thomas, jetzt stecken Se sich erst mal ne Zijarette ins Jesichte* und beginnt zu rauchen, obwohl seine trockene Kehle beim ersten Zug schon sticht. Die Sonne knallt rücksichtslos. Aber man kann sich nicht beklagen. Dieter mag die Sonne. Er hat ein sonniges Gemüt, sagen Mutti und Vati und Inge. Er sonnt sich gerne. Wann immer er kann. Er will schön braun werden. Wer weiß, wann sich wieder die Gelegenheit bietet. Die Feldabstellung läßt nicht ewig auf sich warten. Tante Elle will aus Saarbrücken auch kurz vorbeikommen. Dieter wirft das Streichholz weg und nimmt seinen Koffer. Da macht er sich eben allein auf. Heute geht es direkt noch ins Schwimmbad, bißchen baden, bißchen bräunen. Daß auch an die Stelle mit der Sache etwas Bräune hinkommt, tut ihr gut. Viertelstunde. Das Zimmer in der Bismarckstraße ist dann schön kühl. Er muß durchs ganze Städtchen laufen. Alles so vertraut, eine Erscheinung seiner Kindheit eben, Tante und Stadt. Die Hauptstraße heißt am Postamt Horst-Wessel-Straße, kennt man, irgendwo heißt sie immer so, auch der Großvater in Goslar, Vatis Vater, wohnt in der Horst-Wessel-Straße.

Kamraden summt er und pfeift sich ein Liedchen. Auf den Türmen des gedrungenen fürstlichen Schlosses glänzen die grauen Dächer wie Stahlhelme *mit ruhig festem Schritt.* Über dem rechten Turm ragt auf dem weißbekackten Dach ein Schornstein mit Storchennest auf. Adebar ist gerade angekommen und flattert, lüftet seine Flügel. *Auf allen Wegen erwarrrt' ich nur dich.* Dann kommen die Gasthöfe *immer nur dich.* Pfälzer Hof und Goldener Löwe, dahinter, zum Gasthaus Engel hin, einem unheimlichen grauen Kasten mit Erkern, Schnecken und Türmchen, wird die Straße breiter, und ein Auto kann endlich an dem Leiterwagen mit den erschöpften Kühen *marschiern im Geist* vorbeiziehen. In den Pfälzer Hof hat er gerade vor drei Wochen Heidi eingeladen *kommst du noch nicht,* eigentlich unerhört, aber der alte Major hat es gestattet *in unsern Reihen mit.* Vor drei Wochen erst, alles andere liegt weit hinter diesen drei Wochen zurück. Liegt ihm fern, stellt er erleichtert fest. Er müßte nur die Zeit rechnen seit seinem letzten Aufenthalt hier. Alles wäre in Ordnung. Sonst ist er nur zwei-, dreimal im Jahr da. In den letzten drei Wochen, da kann er, ohne zu überlegen, sicher sein, war alles in Ordnung, Federbetten, Mutti und Vati und Inge.

Im Pfälzer Hof mit Heidi. Ausreichend Marken. Romantisch, aber nur so kurz. Durchreise. Heidi, verlockend, aber kaum Zeit mit ihr, ein Abend. Er war schon fesch, in seiner Uniform. Er kann es einfach. Der Schlaks mit dem

Charme. Die Frauen liegen ihm zu Füßen. *Nur dich* da wird er rot und lächelt verschmitzt. Die Frauen haben ihm so gefehlt, im Herbst, im Frühjahr und schließlich in Wien, wo er mit Furunkulose fieberte.

Fahren's nach Wien, hatte ihm der Oberstabsarzt im Debrezener Honved-Lazarett gesagt, ein guter Rat. Mit dem Bein in Debrezen, nicht auszudenken. Die alte Geschichte. Und dann sitzt er mit ihr im Pfälzer Hof. Die Heidi kennt er schon so lange, solange er nach Bergzabern kommt. Sie haben gespielt, gebadet, als Kinder. Darum gestattet es der Major. Und die Zeit scheint hier stehengeblieben zu sein. Wie im Frieden. Wenn sich Dieter aber an den letzten Abend mit Heidi erinnert, dann hat er den Eindruck, als sei die Zeit nicht stehengeblieben, sondern ganz schön vergangen *von Strich zu Strich*. Ein Fräulein ist sie geworden, und der Leutnant weiß, wie eine *von* auszusehen hat. Etwas lag in der Luft, etwas unglaublich Frisches *denkst du nicht mehr an mich?* Sie hat es ja auch gemerkt. Der Pfälzer Hof war ein lachhafter Ort für das, was da war. Er wird sie auch diesmal treffen, ganz gewiß. O Gott, er wird sie auch diesmal treffen. Eine Woche Zeit, da wird er sie doch wohl mal treffen. Natürlich. Er ist erregt, wenn er an sie denkt, und schiebt es auf die Hitze, die in den Straßen lagert, die auch in den Schatten der kleinen Häuser kriecht. Heute ist Dienstag. Am Donnerstag vielleicht, am besten schon morgen. Die Straßen sind fast leer. Zwei Frauen schieben sich im Schatten an Dieter vorbei, beachten ihn kaum, den hübschen großen Blonden. Wenn der Mann im Feld ist, will man nichts wissen von Urlaubern. Längst ist das Mittagessen vergessen. Nur Dieter wird noch bekocht werden, dafür wird Tante Emmy schon sorgen. Ein paar Marken hat er mitgebracht. Doch Stepps Garten hat zum Glück reichlich Gemüse und allerhand Obst zu bieten. Besonders die Brombeeren neben dem *Graffel,* so sagt Großvater zum

Schuppen gegenüber dem Haus, ranken wild, aber reif werden sie noch nicht sein. Vielleicht die Kirschen, sicher die Erdbeeren. Jetzt marschiert er durch die Pfarrgasse, wo heute selbst das ewige Rinnsal zwischen den Pflastersteinen ausgetrocknet ist, obwohl es im Schatten liegt. Am Ende der Häuserflucht, zwischen den Fachwerkhäusern, taucht Roses Haus auf. Gelb mit weißen Fensterläden, hinter der Birke, der Blautanne und dem Fahnenmast, über dem weißen Gartentor.

6

Dieters Koffergriff ist durchgeschwitzt. Die Straße staubt, und der Schotter glänzt. Aber bevor er bei Onkel Gustav, Tante Carla und den Kleinen vorbeischaut, bezieht er erst einmal Quartier bei den Großeltern. Noch sieben Minuten. Da ruft man plötzlich seinen Namen.

Dieter, Dieter! taucht Onkel Gustav zwischen Tanne und Mast auf, hat ihn doch tatsächlich im Vorbeigehen erkannt, hält seine Gartenhacke wie eine Hellebarde und winkt mit der verkrüppelten Hand im Wollhandschuh, verkrüppelt von einer Handgranate im Weltkrieg.

Servus, Onkel Gustav, guten Tag. Servus, das wirkt hier eigenartig, das war die heidihafte Schwester im Wiener Lazarett, die ihm das jeden Morgen zulächelte, Servus, Leutnant Thomas. Küß die Hand, Schwester.

Dieter, kürzelt Onkel Gustav, der die Worte nicht plätschern läßt wie Tante Emmy, sondern sie sparsam ausstößt im Sinn der Sache. Und manchmal scheint er eher geheime Zeichen mit den spiegelnden Gläsern seiner Nickelbrille zu signalisieren, als daß sich der Mund öffnet und darüber das kleine Bärtchen zu hüpfen beginnt. *Gehst du erst in die Bismarckstraße?*

Ja. Dieter steht unten am weißen Gartentor, von dem der Lack abspringt, die Pfarrgasse und die Sonne im Stoffrücken der Uniform, als hätte sich das Rinnsal der Gasse nun zwischen seinen Schulterblättern ausgebreitet. Moment, signalisiert Onkel Gustav, als er die Gartentreppe erreicht hat, die nach unten zum Gartentor führt: *Ich komme runter.* Unten salutiert Onkel Gustav mit der Hacke, zumindest schiebt er sie in einem Ruck von sich, sagt: *Willkommen an der Heimatfront,* legt die Hacke in die Krüppelhand und gibt Dieter die heilgebliebene.

Ja, genau, Unkraut jäten, will Dieter sagen, sagt es aber nicht. Denn wie der Onkel da mit der Hacke vor ihm steht, das gibt ihm ein Gefühl, um das er mehr kämpft als um alles andere: so warm, so nah. Wenn er als Kind auf dem Schoß der Tanten oder des Großvaters oder eben auf dem Arm von Onkel Gustav saß, dann wußte er, daß er jetzt ganz sicher war. Nichts konnte ihm passieren, und alle freuten sich, daß er da war. Daß er auf der Welt war. Er war ihr Neffe und Enkel, der Sohn der Mutter, die es nicht mehr gab, und alle liebten ihn, denn er gehörte zu ihnen, war das, was von ihr noch in der Welt war, was sie ihnen gegeben hatte. Den kleinen Dieter. Und er liebt sie. Als der Großvater, der Pfarrer in Ruhe, einmal davon sprach, daß man seinen Nächsten lieben solle, überlegte sich Dieter oft, wer nun ihm am nächsten am Tisch saß oder neben ihm auf der Veranda stand. Und den wollte er ganz besonders lieben. Er verband diesen Satz immer mit einer körperlichen oder geographischen Nähe. Das eine ist nur die nähere Betrachtung des anderen. Später hat er mit seinem Kompaß immer ausgemessen, wer ihm östlich am nächsten stand und westlich und südlich und nördlich, dann nordöstlich und auch nordnordwestlich. Das gab ihm einen Überblick, ob denn alles in Ordnung sei und ob alle da seien. Und wenn sie alle vermessen waren, dann war er sicher, daß er sie um sich hatte und daß es ihnen allen gutging. Im Garten, vor dem Graffel, auf der Veranda, in der Küche.

Ich freu mich so! sagt er zu Onkel Gustav, läßt den Koffer fallen und umarmt ihn samt Hacke. Seine Uniform klebt, und Onkel Gustavs Körper bleibt unbewegt. Aber Dieter ist ergriffen und fühlt seine Nähe.

Ich freu mich so! sagt er noch einmal, als er den unbewegten Onkel wieder losläßt. Wie gut das tut. Onkel Gustav bringt die Hacke in Position. Hinter der Nickelbrille schauen seine Augen vielleicht ungläubig. Aber er weiß ja, daß der Leutnant genauso für die Sache einsteht wie er selbst.

Schön, sagt Dieter. Es ist so schön. *Schön, daß ihr alle da seid.* Auf der Straße ist niemand außer ihm und Onkel Gustav.

Kommst später runter? Die Kleinen freuen sich.

Nach dem Schwimmbad, ja, sagt Dieter, der, auch wenn er sich immer bemüht, sachliche Äußerungen vor dem sachlichen Onkel zu machen, einen warmen Strom Wasser in seinen Augen spürt.

Morgen geht die Carla auch mit. Trudel und Edda plantschen schon, für den Wolfgang ist das noch nichts, spricht er an Dieter vorbei, als hätte er gemerkt, daß er so allmählich ins Plaudern gerät, in Beobachtung der Schotterstraße, keine Vorkommnisse, hinter ihm an der Gartenmauer das Holzschild *Keine Durchfahrt.*

Morgen wollte Dieter eigentlich mit Heidi ins Bad, hat sich das so ausgemalt. Aber mit Trudeli und Eddachen, da wird Heidi eben seine Kinderliebe erleben. Er, Heidi und die Kinderchen, Familienglück.

Prima.

Warte, sagt Onkel Gustav, lehnt die Hacke an die Gartenmauer und geht die Treppe hinauf in den Vorgarten.

Den Treppenaufgang zum Haus ist er auch gleich hinaufgehechtet, munterer Invalide, und verschwindet in der Tür. Dieter nimmt den Koffer und wischt den Staub von der Unterseite. Da öffnet sich die Haustür schon wieder, und die Heimatfront marschiert bebrillt zum Gartentor hinab.

So, hier hab ich noch die NSZ. Nimmst sie ihnen mit. Nach der Sache mit Großvater war vorübergehend Funkstille zwischen ihnen, den Großeltern und Onkel Gustav. Hat sich wohl mittlerweile gelegt, und Großvater ist jetzt auch so krank. Hätte ja nicht gleich unvorsichtige Dinge sagen müssen. Ohne ein Wort zu verschwenden, schiebt ihm Onkel Gustav die Zeitung unter den Kofferarm, lächelt rasch, funkelt mit der Brille, nimmt die Hacke, hechtet die Treppe hinauf und ist wieder zwischen Blautanne und Fahnenmast verschwunden. Dieter drückt den Kofferarm mit der Zeitung an den Körper, Schweißbäche an Arm und Brust. Er schaut noch einmal nach oben in den Garten, sieht aber nur Tanne und Mast, der Onkel ist verschwunden, läßt sich nicht mehr blicken. Hätte ja auch Tante Carla und den Kleinen Bescheid sagen können, aber auf so eine Idee kommt er nicht. Denkt wohl: Kann alles später gemacht werden, ohne daß jetzt hier ein Geschnatter freudiger Begrüßung entstehen muß. Es rührt sich nichts. Dieter geht beschwingt die Straße entlang. Dann ist die Stadt schon gleich zu Ende. Villen, Wiesen, Waldrand. Ein großer deutscher Wald, da oben, direkt hinter der Villa des Majors, wo Heidi ist.

7

394^{b}. Endlich das zugewachsene Gartentürchen. Die Knallerbsen sind schon weiß und knallen. Eine Wohltat, von der heißen Straße zwischen den dichten und hohen Sträuchern entlang zu gehen und gut gekühlt die Knallerbsen zu zertreten. Macht man nicht, aber niemand sieht hin. Großvater wird nicht schimpfen, es geht ihm so schlecht. Dieter bekommt beinahe ein schlechtes Gewissen. Der arme Großvater liegt im Bett und kann ihn nicht schimpfen, und da hat der Tunichtgut nichts Besseres zu tun als die Knallerbsen zu zertreten. Die Brombeerhecken sind dicht, aber die Beeren natürlich noch nicht reif. Dauert bestimmt noch einen Monat.

Dieter klingelt an der Haustür, das heißt, er klingelt nicht, er schellt. Hier wird geschellt. Und er wartet, bis hinter den milchigen Glasscheiben Bewegung sichtbar wird. Dieter hat den Mund schon leicht geöffnet, den Koffer abgestellt und wartet. Da bewegt sich was.

Dieter!

Tante Emmy, und schon hält er die Tante in seinen Armen, er, der große Schlaks, die kleine runde Tante. Er hebt sie hoch, seine Tante Emmy, ein wenig, denn die Tante ist schwer. Aber einen Kuß traut er sich doch nicht auf ihre Wange zu drücken. Das sind Gesten für die Jüngeren. Und für Mutti und Inge. *Tante Emmy!*

Wie schön! Wie schön, daß du da bist. Bist du gut durchgekommen?

Aber ja, Tante Emmy.

Na, komm rein. Großvater schläft.

Wie geht es ihm?

Emmy schüttelt den Kopf. Und Dieter spürt, daß es hier ernst zugeht. Aber wenn sie wüßten, wie froh er ist, einfach froh, daß es ist wie immer, wenn er an dieser Tür schellt.

Du hast doch bestimmt Hunger. Auch wenn's so heiß ist, es gibt Kartoffelsuppe.

Grumbeeresupp.

Genau, Grumbeeresupp.

Prima schön wunderbar. Grumbeeresupp.

Aber komm erstemal mit nach owwe. Im Fremdenzimmer hab ich schon das Bett bezoche. Da ist es schön kühl. Carla und Gustav haben auch schon nach dir gefragt. Die Kleinen freuen sich bestimmt. Und die Eltern wohlauf? Tante Emmy knausert nicht mit den Worten.

Ja. Den Onkel Gustav habe ich schon am Gartentor getroffen, die hat er mir mitgegeben. Dieter nimmt die Zeitung, die auf dem Koffer liegt.

Die NSZ, von wem sonst. Am Wochenende kommt Elle aus Saarbrücken.

Das ist fein. Sie hat es schon geschrieben.

Von dem schweren Angriff hat sie sicher auch schon geschrieben?

Ja.

Kommst gleich runter zum Essen, die Supp ist fertig. Tante Emmy wirkt erschöpft, Schweiß steht ihr auf der Stirn. Schon ist sie blaß in der Küche verschwunden. Dieter geht die Treppe hinauf, die auf dem Absatz knarrt, dort wo die Standuhr steht. Auf dem Zifferblatt steht 1755, aber wenn man den Kasten darunter öffnet, findet man kein Perpendikel, sondern leere Einweckgläser und Streichhölzer, die hier gelagert werden.

Oben links, die erste Tür, das Fremdenzimmer. Dieter weiß Bescheid. Er stellt seinen Koffer neben das Bett. Das aufgeplusterte Federbett macht ihn schwach. Darüber starrt ihn Goethe an, der junge Goethe schaut ihm streng aus schwarzem Rahmen ins Gesicht, schwarzweiß, ein Stich oder so etwas. Er starrt, als wollte er mit den Augen dem Kamerablitz von Dieters Jubilette standhalten. Oder ist Goethe so angespannt, weil Dieter im Begriff ist, dem Anblick des Federbettes nachzugeben und zu tun, was man einfach nicht tut? Goethe, geknipst? Entsetzt muß der deutsche Dichter mit ansehen, wie der deutsche Leutnant

Haltung annimmt und sich wie eine Bohnenstange aufs Federbett fallen läßt. In Uniform und Stiefeln. Sich fallen lassen. Sich einfach fallen lassen. Und dic kühle Luft umschmeichelt Leutnant Thomas. Er könnte so einschlafen. Diese himmlische Ruhe des Zimmers, diese unbeirrte Kühle des Kissens auf seinem Gesicht, dessen Röte weichen muß, trotz Heidi im Kopf, trotz der unverschämten Knallerbsen unter den Füßen und trotz des peinlichen Leutnants, der sich ins Federbett hat fallen lassen. Flausen, Thomas. Vom Licht, das durch die Vorhänge ins Zimmer schimmert, ist nichts zu sehen, nichts davon dringt durch das kalte Kissen, in das er sein Gesicht eingräbt. Eingraben! Noch weiter steckt er den Kopf ins Kissen, bis die Federn eine Schwere auf die Lider drücken und Dieter in eine dunkle Tiefe fallen lassen. Vornüber durch das Bett hindurch, durch den Boden, direkt auf den Großvater, der im Zimmer unter ihm stirbt, in den Graben, egal, Deckung Deckung!

Die Supp wird doch kalt. Ach Gott, Bub, ist dir nicht gut?

Verzeih, Tante Emmy. Doch, alles prima, bin nur kurz eingenickt, entschuldige. Die Supp, fein, ich komme.

Durch das Küchenfenster fällt die Nachmittagssonne auf den Herd, und dort dampft die Suppe. Ist also noch gar nicht kalt. Tanten lügen immer, wenn das Essen auf dem Tisch steht. Dann muß es auch gegessen werden, Tanten und Mütter. Mütter auch, kennen da nichts, jetzt komm, die Suppe wird doch kalt, und der Salat wird welk. Der Dampf, der da unter dem Deckel hervorquillt, läßt Dieter schaudern. Er weiß nicht warum, aber es schaudert ihn. Und wenn er sonst den Ruf eines Topfguckers hat, so hält er sich jetzt zurück, stürmt nicht auf den Suppentopf zu, will gar nicht wissen, was da köchelt. Weiß es ja, ist Suppe, Grumbeeresupp. Ha jo.

Ihr eßt draußen auf der Veranda.

Die Tür zur Veranda ist geöffnet und der grüne Gartentisch gedeckt, zwei Teller, zwei Löffel. Emmy kommt mit dem Topf.

Die Mutter ist noch beim Vater. Ich hab schon.

Die Zeitung, die Dieter mitgebracht hat, legt sie neben seinen Teller. In der 64. Zuteilungsperiode (vom 26. 6. bis 23. 7. 1944) erhalten die Versorgungsberechtigten wieder eine Sonderzuteilung von 62,5 g Käse. Die Abgabe erfolgt auf den »F«-Abschnitt der Reichsfettkarten einschl. der Reichsfettkarten SF 1–7. Die »F«-Abschnitte sind bei der Käseabgabe unter Entwertung an der Karte zu belassen. Die Bestellscheine werden mit je 187,5 g bewertet. Der Käse ist bei dem Verteiler zu beziehen, der den Käsebestellschein für die 64. Zuteilungsperiode entgegengenommen hat. Auf den Wochenkarten für ausländische Zivilarbeiter berechtigt der Abschnitt »W 2« (Karte für die 1. Woche) zum Bezug von 62,5 g Käse. Die Versorgungsberechtigten haben den Käse innerhalb der ersten beiden Wochen der 64. Zuteilungsperiode (vom 26. 6. bis 9. 7. 1944) zu beziehen. Die Verteiler haben die »W-2«-Abschnitte der Wochenkarten für ausländische Zivilarbeiter bei der Warenabgabe abzutrennen und nach näherer Regelung der Ernährungsämter bei diesen zur Ausstellung von Käsebezugscheinen einzureichen. Die mit dem Aufdruck »J« oder »Jude« versehenen Reichsfettkarten berechtigen nicht zum Bezug dieser Käse-Sonderzuteilung.

Und da steht sie plötzlich in der Küche, die hagere alte Frau. So ausgemergelt, klein, grau und gegrämt, diese zerbrechliche Frau mit den dunklen Augen und den dunklen Augenrändern. Eingefallene Wangen, eine knochige Erscheinung, aber mit Würde, mit Haltung verbirgt sie unter ihrem schwarzen Taftkleid Haut und Knochen.

Großmutter! Nein, er kann sie nicht umarmen, er steht vor ihr und will. Aber sie setzt sich. Und er setzt sich auch. Er will ihre Hand greifen, um sie zu streicheln, denn er liebt seine Großmutter, er liebt sie und ist in diesem Augenblick traurig und dankbar sie zu sehen, ihre kleine Stimme zu hören.

Dieter, willkommen. Laß uns essen.

Wie geht es Großvater?

Großmutter atmet durch, vielleicht hat sie geseufzt, aber den Kopf schüttelt sie nicht, sie glaubt. Sie faltet die Hände. *Lieber Gott,* flüstert sie, *segne diese,* und schon ist ihre Stimme ins Nichts gekehrt, in einen stillen Atemstoß. Sie blickt ganz unbeirrt auf den Tisch, schließt die Augen und läßt sie geschlossen, schließt den Mund und läßt ihn geschlossen. Dieter ist das Beten nicht mehr gewohnt. Er hat die Hände gefaltet und sieht in die Ärmel seiner Uniform hinein, wo seine Armbanduhr links leise tickt. Auch er spricht sein Gebet tonlos, spricht nicht mehr. Schaut auf zur Großmutter, die sich ganz auf ihre betenden Hände zu stützen scheint, so als würde sie zusammenfallen oder umkippen, mit dem Gesicht in die Suppe fallen oder seitlich vom Stuhl rutschen, um mit leisem Rascheln des schwarzen Taftes über den Boden zu segeln. Doch ihre gefalteten Hände halten sie, bis sich die Finger auseinanderziehen und sich der Blick hebt. Da lächelt sie Dieter an, das heißt, es sieht nur aus wie ein Lächeln, da sie die Mundwinkel nur symbolisch anhebt, um zu zeigen, daß sie in diesem Augenblick für einen kurzen Augenblick in die Welt der Veranda zurückgekehrt sei, augenblicklich weg von Großvaters Bett, von, so scheint es Dieter, wenn sich nun ihre Blicke treffen, von einem Lebensweg an der Seite ihres Mannes, als würde sie ihr Leben unterbrechen für den Gast, den sie zweifellos lieb hat, wie eine Großmutter ihren Enkel lieb hat, der ihr aber, besonders in seiner Uniform und in seinem Alter, mit seinem jugendlichen Gesicht, mit der Nase und dem Mund der eigenen Tochter fremd bleibt. In diesem Augenblick unterbricht sie ihr Leben und wird von Dieter angelächelt, ihrem Enkel, der seine Großmutter lieb hat und sie mit beseelter Herzlichkeit anlächelt.

Wenn man so alt ist wie dein Großvater, dann ist manches schwer. Er schläft, flüstert sie durch ihre dünnen Lippen, die sich auch beim Sprechen nur noch symbolisch zu öffnen scheinen. Emmy stellt einen kleinen Korb mit Brot, in einer bunt bestickten Serviette, auf den Tisch und wirft Dieter einen Blick zu, der trotz der augenblicklichen Heiterkeit, die aus den bunten Rändern der Serviette unter dem Brot schimmert, keinen Zweifel läßt. Wenn sie die Lider jetzt eine Sekunde geschlossen hält, dann weiß Dieter: Es tut ihr leid, aber die Zeit ist abgelaufen, die siebzig Jahre des biblischen Alters hat Großvater längst hinter sich, er ist steinalt. Nichts mehr zu machen.

8

Langsam, mit der Gewißheit, daß der Schmerz es von ihr verlangt, langsam zu sein, doch auch aus Erschöpfung, setzt die Großmutter Löffel für Löffel an den Mund. Die Suppe ist dünn, aber die Kartoffeln sind zu schmecken.

Prima, sagt Dieter und lächelt Tante Emmy an, als sie ihm einen Nachschlag gibt. Die Großmutter schweigt, und auch Dieter wagt es nicht, mit der Bemerkung herauszuplatzen, daß die Bahnfahrt ohne Verspätung vonstatten gegangen sei und der Anschluß in Winden direkt geklappt habe. Die Strenge, mit der Großmutters Kleid am Hals bis zum Kinn geschlossen ist, läßt Dieter an seine Uniform denken, deren obersten Knopf er noch immer nicht geöffnet hat. Die auf der Verandamauer stehenden Blumen duften still und dumpf, und es liegt etwas in der Luft, was er in ganz anderer Form tagtäglich in Einzelteilen und aufgerissenen Mündern voller Energie oder als beiläufiges Umkippen und Vornüberfallen, Zurseitesacken, Liegenbleiben im Zischen und Pfeifen oder als rückkehrloses Fernbleiben registriert hat. Es liegt der Tod in der Luft, mit einer Schwere, die Dieter nicht kennt, die er sich nicht vorstellen kann, nicht vorstellen will, denn was ist so Besonderes an ihm? Dieter sieht die in die Suppe blickende Großmutter an und merkt, daß hier anders gestorben wird. Der Tod hat hier etwas Getragenes und Besonderes, hier wird ein Tod gestorben, der sich ankündigt und alle in seinen Bann zieht. Wenn er sie jetzt fragt, ob er Großvater sehen dürfe, dann mag sie so erschüttert sein, daß ihr der Löffel in die Suppe fällt. Er läßt es lieber. Er muß etwas sagen, aber er kann nichts sagen. Er muß etwas sagen als Lebenszeichen, sonst fällt der Großmutter nicht nur der Löffel aus der Hand, sondern die ganze Großmutter mit dem Gesicht in die Suppe, die über den Teller hinausspritzt, während der Teller in Scherben geht und der Großmutter in das suppenverbrühte Gesicht schneidet. Er weiß gar nichts und sagt es auch so: *Recht herzliche Grüße von den Eltern, liebe Großmutter,* sagt er. Großmutters Blick dringt ihm mit winzigen Pupillen in die Augen. Dann dreht sie sich zur Tür, sieht, daß Tante Emmy in der Küche hantiert, und schaut Dieter so eindringlich an, daß er sich diesem Blick gar nicht mehr entziehen kann. So lebendig sind ihre Augen auf einmal. Sie lassen ihn nicht los.

Dieter, der Weg ist zu Ende, er weiß es, ich weiß es. Auch wenn die Schmerzen sehr schlimm sind, er hat sein Ziel gefunden. Dieter weiß nichts zu sagen. Die Großmutter ist doch sonst nicht so. Zwei Stunden auf Urlaub, zu Besuch, nicht irgendwo, sondern dort, wo es ihn, seit er denken kann, hingezogen hat. Auch vor drei Wochen ging es Großvater nicht gut, aber so hat er seine Großmutter, die Mutter seiner unbekannten Mutter, nie erlebt.

Aber Dieter, du!

Dieter läßt den Löffel fallen, der zum Glück den Teller verfehlt. Er glaubt, sich übergeben zu müssen, aber er fängt sich. Wie so oft. Noch mal gutgegangen. Dabei hat er so ein sonniges Gemüt. Was meint die Großmutter mit *Aber Dieter, du?* Und da haucht sie ihm noch einmal ein tonloses *Du* ins Gesicht. Dieter versteht nichts und lächelt hilflos. Großmutter? Er sieht sich um, da hilft ihm keiner, niemand sagt ihm, warum die Großmutter so ist und was sie überhaupt meint. Sie ist wunderlich geworden, jetzt wird es ihm klar. Und wen wundert's auch, an der Seite des sterbenden Mannes? Da ist der Umgang mit den Lebenden eine besondere Aufgabe, der man nicht immer gewachsen ist. Und sie steht dazwischen und weiß nicht, ob sie ihrem Mann folgen soll oder noch bleiben.

Gehst du noch ins Schwimmbad, heut? ruft Tante Emmy aus der Küche. Da senkt sich rasch der Blick der Großmutter auf die Suppe zurück, auf den gefüllten Löffel, den sie hastig zum Mund führt.

Ja, Dieter rettet sich zu Tante Emmy.

Gut, ich lege dir ein Badetuch raus.

Die Großmutter löffelt weiter, so, als nehme sie keinerlei Notiz mehr von Tochter und Enkel. Dieter kippt den Teller und setzt an zum letzten Löffel. Zum Mutmachen. Fein, dann gleich das Badetuch geschnappt und ab. Doch die Großmutter sieht das Kippen des Tellers und lächelt sogar.

Geh nur ruhig ins Schwimmbad, sagt sie gelassen und senkt den Blick.

Aber den Großvater würde ich auch gerne sehen.

Die Großmutter sieht ihn an: *Das geht heute nicht, er ist viel zu schwach. Aber er weiß, daß du da bist, er wurde sogar lebhaft, als er es hörte, er wurde unruhig, als er es hörte.*

Unruhig, Großmutter, wieso das denn?

Na, er will dich doch noch sehen.

Unbedingt, Großmutter, unbedingt!

Sie lächelt in einer auffälligen Milde, als wäre für Sekunden der Kummer von ihr genommen, der sie wie ein eigenartig treuer Begleiter umgibt. Freund Hein, schießt es Dieter durch den Kopf, und er muß sich bemühen, das Lächeln zu erwidern.

Jetzt aber ab ins Schwimmbad! Die Großmutter legt ihre Hände auf seine. Und er nimmt ihre Hände, umfaßt sie, schaut sie verwundert an und reibt sie.

Ganz kalte Hände, Großmutter. Sag ihm einen Gruß von mir.

Die Großmutter nickt, erhebt sich von ihrem Verandastuhl ohne Mühe und steht kerzengerade vor Dieter. Mit einem Anflug von Lächeln dreht sie sich um und verschwindet im Haus. Auch wenn Dieter jetzt denselben Weg hat, bis zur Treppe in den zweiten Stock, geht er nicht mit, geht in diesem Augenblick nicht mit seiner Großmutter, weil er weiß, daß sie jetzt in eine andere Welt geht. Er kann sich schlecht das Badetuch schnappen und mit der Großmutter bis zur Treppe gehen. Also bleibt er eine halbe Minute sitzen, hört auf die sirrende Hitze ringsum. Dann nimmt er seinen Löffel und legt ihn neben den Teller, nimmt Großmutters Teller und stellt ihn in seinen. Bedacht tut er es, denn als Gast hilft man einfach mit, besonders wenn so eine Schwere auf dem Haus und seinen Bewohnern liegt, eine Schwere, die er von früher nicht kennt. Doch er denkt nicht mehr an die Teller, sondern ans Schwimmbad. Dort wird er vielleicht sie schon treffen. Sie geht gerne ins Schwimmbad.

Im Fremdenzimmer nimmt Dieter seine Badehose und wickelt sie ins Badetuch. Schon ist er die knarrende Treppe hinuntergesaust, hält unten aber inne, denn der Großvater liegt nebenan. Zwei wohlbekannte Gerüche begegnen sich im Treppenhaus, Süßliches und Beißendes, Gärendes und

Wesendes, es fault wie auf der Rollbahn, wenn der Regen ein Schlammbad angerichtet hat, in das man knietief versinkt, in dem schon viele faulen. Das Beißende drückt sich vom Plumpsklo an der Kellertür vorbei. Dieter ist verwirrt, er ist doch sonst nicht so empfindlich. Aber wenn ein Großvater nebenan liegt, dann erwartet man nicht, daß es so riecht. Großväter riechen bestenfalls nach Hosenboden. Die Suppe will sich einen Weg zurück in Dieters Hals bahnen. Da heißt es durchatmen, tief durchatmen und nichts wie raus an die frische Luft, in die Hitze warmer Brombeersträucher. Das kühle Grab des Ammoniak und des wundgelegenen Großvaters ist nichts für den Badegast. Zu Heidi, gut, morgen mit den Kleinen, aber heute doch wohl nur Heidi von Braacke, hoffentlich. Wenn sie nur kommt.

9

Dieter liegt auf seinem Badetuch und schließt die Augen vor dem Himmel, dessen Blau ins leuchtende Rot seiner Lider übergeht, wie eine Blende, die sich langsam schließt. Bei seiner Jubilette geht so was natürlich schneller. Zwischen Blau und Rot entspannt sich Dieter und hört im Gelb neben den Müttern und Kindern das Plätschern des Wassers und das Krachen der Bomben, als die sich die Pimpfe vom Einmeterbrett des Schwimmerbeckens stürzen.

Abwarten, Thomas, abwarten, irgendwann taucht sie auf, die Kleine, heißt Maschenka.

Aber Dieter hält sich fern von Flintenweibern.

Ach was, die doch nicht, und riechen tut sie auch nicht übel, nicht so ein abgefressener Fisch wie ihre Mutter oder Schwester oder was auch immer, beides wahrscheinlich.

Er kennt die Mutter nicht, auch nicht die Schwester. Wie steht er aber da vor den Kameraden? Ein flotter

Spruch hat noch keinem geschadet. Daran ist noch keiner gestorben. Das Geschrei der Kinder nimmt zu, das Geschrei der Mütter. Unerhört. Gehen ins Schwimmbad ohne Badesachen, nackt.

Thomas, nichts für uns, weiter! Lassen Sie das doch die Schmutzstaffel machen, sollen die Schornsteinfeger mit ihrer schwarzen Seele tun, was sie nicht lassen können. Was ist der Unterschied zwischen der Wehrmacht und der SS? Na? Die Wehrmacht kehrt heim ins Reich, die SS kehrt reich heim. Gut, nicht?

Nichts zu sehen im gelben Birkenwäldchen unter dem blauen Himmelchen mit den Haufenwölkchen. Ein Riesenhimmel im Herbst. Wolkentürme in östlichen Weiten. Nichts zu hören im Ausatmen des Rauchs. Nur das ferne Fiepen des Müttergeschreis und des Kindergeschreis. Die Männer schon drin, darauf die Mütter.

Hopphopphopp.

Und dann kracht es. Wieder einer dieser Lausbuben vom Jungvolk. Verschwunden im Wassertrichter. Die Kinder spielen schreiend, und die Mütter lächeln, reden übers Wetter, lesen in der Zeitung und kichern, während eine vorliest: *Weißer Schwan, männlich, zu verkaufen, städtisches Verkehrsamt Kirchheimbolanden.*

Da lüpft Dieter den Kopf, blinzelt und schaut mit der Hand vor der Stirn zu den Hühnern. Landhühner. Nicht sein Niveau, aber auch nicht gerade Flittchen. Die Mädels schauen ihn an, kichern lauter und höher und lassen den Blick gar nicht mehr ab von ihm.

Ei, wo kummen Sie dann her? will die Linke wissen, die einen wohl Zweijährigen auf dem Arm hält.

Sie sinn awwer net vun hier, mischt sich die andere ein. Offenbar sind sie mutig geworden, übermütig und keck, diese Dinger. Irgendwie muß er sie abwimmeln, denn die von dem Schlag gehen einem schnell auf die Nerven, sind laut und gehören zu Kreisen, mit denen man einfach nichts zu tun haben muß. Dieter findet auch gleich die passende Antwort, die er freundlich lächelnd mit einem leichten Schalk spricht: *Nie sollst du mich befragen.*

Er denkt sich, daß sie das nicht verstehen, weiß, daß sie es nicht wissen. Ist nicht so bekannt hier auf dem Lande. Und die Mädels schauen sich auch entgeistert an, halten ihn jetzt womöglich für einen Spinner, werden ihn wohl abblitzen lassen, oder? Sieht so aus. Er kann sich zurücklehnen, und sie stecken auch schon ihre Köpfe wieder in die Zeitung. Dieter legt seinen Kopf aufs Badetuch, als ein Schatten über seine roten Lider einen schwarzen Balken schiebt. Und aus dem Schatten spricht eine Stimme zu ihm: *Euch Lüften, die mein Klagen so traurig oft erfüllt.*

Da klappen Dieters Wimpern auf, die Stimme kennt er doch. Das ist nicht Tante Carla mit den Kleinen, das ist nicht Tante Elle aus Saarbrücken. Jünger. Jünger und hübscher, gewandter auch. Und schon reißt er sich vom Boden, taumelt in die Höhe und merkt, daß er zu lange in der Sonne gedöst hat. Denn das Bild, Locken und Badeanzug, flimmert und schwankt, droht sich in kleine gelbe und rote Pünktchen aufzulösen, während Dieter Haltung annimmt, um seinen Körper und seinen Kreislauf zur Raison zu bringen, auch wenn die Stelle juckt, und um schließlich ganz gegenwärtig *Heidi* zu hauchen. Heidi lächelt ihm ins Gesicht. *Dieter!* Da können die Mädels nicht mithalten. Fräulein von Braacke gibt sich die Ehre, mit Leutnant Thomas schwimmen zu gehen. Schon gleich am ersten Tag, da hat er aber Glück gehabt. Wenn man so kurz nur da ist und dann nicht weiß, wann man sich treffen wird, ob man sich überhaupt treffen wird und wie man sich treffen kann, ohne daß man die Regeln des Anstandes verletzt und den Major düpiert, dann kann man sich nicht beklagen, wenn es gleich klappt. Fein.

Wußtest du, daß ich hier bin?

Nein, ich wollte eigentlich nach dem Schwimmbad in der Bismarckstraße vorbeischauen.

Wirklich? Sie wäre einfach so hereingeschneit bei Pfarrers? Die Stelle juckt. Dieter ist wie ausgewechselt. Die Stelle juckt. Die Hühner gackern hinter ihrer Zeitung, aber Dieter hört Schlager, und vor ihm steht Ilse Werner in Blond, das charmante Mädel. So schlimm war es aber im Pfälzer Hof vor drei Wochen noch nicht. Dieter ist verwirrt. Wenn er den Hühnern eben mit Wagner gekommen ist, dann kann er jetzt nicht anfangen zu stottern. Das kann er sich nicht leisten. Er ist wach, ganz hier. Die Bäume des Kurtals um ihn herum, der Rasen des Sportplatzes neben dem Bad, sie sind ein mondäner Park, das Wasserbecken ein südlicher See. Er ertappt sich dabei, es für eine Bucht in Hawaii anzusehen, und muß lachen.

Dann ist es doch ganz prima, daß du hier so über mich gestolpert bist.

Ja, das bin ich fast. Das trägt zur Entspannung bei, aber neben dem Jucken der Stelle hat Dieter, und das merkt er erst jetzt, noch ein körperliches Gebrechen, kein Gebrechen, eine Art anschwellender Verformung. Und er hat gerade nicht die Uniform mit dem festen Stoff der Uniformhose an. Er beginnt, sein Lächeln mit ein paar Gesten der linken Hand zu vermischen, eine Art des Winkens und Deutens, zu dem jetzt eigentlich ein Wort des Hinweises auf eine Wolke oder einen Baum oder einen Vogel kommen müßte. Allein, um Heidis Blick oben zu halten. Er sollte nicht an seinem Körper hinabgleiten. Und er kann ihn tatsächlich bereits an seiner Brust abfangen und in die Luft lenken, auf Bäume, die da nicht stehen, auf Vögel, die da nicht fliegen, und auf Wolken, die da nicht ziehen. Da kommt ihm die Lösung. Einladende Handbewegung aufs Schwimmbecken: *Komm, gehen wir ins Wasser.*

Heidi muß schallend lachen. Das gehört sich nicht, aber es ist genau das, was aus Adelheid Heidi macht.

Ins Wasser gehen? fragt sie. *Ich will schon noch etwas leben.* Ach so, ach ja, keckes Früchtchen. Dieter, Dieter, einen Versuch wäre es wert. Den Gedanken kann er sich leisten, denn gerade versinkt er bis zum Nabel im kühlen Wasser. *Mensch, die kannste doch mal rannehmen, die Maschenka. Was?* Da spritzt ihm Heidi Wasser ins Gesicht. Er lächelt und wischt einen Tropfen von der Wimper seines rechten Auges. Sie lacht ihn in einer Weise an, die er nicht mit dem Fräulein, das vor ihm im Wasser schwebt, verbinden kann, mit dem Bild einer Meerjungfrau, die sich in seine Vorstellung von Heidi hineinträumt. Ihre weißen Zähne glänzen unerreichbar wie auf einem Filmplakat, blitzen in der Sonne bedrohlich auf.

Na, schwimmen wir um die Wette?

Gerne.

Dann komm. Er schwimmt zu ihr, direkt vor ihr Gesicht.

Was hältst du von Kaffee und Kuchen, mein Vater würde sich sicher freuen. Komm doch nach dem Schwimmbad mit, sagt Heidi im Getümmel des Beckens, vor dem Geschrei am Beckenrand, dem Pimpfgewimmel am Einmeterbrett und dem Bauerntöchterknäuel auf den Handtüchern hinter den krüppeligen Hecken. Darüber das Sirren aufgeregter Mauersegler, die nun im Tiefflug über dem Kurtal kreisen, was ein Gewitter ankündigen könnte. Und in der Tat ist der Himmel, auf den Dieter für eine Sekunde zwischen den Fahnenmasten am Beckenrand hinaufschaut, diesig geworden.

Wie wär's?

Sehr gerne, Heidi, aber ich habe meinen Verwandten in der Luitpoldstraße schon versprochen vorbeizukommen. Wäre denn morgen auch genehm?

Genehm? Was soll das heißen, genehm? Sprich doch nicht so geschraubt, lacht sie ihm wieder mit dieser Unbekümmertheit ins Gesicht, die etwas Angriffslustiges bekommt. Das gefällt ihm und irritiert ihn. Sie ist aus den Kreisen, wie er sie sich wünscht, sie hat so etwas Gewisses, aber sie ist auch so keck, daß man es als Mann ganz schön schwer hat. Wahrscheinlich schwimmt sie auch schneller als er, und das wäre wirklich peinlich. Sie haben den Beckenrand erreicht und drehen sich dem Wasser zu, die Rennbahn wartet.

Auf die Plätze, fertig, los!

Schon ist sie abgetaucht und krault, ein geschmeidiger Aal. Ein Torpedo schießt durchs Becken. Da staunt Dieter nicht schlecht. Nichts wie hinterher. Dieter bricht ein in die Kühle. Und in der Geschwindigkeit, die er aufnimmt, die er spielend gewinnt, wäscht sich aller Tagschweiß vom Körper. Alle Stimmen, die er mitgebracht hat, werden abgestreift von seinen Schläfen, er fühlt, wie er leichter wird, wie er leichter und schneller wird, und sieht vor sich verschwommen Heidis Füße. Er ist ihnen schon ganz nah, zum Greifen nah. Er greift, aber sie ist doch schneller als gedacht. Wie ihn das Wasser ganz und gar umgibt, hat etwas Heilsames. Keine Angst mehr. Keine Angst mehr vor dem Wasser.

Nur kurz taucht er auf, schnappt Luft und taucht wieder ab, wie ein Fisch, als hätte er sein Element gefunden. Sein Element, das geht ihm durch den Kopf, den endlich kühlen Kopf. Jetzt sieht er klar, pflügt sich durchs Becken, schwebend mit einem Ziel vor Augen, das aus mehr besteht als nur den wedelnden Füßen vor ihm. Aus einer frechen Wassernixe, die sich entfernt, schneller wird, auf und davon.

Er muß sich anstrengen, ja, bei ihr muß er sich anstrengen. Taucht auf, kann durch die tropfenden Wimpern nichts sehen, taucht wieder ab und sieht vor sich einen

Frauenunterleib aufrecht stehen, hoppla, im Wasser, ihm zugewandt, nanu. Er taucht auf und dreht bei, verlangsamt die Geschwindigkeit, Motoren volle Kraft zurück, da steht sie, am Beckenrand, und er Kurs auf sie, doch sie ruft ihm lachend *Erster!* zu. Tatsache, sie hat gewonnen, hat ihn ausgestochen.

Gratuliere, schnauft er aus dem tropfenden Gesicht. Er ist enttäuscht, er ist blamiert, doch niemand lacht, niemand hat die Schmach bemerkt, na gottseidank.

Famos, meine Dame! bleibt er ganz Kavalier, denkt er, fühlt noch einen leichten Stich, als er das sagt, der Ehrgeiz angekratzt noch ein wenig, aber so gut gesagt, das Lob, daß er stolz auf sich ist.

Tja, Herr Leutnant, ihr Panzer lahmt, prustet sie ihm ins Gesicht. Und da geschieht es: Das Wort Panzer unterstreicht sie, indem sie über seinen Bauch streicht, kaum zu spüren, wie die Flosse eines Fischs, die Finger ihrer rechten Hand, beiläufig mit dem Handrücken, auf seinem noch angespannten Bauch, dicht über dem Nabel. Was hat sie da getan? Er läßt es geschehen, nur zu gern. Er schwimmt um sie herum, hin und her, her und hin. Jetzt ist es prima, jetzt ist es ganz prima, hinter ihr hergeschwommen zu sein. Denn, denkt er mit offenem Mund, von dem das Lächeln nicht mehr wegzukriegen ist: Nur wenn man hinterherschwimmt, verliert man sein Ziel nicht aus den Augen. Hat er es erkannt? Mit einem Schwung hat er den Beckenrand erreicht und schiebt sich als kunstvoller Leichtathlet aus dem Becken. Mit einem Satz steht er am Becken, und mit einer Drehung hat er die Hand ausgestreckt, zu seiner Heidi, die im Wasser dümpelt, die sich selbstverständlich von ihm herausziehen läßt. Die gleich oben neben ihm steht, noch nicht sofort die Hand aus seiner zieht. Ihr Gesicht wird größer, kommt Dieter immer näher, unaufhörlich näher, so daß er, wie in der Tanzstunde gelernt, die Dame unauffällig, kaum merklich zu sich heranziehen kann, keinen Druck ausübend, geschmeidig führend, ja, vorwärts, seitwärts.

Einstweilen schönen Dank, aus unverschämt grinsendem Mund, begleitet schon wieder ihre Hand, die sie dem unmerklichen Druck Dieters merklich entzieht. Läuft, ein Lächeln über die Schulter, tänzelnd zu ihrem Handtuchlager. Dieter muß auf die wogenden Hüften schauen. Das macht man nicht! Schon klar, aber wenn es so wogt, was soll man da machen? Das Ziel, dem er hinterherläuft, ist deutlich zu erkennen, und so hebt sich der Blick von den Hüften, denn die sind nicht das Ziel, so einer ist der Dieter nicht. *Ach was, komm schon! Nein! Komm schon! Nein! Jetzt komm schon! Nein, nein, nein, Schluß jetzt, ihr Doofköppe! Du bist aber dran, Kamerad Schnürschuh, jetzt mach schon.*

Erschöpft liegen sie im Glanz der Tropfen, die vom Körper rollen, auf den Badetüchern, *Komm schon! Nein!* der noch schnaufende Dieter, die noch schnaufende Heidi. Und es scheint alles so richtig. *Schluß jetzt, nein, nein, nein!* Dieter schießt auf einmal in die Höhe, er muß noch mal zurück, muß noch mal ans Wasser, ins Wasser.

Augenblick, bitte! Er hechtet zum Wasser, bückt sich am Beckenrand, geht in die Hocke und versenkt seinen Kopf in die Kühle. Ja, weg damit, weg mit allem, was da nicht hingehört. Er zieht den nassen Kopf aus dem Wasser und wirft ihn hin und her, schüttelt sich und horcht. Stille. Gluckern im Ohr. Plätschern. Tropfen von seinem Kopf auf den Boden. Alles echt Schwimmbad. Na, gottseidank. Er streicht die nassen Haare nach hinten, sieht aus wie ein pomadisierter eitler Fatz, würde Tante Carla sagen, und geht beruhigt schnell wieder zu Heidi.

Was war?

Nichts, eine Wespe auf dem Kopf. Er breitet sich aufs Handtuch, legt sich, dehnt sich, sieht zu Heidi herüber, der großen Sportlerin, kneift das Auge in der Sonne zu und zieht dabei den Mundwinkel hoch, so daß ein kleiner rotziger Junge rauskommt, jedenfalls kein Soldatengesicht. Er merkt, was für ein Dieter gerade auf seinem Gesicht steht. Der Dreikäsehoch, der von der Rutschbahn heruntergesaust ist, Tante Carla schaute zu, Tante Elle war dabei. So oft. Über das Auge legt er gegen die Sonne die Hand, wie ein Kind, das die Welt erkundet. Er kennt diese Wiese seit Kindertagen. Ein unbekanntes, ungefähres Gefühl befällt ihn.

Er schaut wie ein Späher über das Grün der Wiese, an den weißen Bänken vorbei, über die kniehohen Hecken an den Wegen, über die kleinen Bäumchen auf der Wiese hinter dem Zaun, das kleine Tal entlang. Die Sonne trocknet ihn. Sie scheint weich auf seine Haut, die schon ein wenig Farbe bekommen hat diesen Sommer, ausbaufähig, er wird sie hier ausbauen. Am Ende kommt sein Blick beim taubengrauen Schieferdach der Villa Zickzack an, das über Baumwipfeln herausragt. Heidis mondänes Schlößchen, denkt er, ja man muß schon Schlößchen sagen, mit der schönen Freitreppe, den akkurat geschnittenen Hecken im Garten, der ein Park sein müßte, wäre er etwas größer. Und schon lächelt er Heidi an. Wird wieder erwachsen, entspannt sich. Auch wenn jetzt am tropfenden Bein die Stelle juckt. Sie liegen auf dem Bauch und schauen sich an. In ein Lächeln versunken sie, mit dem sie vielleicht über ihn triumphiert, und er, mit dem er den nötigen Respekt im Spiel zollt, die gute Miene macht. Doch er kann sie unmöglich die ganze Zeit anschauen und kein Wort über die Lippen bringen. Verflixt, ihm fällt keins ein. So etwas heißt Verlegenheit und ist immer im Weg, wenn man sich mal nett unterhalten will. Das sollte man zumindest wollen, zumindest jetzt, gerade jetzt. Also: Zeit für eine Zigarette. Geschwind aus dem Päckchen geschnippt, schon steckt sie in Dieters Gesicht, das Streichholz über die Fläche gerieben, und der Knaster knistert, denkt sich Dieter, als er den ersten Zug nimmt.

Und ich? lächelt sich Heidi ans Päckchen heran, während sich der blaue Dunst um den Soldaten ausbreitet.

Und du? Du rauchst?

Wenn du mir eine anbietest?

Darauf wäre er jetzt nicht gekommen. Eine Frau, die raucht. Verwirrt stottert er *selbstverständlich*. Er will ja nicht spießig erscheinen, aber eine Frau, die raucht, geht das nicht ein bißchen weit? Sicher, es gibt sie, die rauchenden Frauen, die hat er aber in den besseren Kreisen bisher noch nicht gesehen. Höchstens die Damen vom Film, die rauchen, aber auch nur in ihren Rollen. Es entstellt das Gesicht einer Frau, wenn sie raucht. Wie da die Lippe so einen Wulst bildet über der Zigarette, das ist nicht ganz in Ordnung.

Da wird auch schon die Ordnung wiederhergestellt, von allerhöchster Stelle. Denn das Aufblitzen des Päckchens oder das Schnippen der Zigarette wurde wie von einem Frosch, der beim Fliegenfangen Bewegungen ausmacht, bereits beobachtet und registriert. Durch den Bademeister, der, als Dieter beim zweiten Zug nicht anders kann, als aus dem Päckchen auch Heidi eine zuzuschnippen, in Ausübung seines Amtes neben den beiden steht und mit korrekter Strenge im Gesicht einschreitet.

Des Rauche is hier im Freibad verbode! lautet seine Bekanntmachung, bei deren vorletzter Silbe das kleine Bärtchen über der Oberlippe an die Unterseite seiner Nase gedrückt wird. Dieter erschrickt, Peinlichkeit sticht ihm ins Gesicht, fährt ihm über die Backe. Er verschluckt den Rauch des letzten Zuges und muß husten. Als er gerade zu denken wagt, daß da so ein blöder Bademeister dahergekommen ist und ihn maßregelt, was bildet der sich überhaupt ein, wieso ist der nicht beim Kommiß, hat der überhaupt gedient? So ein ziviler Schlappschwanz! Als er dann den Gedanken losläßt, er fällt ihm hin, da kann er nicht anders als gehorchen, läßt den Mund geschlossen und versucht weisungsgemäß zu handeln. Drückt die Zigarette auf dem Boden aus.

Net hier ufm Bodde! blafft es da aus der Ordnungsmacht. Dieter bekommt rote Ohren und rote Flecken auf den Wangen, jetzt senden seine Wangenknochen einen Schmerz aus, die Mundwinkel entgleiten ihm, fallen nach unten in einer fremdbestimmten Weise, die keinen anschauenswerten Ausdruck ergibt. Weiß nicht, wohin sonst mit der Zigarette. Hat sie auch schon ausgedrückt. Weiß nicht, wohin mit der Leiche, dem Corpus delicti. Hantiert unbeholfen. Doch dann schaut er mit der Hilflosigkeit eines angeblafften Kindes und dem aufkommenden Ärger eines gemaßregelten Erwachsenen zu Heidi – und ist plötzlich erleichtert, daß Heidi jetzt nicht rauchen kann. Sie rauchen zu sehen, hätte ihn nach seiner schwimmerischen Niederlage verstört.

Verzeihung, ich wußte nicht, daß das hier verboten ist, hilft jetzt natürlich nichts gegen den Triumph der Ordnung: *Des steht hier awwer in de Badordnung am Eigang ganz groß, die hätten Se lese misse, entweder Sie entferne die Zigarett oder Sie verlasse aucheblicklisch des Bad, verstanne?*

Das sitzt. Dieter hat sich eine Blöße gegeben, hat einen Verstoß begangen, was doch nicht seine Absicht war, und stopft die ausgedrückte Zigarette ins Päckchen zurück. Dieter hat rote Backen. Ihm ist heiß. In einer Sekunde lang wie eine Stunde kräuselt der Bademeister die Nase und fixiert Dieter, um durch den Nachhall seiner Autorität Reue aufkommen zu lassen. Dann dreht er sich wohl um in der Vermutung, daß nun kein weiterer Verstoß zu erwarten sei, und verlautbart im Weggehen dem Frevler und allen Besuchern, während der Blick über sein gesamtes Becken- und Wiesenreich gleitet: *Des geht doch net, wo komme mer denn do hin?*

Stimmung im Eimer, auch wenn ein entrüstetes Kopfschütteln bei den Besuchern, die Frevel und Einschreiten miterlebt haben, ausbleibt. Selbst die Hühner mit der Zeitung schauen zwar herüber, aber ohne Häme oder Vorwurf. Blamiert ist Dieter vor allem vor Heidi. Er sitzt und wartet, bis die Fassung zurückkommt, bis aus dem abermals rotzig und klein gewordenen Jungen wieder Leutnant Thomas wird, zumindest Dieter, der Mann. Indem der Bademeister verschwindet, wird es schlagartig dunkler, als hätte er eine Wolkenarmee zu einer Strafexpedition gegen Frevler und deren Flintenweiber ausgesandt.

Dieter vermeidet den Blick zu Heidi, er muß sich erholen von dieser Art der Feindberührung: Als Feind kann man den Bademeister natürlich nicht bezeichnen. Dieter schaut in den Himmel, um zu sehen, was da für ein Geschwader aufgezogen ist. Mauersegler schwirren über die Wiese, den Sportplatz und die Wandelhalle, die dem Bad in mondänem Weiß gegenüberliegt. Doch sie sind es nicht, die den Himmel verdunkeln. Erste Wolkenbäusche sind aufgetaucht, Gewitterköpfe. Ein Lüftchen regt sich und wird immer munterer. Es fegt über die trocknenden Tropfen auf Dieters Haut und kitzelt die ohnehin juckende Stelle. Schnell werden aus dem Lüftchen Windstöße. Da fangen die Pappeln an zu rauschen. Rauschen auf, als wollten sie die Ohren schon auf das Gewittergrollen und den Donner vorbereiten, der nun mit Spannung erwartet werden kann. Da steht was an, da geht was los. *Kommen Sie, meine Herren, kommen Sie, meine Damen.* Es herrscht allgemeiner Aufbruch, denn hier gibt es keine ruhige Sonne mehr, die bleibt verborgen.

Als Dieter und Heidi das Freibad verlassen, sind die wild flatternden und winkenden Pappelblätter bereits heller als der Himmel, dessen Gewitterköpfe sich, wie Onkel Gustav immer sagt, *im Weißenburger Loch zu bedrohlicher Schwärze zusammengezogen haben*. Dort wo, wie Großvater immer gesagt hat, *Wald zu Wein wird* und hinter dem Weintor das Elsaß beginnt, zu dem Großvater Departement beziehungsweise *Departemong* gesagt hat. Das Zischen des Windes ist schon in der Umkleidekabine beim Schließen des obersten Uniformknopfes nicht zu überhören gewesen. Und dann geht alles entsetzlich schnell. Kaum haben sie die Bäume neben dem Brunnen erreicht, der den hiesigen Böhämmerkult in Stein gemeißelt zeigt.

Ein lächerlicher Kult der hiesigen Bauern, die mit einem Blasrohr Jagd auf so etwas wie Spatzen machen, meint Heidi.

Ein alteingesessener und unverfälschter Ausdruck deutschen Volkstums, meinte Onkel Gustav, als er Dieter vor einigen Jahren den neu errichteten Brunnen zeigte. Der Brunnen plätschert gegen das Rauschen des Windes an, aber der Wind setzt sich durch. Das Gewitter hat gesiegt, und es zuckt recht ordentlich im Weißenburger Loch. Erste Tropfen versetzen das Trottoir ringsum mit schwarzen Punkten, großen Einschußlöchern, möchte man sagen.

Wenn was kommt, dann kommt was aus dem Weißenburger Loch, sagt Heidi.

Verstehe, dann sollten wir versuchen, schnell ins Trockene zu kommen. Dieter blickt sorgenvoll auf die Einschläge.

Auf die Plätze, fertig, los! fordert ihn Heidi heraus. Dieter nimmt den Kampf an. Seite an Seite die Bismarckstraße hinauf. Jetzt setzt sich Dieter durch, fegt an Heidi vorbei, die dafür Ilse Werners burschikose Eleganz aus *Wir machen Musik* an den Tag legt. Und indem er, den ersten Tropfen im Auge, an ihr vorbeizieht, muß er zurückschauen, sie anschauen, was soll er an ihr vorbeilaufen, was bringt das? Dieter streckt seine Hand aus, und sie beugt sich nach vorne und streckt ihren Arm aus. Da haben sie die kleine grüne Gartentür an Stepps Vorgarten längst passiert, sind am Garten vorbei und stehen schon an der Zeppelinstraße, die links nach Zickzack führt. *Und vor uns liegt die Welt.* Dieter nimmt ihre Hand, natürlich nimmt er nicht ihre Hand, sondern er trägt ihr sein Geleit an, dem Fräulein von Braacke. Jetzt kann er Heidi zum Gartentor der Villa bringen, dem Schlößchen am Waldrand, mit den akkurat geschnittenen Hecken und den grünen Fensterläden. Im Sauseschritt sind sie an der Pforte gelandet, am Paradiesgärtlein. *Werden sich unsre Wege scheiden?* Denn nicht allein der Sauseschritt hat Dieter seit dem Brunnen außer Atem gebracht, da ist etwas dazugekommen, was für ihn spätestens beim verschwommenen Anblick der vor ihm schwimmenden Heidifüße nicht nur im Spiel war, sondern im wörtlichen Sinne greifbar wurde. Jetzt auch, in diesem Moment. Wenn er nicht den Ernst und die trocknende Kehle für sein gegenwärtiges Gefühl halten würde, müßte er lachen, denn es singt und klingt in ihm ein ganzes Filmorchester, wild durcheinander singen da alle. *Na, wieder ins Kino, Thomas?* Soll er aussprechen, was ihm Jopi ins Hirn singt? *Liebling, was wird nun aus uns beiden?* Gott bewahre, auch jetzt heißt es: Haltung bewahren. Heidi öffnet das schmiedeeiserne Tor. Er muß draußen bleiben, ein Stich, ein kleiner, aber im Augenblick so heftig, als falle das quietschende Tor für immer ins Schloß. Warum so schnell? Augenblick noch, Moment mal bitte, Fräulein. Aussichtslos, und außerdem regnet es. Als sie sich noch einmal zu Dieter dreht, denkt er: Also dann.

Also dann, Heidi, spricht er durch die Gitter des Tores.

Du wirst ja ganz naß, Dieter.

Du auch.

Ja, aber dir sieht man es eher an.

Nein, dir viel mehr, guck mal, deine Bluse.

Komm doch mit rein ins Trockene.

Ich trockne besser bei den Stepps, redet er sich jetzt um Kopf und Kragen. *Du trägst ein entzückendes Kleidchen,* singt es wieder, entsetzlich. *Und dennoch bist du nicht.* Ach was, Schluß jetzt!

Und ich will nicht stören.

Iwo, auf einen Tee wirst du mir doch Gesellschaft leisten? Außerdem will ich nicht hier im Regen stehen, das würde mich stören. Da flackert ein Blitz über der Stadt und augenblicklich kracht ein Donnerschlag durch Mark und Bein. *Deckung!* sagt es. Doch Dieter hört nicht nach innen oben hinten, er zuckt zusammen bei diesem Schlag, den auch Heidi nicht verkraftet. Sie zittert regelrecht, feuchtes Kleid und Donnerschlag, das ist zu heftig für das Ende eines Schwimmbadnachmittags. Nach dem Schrecken fröstelt es sie am ganzen Leib. Dieter sieht es und will sie schon fürsorglich in den Arm nehmen: steht mit ihrem Kleidchen da, wirklich wie die Werner. *Gib ihr nen Kuß, sie hält schon still.* Er hält ihr seinen Arm hin, und sie hakt sich bei ihm unter. Besser so, nicht übermütig werden, zu voreilig, eine riskante Operation. Ist etwas für Feldmarschälle am Kartentisch, aber nichts für Leutnants an vorderster Front, an der, wenn er sich umschaut, muß er schmunzeln, an der Gartenfront.

Was grinst du, stimmt was nicht? fragt die Frau an seiner Seite.

Nein, nichts, stimmt alles.

An der Freitreppe angekommen: *Na dann komm, auf einen Tee.* Blitz und Einschlag im selben Augenblick. Das Sommergewitter liegt auf der Stadt. Tobt. Erde, Schnee und Splitter fliegen durch die Luft. Ein Panzer steht in Flammen. *Na wartet, ihr Hunde. Ihr habt ihnen geholfen. In Brand schießen, Malaja Irgendwas.*

Heidi, ich gehe nach Hause und komme später wieder, dann sind wir getrocknet. Heidi schaut ihn an, sagt nichts, kein Wort.

Sie wartet eine Sekunde, dann rennt sie die Treppe hinauf und verschwindet in der Villa, ohne ihn anzuschauen. Die Tür ist zu. Dieter blinzelt im Regen, es läuft ihm das Gesicht hinunter. Das ist jetzt vergeigt. Ein Brennen im Magen, denn wenn sie beleidigt ist, dann hat er schlechte Karten für die nächsten Tage, und es sind nur nächste Tage, die er hier bleibt. Dann wird er sie nie wieder sehen, nie wieder. Und hatte sich doch so gefreut. Er muß schlucken: Wenn sie nun nichts mehr von ihm wissen will. Vielleicht ist es aber nur der Regen, der sie ins Haus treibt, ohne sich umzudrehen.

Und später? Mist, später hat er versprochen, bei den Roses vorbeizukommen, die freuen sich schon darauf, besonders die Kleinen, und er freut sich mächtig auf die Kleinen, die Süßen. Jetzt Heidi nachzurufen, daß er später gar nicht könne, bringt nichts, denn sie ist schon weg. Ihr nachzugehen, ins Haus, ist undenkbar, ein nasser Hund mit tropfenden Wimpern. Malaja, wie hieß das noch? Malaja Irgendwas, Maschenkas Dorf. Es heißt so etwas wie klein. Daumen und Zeigefinger hat sie fast aufeinandergelegt und vor ihr Gesicht gehalten. Das weiße Gesicht mit dem Zopf, dunkelbraun, wie eine Schnecke um den Hinterkopf gelegt. Dieter muß lachen, beim ersten Mal. Als er sie sieht, kommt sie ihm vor wie ein Püppchen der russischen Volkskunst. So ein hübsches Gesicht und diese rosigen Wangen, schmal, aber kräftige Wangenknochen, ostisch, wie das hier so ist. Malaja Irgendwas. So klein. Malyj klein. Maschenkas Zeigefinger über ihrem Daumen. Und ein Lächeln, das er nie vergißt, sein Leben lang nicht. Auch wenn sie einen schmutzigen Rock und zerbeulte Stiefel anhat, einen löchrigen Schal, fehlt nur noch die Folkloregruppe und irgend so ein junger kahlgeschorener Iwan oder Kolja mit hochgeschlossenem Uniformhemd und einer Riesenbalalaika. Gibt es natürlich nicht. Sie hat eine graugrüne Armeejacke, gesteppt, zerrissen, aber geflickt, so gut es ging.

Wie hat sie die wohl gekriegt?

Ach was.

Schweinekälte. Ihre Finger im Handschuh, der Zeigefinger über dem Daumen. Malyj klein. Bei *Klein,* sie sagt *Klajn,* zieht sie Mund und Augen so dramatisch auf, lächelt dann wie voller Mitleid, ach so klein, *tak malyj klajn.* Ihr Atem eine Wolke in der Eiseskälte. Malaja Irgendwas, ein kleines Dorf, nichts besonderes, eins wie das andere. Alles Holz, brennt wie Zunder. Manche mit hübschen bunten Fensterrahmen, wenn Geld da war für Farbe. Das Haus der Kolchosleitung, Backstein, irgend so ein mickriger Bolschewik hat da als Kommissar drin herumgewurstelt. Backstein, immerhin, roter Backstein. Natürlich leer. Mit Sack und Pack auf und davon. Eine halbvolle Tasse Tee steht noch auf dem Schreibtisch, der Samowar ist noch warm. Ein grauer Vorhang aus prasselnden Tropfen über der Kurstadt, undurchdringlich. Darin zucken Blitze. Ein warmer Gewitterregen. Aufatmen. Die Schwüle geht. Der Regen poltert auf die Dachpappe des Graffels. Dieter schellt. Neben dem eigentlichen Schuppen, dem Werkzeugschuppen mit den Gartengeräten, links daneben wie in einem Unterstand das Holzlager, Brennholz für den Winter, nicht viel. Im Hackklotz steckt eine Axt. Da wird der Himmel über den Brombeeren hell. Der Schauer zieht weiter, ein weißer Strahl schiebt das Grollen nach Osten ab, wo es hingehört. Eifriges Tropfen in Bäumen und Sträuchern, die Regenrinne des Graffels klappert wie eine Blechbüchse. Der Regen hat nachgelassen. Jetzt könnte er wieder die Straße hinauf zum Zickzack, könnte Tee bei Heidi …

Da öffnet Tante Emmy die Tür. Die Axt, die Dieter mit nassen Händen aus dem Hackklotz gezogen hat, wäre ihm beinahe aus den Fingern geglitten. Sie trifft dennoch Tante Emmys Ellenbogen und durchtrennt ihn mit dem ersten Hieb. Dem Hieb, der noch in die Haustür hinter ihr eine Kerbe schlägt. Emmy taumelt stumm schreiend und windet sich, während sie, holla, den wild blutenden und tropfenden Stumpf ihres Armes hält. Am abgeschlagenen Unterarm auf dem Boden, um den sich eine kleine Lache ausbreitet, scheinen die Finger, Dieter traut seinen Augen kaum, noch zu zucken, als wollten sie Klavier spielen. Der Unterarm läuft auf dem Linoleumboden vor dem Klo aus. Dieter ist überrascht von der Exaktheit seines Hiebs. Aber die Tante schreit jetzt wie am Spieß. Das geht natürlich nicht. Das weckt zum Schluß den Großvater auf. Der wird noch beunruhigt und macht sich Sorgen. Und die Großmutter noch viel mehr. Sie sagt es dem Großvater, denn der kann das Bett nicht verlassen, und er schimpft den Dieter aus. Tante Emmy muß Ruhe geben, da hilft nichts. Er muß auf den Hinterkopf einschlagen oder den ganzen Kopf abhacken. Weiß aber nicht, ob er den überraschend sauberen Schlag auf den Arm auch am Genick noch einmal so hinbekommen würde. Den ganzen Kopf abhacken, das würde er doch nicht schaffen, da müßte er Tante Emmy auf den Hackklotz legen, aber die hält nicht still, windet sich noch. Dieter schaut zu Großvaters Zimmer. Da rührt sich nichts, das heißt, genau kann er es nicht hören, denn Emmy kreischt. Jetzt gib schon Ruhe. Er versucht sie mit einem Tritt gegen die Brust zur Raison zu bringen, aber das löst nur ein zusätzliches Schluchzen aus. Ein Schluchzen, in das sich ein Husten mischt. Ein Husten, bei dem er unmöglich horchen kann, ob der Großvater unruhig geworden ist. Und die Großmutter noch viel mehr. Die Axt bleibt nach einem Schlag aufs Geratewohl in Tante Emmys Genick stecken. Im Genick, das er, jetzt merkt er es deutlich, unmöglich mit dieser Axt hätte durchtrennen können, geschweige denn den ganzen Kopf abschlagen. Emmy starrt schweigend und reglos.

Er geht zurück in den Regen hinaus. Den Regen, der sofort die ersten Blutschlieren der Axt verdünnt und Hautstücke bespritzt. Er schlägt die Axt wieder in den Klotz im Unterstand. Um den Griff legt er die Finger von Emmys Hand, als hätte sie eben selbst zugeschlagen.

Komm rein, sagt Tante Emmy. *Ach Gott, zieh dich mal um! Bischt ja ganz naß. Dem Vater geht's gar net gut, atmet plötzlich sehr schwer.*

Dieter geht an Großvaters Zimmer vorbei, die Treppe hinauf. Es riecht penetrant aus dem Zimmer, dumpf und süßlich.

Ich muß den Vater eben waschen, dann mach ich einen Kaffee, Ersatzkaffee, trinkst einen mit?

Daß man immer den Ersatzkaffee zugibt, wenn der andere sich auf echten freut. In der Sekunde, da man Kaffee sagt, kommt die Erinnerung.

Ja gerne, Tante Emmy. Armer Großvater.

10

Viermal hat Dieter seinem Großvater, 1859 bis 1944, nach Bergzabern zum Geburtstag geschrieben. Zumindest habe ich vier Briefe gefunden. Was geht aus ihnen hervor? frage ich mich. Geburtstagspost, keine Geheimnisse. Erst muß ich Zigaretten holen. Ich kann mich erinnern, daß ich meinen Großvätern nie zum Geburtstag geschrieben, bestenfalls auf eine Karte meinen Namen dazugeschrieben habe. Die Großväter waren nicht so meine Sache. Der eine wohnte sowieso im Haus, Gustav Rose, 1894 bis 1979. Der andere, väterlicherseits, 1910 bis 1989, in Rheinhessen, hatte eine Gesteinssammlung und einen riesigen Garten voller Wasserbecken mit Millionen Sträuchern, Amphibien und Insekten, deren Namen er mit zunehmendem Alter nur noch auf Lateinisch kannte. Und er hatte ein für meine Begriffe enzyklopädisches Wissen, zumindest für einen Maschinenschlosser. Als Kind wurde ich stets von Mäxchen, dem Hund, 1971 bis 1984, aufs abscheulichste abgeschleckt und von Großvater ermahnt, die Kieselsteine, mit denen der Hof vor dem Garten bedeckt war, nicht zu verschieben, da er sich sonst »eine Woche lang aufregen« müsse, während er meinen Vater immer an Erinnerungen erinnerte. »Denkt dir noch?« begann er dann. Mein Großvater war früher Kommunist, darum ist mein Vater nie getauft worden und ich auch nicht. Meine Großmutter, 1908 bis 1983, die mein Großvater in seiner selbstherrlichen Art mit dem Familiennamen anredete, aber duzte, war eine unansehnliche alte Frau, fett wie die Suppen, die sie kochte. Sie watschelte von der Küche ins Wohnzimmer und vom Wohnzimmer in die Küche, trug wie Großvater eine Brille und regte sich allenthalben über mich, den Saubub, auf. Daß sie früher meinem Großvater das Leben gerettet hatte, war auch so eine Geschichte, die ich erst nach ihrem Tod erfuhr, zu spät, um mit dem neuen Bild von ihr auf sie zuzugehen oder was auch immer. Irgendwann 1935 hatte der Großvater abends noch kommunistische Flugblätter gedruckt und im Keller verstaut. Nachts hatte meine Großmutter einen Traum, wachte auf, ging in den Keller, machte den Ofen an und verbrannte die Flugblätter. Und als sie morgens um vier wieder friedlich schliefen, kam die Gestapo und durchsuchte das Haus. Sie fanden nichts meinen Großvater Belastendes.

Mein Großvater mütterlicherseits, Gustav Rose, war so schlecht zu verstehen, weil er sein Gebiß nicht tragen wollte, und ich kann mich nicht an ein einziges Mal erinnern, daß er mit grauem Wollhandschuh auf der verkrüppelten Hand und flutschiger Lippe vor den zahnlosen Kiefern ein Wort zu mir gesprochen hätte. Nach Carlas Tod lebte er mit seinem Sohn, meinem Onkel, Wolfgang, 1940 bis 2005, im zweiten Stock meines Elternhauses. Sie waren beide wortkarg, und mein Vater erzählte gerne einen Witz über die beiden. Wenn sie abends zu Bett gingen und Wolfgang zu seinem Vater, also meinem Großvater Gustav, sagte: »Also gut' Nacht«, dann gab mein Großvater, erzählte mein Vater, zur Antwort: »Schwätzer!«

11

Dieter zieht die nassen Sachen aus. Auf das Bett hat Tante Emmy ihm ein Handtuch gelegt. Er trocknet sich ab, von Kopf bis Fuß, und zieht den Kamm durchs nasse Haar. Prima, denkt er und gähnt. Doch müde. Stickig hier. Er öffnet das Fenster. Die ersten Sonnenstrahlen nach dem Unwetter lassen die feuchten Blätter des Efeus, der sich an der Regenrinne zum *Dachkannel* hinaufrankt, dampfen. Das Rauschen der letzten Regentropfen stirbt wie das Ticken einer Uhr, die angehalten wird. So ruhig, so angenehm.

So gänzlich im Gefühl, nichts zu verpassen, Zeit zu haben, liegt Dieter auf dem Bett, riecht den Dampf der trocknenden Regenluft, die den muffigen Zimmerrest reinigt. Keine vier Stunden ist er da, und schon kommt es ihm vor, als wohne er seit Jahren hier. Dieses Gefühl hatte er immer, wenn er in der Stadt ankam, wenn er bei Pfarrer Stepps war. Der ferne Schlag der Marktkirche: halb sechs. Der Goethe über ihm schaut vor sich hin, auch entspannter als vorhin, starrt nicht mehr, schaut. Von unten ist nichts zu hören, kein Klappern des Geschirrs, keine Tür, die auf- oder zugeht, kein knarrendes Nachgeben des Holzbodens unter Tante Emmys pflegendem Schritt. Als würden alle schlafen. Das Bett kühlt Dieters Körper, der nackt darauf liegt und die Beine spreizt, damit auch sein Körper überall etwas von dieser Frische abbekommt, denn schon spürt er seine Wunde wieder, das Jucken der trocknenden Haut an der Stelle. Sonst ist Stille eingekehrt. Unter ihm, in seinem Zimmer der Großvater, dem Flüssigkeit und Gase entweichen, wird das Atmen eingestellt haben. Schweiß zieht in die Decke ein, der Sack klebt zwischen den Schenkeln. Dieter hört unten Klappern von Geschirr. Die Treppe knarrt unter Emmys Schritten. Und er ist nackt.

Nichts wie in die Sachen, sie sind klamm, egal. Die Uhr schlägt halb. Halb sieben schon? Tatsache. Es klopft. Dieters Uniformjacke hängt über seinen Schultern, aber der Hosenstall ist wenigstens zu. *Ich hab 'n Kaffee gemacht, kommst runter?*

Na klar, Tante Emmy.

Wollst noch nunner zus Roses?

Ja, gleich danach.

Dann aber fix, die Kleinen müssen ins Bett.

Am Kaffeetisch auf der Veranda sitzt die Großmutter, die vorsichtig an ihrer Tasse nippt. Sie wirkt erschöpft, durchsichtig, denn Großvater geht es sehr schlecht, wie sie sagt, kommt kaum zu sich, ißt nichts, trinkt nichts, atmet schwer.

Heute mittag, als du gekommen bist, war's noch nicht so schlimm. Jetzt ist es schlimm, jetzt ist es sehr schlimm.

Dieter schlürft bedrückt am dünnen Zichorienkaffee. Was soll er nur sagen? Schlimm ist es, aber der Großvater ist eben alt, hat lange gelebt, hat sehr lange gelebt. Was soll er sagen? Gestorben wird überall. Anderswo wäre er längst tot. Soll sich nicht so anstellen. Der arme Großvater. Da verbrennt er sich am Kaffee den Mund, ein Schluck ist ihm in die Kehle gelaufen. Aber er flucht nicht, Dieter flucht nicht. Sagt nichts. Sieht auf zur Großmutter, deren Blick er sofort trifft, denn sie beobachtet ihn schon die ganze Zeit. Sieht ihn an, als würde sie ihn nicht erkennen, als könne sie nicht glauben, wer da vor ihr sitzt. Die müden Augen wach, der dünne Mund spitz. Staunend geöffnet. Die wachen Augen haben sich in Dieter gebohrt. So viel Energie hält er kaum aus.

Großmutter, stottert er, *was ist? Ist dir nicht gut?* Die Augen lassen nicht ab von ihm. Dieter wird es unheimlich, jetzt muß er ein Wort sagen, muß die Lücke schließen, die Großmutters Blick gerissen hat. Er hat nicht anteilgenommen an den Sorgen im Haus. Sie ist Familie, er ist Gast. Wo war die Großmutter stehengeblieben? Schlimm hat sie gesagt, genau. Dieter will es sagen, aber die Großmutter nimmt ihren Blick von seinem, senkt die wachen Augen auf ihren Kaffee, sagt: *Noch ist er am Leben,* nimmt die Tasse und nippt. Ein Vorwurf? Will sie ihm Vorwürfe machen? Ihm, der für Großdeutschlands Zukunft seinen Arsch hinhält? Was soll das heißen, noch ist er am Leben? Das kann er sich nicht bieten lassen, das ist gegen ihn gerichtet. Mit der Hand drückt er auf Großmutters Tasse, drückt sie ihr ins Gesicht. Drückt er nicht. Dieter spürt den zerbrechlichen Henkel seiner Tasse zwischen Daumen und Zeigefinger. Er zittert nicht, trinkt ruhig. Schluck um Schluck.

Dieter, ich glaub, du mußt los, sagt die Großmutter, die ihre Tasse auf die Untertasse und die Untertasse auf den Tisch gestellt hat.

Schlimm, sagt Dieter.

Wie bitte? Die Großmutter sieht ihn mit sanftem Blick an, den Gast, auf den sie sich alle immer freuen, den lieben Dieter, auf den sich auch Gustav, ihre Carla und die Kleinen, die Trudel, die Edda und der kleine, na, der kleine Bubi, freuen, Wolfgang, genau, Wolfgang. *Schöne Grüße.*

12

Im Osten schimmert vor der abziehenden Wolkenwand ein Regenbogen, als Dieter Roses weiße Gartentür öffnet. Von Emmy hat er einen Schlüssel bekommen, da kann er später in Ruhe zurückkommen, ohne mit dem Schellen den Großvater aufzuschrecken. Die Nässe hat sich in den Straßenschotter verzogen, der Sand noch dunkelgefleckt, der Beton im Vorgarten ist trocken. Dieter schleicht links am Haus vorbei und erspäht Onkel Gustav an den Tomatenstöcken. Der Onkel rüttelt im gestreiften weißen Sommerjackett an einem der Pfähle und treibt ihn mit einem Hammer ein Stück in die Erde. Bei sorgfältiger Kultur und rechtzeitiger Ernte lassen sich viele Tomatenschädlinge vermeiden. Bei beginnendem Befall hilft auch rechtzeitiges Auspflücken der kranken Früchte, da hierdurch die Verschleppung von Pilzsporen auf gesunde Tomaten unterbunden wird. Je nach Sorte und Lage wird man die Tomaten ein- oder zweireihig ziehen, überflüssige Seitentriebe entfernen und alle Maßnahmen treffen, um die Früchte zu schneller Entwicklung und Reife zu bringen, da zu langsames Reifen Krankheiten Vorschub leistet. Zu starkes, vegetatives Wachstum kann man durch Schröpfen einschränken, d. h. durch Einkerben oder Ausschneiden der Pflanzen unten an der Hauptachse mit dem Messer, in feuchten Lagen auch durch Drosseln des Saftstromes mit Draht. Die Tomaten werden dann viel früher reif als unbehandelte Pflanzen.

Schau, wie groß die sind, das macht das Blaukorn, das beste überhaupt. Onkel Gustav drückt mit der heilen Hand eine Tomate und zeigt Dieter ihre Fülle, Glätte und stramme Oberfläche. Tadellos. *Bist spät, die Kleinen gehen bald ins Bett. Gibt Nachtessen.*

Ja, tut mir leid, war noch im Schwimmbad.

Warst noch im Schwimmbad, ja?

Ja.

Und das Gewitter?

Da war ich schon wieder draußen.

Ja ja.

Ich soll von oben grüßen.

Ja ja, willst die Tomate hier probieren?

Gerne, danke. Dieter beißt in die Tomate und saugt den Saft auf, sollte nicht über seine Uniform laufen, gelbrote Flecken, Vorsicht. Noch ein Bissen, und die Tomate verschwindet im Mund, der sich mit vollen Backen gerade so schließen läßt.

Willst zu Nacht essen bei uns?

Gerne, danke.

Gibt Tomaten. Mach ein paar ab und nimm sie mit rein. Die, genau, die und die. Die kleine da noch. Die nicht, ist noch gelb und unten grün. Sieh her, unten noch grün. Die aber, die kannste nehmen. Das reicht. Onkel Gustav nimmt den kleinen Sack Blaukorn neben sich. Da läßt Dieter die Tomaten fallen.

Was ist, Dieter?

Der Stoß schleudert Onkel Gustav auf die Erde, Dieters Hand greift in den Sack Blaukorn, und im offenen Mund des Onkels verschwindet die erste Handvoll. Dieser spuckt sofort aus, will das Zeug nicht schlucken, natürlich will er nicht, aber was nützt es ihm, wenn Dieter auf ihm sitzt und mit den Knien auf seine Brust drückt? Blaue Körner rollen über sein Gesicht. Bei der zweiten Handvoll bildet sich ein Schaum im Mund, doch wirkt das Ganze nicht absehbar, so nicht, Dieter, so nicht. Hilflos schaut er um sich, irgendwas muß er tun, er kann doch den würgenden Onkel nicht liegenlassen, in Todesangst, aber ganz im Leben. Die Tomaten helfen nicht weiter. Aber die Holzstöcke! Die Holzstöcke, an denen Onkel Gustav sie angebunden hat und die er eben noch einmal in die Erde gerammt hat:

angespitzt. Früher hat Dieter einmal zugesehen, wie Onkel Gustav sie mit der Krüppelhand festhielt und mit der heilen Hand die Axt über die Spitze trieb, je spitzer desto besser. Während er auf Onkel Gustavs Gesicht steigt, um ihn zu fixieren, zieht er einen der grauen Pfähle aus der Erde, frisch angespitzt, wie erwartet. Ganze Arbeit, Onkel Gustav, ganze Arbeit. Der Pfahl drückt sich durch Onkel Gustavs Hemdstoff und Bauchdecke in sein Inneres und bleibt dort stecken. Durch den Körper kann ihn Dieter nicht drücken, nicht treiben, nicht drehen, wie er's auch anstellt. Der Onkel windet sich und krümmt sich um das Loch mit dem Pfahl. Das Loch, aus dem das Blut vom Stoff des Hemdes und der grauen Weste aufgesogen wird. Onkel Gustavs heiseres Geschrei irritiert Dieter, der sein ganzes Gewicht auf den Pfahl konzentriert. Zwecklos. Er zieht den Pfahl heraus, und der Onkel gibt nach einem hellen Aufschrei endlich Ruhe. Schläge mit dem Pfahl auf den Kopf zertrümmern die Brille. Schläge mit dem Hammer spalten den Schädel. So viel Mühe wird er sich nicht wieder machen. Ganze Arbeit, Dieter, ganze Arbeit.

Seitentriebe immer entfernen, düngen allein reicht nicht, Dieter. Du mußt das Unnütze entfernen, geh ruhig schon rein. Onkel Gustav verschwindet mit Sack und Hammer im Schuppen.

Tante Carla wäscht die Tomaten im Spülstein und trocknet sie in ihrer Schürze. *Und wie lange bleibst du? Wir freuen uns ja so.*

Da umringen ihn auch schon die Kleinen, Trudel, Edda und Wolfgang, hüpfen rufend, *Dieter, Dieter, Dieter, Dieter, Dieter, Dieter – komm spiel mit uns!*

Erst gibt's Nachtessen, sagt Tante Carla, die Salz auf die aufgeschnittenen Tomaten streut.

Jetzt erzähl mal, was gibt's Neues vom Kommiß? fragt kauend Onkel Gustav.

Bin wieder in Salzwedel in der Kaserne.

Und die Kameraden im Osten?

Nichts mehr gehört von ihnen.

Tante Carla wechselt das Thema: *Dieter, wir gehen morgen ins Schwimmbad, die Kinder und ich. Kommst du mit?*

Das wäre fein, ja, gerne.

Au ja, strahlt Trudel mit der roten Schleife im dunklen Haar. Edda, der blonde Lockenkopf, mampft ihr Brot. Vergnügt. Was sind sie alle vergnügt.

Wann wollt ihr denn, ich meine…

Oh, hast du schon Pläne?

Nein, ich meine nur, damit ich oben Bescheid geben kann. Wann wird Heidi nur kommen? Das haben sie nicht mehr ausgemacht. *Irgendwann wollte ich noch schnell zum Photographen.*

Wie wäre es so um zehn, da ist es noch nicht so heiß?

Fein.

Außerdem muß einer morgen zwischen vier und sechs im Haus sein, wegen der Lebensmittelkarten.

Ich mache das, sagt Onkel Gustav und drückt seine Brotscheibe in die Tomatenkerne, die auf seinem Teller im Saft schwimmen.

Wie geht's denn oben in der Bismarckstraße? Wie geht's denn dem Vater? fragt Tante Carla.

Onkel Gustav sieht auf: *Ja, wie geht's ihm denn?*

Nicht gut, meint die Großmutter, habe ihn noch gar nicht gesehen.

Er wird's nicht mehr lange machen, sagt Onkel Gustav kühl, sachlich. Ohne Häme, denkt Dieter, wie er von der Gartenfront ohne Scherz spricht, spricht er von Großvaters Tod ohne Häme.

Gustav, bitte, wie kannst du nur! empört sich Tante Carla kaum hörbar, sanft, ohne Vorwurf. Ohne Vorwurf, denkt Dieter, sie spricht den Vorwurf ohne Vorwurf, und keine Furche durchzieht ihre Stirn, nie wäre sie laut geworden dabei, besonnen wie ihre Mutter. Anders als ihr Vater, der Großvater, der hätte gepoltert, der hätte sich so was entschieden verbeten. Aber man sieht, was er davon hat, davon, daß er so gepoltert und Vorwürfe geäußert hat, in solchen Zeiten, die schwer sind, schwer für uns alle, muß man nicht noch mit Vorwürfen poltern und Dinge sagen, die man sich verkneifen kann. Und die Situation, in die er die ganze Familie gebracht hat, ja, und, man muß sich das vorstellen, vor allem den eigenen Schwiegersohn, der natürlich verpflichtet war, derlei zu melden. Gerade der Großvater war doch Pfarrer, hätte doch wissen müssen, wie schlimm es ist, wenn einer den Glauben zersetzt.

Da heißt es für die Kleinen Bettfertigmachen. Dieter nimmt Edda an die Linke und Wolfgang an die Rechte. Warme feuchte Kinderhändchen, wollen gedrückt werden, herzig.

Liest du uns was vor? fragt Trudel, die vor Dieter rückwärts läuft, damit sie ihn ja nicht aus den Augen verliert, wenn sie ihn schon nicht an den Händen halten kann.

Na klar.

Aber nicht mehr so lange, sonst ist es dunkel und du kommst nicht mehr in die Bismarckstraße.

Vorlesen, vorlesen, vorlesen, vorlesen!

Na gut.

Der Rolladen saust herunter, das Licht geht an, und der liebe Dieter gibt nach, schnappt sich das Buch, umringt von den Kleinen, Trudel vorgebeugt, ihm so nah wie möglich, Wolfgang und Edda, die Dieter aufs linke Knie klettern will, rutscht mit den Händchen über den rechten, schwarz glänzenden Stiefel: *In Nicea, meiner lieben Vaterstadt, wohnte ein Mann, den man den kleinen Muck hieß. Ich kann mir ihn, ob ich gleich damals noch sehr jung war, noch recht wohl denken, besonders weil ich einmal von meinem Vater wegen seiner halb totgeprügelt wurde.* Doch schon als das Verslein kommt, das die Knaben sangen: *Kleiner Muck, kleiner Muck, Wohnst in einem großen Haus, Gehst nur all vier Wochen aus …*, sind Wolfgang und Edda eingeschlafen. Dieter strahlt, als er die beiden so friedlich vor sich hin schlafen sieht. Trudel schaut ihn erwartungsvoll an, warum liest er nicht weiter? Sie stupft mit dem Zeigefinger auf den matt glänzenden Knopf der linken Brusttasche an Dieters Uniform.

Liest du morgen weiter, im Schwimmbad?

Ja, mach ich, Trudeli, gute Nacht.

Nacht.

Er schließt die Tür zum Kinderzimmer und steht vor Onkel Gustav und Tante Carla, die an ihm vorbei zu den Kleinen geht.

Komm, wir trinken noch was, Dieter, zwinkert ihm Onkel Gustav komplizenhaft zu. Sie gehen ins Wohnzimmer, wo dicht gedrängt schwere Möbel aus der Kaiserzeit stehen, dicke Knäufe, gedrechselte Säulen, Schubladen mit Ornamenten, Mahagoni, Spiegeltüren. Aus großer Zeit, als die Roses noch Ehrenbürger in einer fernen großen Stadt waren, mit Onkel Gustavs reichen Onkeln, *bevor die deutsche Kraft schwand und die Inflation kam.* Onkel Gustav läßt den Rolladen herunter. Zwischen die Schränke gedrängt schwere Gemälde in schwarzen Rahmen, Soldatengesichter mit Harnisch und Filzkappen. Licht an. Aus dem Gedränge von Holzwänden, Spiegelflächen und Decken, von Geschirr und Büchern zieht Onkel Gustav eine Flasche Klaren.

Obstler?

Gerne. Zwei Gläser sind zur Stelle.

Kaum mehr zu kriegen. Gläser klirren, als Tante Carla die Kinderzimmertür schließt. Die Männer trinken noch eins. Und noch eins und noch eins.

Ihr Männer, es wird dunkel. Tante Carla streckt den Kopf ins Zimmer. Die scharfe Wärme in der Kehle, brummt Onkel Gustav: *Dieter, du mußt, wir verdunkeln. Noch eine Zigarette und dann los?*

Fein.

So stehen sie an der Treppe, vor der Haustür.

Die Einquartierten oben rauchen auch.

Müßt ihr euch sehr einschränken?

Halb so schlimm, die ziehen auch wieder aus. Die letzten waren stinkfaul. Aber die gehen, helfen auch der Mutti.

Sie rauchen und schauen schweigend in die blaue Luft. Es war schon eine Menge, was Onkel Gustav geplaudert hat, keinen Ton zuviel, nur wenn's nötig ist, denkt Dieter und bläst den Rauch vor sich aus, so daß die blaue Stadt und die blauen Hügel dahinter im Nebel verschwinden. Schon denkt Dieter an anderes. Ob man in der Villa Zickzack schon schlafen geht? Das wird er sich doch mal anschauen. Lautloser Späher, kann er. Aber geht nicht, Verdunkelung. Blöd. Schad. Als die Glut sich zum Mund glimmt und der letzte Zug ansteht, deutet Onkel Gustav auf eine Gießkanne vor ihnen.

Brandgefahr, murmelt er. Die Stummel zischen, und Hände werden gedrückt.

Natürlich findet Dieter zurück in die Bismarckstraße, geht am Garten vorbei, die Straße hinauf, wie heute nachmittag mit Heidi, kann es doch nicht lassen. Weiß gar nicht, welches ihr Zimmer ist, war noch nie drin, da oben, der Wald steht schwarz. Auf und ab vor der Steintreppe, vor dem großen Tor. Keine Laterne. Hat keinen Sinn, und außerdem, was soll's, morgen ist auch noch ein Tag, aber heute wäre es schon nicht schlecht. Heute Heidi, morgen Heidi. Dieter wartet noch einen Augenblick, vielleicht hört man was. Der eisige Wind fegt zwischen den Holzhäusern durch, als wüßte er nicht, wo er hin soll, als würde er etwas suchen, gerade so wie Dieter. Hier wohnt sie, die Tochter des Kolchosniks, dieses mickrigen Funktionärs, im Haus aus Backstein, immerhin. Maschenka. Seit er ihr Lächeln gesehen hat, kann er nicht verstehen, wie man artfremd und doch so anmutig sein kann. Ach, er ist auch nicht gerade eine bolschewistische Bestie, der Vater, ein kleines Licht. Malyj klein.

Malyj.

Mali. Klein.

Klajn.

Genau.

Ditjer.

Ja, da!

Maschenka.

Da prawilno, ja – Maschenka, ty – Ditjer.

Genau.

Sie stehen am Schuppen hinterm Hof, den haben sie ihr gelassen, das Haus wurde sofort beschlagnahmt. Doch Maschenka ist keine 17, kann nichts dafür, ein Kind noch.

Von wegen: Flintenweib.

Ach nein.

Thomas, Ihre Sorglosigkeit ist sträflich, sträflicher Leichtsinn.

Zu Befehl, Herr Hauptmann.

Als er ihr am andern Tag wieder begegnet, kann er nicht wegschauen.

Privjet hat sie gesagt. Er lächelt, indem er geradeaus an ihr vorbeischaut, sie offenbar keines Blickes würdigt, aber er strahlt sie an, ohne sie anzuschauen. Sie merkt das, na klar. *Privjetik,* haucht sie ein weißes Wölkchen ihres Atems in die klare Luft, strahlt noch mal, schaut auch an Dieter vorbei. Dieter behält sie in den Augenwinkeln, auch wenn er auf die Straße im Schnee sieht, auf der ein Kradfahrer im aufgeblähten weißen Tarnanzug wie ein Schneemann, fehlt nur noch die Karotte, vorbeikriecht, der kaum dem entgegenkommenden Kübelwagen ausweichen kann. Schneeverwehungen verkleinern die Fahrbahn, weiter unten wird schon geschippt. Versinkende Dezembersonne im Osten, ein Lichtblick und dann wieder sie. Ohne Sonne sind die Wangen nur halb so rosig, ihre dunklen Augen nur halb so tief. Auch Dieters Wangen sind rosa im eisigen Windstoß. Oder ist er errötet? Ein warmer Schauder zieht durch sein Gesicht. Er ist errötet. Ein Mann aus Fleisch und Blut. Kaum ist er an ihr vorüber, will er wissen, ob sie sich nach ihm umdreht, was würde er darum geben, sich nach ihr umzudrehen, ihre strahlenden Augen zu sehen, die hoffentlich auf seine treffen. Dreht sie sich um? Doch weiß er, wo sie wohnt, muß nur schnell, später, wenn's dunkel ist und er keine Wache hat …

Später ist nichts zu sehen, nur die unverwandte Schneefläche schimmert kaum merklich unter dem schwarzen Abend. Tastend stapft er durch den Schnee. Kniehoch. Mit den Handschuhen reibt er an der schwarzen Holztür hinten am Schuppen. Da schießt eine Magnesiumkugel in den Himmel, Feinderkundung. Ein Anlaß? Taghelle Kälte, ein Flackern, ein Zucken. Wenn Feindberührung, dann knattern jetzt die Gewehre los. Dann gibt's jetzt was, dann kommen sie aus den Hütten gelaufen: Alarm, alle Mann nach draußen. In die Gräben.

Die Schuppentür geht einen Spalt auf, Dieter kann eine Wange sehen, eine Nasenspitze, ein halbes Lächeln. Es wird ihm warm ums Herz, weihnachtliche Gefühlsduselei, denn es ist an der Zeit, daß die gleißende Kugel am Himmel vielleicht der Stern von Bethlehem wird und der Schuppen der Stall und Maschenka die Mutter, die Gottes Sohn im Stroh vor sich liegen hat. Stroh hat sie vor sich liegen, darauf schläft sie in Decken. Ein Lächeln auf seinem Gesicht. Ihr Lächeln gefriert im Türspalt, ein Mundwinkel zieht sich nach unten. Die Tür schließt sich, als die ersten Stimmen flüstern und Stiefel stapfen. Da muß er natürlich mit. Im grünweiß flackernden Schnee rennt er zu ihnen, den Kameraden, mit denen er dieses trostlose Land erobert. Doch Schüsse bleiben aus, Iwan zeigt sich nicht. Schneefall setzt ein, und morgen ist Heiligabend.

Stille Nacht durch den Sender ist im Karbidschein ein rauschender Gruß aus der Heimat, da sind sie wieder, die Kameraden, tausendfach die Tränen, die ihnen die Wangen hinunterlaufen, an allen Fronten, weinende Kinder im Dunkel von Schnee und Wüste. Anständig bleiben, jetzt, wo das Christkind kommt, zur fünften Kriegsweihnacht, bisher hat es auch geklappt. Doch da kracht es, und die Sterne Bethlehems schwirren nur so in der Luft herum, Iwan kennt ja Weihnachten nicht um diese Zeit, sagte mal ein Kamerad, erst im Januar. Und es geht los, *Stille Nacht* ist nicht mehr zu hören. Einschläge, Abschüsse. Auf beiden Seiten, wo auch sonst. Da juckt's einem im Finger am Abzug. Anständig draufhalten. Er oder ich, wir oder sie, stille Nacht, malyj klein, Stern von Bethlehem, das Alte juckt, das Neue juckt, einsam wacht, wacht am rein, wir oder sie, wir oder sie, wir unter menschen, heilige nacht, o wie o, wie o wie, einsam wacht einsam wacht einsam wacht wacht wacht wacht wacht wacht wacht heili heili heili heili na na na na na na na nacht na na na na na na na los los jetz na nacht heili heili heili heillos heili heili heili heili heillos loslos jetzt na na na na komm schon na na na na na na na na na na na na na na na na na na na na na na na na na na na na na na na na na na na na na na. Es bleibt still am Pfälzer Wald. Dieter geht nach Hause. Das Treppenhaus in stinkender Dunkelheit. In der Stille knarren die Stufen.

Dann beginnt eine Sommernacht, wo der Körper nackt am Laken, der Sack warm zwischen den Schenkeln klebt, wie die Phantasie. Da bleibt es nicht aus. Auch bei geöffnetem Fenster steht die Luft, ohne Aussicht auf Schlaf. Heidi nur hundert Meter Luftlinie. Kaum zu glauben, fern und doch nicht fern, nah und doch nicht nah. Es bleibt nicht aus.

Die ersten Sonnenstrahlen schießen um halb neun durch das Laub der Bäume an der Straße und den Efeu am Haus ins Zimmer. Hoffentlich ist nichts aufs Laken gelaufen. Zum Glück. Aufstehen, klopft es an der Tür. Emmys Kopf streckt sich durch den Spalt, und Dieter kann das Laken gerade noch über seinen Körper ziehen.

Gut geschlafen?

Ja, sehr gut.

Die Tante ist weg, die Treppe knarrt, und Dieter kann sich waschen, nebenan im Badezimmer. Recken, strecken. Kann sich waschen von dieser schwülen Nacht mit Heidi, die gar nicht da war. Großvater geht es schlecht, sehr schlecht, kommt kaum zu Bewußtsein.

Schlimm, sagt die Großmutter, als sie die Tür zu Großvaters Zimmer hinter sich zugezogen hat, mit zitternder Stimme zu Dieter, den sie auf dem Treppenabsatz vor der Uhr erblickt hat, *ganz schlimm,* und verschwindet in der Küche. Geruch von Zichorienkaffee zieht nach oben, ebenso wie der süßliche Luftzug, den die Großmutter aus Großvaters Zimmer hinter sich hergezogen hat und der am Morgen noch erträglicher ist als am Nachmittag.

Kaffee, sagt Tante Emmy, als Dieter die Küche betritt.

Fein.

Die Veranda steht in angenehmer Kühle, noch ist die Sonne nicht ums Haus gekommen, noch atmet im Schatten die Silhouette der Großmutter am Tisch. Ein und Aus. Sie dreht den Kopf zu Dieter, der sich zu seiner Tasse setzt.

Guten Morgen, Großmutter. Sie sieht zu ihm auf, hebt Kopf und Blick. Sie zittert am ganzen Leib. *Ist dir kalt, Großmutter?* Dieter legt seine Hand auf Großmutters Hand. Eiskalt. Er nimmt ihre Hand und zieht sie zu sich. Sie löst sich mit einem leichten Knacken aus dem Handgelenk. Dieter betrachtet die Hand von allen Seiten. Das Gelenk ist mürbe, der Knochen brüchig und weich, die Arterie schuppig. Dieter weiß nicht, was er mit der Hand der Großmutter anfangen soll. Er überlegt, ob er sie nicht einfach wieder zurücklegt, auf den Tisch zur Großmutter, aber die ist inzwischen vom Stuhl gefallen und liegt reglos auf dem Boden. Wenn er die Hand auf den Tisch legt, während doch die Großmutter auf dem Boden liegt, dann würde schnell auffallen, daß etwas nicht stimmt. Daß etwas mit Großmutter nicht stimmt. Behält er aber ihre Hand in seiner Hand, so fällt schnell auf, daß er etwas damit zu tun hat. Tante Emmy würde ihn sicherlich verdächtigen. Also muß er entweder die Hand auf den Boden zur Großmutter legen oder auf den Tisch, dann die Großmutter vom Boden aufheben und wieder an den Tisch setzen, ihren Arm so auf den Tisch legen, daß er die Hand direkt wieder an ihn legen kann. Wenn er aber die Großmutter anhebt und dabei ihr Kleid raschelt, dann könnte Tante Emmy in der Küche Verdacht schöpfen und käme ihm womöglich auf die Schliche. Was hat der dumme Junge mit der Großmutter gemacht?

Nein, sagt die Großmutter, es wird gleich warm, die Sonne scheint schon auf die Beete im Garten, siehst du?

Dieter nimmt seine Hand von Großmutters Hand und merkt, daß er hier angekommen ist, um mit den anderen zu warten. Mit den anderen zu warten. Zu warten auf den Tod. Und das Entsetzliche ist, daß man hier auf ihn warten muß. Warten. Das ist unheimlich. Er hat den Verdacht, daß der heutige Tag zu einer Wiederholung des gestrigen wird. Dieter kommt immer an, immer trifft er auf die wartende Familie, auf die Großmutter, die wartet, auf Emmy, die wartet. Auch die Roses warten. Alle warten darauf, in der Hitze hinter Großvaters Sarg herzugehen, auf dem Friedhof, am Ende der Stadt, in den Feldern jenseits des Tales. Einstweilen gehen sie ins Schwimmbad, mit den

Kleinen, aber vielleicht schon morgen gehen sie hinter dem Sarg her. Dieter zittert, als er die Tasse zum Mund führen will.

Ist dir kalt, Dieter? fragt die Großmutter, die ihn wieder die ganze Zeit beobachtet hat. Sie legt ihre eiskalte Hand auf Dieters Hand. *Eiskalt,* sagt sie. *Du mußt dich in der Sonne aufwärmen. Emmy, gib dem Bub noch eine Tasse Kaffee, der erkältet sich sonst noch.* Die Großmutter erhebt sich langsam von ihrem Stuhl, ganz langsam, als wollte diese Bewegung kein Ende nehmen. Ihre kalte Hand legt sie auf Dieters Schulter, als Emmy nachschenkt, und sagt: *Du bleibst doch noch ein wenig hier?*

Aber natürlich bleibt er, eine ganze Weile bleibt er noch hier. Der Großvater geht, aber der ist viel älter als er. Sehr viel älter, also hat er noch eine ganze Weile hier. Eine Menge Zeit hat der Dieter noch.

Gell, du bleibst noch? sagt die Großmutter besorgt und reibt mit der knochigen Hand Dieters Schulter.

Natürlich, Großmutter.

13

Tante Carla und die Kleinen sitzen im Schwimmbad mit Dieter, den sie bei Stepps abgeholt haben. Haben den Geruch des Großvaters gerochen, Tante Carla war bei ihm und kam bleich aus seinem Zimmer.

Jetzt spielen die Kinder am Schwimmerbecken mit Dieter. Nur der Wolfgang hängt in Tante Carlas Arm, der ist noch zu klein fürs Wasser. Trudel schwimmt ganz ordentlich, kann schon ins Becken für die Großen. Herrlich, das Wetter, die Kinder, das Wasser. Fehlt nur noch Heidi, das wär's jetzt. Dieter späht aus dem Becken heraus, hat alles im Blick, jede Bewegung, sofort. Alles im Blick hier auf dem Hügel, nichts rührt sich, ein leichter Wind im Geäst, das halb erfroren knackt. Die Sonne scheint, hinter ihm Malaja Irgendwas. Er wird sie nie lernen, diese Sprache, auch wenn sie von einem so schönen Mund gesprochen wird. Maschenka, soviel weiß er schon, ist die Tochter dieses Funktionärs, auch sein Name unaussprechlich. Er hier auf Wache, Ruhe, Weihnachten nach einer heftigen Nacht. Iwan ließ es ganz schön krachen. Ablösung in zwei Stunden, und er, der Kompanieführer, läßt es sich nicht nehmen, selbst Wache zu halten. Indem er an sie denkt, kommt doch tatsächlich dieses schöne ostische Mädchen die Straße entlang. Erkennt sie sofort, das ist Maschenka, die durch den Schnee stapft, mit ihrer Steppjacke. Jetzt hat sie ihn gesehen, und ein Lächeln, das er bis zu dem Augenblick ihres Blickes zurückhalten wollte, drängt sich auf sein Gesicht, nicht zu halten, immer breiter, nächster Schritt: Erröten. Ja, einen Strom Wärme spürt er unter seiner Brust, eine andere Wärme als die, die ihm in den Zehen und an den Händen fehlt. Und in seinen Hals strömt ein Pochen, Herzklopfen. Er hat sich beim Herzklopfen ertappt, nicht dem panischen, bei dem die Kehle in Sekunden austrocknet und jeden Gedanken abschnürt, nur noch die Hand am Abzug hält. Draufhalten. Los. Das warme Herzklopfen, nicht das kalte in der Schweinekälte. Er geht im Wachenschritt ganz langsam mit seinem Karabiner, von dem die weiße Farbe abblättert, den Hügel hinab. Die Eiszehen schieben sich in den Stiefeln in den Schnee, Schritt um Schritt. Es ist, als käme Maschenka direkt auf ihn zu.

So geht das aber nicht, kann sich doch nicht einfach während seiner Wache von Zivilisten im Feindesland ansprechen lassen. Aber noch weniger kann er sein Lächeln zurückziehen, vor allem weil sie lächelnd auf ihn zukommt. Je näher er ihr kommt, um so mehr spürt er von Schulter zu Schulter, was so ganz fehl am Platze ist, hier, *Mensch, Thomas, völlig fehl am Platze, so eine Gefühlsduselei!* Ist ihm jetzt ganz egal, die Sonne scheint, glitzert im Schnee, Wintersport mit der Kleinen, blauer Himmel, ein Wölkchen Atem vor ihrem Mund, wie schön könnte das jetzt sein. Aus dem Wölkchen vor ihrem Mund trifft jetzt eine ganz kleine Wärme auf seine Nase, so nah sind sie sich, hoppla, sie stehen direkt voreinander.

Privjetik, Ditjer. Es kracht. Der Pimpf von gestern wieder als Bombe vom Einmeterbrett. Trudel stupft Dieter im Wasser auf die Badehose. *Privjetik Ditjer. Dieter, komm, spiel mit mir.* Das tut er doch schon, er spielt doch mit der Kleinen. Und Tante Carla sitzt auf der Wiese, mit Edda und Wolfgang. Und Heidi ist noch nicht aufgetaucht, nichts entgeht seinem Blick. *Privjetik Ditjer.* Soll er sie ignorieren? Lächerlich, wie kann er sie ignorieren, wo sich ihre Nasenspitzen berühren. Nicht ganz. Ein Schritt noch.

Ich kann schon schneller schwimmen als du, Dieter. Komm, wir schwimmen um die Wette, auf die Plätze, fertig, los. Trudel schwimmt wie eine Ente, langsam und ein wenig verkrampft bewegen sich ihre Ärmchen, hat wohl Angst, vor Dieter nicht zu bestehen, sich vor dem großen Schwimmer zu blamieren. Dieter taucht ins Wasser ein und gleitet ruhig und langsam in einem Zug neben Trudel, die angestrengt im Wasser rührt. Das Wasser flutet seine Ohren, und er hört nur ein Brummen und Gluckern. Das Brummen ist er selbst, das Gluckern um ihn herum ist der Schutz, der ihn für Minuten umgibt. Ein Schritt noch. *Priv…, guten Tag,* sagt er. Soweit kommt es noch, spricht schon die Sprache des Feindes. Und genau in dieser Situation weiß er gar nicht, wie es weitergeht. Was soll man machen, wenn man Wache hat, ein Mädel kommt und sich so vor einen hinstellt, daß man an ihr gar nicht vorbeischauen kann, sich einem in den Weg stellt? Für eine

Sekunde schnellt ihm das Gelernte durch den Kopf, das der Soldat mit dem verbindet, der sich ihm in den Weg stellt. Erschießen. Aber absurd in dieser Situation, völlig unbrauchbar. Er bleibt artig, Dieter bleibt immer artig, ist gut erzogen worden, dafür ist er bekannt. Daß er wohlerzogen ist, alle sagen das, besonders die Mädels sagen das, und es stimmt auch. Da ertappt er sich, ein Zivilist zu sein, nicht zu wissen, was zu tun ist. Unerhört. Unerhört peinlich ist es ihm, und aus der warmen Verlegenheit wird die atemlos aufgeregte Peinlichkeit, die ihn vors Kriegsgericht bringen könnte. Seit vier Jahren beim Kommiß, und dann so ein Versager, das gibt's doch nicht.

Tebje nje choladna? So steht sie da.

Bitte was?

Choladna, sagt sie, die Kleine, die süße Kleine, die lächelnde Maschenka aus Malaja Irgendwas, am Ortsrand von Malaja Irgendwas, mit Dieter, der Malaja Irgendwas besetzt hat. Es hat keinen Sinn, ihm ist kalt, und er muß standhaft bleiben, muß der Uniform die Ehre erweisen, die Uniform ist der Grund, weshalb er da ist. Das weiß er, das weiß Maschenka, und wenn sie ihn dennoch ins Private hineinziehen will, jetzt, in diesem Augenblick, da sie lächelt, dann tut sie das in einer Absicht, die er nur als feindlich betrachten kann, lenkt den Offizier von seiner Pflicht ab und hilft damit Iwan. *Flintenweib, Thomas.*

Er schaut die Straße hinab, auch Maschenka schaut die Straße hinab, niemand. Er schaut die Straße hinauf, auch Maschenka schaut die Straße hinauf, niemand. Keiner ist zu sehen in diesem Augenblick, als der Finger neben dem Abzug liegt. Niemand, denkt Dieter, niemand zu sehen, und niemand sieht uns. Sieht den Soldaten auf Wache, sieht die kleine Russin mit der Steppjacke. Ein Blick von ihm, ein Blick von ihr, und das Wölkchen vor ihrem Mund kommt näher, ein Hauch von Fisch, kaum zu riechen in der Kälte, aber egal, sein Wölkchen vermischt sich mit ihrem. Süß, die Kleine. Sein Kinn schiebt er vor, denn Maschenka küßt jetzt Dieter. Vielmehr küßt Dieter Maschenka, auf den Mund, den kleinen sinnlichen unter den rotfleckigen Wangen, wenn sie jetzt nicht rotfleckig sind, dann werden sie es nie. Sie sind es, auch Dieters müssen es sein, so heiß, wie sie sich anfühlen, wenn Maschenkas kalte Wange sie streift.

Heute abend, Maschenka, heute abend, jetzt nicht, jetzt geht nicht, verstehst du, geht nicht im Augenblick, bin doch auf Wache, verstehst du?

Maschenka lächelt und versteht kein Wort. Er zeigt auf seine Armbanduhr, und sie versteht.

Sewodnja wjetscherom.

Er lächelt und versteht nicht. *Ja, genau.* Und die Sonne verschwindet hinter der grauen Schneefläche der Wachablösung.

Erster! hört er Trudel durch das Gluckern rufen. Dieter taucht auf, als ihn die Kleine anlacht.

14

Er taucht auf und späht, *Erster!* strahlt ihm vom Beckenrand Heidi ins Gesicht. Sie lächelt, sie ist da. Trudel will ihren Triumph genießen, aber Heidi ist da.

Dieter, ich bin Sieger! ruft Trudel und pocht auf seine ganze Aufmerksamkeit, wenn sie *Sie-ger* in die Länge zieht. Und als das nicht klappt, wiederholt sie es, immer wieder, bis Dieter die Augen nicht mehr bedingungslos auf Heidis Gesicht ruhen lassen kann. Laß mich in Ruhe, denkt er, laß mich in Ruhe, kleine Nervensäge, und lächelt und lächelt. Trudel, die neben ihm näher gerudert ist und ihn jetzt mit Siegergeschrei in den Bauch stupft, ein ums andere Mal, sieht er links im Augenwinkel. Mit seiner linken Hand drückt er sie unter Wasser, und Ruhe kehrt ein. Doch Trudels Hände schlagen aus dem Wasser. Er drückt sie tiefer, doch ihre Füße schlagen aus dem Wasser. Da nimmt er die Kleine am Arm und zieht sie zwischen seine Beine. Seine Beine, die am Beckenrand unten im Wasser rudern. Dort klemmt er ihren Kopf ein und hält ihren wirbelnden Körper im Gleichgewicht.

Hallo Heidi, wie schön, grinst er und will am Beckenrand aus dem Wasser klettern. Um sicher zu gehen, packt er Trudels Badeanzug und zerrt ihn um ihren Hals. Mit den Zehen greift er die Träger des Badeanzugs und hält das tote Kind unter Wasser.

Sieger Sieger Sieger, kiekst Trudel neben Dieter und stupft ihn in die Seite.

Schon wieder besiegt, Herr Leutnant. Heidi wendet sich der Kleinen zu. *Gut gemacht, Trudel, so heißt du doch?*

Ja, so heiße ich, Sieger Sieger Sieger.

Dann geht es Huckepack zu Tante Carla zurück, Dieter mit Trudel auf den Schultern und neben ihm Heidi.

Dieter, sie können's kaum erwarten, daß du liest, sagt Tante Carla mild.

Büchsenfleisch. Drei Büchsen. Kein Blumenstrauß. Woher auch? Die schwarze Holztür hinten am Schuppen öffnet sich und schließt sich in der Dunkelheit. Er ist bei ihr. Vor die Fenster hat sie Vorhänge und Decken gehängt, auf den Tisch eine Öllampe und eine Kerze gestellt. Vor allem zwei Schüsseln mit Kartoffeln und kleinen Pfannkuchen, die hier so was wie *Blini* oder *Brini* heißen, Dieter hat das Wort nie verstanden. Eine Flasche Wodka. Und einen Samowar mit Kännchen drauf. Auf dem Ofen steht eine große Schüssel mit Wasser. Alles im Dampf, der Raum in einen Nebel gehüllt. Und vor ihm steht Maschenka. In eine Decke gehüllt. Dieter hält die Büchsen vor sich. Doch plötzlich erscheinen sie ihm schwer, wie ein Ballast, der alles so gewöhnlich macht. Drei kostbare Büchsen, wie sieht das denn aus? Als wären sie kostbar, als wären es Salbgefäße. Sie fallen ihm glucksend auf den Boden. Er zittert. Er schluckt. Er zittert und schluckt. Kann den Mund nicht schließen. Warum ist alles so entsetzlich wunderbar? Tränen schießen ihm in die Augen. Seine Stimme überschlägt sich beim *Guten Abend*. Sie lächelt in einer Weise, für die er kein Wort findet. Er denkt eins, das er noch nie zu einem Mädel gesagt hat, das auch so gänzlich unpassend ist, das jedes Mädel zum Lachen bringen würde und das er irgendwo in einer Oper gehört hat, er weiß es nicht. *Huldvoll*. Denkt er. Es gibt Worte, die kennt die gesprochene Sprache nicht, die werden gesungen, stehen in einem vergilbten Libretto. Aber wenn er das Wort denkt, erscheint es ihm als das einzig passende, denn was ihm an Weihnachten der gottlose Iwan nicht gegönnt hat, das steht jetzt leibhaftig vor ihm. Er träumt, denkt er. Seine Zunge glänzt, denn der Gedanke an *Huldvoll* hat einen Tränenfluß und Speichelfluß ausgelöst, der auch gleich wieder verebbt, der aber mit einer Macht in die Scheißkälte und die Scheißkameraden mit ihren Scheißliedern und Scheißredensarten einbricht, ohne Worte, ohne Worte zumindest, die er versteht. Nur *Dobryj Wjetscher* hat er schon gehört und erkennt es, als sie es ihm in diesem Moment ganz leise aus offen bleibendem Mund flüstert.

Der Raum ist warm und hell, obwohl nur Ölfunzel und Kerze vor der Kaltluft, die er mitgebracht hat, flackern, als würden sie frieren. Frieren wie er seit Monaten, Frostbeulen und blauschmerzende Zehen, rheumatische Finger, eine juckende Narbe, die hoffentlich Narbe bleibt und nicht wieder aufgeht. Jetzt duftende Wärme nach dem kalten Pulverdampf, der sich epidemisch über das Land gelegt hat und zum Geruch der Landschaft geworden ist, im Winter wie im Sommer. Und hier duftet es nach warmem

Essen und nach etwas Blumigem, süßlich, nicht feudal, von bäuerlicher Reinlichkeit. Veilchen von einem Stück Seife, das neben der Schüssel mit Wasser liegt, dort wo die Wärme des Ofens aus ihr einen gewissen spröden Blumenduft herausdrückt, nicht mehr viel drin, aber noch etwas abzugeben an diesen Raum mit Maschenka. Seine kalten Lippen pressen sich nicht auf ihre warmen. Er kann sie nicht küssen und ist dem Weinen näher als der Hingabe. Es überkommt ihn eine Schwere, die sich auf die Schultern legt und ein Gefühl freigibt, das ihn selbst überrascht und das genauso unpassend ist wie sein gedachtes *Huldvoll*. Dennoch drängt es sich ihm dermaßen auf, daß ihm die Gesichtszüge eintrocknen: Dankbarkeit. Es ist Dankbarkeit. Er möchte in die Knie gehen, weil zwischen ihm und Maschenka ein Pope durch die Szene schwebt und etwas wie *Gospod* murmelt, in fettigem Bart und Haar. Der Pope, den er im Herbst neben einer Holzkirche baumeln sah, im Baum, mit halb abgebissener Zunge, blauviolett wie sein Gesicht, dem auch Tränen flossen, braungelbe, klebrige Flüssigkeit jedenfalls, die ihm aus den Augen trat und die Fäulnis aus dem Innern zäh über die Backen schob. Er küßt sie auf die Stirn.

Und er hat sie doch erst wenige Male getroffen, auf der Straße, und ein paar Worte gewechselt. Blicke gewechselt. Aber gerade diese Blicke sind es gewesen. Denn die Blicke sind Augenblicke, mehr gibt es nicht, mehr Zeit haben sie nicht. Außer dem Augenblick gibt es keine Gewähr – und der kann abrupt enden. Man nimmt ihn. Man hastet, um ihn nicht zu verlieren. Denn wenn er vorüber ist und man merkt es nicht gleich, kann es einen das Leben kosten. So ist es mit den Augenblicken, nicht nur im Graben und im Bunker, so ist es auch mit den anderen, für die er kein Wort findet. Die, in denen es nicht um dieses Eroderich geht. Die Augenblicke, die zählen.

Dieter zittert. Maschenka hilft ihm aus dem weißen Tarnanzug, aus dem Mantel, wie einem alten Mann, wie ihrem Vater im Versteck hinter den feindlichen Linien. Sie öffnet seine Uniformjacke, sie knöpft sein Hemd auf und streift es über seine eisigen Schultern. Aus den Stiefeln hilft sie ihm. Seine Hose knöpft sie auf, behutsam und ohne Hast. Er möchte schluchzen, aber sein Körper wird von einem alles bedeckenden Zittern geschüttelt, so daß er es nicht schafft, auch nur einen Laut von sich zu geben. Stattdessen wird das leise Klappern seiner Zähne von einem vibrierenden Brummen begleitet, mit dem er die Luft zwischen den Zähnen herausdrückt.

Maschenka nimmt die Seife und einen Schwamm, den er jetzt neben der Schüssel sieht, am Rand des Ofens. Schwamm und Seife taucht sie ins Wasser und beginnt sein Gesicht zu waschen. Dieter kommt zu sich und weiß, wo er steht, in Maschenkas Wärme, nackt, während ihm kleine Rinnsale warmen Wassers über Brust und Rücken laufen. Maschenka wäscht seine Brust, seine Achseln, seinen Bauch und seinen Rücken. Jetzt kann er nicht mehr. Er heult. Heult wie ein Kind, schluchzt, drückt Kopf und Schultern auf die kleine Maschenka mit dem Schwamm. Nimmt ihren Kopf und küßt ihr Gesicht, ihre Stirn, ihre Augen, ihren Mund, während ihm die Tränen über die Wangen laufen, nicht verkleben, frisch und klar, nicht gelb, noch nicht. Der Schwamm fällt auf den Lehmboden und nimmt Asche, Staub und Dreck auf. Dieter trocknet in der Wärme, die von einer kräftigen Ofenglut ausstrahlt, schnell. Er friert nicht mehr, nie mehr. Das Zittern geht zurück. Seine Kehle, vor Aufregung eingetrocknet, spürt er kaum, denn seine warme Zunge tastet sich zwischen ihren Zähnen vor. Die klaren Tränen trocknen. Unter ihrer Decke trägt Maschenka nur ein Hemdchen und einen kurzen Unterrock. Sie ist wunderschön, einen kleinen

Busen hat sie, alles noch so mädchenhaft, so unschuldig, so sauber. Ihr Becken ist slawisch wie ihre Wangen, denkt Dieter, und gebärfreudig. Ihre Haut ist zart. Nur ihre Füße sind abgenutzt, die Haut schorfig und spröde. Er kann ein Lied davon singen. Der Krieg ist eine Zeit der abgenutzten Füße. Dieter schaut ihr in die Augen, nur noch die Augen, er hält sie am Rücken, während sie auf die Decken gleiten, fast schwebend landen, auf dem Haufen Decken am Boden. Sie liegen auf den Decken und küssen sich. Dieter hält inne und horcht. Er will hören, was ihn schon seit Minuten irritiert, will die Stille hören, die sie umgibt. Kein Geräusch, nichts Alarmierendes. Nur das Knacken der Hitze im Ofen. Beinahe beunruhigend.

Seine Kameraden haben Verständnis, zumindest ein wohlwollendes Schweigen für ihn, eine Deckung, die ihm Zeit gibt, ohne Meldung der Truppe fernzubleiben. Bei den Kameraden heißt das *Djewotschkafick* und bedeutet Verständnis dafür, Druck ablassen zu müssen. *Djewotschkafick* ist besser und frischer als *Babuschkafick*. *Babuschkafick* ist der *Galopp auf eingerittenen Stuten*. Wenn sie wüßten, was in diesem Raum gerade geschieht, sie hätten kein Verständnis dafür. Und sie werden ihn fragen, wie es war. Und er wird ihnen, um keinen Verdacht zu erregen, sagen, wie es war: *Djewotschkafick*.

Maschenka setzt sich auf und horcht mit ihm. Auf der Hut müssen sie sein.

Ja – Maschenka, ty – Ditjer.

Genau.

Chotschesch kuschat?

Wie?

Pakuschat?

Laß uns was essen.

Sie essen Kartoffeln und trinken Wodka. Maschenka nippt nur ein wenig am Wodka, wie eben ein kleines Mädchen am Alkohol verstohlen nippt und weiß, daß er nichts für es ist. Sie kaut lächelnd mit offenem Mund, während sie Dieter die nächste Kartoffel schält und mit Salz aus einem kleinen Topf bestreut.

Wkusna?

Er lächelt, weiß nicht, ob er nicken soll oder nur lächeln. Wie sie ihm die Kartoffeln reicht, nicht so wie hier sonst immer Nahrung gereicht wird, ohne Verfeinerung, das Nächstliegende, gegen den Hunger, der alte Kampf, hier so überwältigend altertümlich, eine ursprüngliche Kultur. *Lecker!* Maschenkas Lächeln, das sie mit dem Salz auf die Kartoffeln zu streuen scheint, macht alles anders. Die Babuschkas in den Hütten haben ihnen Essen gereicht, wie auf einem Kunstdruck aus Vaters Arbeitszimmer, Brueghels Bauernhochzeit. Es geht ums Fressen, fehlt nur der Löffel an der Kappe. Einer hat ihn dort, der teilt mit dem Koch das Essen aus, die anderen haben ihre Löffel schon in der Hand und löffeln, und ein kleines Mädchen schleckt mit dem Finger den Teller leer. Schaufeln, schütten, schlecken.

Die kleinen Finger um die Kartoffel gelegt, dunkelrosa von der Hitze und schrumpelig von der Feuchtigkeit. Bis vor seinen Mund, soll abbeißen. Die andere Hälfte ißt sie.

Sie liegen auf den Decken und lieben sich. Verliebt hat er sich, verliebt in ein Russenmädchen, Flintenweib womöglich, Partisanin. Der Ofen wird schwächer, und es wird kühl. Sie hüllen sich ein, und Dieter weiß, daß er im nächsten Augenblick aufstehen muß, zurück zur Truppe. Ihr Kopf auf seiner Brust, ihre Scham auf seinem Schenkel, warm und kitzelig an der Stelle mit der Sache. *So schön wie heut',* denkt es in ihm, *so müßt' es bleiben, so müßt' es bleiben.* Er summt leise *für alle Zeit.* Eine schöne Melodie, mit Sehnsucht und dieser leichten Traurigkeit. *Dann könnte nichts das Glück vertreiben.* Das ist ein Gedanke, dem man bei einem Mädel schön nachhängen kann. Maschenka küßt seine Brust *und träumen dabei,* denn sie weiß auch so, auch wenn der deutsche Offizier ihr dazu nicht seine Armbanduhr zeigt und mit dem Zeigefinger auf das Zifferblatt klopft, das auf Russisch, sagte mal ein Kamerad, auch *Zifferblatt* heißt, sie weiß auch so, daß er jetzt gehen muß.

Ischscho Wodku? sagt sie und gießt ein. Diese Sprache, wo genuschelt, geniest und gehustet wird, wie Vati gesagt hat. Ein letztes Glas. *Do sawtra,* sagt sie, ohne Tränen in den Augen. Tränen in seinen Augen kann er kaum unterdrükken, wischt sie schnell weg, denn draußen würden sie zu Eis gefrieren, als Nadelstiche auf der Wange.

Die schwarze Holztür hinten am Schuppen öffnet sich und schließt sich in der Dunkelheit.

Guten Morgen, Frau von Braacke, Tante Carla ist ausgesucht höflich, und Dieter nimmt das Buch.

Wunderbar, Dieter liest uns Märchen vor.

Dieter sieht eine ehrlich neugierige Heidi, die sich als eines der Kinder neben Tante Carla setzt, mit großen Augen wie Eddas. Er denkt an den Augenblick, so kurz, so schnell verschwunden. In Dieter steigt eine Unruhe auf, die so gar nicht hierher paßt, nicht hierher gehört, jetzt nicht, nicht heute, nicht diese Woche. Die Unruhe läßt ihn in Heidis Augen schauen. Wieso jetzt den Kindern vorlesen, der Tante Carla? Wieso nicht mit Heidi allein sein? Endlich allein.

Der kleine Muck steht immer noch an. Die Kleinen waren gestern schon gleich zu Beginn eingeschlafen. Noch einmal, *bitte, bitte*. Gut, also, noch einmal. Er blättert zur Seite, wo die Erzählung beginnt, die ein Reisender in einer Karawane bei einer Rast erzählt, wie sie das alle tun. Ähnlich der Rast im Städtischen Schwimmbad, nur in einer Wüstenoase, umgeben von Hitze und Trockenheit, dem sicheren Tod, in deren Mitte Schatten und Wasser ausruhen lassen, eine Geschichte erzählen lassen, einen Augenblick der Erinnerung: *In Nicea, meiner lieben Vaterstadt, wohnte ein Mann, den man den kleinen Muck hieſs. Ich kann mir ihn, ob ich gleich damals noch sehr jung war, noch recht wohl denken, besonders weil ich einmal von meinem Vater wegen seiner halb totgeprügelt wurde. Der kleine Muck nämlich war schon ein alter Geselle, als ich ihn kannte, doch war er nur 3–4 Schuh hoch, dabei hatte er eine sonderbare Gestalt, denn sein Leib, so klein und zierlich er war, muſste einen Kopf tragen, viel gröſser und dicker, als der Kopf anderer Leute.*

Dieter steht wieder in der Kälte, muß wieder durch den Schnee stapfen. Sternklare Nacht. Noch bleibt die Wärme in seiner Kleidung, noch ist Maschenka dicht bei ihm, auch wenn die Tür zwischen ihnen ist. Mit der Hand in den Handschuhen streicht er über das rauhe Holz, auch wenn er kaum etwas spürt von der Tür und schon gar nicht von ihr dahinter, es bedeutet ihm Zärtlichkeit, Abschied für sich, noch einmal, von ihr. Bis morgen, denkt er, hoffentlich. Natürlich. Läßt sich einrichten, und die Kameraden halten dicht, wenn er ihnen etwas erzählt, meinetwegen vom *Djewotschkafick*. Mit einem leichten Druck der Hand auf die geschlossene Tür stützt er sich ab, na komm schon, los, auf geht's. Gibt sich einen Ruck.

In der Sekunde, die er verharrt und in die Sterne sieht, in der er ansetzen will zu seinem ersten knirschenden Schritt und noch einmal in die Ruhe horcht, hört er das Knirschen, als würde er bereits seinen eigenen Schritt hören, als würde er hören, was in einer Sekunde auf ihn zukäme, der erste Schritt weg von ihr, Abschied vom Augenblick, *so müſst' es bleiben, so müſst' es bleiben*. Doch das Knirschen ist nicht er, es ist ein Knirschen mehrerer Stiefel im Schnee. Und es ist derselbe Augenblick, in dem er oberhalb der Stiefel die Stimmen zweier Männer hört, der eine sagt, und er hört es deutlich, denn nur drei Meter sind die Stimmen entfernt: *Tiische, tiische.* Viel Zeit, sich darüber zu wundern, warum sie von Tischen sprechen und das i so in die Länge ziehen, hat er nicht. Denn der andere sagt: *Schto eta?* Russen! Die erste Leuchtkugel geht in eisig grünem Schein über der Landschaft auf, und ihre Uniformen brennen sich in seine Augen: Rotarmisten. Hinter ihnen noch zwei und noch zwei, ein ganzer Trupp Russen, die zum Himmel starren, jetzt ist das Schleichen zu Ende. Alarm! Sie stürmen durch die taghelle Dunkelheit.

Dieter steht im Schatten der Schuppenwand, mit weißem Tarnanzug, nicht zu übersehen. Er wirft sich zu Boden, fällt mit dem Gesicht in den harten Schnee. Er schiebt sich durch den Schnee, dreht sich zur Tür und kratzt, verzweifelt will er die letzten Sekunden rückgängig machen, will zurück zu Maschenka, in die Wärme und Sicherheit des Schuppens. Welche Sicherheit? Sie ist Russin, sie sind Russen. Doch die Tür geht auf, und Dieter robbt in den Schuppen. Über ihm Maschenkas Gesicht, kein Lächeln, Schrekken in den Augen, Schrecken auf dem Mund. Er greift nach seiner Pistole, jetzt ist es aus, er muß in Feindesland mit anderem Maß messen, sie oder er, er oder sie. Sie schiebt die Tür gegen seinen Körper, bis er sich zur Seite rollt, zu ihr in den Schuppen, und schließt die Tür. Riegelt mit dem kleinen Holzriegel ab. Da schlägt die erste Faust von außen auf die Tür, Russenfaust, zwischen Schüssen aus der Nähe und aus der Ferne ein Ruf *Atkroj!* Dieter zieht die Pistole und richtet sie auf die Tür. Die Augen starr, wirft er seinen Kopf hin und her, weiß nicht, wovor er sich mehr zu fürchten hat, vor Maschenka oder den Rotarmisten. Doch richtet er die Waffe nicht auf sie, die neben ihm steht und ihren Kopf hin und her wirft, zwischen der Tür und ihm. Er kann nicht erkennen, was in ihrem Gesicht geschrieben steht, es wird ihm schwindelig. Maschenka greift in den Haufen Decken am Boden und wirft sie über Dieter, wie ein Großwildjäger ein Netz über ein wildes Tier in der Steppe Afrikas wirft. Warum Afrika, die Steppe? Welches wilde Tier? Die Antilope aus dem Kulturfilm, die sich mit den Hörnern darin verfängt und den Kopf verdreht, bis sie sich fast das Genick bricht? Oder ein Raubtier, das es abschütteln will und mit den Tatzen zu zerfetzen sucht? Er kippt zur Seite, ohne einen Schuß abgeben zu können, die Pistole verliert er im Dunkel der Decken. Das nicht enden wollende Klopfen endet. Die Tür geht quietschend auf, Soldaten stürmen herein. Wo ist die Pistole? Dieters Hände wühlen sich durch die Decken.

Kto ty?

Dotsch rukawaditjelja kalchosa.

Kto u tebja?

Nikto, ja adna.

Die Soldaten bleiben ruhig. Was hat sie gesagt? Jetzt zielen sie auf den Deckenberg, dessen Bewegung ihnen nicht entgangen sein dürfte. Sekunden, bis die Kugeln die Decken durchdringen und heiß und spitz in seinen Körper eindringen, durch sein Fleisch schießen, in Sekunden sich durch sein Gewebe wühlen, Eingeweide durchschlagen, Gefäße öffnen. Sein Körper windet sich zitternd in den Decken, seine Arme schlagen um sich, seine Beine wirbeln durch die Luft. Doch kein Schuß löst sich, die Soldaten durchforsten den Raum nicht einmal.

Seit Maschenka die Tür geöffnet hat, liegt Dieter bewegungslos und ohne zu atmen unter den Decken, in einer kalten Starre, die ihn zum Lurch macht. Keine Regung, kein Zittern, auch wenn er glaubt, er würde durchs Zimmer wirbeln. In Maschenkas Schuppen, im Graffel, wie Großvater dazu sagen würde, Großvater in der fernen Pfalz, hat er sich von ihm verabschiedet, beim letzten Mal, als er gebückt zwar, aber arbeitsam durch den Garten ging, um zu harken, Unkraut jätete? Und Mutti und Vati,

Vati, der immer hustet, der sollte mal zur Kur, sollte endlich mal zur Kur, warum ist der nicht zur Kur? Und Inge? Die Angriffe auf Braunschweig sind wohl auch nicht mehr ohne, aber im Keller sind sie sicher, Mutti und Vati und Inge und Mutti und Vati und Inge.

Spakojnoj notschi. Überall wird geschossen. In der Nähe und in der Ferne. Die Tür geht zu. Und über ihm heben sich die Decken. Maschenka hält sie. Sie zittert am ganzen Leib. Sie fällt. Er fängt sie auf, sie zittert, er drückt sie an seinen weißen Tarnanzug. Jetzt begreift er die Situation, jetzt begreift er im Augenblick die Situation. Maschenka hat ihn gerettet, hat die Russen weggeschickt, hat ihm das Leben gerettet. Er hat alles nur geträumt, er hat alles nur geträumt, da waren keine Russen. Doch!

Draußen ist eine wilde Schießerei im Gang, Maschinengewehre rattern, Männer schreien. Erste Granaten. Die Russen haben die deutschen Linien überrannt und sind ins Dorf eingedrungen. Dieter küßt Maschenka, die ihre Arme im Krampf um seinen Körper schlingt, die das Krachen und Zischen und Pfeifen, die Erschütterungen der Einschläge nicht hören will, die nur ihren Mund auf seinen drückt, sonst starr und wie betäubt ist, so scheint es ihm. Er löst seine Augen nicht mehr von ihren, seine Zunge dringt in ihren Mund ein. Dieter spürt schamlose Lust, denn der höchste und letzte Augenblick, den er erleben wird, ist der, wo er in ihr versinkt. *Djewotschkafick.* Er merkt, daß die Erregung ein Kampf gegen die Zeit ist, jetzt muß es sein, auch Maschenka atmet hastig, denn ihnen bleiben Minuten, Sekunden, bis die erste Granate in den Schuppen einschlägt und ihn durch den Raum wirbelt, während sein Schwanz am Boden in Maschenka steckenbleibt. Er oder sie, sie oder er. Sie keuchen, während ihm ein kalter Schauder den Rücken hinunterläuft, während sie ihn im Krampf umklammert hält und mit den Füßen seinen Hintern auf ihre Hüften preßt. Sie will schreien, denn es muß das erste Mal für sie sein, so wie sie schreien will, als sie ihr Gesicht in seine Schulter gräbt, um Laute zu unterdrücken. Dicht am Schuppen rennen durch den knirschenden Schnee Stiefel, viele Stiefel. Nur wer? Dann versenkt er seinen Blick wieder in sie. Und kommt in Schüben wie Stiefeltritte. Die da draußen. Jetzt ruft einer *Astaroschna!* Scheiße, Russen.

Erschöpft rutschen ihre Gesichter auf den Boden, lächelt er sie und sie ihn an, mit geschlossenen Augen, er für sich, sie für sich. Zu zweit im Schuppen, in den Gewehrsalven einschlagen. Irgend so ein leerstehender Schuppen, strategisch ohne Bedeutung, zum Vorbeischießen. Verirrte Kugeln, die nichts anrichten, die nur von draußen eindringen und im Holz steckenbleiben, aber Aufmerksamkeit einfordern. Denn man kann nicht einfach so im Nahkampf ringsum mit dem Feind ficken. Die steckenbleibenden Kugeln geben Dieter nach langer Zeit ein Gefühl von Behaglichkeit zurück, ein Gefühl, das er vermißt hat, das er auch vorhin bei der Waschung durch Maschenka nicht gespürt hat, denn eine liturgische Handlung, das wurde auch dem Protestanten Dieter klar, eine orthodoxe Messe, zu der nur noch der schwere Weihrauch fehlte, der auf die Augen drückt und im Hals kratzt, ist nicht der Augenblick der Behaglichkeit. Eine Behaglichkeit, die nicht das ist, was er als Behaglichkeit kennt, die aber einen Raum für ihn schafft, der im Augenblick ihm gehört, ihm und Maschenka, ganz sicher, sicher und warm. Was in fünf Minuten ist, entzieht sich dem Gefühl der Behaglichkeit, ist überhaupt nicht abzuschätzen, ist egal jetzt, muß egal sein. Wenn man daran denkt, kann man nur zittern, am ganzen Leib zittern, warten, bis jemand reinkommt und alles übern Haufen schießt oder eine Handgranate wirft oder erst schießt und dann eine Handgranate wirft.

Wenn Dieter darüber nachdenkt, dann zittert er am ganzen Leib, wenn er nicht darüber nachdenkt, zittert er genauso. Da schützen keine Decken, und sein Leib ist noch heil. Er liegt im Eis der Angst und friert fest, kann sich nicht bewegen, liegt kalt in ihren Armen und starrt an die Decke, die dunkelrot schimmernde Decke, Holzbalken oder so was, weiß er nicht, egal, dunkelrot flackernd, wirkt behaglich, tatsächlich. Wir sind allein, ganz allein, hab keine Angst, Maschenka. Im Kugelhagel des Stahlgewitters, das draußen tobt, im Wetterleuchten des Magnesiums starrt Dieter an die Decke und sieht nur dunkelrot flakkernde Maserungen. Nichts dringt von außen ein, kein Licht, keine Kugel.

Hab keine Angst, sagt er tonlos an ihrer Schläfe vorbei. Er sagt es, als sei er gerade tödlich getroffen worden, als würde er wie Hans Albers oder Carl Raddatz im Sterben liegen und letzte Sätze sprechen, denn eine Frau ist bei ihm, bevor sein Blick bricht und glasig erstarrt. Da taucht Maschenkas Gesicht vor ihm auf. Aus den Maserungen werden die rosigen Wangen, die jedoch Flecken aufweisen, rote Flecken auf weißen Wangen, ungesund, kränklich, ängstlich.

Weiter, weiter! Trudel ist ungeduldig. Hat er aufgehört zu lesen? Dieter hat gelesen, ohne ins Stocken zu geraten, aber er hat mechanisch gelesen. Er hat gelesen und zugleich an ganz anderes gedacht, er ist von Wort zu Wort geklettert, hat auch Wort für Wort erklommen und ist zum nächsten gesprungen, aber am Ende der Seite hat er nicht umgeblättert. Hat einfach nicht umgeblättert und mitten im Satz das Lesen eingestellt, für Sekunden. Oder für Minuten? Er schaut in die Runde. Tante Carla schaut still in die Gegend, sie nimmt, was kommt, hört, was gelesen wird. Ist eine, die nicht klagt. Trudel schaut ihn mit gerunzelter Stirn an, gerunzelt, weil die Sonne blendet. Sie kneift die Augen zusammen, weil die Sonne blendet, aber eine Skepsis liegt in ihren Augen, weil es so nicht weitergehen kann. Die Geschichte kann nicht mitten im Satz aufhören, das tun Geschichten nicht.

Und Heidi. Hat sie was gemerkt? Ja, hat sie. Ihr Blick ruht schon auf ihm, als er sie ansieht, das Grinsen sitzt fest auf ihrem Gesicht. Da kann Dieter nicht anders als anzulaufen wie ein roter Ballon. Eddachen mit ihren Pausbacken schaut ihn an aus großen Augen. Gott, hat er die Kinder lieb. Seine Augenwinkel werden feucht. Er möchte jetzt nicht weinen, aber er könnte.

Herbei, herbei, gekocht ist der Brei. Er liest von der alten Frau mit den Katzen, die der kleine Muck hegte und pflegte, von den großen Pantoffeln, die er von ihr bekam und mit denen man fliegen kann, und von dem Stöckchen, mit dem man Goldschätze finden kann, von den Riesenschritten, vom Schweben der kleinen Schritte des Verwachsenen, von den Kämpfen um sein Gut, die den kleinen Mann zum kleinen alten Mann machten. Er hatte keine Ansprüche, aber immer gab es jemanden, der ihm das wenige, was er hatte, nehmen wollte. *Seitdem lebt der Kleine hier in großem Wohlstand aber einsam, denn er verachtet die Menschen.* Der Muck hat gewußt, was er wollte und was er nicht wollte. Als er bei der Frau Ahazvi und ihren Katzen zu verkümmern drohte, hat er zusammengepackt und ist gegangen, hat sie zwar eigentlich beklaut, aber ist mit den Pantoffeln und dem Stock weitergezogen, weil er wußte, daß er bei ihr nicht bleiben wollte. Auch vom König, der ihn beklauen wollte, hat er alles, was er wollte, sein Eigentum, wieder zurückbekommen. Der kleine Muck, was für eine Geschichte, was für ein Weg, was für ein Mann, der *deine Bewunderung mehr als deinen Spott verdient.* Dieter schaut aus dem Buch empor. Die Geschichte ist zu Ende. Mehr gibt es nicht.

15

Die Kinder sind beeindruckt. Dieter sieht in die Runde, er ist selbst beeindruckt. Auch Heidi ist noch in der Geschichte, mit ihren Augen, mit ihrem Blick. Es ist der Nachhall: wenn der Vorleser die letzten Silben des letzten Satzes mit größerer Ruhe gesprochen hat, langsamer, als fürchte er, ihm gingen die Worte aus und er müsse sie auskosten.

Tante Carla lächelt, aber schaut still in die Gegend: *Das war aber eine schöne Geschichte, Kinder, gell?*

Trudels Augen verraten die vielen Gedanken an die Pantoffeln, den Stock, die Katzen, den König und die Bewunderung für den kleinen Muck. *Ja*, sagt sie kaum hörbar.

Heidi, hat er jetzt den Eindruck, fixiert ihn, läßt nicht los, als wolle sie ihn küssen, schaut ihn an, wie sie ihn in seinen Träumen angeschaut hat. Vergangene Nacht noch stand sie so vor ihm. Oder ist es nur die Geschichte? Ist es nur der kleine Muck, den sie in ihm anschaut? Doch er ist nicht der kleine Muck. Hat keine Zauberpantoffeln, ist Dieter, der Vorleser, der auch seinen eigenen Kindern vorlesen könnte. Sie mit Heidi zu haben wäre groß. Ob das Lächeln, das er bei diesem Gedanken spürt, auf seine Lippen tritt? Es ist ein voreiliger Gedanke, zugegeben.

Als er das Buch zuklappt, fängt ihn ein Gefühl ein, das er nicht oft hatte seit seiner Kindheit, das er aber kennt, von gestern. Und er erinnert sich an das Gestrige in seinem Gefühl: Hier im Schwimmbad ist er ganz sicher, sicher und warm. In die Wärme und Sicherheit mischt sich Unausweichlichkeit. Sie mündet in eine kalte Starre, als er, für Sekunden nur, den Gedanken findet, daß es gestern wie heute, heute wie gestern ist. Wiederholt sitzt er hier. Die Geschichte ist zu Ende, und man wartet. Worauf wartet man nun?

Da stolpert mit aufgerissenem Mund, leichenblaß und mit offenem Haar, dem wenigen, das ihr in fettigen Strähnen um das Knochengesicht hüpft, die Großmutter am Beckenrand entlang, kann sich kaum auf den Beinen halten, humpelt schief, als würde der Oberkörper von den Hüften brechen, strauchelt und ruft zwischen den stumpfen Eckzähnen, vor denen sich ohne Gebiß die schlappe Lippe spannt: *Großvater! Großvater ist...* Weiter kommt sie nicht, denn in diesem Augenblick stürzt sie ins Wasserbecken, obwohl ein Holzgeländer so etwas verhindern könnte, stößt einen gellenden Schrei aus und verschwindet mit knisterndem Kleid im zischenden Wasserstrudel. Das Kleid bläht sich furzend auf und drückt die dürren Altweiberbeine nach oben, während der Schrei gurgelnd verstummt und in den Ertrinkungstod der Großmutter übergeht. Augenblicklich. Und das Entsetzliche ist, daß sie nicht gestürzt, sondern daß ein schwarzer Sack aus Haut und Knochen ins Wasser geplumpst ist. Unwürdig geplumpst. Großmutter ist in den Tod geplumpst. Die Beine verschwinden im Wasser. Im Wasser, dessen Oberfläche sich sofort glättet, damit die jungen Schwimmer darauf ruhig dahingleiten können. Bahn für Bahn.

Ich gehe jetzt ins Wasser. Wer kommt mit? fragt Heidi.

Ich, ich, ich, ruft Trudel ganz entschieden.

Iss auch, lispelt Edda an Mamas Hand.

Dieter sieht zum Becken und findet dort eine ruhige Wasserfläche, gleichmäßig durchpflügt von den Schwimmern. Beruhigt erinnert er sich an Heidis Worte von vor zwei Sekunden, an Trudels und Eddas Antwort. Ganz bei ihnen ist er. *Ja, klar, ich auch,* schließt er an und beantwortet Heidis Blick, der keine Antwort erwartet, weil er, glaubt Dieter, die Antwort schon kennt.

Die Kinder waren ganz gerührt, du hast sie richtig gepackt. Und du magst Kinder, das merkt man doch gleich. Wenn sie wüßte, was sie da gesagt hat, die gute Heidi. Er nimmt Trudel an die rechte Hand, Heidi nimmt Edda an die linke. Dieter nimmt Heidi an die linke. Das tut er natürlich nicht, auch wenn ihr kleiner Finger gerade über den Rücken seiner linken Hand gestrichen ist, zufällig. Wärme in seinen Ohrläppchen. Er hält es für Nähe. *So müßt' es bleiben.* Genauso müßte er jetzt gefangen sein auf der umzäunten Wiese des Bades, des Bades im Kurtal von Bergzabern, diesem Nest aus Weinbauern und Böhämmern. Da juckt die Sache wieder, die Stelle, heftig wie ein Überfall. Wie lange nicht mehr. Kratzen kann er nicht, hat Trudel an der Hand, Heidi auch, nein, hat er nicht, aber er will das Gefühl, als hätte er, nicht aufs Spiel setzen, nicht aufgeben, nicht in diesem Augenblick.

Heidi zur Linken, durchfährt ihn ein Stich, ein Schmerz, dann Taubheit, als er rechts neben sich die Großmutter sieht, tropfend im Gesicht, überall, am ganzen Leib. Tropfend die Haarsträhnen, die auf dem Gesicht kleben. Tropfend die Wimpern und die gebogene Nase. Warum ist die Großmutter noch hier? Ist doch ertrunken. Was will sie dann noch hier, neben ihm? Worauf wartet sie? Was soll er anfangen, damit sie verschwindet? Es darf nicht auffallen, keiner darf was merken, nicht Trudel, nicht Edda, nicht Heidi, auch die anderen Besucher nicht, die kennen womöglich die Pfarrersfrau vom Einkaufen. Sie dreht ihr Gesicht mit dem zahnlosen Mund immer wieder zu Dieter, als wolle sie ihn ansprechen, doch dann schaut sie geradeaus, als müsse sie genau achtgeben auf den Weg. Wieder ihr Blick. Zahnlos, die Großmutter. Aber ihre lebhafte Aufmerksamkeit, ihr eindringlicher Blick stehen in einem solchen Widerspruch zu ihrer leichenhaften Erscheinung, daß Dieter mit einer Gänsehaut durchs Schwimmbad geht. Das sehen alle, denn er hat nur eine Badehose an. Weg! Großmutter, weg da! Sie bleibt. Großmutter geht ihren Weg neben Dieter. Jetzt sieht er es: Sie geht wie auf einer dünnen Linie, exakt setzt sie Fuß vor Fuß auf einer Linie, die man nicht sieht, die aber unendlich scheint. Dieter muß sie loswerden, er kann sie nicht stehenlassen, sie muß verschwinden, hat hier nichts zu suchen. Sie muß weg. Er läßt Trudel los und tritt vor die Großmutter, packt sie an den Schultern, zerrt an ihr. Er hat keine Ahnung, was er machen soll. In seiner Badehose steht er vor ihr, nicht einmal ein Handtuch, mit dem er sie erdrosseln könnte, nichts in den schwitzenden Händen. Er oder sie.

Er weiß nichts mehr, denn die Großmutter ist nicht im Schwimmbad, sie ist in der Bismarckstraße, sitzt mit Gebiß bei Großvater am Bett, tupft ihm den Schweiß von der Stirn und hält seine Hand. Oder sie sitzt auf der Veranda und erholt sich von Großvaters Zimmer und wartet. Dieters Hände auf Großmutters Schultern zittern. Er versucht, mit den Händen ihren Hals zu umschließen, setzt die Daumen aufeinander und drückt damit auf ihren Kehlkopf, krümmt die übrigen Finger, deren Spitzen sich sogleich in Großmutters Genick berühren, so dünn ist ihr Hals. Aber er kann nicht einfach zudrücken, denn Großmutter ist nicht hier. Ein bitterer Geschmack auf der Zunge und ein trockener Stich im Rachen lassen ihn in Starre stehen. Den lieben Dieter, der mit der Großmutter hadert. Der vor allem merkt, daß sie nicht hierher gehört. Daß etwas nicht stimmt mit der Großmutter. Warum ist sie hier, wenn sie nicht hierhergehört? Dieters trockene Kehle verbindet sich mit den zitternden Händen zu einer panischen Angst. Er weiß nicht genau, wovor. Er weiß von unheimlichen Dingen, die gewesen sein können. Im Schwimmbad, vor Stepps Plumpsklo, in Roses Garten. Mit einer Axt, mit einer Tüte Dünger. Wenn er nur die letzten drei Wochen gelten läßt. Die letzten drei Wochen, in denen er bis gestern auf Heidi warten mußte, in denen er aber wußte, daß er sie sehen würde, daß er den Gedanken an Front oder Abstellung zurückstellen konnte. Wenn er nur die letzten beiden Tage gelten läßt, auch dann muß er zugeben, daß er selbst im Triebwagen, wo ihm ein Bauer Erdbeeren angeboten hat, nicht sicher sein konnte, daß Dinge geschehen. Was hatte der Pope in der Pfalz zu suchen? Nichts. Er gehört da nicht hin. Er gehört weder in die Pfalz noch in die letzten drei Wochen. Vor vier Wochen, da war Dieter noch in Wien, da gehört er auch nicht hin, der Pope. Dieter wurde aus dem Wiener Lazarett entlassen und fuhr in die Pfalz, nach Bergzabern. Abendessen mit Heidi.

Feldpostfaltbrief
Aufdruck: Feldpost
Briefstempel: »Reserve-Lazarett XXVII b«
Poststempel: »b 15.V.44.-8«
Adresse: Fräulein Elle Stepp, (18) Saarbrücken 6, Adalbertstr. 2
Absender: Lt. D. Thomas, Res. Laz. 27 b (12a) Wien 11, Herderplatz 1

Wien, den 13.5.44

Liebe Tante Elle!
Heute wäre nun eigentlich die 14tägige Sperre vorbei, aber sie ist verlängert worden. Da ist es heute also noch nichts mit dem Ausgang, außerdem regnet es auch tüchtig.
Ich hoffe, daß Du die beiden Angriffe gut überstanden hast und sonst wenig Schäden sind. Über ein Jahr seid ihr doch bloß immer überflogen worden.
Hier hatten wir ja auch Alarm, als der Angriff auf Wiener Neustadt war.
Da herrliches Wetter war, gingen wir in die Splittergräben im Park und haben uns bis zur Entwarnung gesonnt. 3 Pulks haben wir mit dem Glas gesichtet, aber die haben sorgsam den Wirkungsbereich der Wiener Flak umflogen.

Da die Heilung vorangeht, wird es jetzt bald mit der Entlassung angehen, nächste Woche rechne ich zwar noch nicht damit. Nur die Hoffnung, den Rest der Sehenswürdigkeiten von Wien noch anzuschauen, habe ich aufgegeben.
Da ich für 6 Wochen K.V. bedingt geschrieben bin, geht es also zum Ersatz und evtl. zum Lehrgang für genesende Offiziere.
Mit dem Urlaub wird es wohl klappen. Die Entlassungen sind Dienstag u. Freitag. Sollte es an einem Freitag überraschend kommen, würde ich also am Samstag in Bergz. eintreffen, telegraphiere ich.

Mit den herzlichsten Grüßen!
Dein Dieter.

Dinge liegen fern und Dinge liegen nah. Eine knappe Woche, bis Dienstag noch, ist er hier und gehört hierher. Der Wald über dem Tal steht still. Die Bäume glänzen still mit frischem Laub. Still auch die Wiesen und Felder. Und still die Stadt. Nur die Kirchturmuhr schlägt halb, halb zwölf wohl.

Dann gibt es die nächstliegenden Dinge. Heidi steht neben ihm. Er steht mit zitternden Händen neben Heidi am Beckenrand, als sich aus seiner schwitzigen Hand Trudels Kinderhand zieht.

Ich habe keine Angst, sagt Trudeli und schiebt ihren großen Zeh ins Wasser, und Heidi antwortet: *Natürlich nicht, wir haben es ja gesehen, wie ein Fisch im Wasser.*

Was ist mit Großvater? Dieter weiß nicht, ob er sich Sorgen machen muß. Sorgen worüber? Warum hat die Großmutter was von Großvater geschrien?

Was ist mit dir? Heidi sieht ihn verwundert an.

Nichts, was soll sein? Dieter legt ein Lächeln auf, kneift das linke Auge zu, blinzelt in der Sonne, aber auch, weil so aus ihm ein kleiner Junge wird. Dünne Pfähle für die Tomatenstöcke. *Ich habe jetzt keine Angst mehr vor dem Wasser. Mutti hat uns drei geknipst,* erinnert sich Dieter. Er tritt einen Schritt zurück, streckt die Arme über seinen Kopf, streckt sie weit in den Himmel, bis an die Kirchturmspitze, bis an die Pappelkronen, bis zum Beckenboden, der blaugestrichen unter den aufgeschreckten Wellen schimmert, und verschwindet im Wasser.

Ui, hört er Trudel noch rufen, bevor sein Kopf auf der glänzenden Oberfläche auftrifft, als wäre ein übermütiger Junge, so ein Pimpf, ins Wasser gesprungen, um seinen Mut zu unterstreichen. Hinein. Bläßchen schieben sich aus seinem Mund und schwirren an seinem Körper vorbei, denn er durchmißt das gesamte Becken quer, am Boden entlang. Längs ziehen Schwimmer über ihm ihre Bahnen, ein Geleitzug mit Mutter und zwei Kindern. Er taucht auf der anderen Beckenseite auf, klemmt sich mit dem linken Arm am Beckenrand fest und schaut nach drüben, wo Trudel sich gerade mit erstaunt gerunzelter Stirn die Hand vor den Mund hält. Da ist er ja wieder, der Dieter, ui. Heidi winkt ihm sofort. Winkt sie ihm mit Bewunderung?

Er winkt zurück, als er hinter sich, über sich, in nächster Nähe eine Stimme hört, die er kennt, eine Stimme in Ausübung ihres Amtes. Mit korrekter Strenge im Gesicht steht der Bademeister über ihm und schreitet ein: *Es is strengschdens verbode vum Beckerand roizuspringe!* lautet diesmal die Bekanntmachung, bei deren drittem Wort das kleine Bärtchen über dem offenen Mund schwebt, während die Zähne wie Waffen glänzen.

Eweso is des Schwimme quer zur Bahn unnersaacht!

Wenn sich Dieter nicht von den Zähnen des Bademeisters, dessen Frau wohl die gierige Hexe im Kassenhäuschen ist, angefletscht fühlte, hätte er ohne ein Wort abtauchen können, hätte nur den angewinkelten linken Ellenbogen, auf dem sein Kopf am Beckenrand lagert, lösen müssen und wäre in ruhigem Gleiten in die unbehelligte Kühle abgetaucht, für Minuten, und in Heidis Nähe wieder aufgetaucht. *Dann tu's doch!* sagt die gebißlose Großmutter zu ihm, während der unsichtbare Großvater im Kissengrab nickt.

Dieter ist peinlich berührt, nur berührt, nicht geohrfeigt. *Beim ersten Mal, da tut's noch weh, da denkt man noch, daß man es nie verwinden kann.* Doch als er zu denken wagt, daß da so ein blöder Bademeister dahergekommen ist und ihn maßregelt, was bildet der sich überhaupt ein, wieso ist der nicht beim Kommiß, hat der überhaupt gedient? So ein ziviler Schlappschwanz! Als er diesen Gedanken faßt und sein Blick vom Beckenrand nach oben zu der überhöhten Ordnungsmacht steigt, während sein stützender Ellenbogen nicht verkrampft, verstärkt die Ordnungsmacht den Ausdruck ihrer Autorität und blafft: *Verstanne?*

Widerstand ist zwecklos. Dieter errötet, ein Druck auf den Wangenknochen, aber die Mundwinkel entgleiten ihm nicht, fallen nicht nach unten, diesmal nicht, der Mund bleibt geschlossen. Standhaft. Dieter entzieht sich, indem er den linken Ellenbogen nach unten zieht und ins Wasser gleitet, bis seine Ohren bedeckt sind und nur noch das Gesicht wie eine Maske aus dem Wasser ragt. Doch abzutauchen und quer zur Bahnrichtung zu tauchen, bleibt ein Sekundengedanke. Dieter wendet sich zum Brustschwimmen und folgt der Bahn, um nach wenigen Metern ordnungsgemäß über die Leiter auszusteigen.

Da hat der Bademeister wohl bereits den Geruch aufgenommen, der auch Dieter als dünner Faden von der Liegewiese in die Nase zieht: Zigarettenrauch. Und er tut, was der Bademeister gerade begonnen hat: Spähen, wer und wo. Dieter wäre aber nicht Dieter, wenn er nicht nach einem Augenblick zurückkehrte zum Grund seines Hierseins. Was ist der Grund seines Hierseins? Eine Frage, auf die es zwei Antworten gibt. Ja, aber nur über eine lohnt es sich nachzudenken. Und die Antwort ist einfach und dringend: Heidi und die Kinder. Gott, die Kleinen, die warten mit Heidi. Er läuft zu ihnen und hinterläßt nasse Fußtapsen auf dem Sandstein der Beckenumrandung.

Jetzt geh mal mit uns ins Wasser rein, fordert Trudel und zwickt ihn ins Bein. Dieter lacht. *Kommt, wir gehen alle,* sagt er. Und so machen sie es. Heidi schwebt neben ihm im Wasser, Edda sitzt auf seinen Schultern, sie strampelt quietschend und bespritzt Heidi und Trudel. Eine wolkenlose Mittagshelle läßt das Wasser glitzern, die weißen Bänke regelrecht strahlen und die Wiese saftgrün leuchten. All das umgibt wie eine Gloriole das Zentrum seiner Aufmerksamkeit, Heidi, die bereit ist, mit Trudel um die Wette zu schwimmen. Edda schiebt ihre Hände durch Dieters Haare, die oben wie Nudeln zu verrühren sind, während sie an den Seiten in kurzen Stacheln abstehen, pieksen, wenn man mit den Händchen drüberfährt. Eine leichte Gänsehaut im Genick stellt sich bei Dieter ein, eine Gänsehaut, die ganz anders ist als vorhin, als er von Dingen abgelenkt war, die hier nicht hingehören. Diese Gänsehaut ergibt ein wohliges Gefühl, das man sich, schließt man die Augen, auch mit einer Bewegung von Heidis Hand vorstellen könnte, eine sehr wünschenswerte Bewegung.

Sieger, Sieger, Sieger! Natürlich, Trudel hat gesiegt, das muß Heidi jetzt mit dem Ausdruck völliger Erschöpfung zugeben.

Kommt ihr? ruft Tante Carla. Sie ist mit dem kleinen Wolfgang an der Hand am Beckenrand aufgetaucht. Die Uhr schlägt zwölf. Sie schlägt zweimal zwölf, erst die hellere Glocke, dann die dunklere. Und der letzte Schlag der dunkleren hat einen unmißverständlichen Nachklang, der den Vormittag so definitiv abschließt, daß Tante Carlas Drängen, ein Drängen ohne Drängen, ein Rufen ohne Rufen, mit kleiner Stimme, mehr ein Vorschlag oder vielleicht nur eine Frage, einleuchtend und richtig erscheint.

Beim Abtrocknen sieht Heidi Dieter lange an, während sie ihren Kopf schräg hält und mit dem Handtuch durch ihr schulterlanges Haar fährt, ein Blick, der offenläßt, ob er sich auf Dieter konzentriert oder mehr auf das Trocknen der Haare. Dieter lächelt jedenfalls zurück. Und seine Freude öffnet ihm den Mund, als Heidi scheinbar beiläufig meint: *Heute nachmittag zu Kaffee und Kuchen?*

Und sein Lächeln nimmt auch nicht ab, als sie hinzufügt: *Mein Vater ist auch da.* Vielmehr legt Dieter die Stirn in Falten, was ein höfliches *Oh, das freut mich besonders* andeutet, obwohl er was nicht alles drum gäbe, Heidi einmal alleine zu treffen. Gerne würde er sein jetzt gesprochenes *Sehr gerne, Heidi, ich freue mich. Wann?* beiseite lassen und mit viel leiserer Stimme, viel näher an ihrer Wange und ihrem Mund sprechen und Dinge sagen, die keine Höflichkeit benötigen, die einfach von Mensch zu Mensch verständlich sind und die, ja, zugegeben, auch in einen Kuß münden können.

Um fünf.

Jetz guggen Se ruhisch her. Und hewen Se bidde den Kopf noch e bissel. Sonscht sinn ihre Kraachespischel im Schadde. Schauen Se bidde auf meine Hand newa de Kamera.

Sogar gepudert hat man ihn, damit sein Gesicht nicht so glänzt, wenn der Auslöser klangvoll klickt, alles etwas größer als bei Dieters Jubilette. Hier wird nicht drauflosgeknipst, hier wird ordentlich ausgeleuchtet.

16

Handwerkliches Lichtbild im Haufen handwerklicher Lichtbilder. »Photographen-Innung der Pfalz, Fotohaus A. Kuhr, Bergzabern«. Violetter Stempel auf der Rückseite. Ein kleines Porträtfoto mit gezacktem Rand: Dieter in Uniform. Kragenspiegel und Schulterklappen zeigen seinen Rang. Nicht nur, auch Schnappschüsse dazwischen. Aber ein handwerkliches Lichtbild ist viel eher für die Ewigkeit gemacht, also für mich. Kragenspiegel und Schulterklappen, ich weigere mich instinktiv, mich damit zu beschäftigen. Die drei Orden oder Plaketten, die Dieter auf seiner linken Brusttasche trägt und von denen eine einen Panzer zeigt, haben ihre historische Bedeutung, die ich nicht zu würdigen wissen will. Sie erinnern mich an das Aluminiumschild »BDM«, das ich bei Tante Elle fand. Im besten Fall aus Blech. Ich habe kein militärhistorisches Interesse. Denn ich habe den Eindruck, daß man sich beim Reden über den Krieg immer wieder in technischen Details verliert oder gar in Diskussionen über den Rang einzelner Personen. Über das Aussehen ihrer Uniform. Mit diesem Einordnen in die Ordnung erkennt man die Ordnung überhaupt erst an. Man erkennt an, daß in diesen Uniformen ordentlich und anständig gekämpft wurde. Man trug die Uniform doch mit Stolz. Wie hätte man auch ohne Stolz für Deutschlands Zukunft kämpfen können? Ohne Ordnung vor allem.

17

Das Lichtbild kann er am Ende der Woche abholen. Die Ladenklingel an der Tür, die Herr Kuhr mit leichter Verbeugung und *Widdasehn* aufhält, scheppert im Gleichklang mit dem letzten Doppelschlag der Kirchturmglocke. *Halb*. Dieter schaut auf seine Armbanduhr, deren Lederband den Schweiß an seinem Handgelenk noch tapfer aufsaugt. *Halb fünf.* Da muß er sich aber beeilen. Daß das bei dem Heini so lange gedauert hat. War wohl stolz, einen feschen Soldaten zu knipsen, aber bis der mal zu Potte gekommen ist. Und ausgerechnet, wenn er eine Einladung hat, bei ihr. Ja, auch bei ihrem Vater, aber doch in erster Linie bei ihr. Mit ihrem süßen, hellblauen Sommerkleidchen.

Schnell noch einen kleinen Blumenstrauß aus Stepps Garten. Jetzt aber los. Allein bei dem Gedanken an die knappe Zeit treten Schweißperlen auf seine Stirn, und unter den Achseln saugt der Hemdstoff. Als er endlich von der Kaiser-Friedrich-Straße in die Bismarckstraße abbiegt, gegenüber dem Brunnen, auf dem diese Spatzen und Männer mit ihren Blasrohren zu sehen sind, ziehen sich im Weißenburger Loch die ersten Gewitterköpfe zusammen. Durch die kühle Knallerbsengasse zwischen den Knallerbsensträuchern, am Haus entlang, stechender Geruch aus dem offenen Klofenster, um die Ecke, an der Veranda vorbei, zu den kleinen Beeten mit den Gladiolen und Dahlien. Nicht die idealen Blumen für die moderne Frau, eher etwas für Trauergestecke, doch das ist der falsche Gedanke jetzt. Der gehört überhaupt nicht hierher. Hübsch bunt immerhin. Am Kaffeetisch auf der Veranda sitzt die Großmutter, während ihr Tante Emmy eine Tasse Kaffee einschenkt.

Dieter, willsch du aach e Tässel? Eingezwängt in den schmalen Schatten hinter dem linken Verandapfeiler steht Tante Emmy mit der Kanne, sitzt die Großmutter, die er seit heute morgen zum ersten Mal wiedersieht. Ihre Gesichter im Dunkel, Arme und Hände, Kanne und Tasse in der Sonne.

Als er vom Schwimmbad zurückkam, war sie bei Großvater im Zimmer, wie Tante Emmy ihm leise sagte. Er ist nach oben gegangen, hat sich hingelegt. Angenehm kühl, traumlos, erholsam. Im Bad hat er sich dann ordentlich Pomade auf den Kamm geschmiert, für den Photographen, durchs Haar gefahren und den blonden Schopf gescheitelt, wie immer rechts. Links das Haar nach hinten gekämmt, und rechts zur Seite. Wie immer. Wie jeden Tag.

Die Großmutter trägt ihr Gebiß, eindeutig, und ihr Kleid scheint trocken zu sein. Sie führt die Tasse langsam zum Mund, aus der Sonne in den Schatten, ganz langsam, als wollte die Bewegung kein Ende nehmen. Dabei schaut sie zu Dieter herüber, weil Emmy zu Dieter herüberschaut, der *Nein, danke* sagt und versucht, die Blumenstiele abzuknicken.

Komm, ich helf dir, sagt Tante Emmy und nimmt aus ihrer Kittelschürze eine Gartenschere. *Ich bind's dir zamme,* sagt sie und nimmt aus ihrer Kittelschürze ein Stück Schnur.

Anspannung. Es entgleitet ihm die Zeit. *Einen Happen will ich schnappen.* Dieter schaut auf die Uhr, schaut den Garten hinauf, zum Wald hin, denn er kann eine Abkürzung nehmen durch den Garten, der einen Nordausgang auf die Zeppelinstraße hat. Den hat er gestern im Regen wohlweißlich nicht benutzt, denn der Weg wird schnell matschig. Jetzt erkundet er verschlagen wie ein gefangener Russe den Fluchtweg zu Heidi. Tante Emmy hat im Nu drei sehr schöne Blüten zusammengebunden und schon verknotet, als von Ferne der erste Doppelschlag ertönt, der erste von vier, volle Stunde. Fünf. Dieter reißt der Tante das Gebinde aus der Hand, lächelt ganz außerordentlich.

Fein, danke, der dumme Junge, der zu spät kommt, lächelt zur Großmutter in den Schatten und hechtet durch den Garten.

Viel Spaß!

Danke, danke!

Der Bub ist beis Braackes eingelade.

Beis Braackes?
Jo.
Jetzt?
Ha jo. Wieso?
Weil der Großvater grad nach ihm ...

Mehr ist nicht mehr zu hören. Dieter dreht sich noch einmal um, was hat der Großvater? Aber da ist er auch schon an der Straße angekommen. Vorwärts, vorwärts. *Zeig, daß du auch auf der Welt bist.* Nicht daran denken, was hinter dir liegt. Heidi wartet. *Vorwärts, vorwärts, Männer!* Der Tarnanzug schimmert im blaugrau der Morgendämmerung, die Tür schließt sich hinter ihm. Er schaut zurück, sie schaut ihn an, läßt die Tür halbgeöffnet, solange er sie anschaut, damit er sie anschaut, damit er nicht aufhört, sie anzuschauen, damit er sie nicht vergißt. Wie kann er sie vergessen? Aber er muß raus zu seinen Leuten, denn sie erobern gerade das Dorf wieder zurück, vertreiben den Russen im Häuserkampf, Auge um Auge. Die blaue Holztür schließt sich. Sie wird sich nicht mehr öffnen, denn wer weiß, wer da anklopfen wird. Bestimmt nicht der Dieter, bestimmt nicht so schnell.

Er steigt über einen toten Russen, der zu grinsen scheint, der die Augen zusammengekniffen hat, als sei er ein Kirgise, ein halber Chinese. Wie der Kirgise beim Fußballspiel. Mit Kameraden, er wollte gar nicht, aber sie haben gesagt, er solle sich doch nicht anstellen, was sei schon dabei. Ein Kirgise. Er solle sich ins Tor stellen. Na gut. Da haben sie rumgekickt. Er stand im Tor.

Brief ohne Kuvert

Braunschweig, 19. IV. 1929

Liebe Tante Elle.

Für die Karte danke ich vielmals. Heute regnet es. Am vorigen Sonntag und am Donnerstag war ich zum Fußballspielen gewesen mit Edmund, er hatte 6 und ich 15 Tore. Wir haben unsern Balkon angestrichen. Er sieht oben gelb und unten braun aus. Inge zeichne ich schon etwas vor und sie macht es nach. Ein Gesicht kann sie schon. Gestern habe ich im Nußberg ein wildes Veilchen gefunden. Ich habe es eingepflanzt und in mein Kammerfenster gestellt. Am Mittwoch gehe ich in den Füst-Film. Heute spiel ich vieleicht mit der Eisenbahn und Edmund holt seine Wagen auch.

Viele Grüße und Küsse
Dein Dieter

Der Kopf des Kirgisen war, als sie ihn fanden, schon ausgeblutet, hartgefroren. Er war kahlgeschoren und rund, und er rollte gut auf dem harschigen Schnee. Dieter läßt den toten Russen hinter sich, steigt über andere. Ein Panzer steht in Flammen.

Na wartet, ihr Hunde!

Wer sein Gewehr wegwirft, um sich zu ergeben, wird sofort niedergemacht. Die anderen werden bis zur letzten Kugel verfolgt. Das muß anständig krachen. *Wenn dir die Straße verstellt ist, spring über alles hinweg.* Die Bewohner, auch Verräter, allesamt.

Ihr habt ihnen geholfen!

Niedermachen, dieses stinkende, verschlagene Pack. Und schließlich: in Brand schießen, Malaja Irgendwas. Aber erst, wenn wir weiterziehen. Jetzt ist das Dorf unser. Iwan gibt Fersengeld.

Was man an Menschen noch vorgefunden hat, das steht auf dem Platz vor dem roten Backsteinhaus, dicht gedrängt. Ein paar Alte, ein paar Junge. Junge Frauen mit ihren Kindern auf dem Arm und an der Hand. Die sich nicht beklagen, die ruhig sind, nicht winseln, nicht jammern. Die erschöpft vor sich hinstarren, nach einer Woche Auge in Auge, mit den Russen, mit den Kameraden. Aber wo ist sie? Er findet sie nicht, er kann sie nirgendwo ausmachen zwischen den Pelzkappen und Kopftüchern. Einer sagt, die Kameraden sollen sie sich nur gut ansehen, das sei der Abschaum, verschlagene Flintenweiber, Botenjungen, Drahtzieher und Partisanenväter. Bandenverseuchte Drecksgegend. Die vierzig Leutchen, zwischen denen sie immer noch nicht zu sehen ist, werden hinters Haus getrieben, vor den Schuppen. Wie im Birkenwäldchen im Herbst, nur müssen sie hier nicht schaufeln, denn es wird allmählich dunkel.

Im Backsteinhaus werden der Samowar und halbvolle Tassen und Becher beiseite geschoben. Iwan hatte in der kurzen Zeit, die er sich hier wieder eingenistet hat, immerhin Zeit, Tee zu kochen. Es werden Tische geschoben, Konservenbüchsen aufgestellt, Schnapsflaschen in Reih und Glied. Wenn Weihnachten schon so sang- und klanglos – *hahaha, klanglos kann man wirklich nicht sagen* – vorübergegangen ist, dann will man doch jetzt mal, aber so richtig. Silvester, das neue Jahr, jetzt geht es aufwärts, vorwärts. Sieg feiern. Wir haben sie zurückgeschlagen. Während draußen die Kameraden anständig draufhalten, bis die Kugeln in die Holztür des Schuppens spritzen, aber nicht durchschlagen, baut Dieter drinnen die Gemütlichkeit auf. Erst die Arbeit, dann das Vergnügen. Da steht ja noch ein Koffergrammophon. Und 'ne Platte liegt darauf.

Versuchen Sie das doch mal ans Laufen zu kriegen, Thomas, was Tanzbares wäre nicht schlecht.

Tanzen? Mit wem, Herr Major?

Hahaha, immer witzig, immer witzig. Thomas, jetzt stecken Se sich erst mal ne Zijarette ins Jesichte. Wat is det denn? Ne Russenplatte, nee! Aber der Dingens von der Propagandatruppe, der hat doch noch welche. Mit einem Schlag auf die Tischkante zerspringt die Platte in Stücke.

Darf ich vorstellen? Leutnant Dieter Thomas, vom Panzergrenadierausbildungsbataillon Zweiundsiebzig.

Dreiundsiebzig.

Dreiundsiebzig, direkt von der Ostfront.

Vierte Kompanie. Na ja, nicht direkt von der Ostfront.

Auf Heimaturlaub. Bei Pfarrer Stepp. Meinen Vater kennst du ja.

Herr Major!

Leutnant!

Bürgermeister Leister und Kreisleiter Ochsner.

Meine Herren!

Nicht nur Heidis Vater, der alte Major mit grauen Schläfen und gestutztem Schnurrbart, rechts und links gekürzt, dunkelgrauer Anzug, Krawatte, aufrecht sitzend, nicht die Spur gebückt, mit der Tasse in der Rechten und der Untertasse in der Linken, da sind noch zwei Herren. Sie sitzen stiernackig am Kaffeetisch, mit braunen Hemden, schwarzen Schlipsen, jeder mit einem hüpfenden Bärtchen, unter das sich beim Kreisleiter die dünnen Lippen schieben, als er rotgesichtig grinst und dem Leutnant *ein herzliches Heil Hitler!* entgegenbrummt. Bonzen, denkt Dieter, fette frontferne Bonzen.

Schnell ist man dabei, neugierige Fragen zu stellen, kurze Fragen, die lange Antworten des Leutnants erfordern, damit man inzwischen ungestört den Erdbeerkuchen schaufeln kann. Der Kaffee ist selbstverständlich echt.

Ausgezeichnet, murmelt der Bürgermeister mit geschürzten Lippen, damit kein Krümel aus dem vollen Mund schießt oder eine Fontäne Bohnenkaffee, *Bohnen* muß man betonen, herausspritzt. Dieter antwortet geduldig, die Gabel in der Hand, in den Teig gespießt, auf dem die Erdbeere im rosa Guß balanciert.

Ich war seit Oktober wieder im Osten als Kompanieführer. Diesmal im Südabschnitt in der Ukraine. Zuerst lagen wir am Dnjepr in richtigen Grabenstellungen, wurden dann aber im November abgelöst und machten mit der Leibstandarte und noch einigen Panzerdivisionen den Gegenangriff im Raume von Schitomir mit. Leider griff der Russe am Heiligen Abend auf breiter Front an, und wir waren bis zum Jahreswechsel eingeschlossen.

Noch Kaffee, Herr Kreisleiter?

Sehr gerne, Fräulein von Braacke.

Die Erdbeere im Guß auf Dieters Gabel vibriert, denn eigentlich will er sie zum Mund führen. Aber er ist dran. Muß reden.

Uns gelang dann der Durchbruch, und wir erreichten die deutschen Linien wieder.

Mir bitte auch noch.

Die Gabel in Dieters Hand gerät in Schieflage, und die Erdbeere drückt gegen den Guß, der glänzend nachgibt.

Beim erneuten Großangriff stand unsere Division bei Schepetowka Anfang März wieder in schweren Kämpfen und mußte sich wiederholt durch die russischen Linien zu den eigenen Verbänden durchschlagen.

Du auch, Papa?

Ja, ja, Schukows gescheiterte Frühjahrsoffensive, dieser Stümper, dieser unverbesserliche Stümper. Untermenschentum am Werke! Danke, Liebes.

Die Erdbeere entkommt aus dem Gußmantel und fällt auf die Tischkante. Auf der weißbestickten Tischdecke hinterläßt sie einen rosa Fleck und hüpft auf die Uniformhose. Und Dieter errötet: *Pardon,* lehnt sich zurück und schiebt das Kinn nach unten, um die Verfolgung der Erdbeere wenigstens mit dem Blick aufzunehmen und ein gewisses Pflichtgefühl zu signalisieren.

Die Beere landet zwischen Dieters Uniformstiefeln, mit Blick auf zwei weitere Paar Uniformstiefel, ein Paar dunkelbrauner Lederschuhe mit weißen Gamaschen und ein Paar beigen Sommerschühchen, die zurückgezogen werden, nicht um der Erdbeere auszuweichen, sondern um den Platz unter dem Tisch zu verlassen, denn Heidi erhebt sich mit einem Mädchenlächeln zu Dieter, der sich räuspert, und geht zu einem kleinen Servierwagen rechts neben dem Kaffeetisch und seinen Herren, deren Blicke zwischen Kuchen und Dieter springen. Also weiter.

Da ich gleichzeitig mit meiner dritten, allerdings gottlob nur leichten Verwundung noch eine Hautkrankheit bekam, gelangte ich nach Wien.

Nanu, einfach so?

Gott bewahre, nein. Nach einer abenteuerlichen Fahrt vom, lassen Sie mich überlegen, vom elften März bis zwoten April, also drei Wochen.

Drei Wochen?

Ja. Nach Irrfahrten durch die Karpaten, durch Rumänien und Ungarn kam ich zunächst nach Debrezen. Dort sollte ich in einem Honved-Lazarett bleiben. Aber der Oberstabsarzt sagte: Fahren's nach Wien.

Wien, Wien, nur du allein, krächzt der Bürgermeister mit Krümelfeuer aus dem Mund, *sollscht, tja dadadada Träume sein. Ja, ja.*

Leider habe ich von der Stadt nur wenig gesehen, da gerade zu dem Zeitpunkt, wo ich ausgangsfähig war, wegen Fleckfieberfällen für alle Wiener Lazarette der Ausgang gesperrt wurde.

Wie schade! krümelt der Bürgermeister.

Aber die Verpflegung war hervorragend, ich habe achteinhalb Pfund in den sieben Wochen zugenommen.

Das sieht man Ihnen aber nicht an. Sie sind doch rank und schlank.

Das Kompliment kann er dem fetten Kreisleiter oder Bürgermeister nicht zurückgeben. Jetzt schiebt Dieter den Mürbeteig mit Gußmantel auf seiner Gabel in den Mund und sticht erneut ins Kuchenstück, schließlich geht es doch um die Erdbeeren. Endlich, und der Kaffee war auch schon wärmer. Sie sitzen im Mittelbau von Zickzack, zwischen den großen weißen Sprossenfenstern, Abendschein, gelber Glanz auf allem wie eine Patina. Bilder von Ahnen hängen an der Wand. Auf ihren Gesichtern das gleiche Licht wie im Abendschein, nur ist der Hintergrund verdunkelt. Auf Erklärungen zum Schloß muß Dieters schweifender Blick nicht lange warten, denn auch der Kreisleiter ist zum ersten Mal beim Major zu Gast, im Schlepptau des Bürgermeisters, dessen Gabel goldsilbrig aufblitzt. Und der Major richtet seinen Oberkörper vortragsmäßig auf.

Ein famoser Bericht, Leutnant. Auch wenn ich mir die Kulturlosigkeit als hartes Brot vorstelle, die Kulturlosigkeit, die Sie umgibt, auf dem Weg zum Endsieg.

Das scheint Heidis Stichwort zu sein. Sie bringt vom Servierwagen, auf einem Tablett in kleinen Gläsern schon zur Stelle, einen Klaren für jeden. Und Heidi serviert mit der größten Grazie und Liebenswürdigkeit, aber auch mit einer geschwinden Festigkeit in der Geste die Gläser, die bereitwillig entgegengenommen werden. Denn mit einem Klaren muß man anstoßen, muß man auf etwas trinken. Und Heidi unterstützt mit Verve das väterliche Unterfangen. Hat sogar ihr eigenes Glas und ruft aus: *Auf den Endsieg!*

Da klingen die Gläser, der Kreisleiter steht auf, die anderen folgen ihm. Und beim Anblick der Grenadiersuniform des jungen Leutnants steht man gerne stramm, auch dem Major zu Ehren.

Den Endsieg!

Endsieg!

Den Endsieg!

Nendsieg!

Jetzt aber runter mit dem Zeug. Nicht schlecht. Warm. Ohne Brennen. Besser als der Obstler bei Onkel Gustav. Die leeren Gläser finden scheppernd wieder Platz auf dem Tablett, das jetzt in der Mitte des Tisches neben dem Kuchen steht.

Nun, sagt der Major, mit glänzenden Augenwinkeln, denn der Klare wärmt ganz ungemein: *Wir stehen hier auf kulturell geweihtem Boden, in einem veritablen Lustschlößchen. Setzen Sie sich doch, meine Herren. Errichtet von den Edeltollingern, deren Wappen die Wetterfahne ziert.*

Wer immer die Edeltollinger sind: Die Löwenköpfe der schweren Tür, in deren Mäulern dicke Ringe hängen, vergleicht Dieter gerade mit den Gesichtern von Bürgermeister und Kreisleiter, von denen er vergessen hat, wer wer ist. Da brilliert der Major mit Fachlichem, mit Bildung im Architektonischen. Er spricht jetzt von *Schnitzwerk, Knorpelwerk, Masken* und *Fruchtstab* ebenso wie eben noch von *Frühjahrsoffensive* und beeindruckt damit die beiden Löwenköpfe, die keine Löwenköpfe sind und deren Augen sich mit Bewunderung vergrößern und den Blick auf weitere rote Äderchen im einstigen Weiß des Auges freigeben. In diesem Augenblick wird Dieter ganz flau. Er weiß nicht, was das für eine Art von Augenblick ist, in dem man sich wieder gesetzt hat, in dem man gerade auf den Endsieg getrunken hat, was an sich nicht schadet, was aber einen unübersehbar formellen Charakter hat.

Als er zu Heidi hinüberschaut, stellt sie das Tablett mit den leeren Gläsern zur erneuten Befüllung auf den Servierwagen. Aber sie antwortet seinem Blick mit einem aufflackernden Lächeln und verdreht die Augen, so daß sich Dieters Anspannung schnell entkrampft. Draußen, so der Major, könne man, wenn man vielleicht gleich noch wolle, in sorgfältiger Ausführung *rustizierte Ecklisenen* sehen. Wörter, bei denen sich die Blicke der jungen Leute gleich wieder treffen, noch einmal beim *gebrochenen Rahmenwerk in den Formen des achtzehnten Jahrhunderts* und ein letztes Mal, bevor Heidi nachschenken muß, bei der Beschreibung des Fensters über dem Tor des Erdgeschosses, das sich durch *seitlich ausspringende Rundungen* auszeichne. Dieter stellt sich die Fenster in der Wohnung von Mutti und Vati und Inge in Braunschweig vor, die nach dem letzten Angriff nicht seitlich, sondern direkt nach innen ausgesprungen seien, alle Scheiben zur Straße hin, notdürftig dann mit Pappe ausgekleidet, die man im Sommer an trockenen Tagen zum Glück herausnehmen kann, wenn es nicht kalt wird. Aber auf einen Glaser wartet man erst mal vergeblich.

Heidi wartet mit den Gläsern auf und hält sie über den Kaffeetisch. Der Major betrachtet die Uniformen der Herren, auch wenn die Herren von der Bewegung nur ihre Hemden tragen und recht eigentlich nur der junge Leutnant eine richtige Uniform trägt. Der Major betrachtet die Entscheidungen des Oberkommandos der Wehrmacht aus der möglichen Sicht der Obersten Heeresleitung von einst und versucht die Verständnislosigkeit, die ihn mit der heutigen Kampfzeit verbindet und die sich in seinem musternden Blick auf die militärisch und nicht militärisch uniformierten Herren um ihn herum ausdrückt, zu vertuschen. Indem er aufsteht, sein Glas im wörtlichen Sinne erhebt, zitternd auf Stirnhöhe erhebt und sich dann erinnert, daß man auf den Endsieg schon getrunken hat, mehr scheint ihm zur Zeit, in der er lebt, in der er zumindest auf seinem Alterssitz Villa Zickzack residiert, nicht einzufallen. So gewinnt er mit dem erhobenen Glas Klaren Zeit, bis sich die anderen Herren erhoben haben, und sagt dann, indem er die Lederschuhe mit den Gamaschen zusammenschlägt und der Klare im engen Glase herumschwappt: *Meine Herren!*

Die anderen tragen Stiefel und können die Hacken knallend zusammenschlagen. Am besten kann es, das befindet Heidi mit einem liebevoll bewundernden Blick, Dieter. Und Dieter wird im Augenblick übermütig. Er wendet sich zu Heidi und sagt: *Meine Dame!* Worauf den anderen nichts anderes übrigbleibt, als mit ihren leeren Gläsern, die sie im wörtlichen Sinne leergekippt haben, der Dame zuzuprosten. Heidi antwortet mit einem unwiderstehlich, findet Dieter, gelächelten: *Meine Herren, wollen wir nicht nach draußen gehen, an einem so schönen Sommerabend?*

Auf der Terrasse, von der aus der winzige, aber sorgfältig angelegte Barockgarten im Überblick wohlgeordnet und wohltuend symmetrisch wirkt, genießen die Gäste den Blick über das abendliche Städtchen. Hinter ihnen, man möchte sagen, über ihnen der Wald, der schon erste Schatten wirft, neben ihnen Wingerte und Apfelbäume und vor ihnen das Kurtal, dessen Villenspitzen durch die Baumwipfel schimmern. Die Gewitterköpfe haben sich für heute verzogen. Schön, wie der Geruch warmer Nadelhölzer und warmen Sandsteins und der Geschmack von wärmendem Klaren eine wohlige Weichheit über die Szene und alle Anwesenden legen. Eigentlich eine beginnende Nervenlähmung durch Alkoholgenuß, aber in Anbetracht der gehobenen Kreise, die sich hier versammelt haben und keinen Zweifel an ihrer sittlichen Wohlerzogenheit lassen, kann die Nachfüllung und erneute Leerung der Gläser mehrmals wiederholt werden, ohne daß irgend jemand daran Anstoß nimmt. Schlag sieben wendet sich der Major an die Gäste.

Schauen Sie, beginnt er, *schauen Sie, meine Herren, auf dieses Fleckchen Erde, diesen alten Marktflecken, den schon die Römer besiedelten. Wir stehen hier, jawohl, meine Herrn, wir stehen hier, wie ich bereits ausgeführt habe, habe, meine Herren, auf geweihtem Boden, denn etwa ein halbes Jahrtausend, ein halbes Jahrtausend, meine Herren, hielt die Römerherrschaft diesseits des Rheines an, bis im Anfang des fünften Jahrhunderts für die hier in der Gegend wohnenden, römisch gewordenen Nemeter, Nemeter, meine Herren, die Stunde der Befreiung schlug, nicht wahr? Das, das ist der Zeitpunkt, der Zeitpunkt, woauchdiehiesigegegend Deutsch wirdundtrotzvorübergehender Entfremdung inspäterenjahrhunderten Deutsch gebliebenist.*

Den sich anbahnenden Brauchtumsmonolog kann Heidi abwenden, indem sie nun mit einem ungewohnten Engagement in der Stimme und einem festen Leuchten in den Augen wiederum *Meine Herren!* sagt. Neugierige Aufmerksamkeit, besonders von Dieter, aber er ist ohnehin dankbar für jede Äußerung Heidis, die über töchterliche Pflichten hinausgeht, die ein bißchen mehr Heidi als Adelheid zeigt, vielleicht, das wäre so schön, einen Eindruck von privater Ungezwungenheit gibt. Gestern im Schwimmbad, umgeben von Badegästen und Bademeister, heute auch noch Tante Carla mit den Kleinen dabei und jetzt diese Herren, wo man brillieren muß mit Frontberichten, mit der Ausstrahlung von Heldenmut und Heldenhaftigkeit. Schön und gut, aber Heidi ganz für sich allein zu haben, wenn es nicht regnet. Ein Sekundentraum. Ein Bild auf der Terrasse mit zwei Augenpaaren, die über die gelbliche Abendstimmung zueinanderfinden.

Meine Herren, wiederholt Heidi, um in die Aufmerksamkeit ihre Botschaft zu schicken.

Nanu, eine offizielle Heidi, die Dieter gar nicht kennt.

Leutnant Thomas ist einer, der genau hierfür einsteht. Die Nemeter, ein gutes Beispiel. Wir wissen als Volksgenossen einer der deutschesten Gegenden des Reiches, daß das Schicksal unseres Volkes sich, wie der Führer es deutlich zum Ausdruck gebracht hat, im Osten entscheidet. Und Leutnant Thomas tritt mit seinem Blute dafür ein, daß auch dort das Deutschtum eine siegreiche und glänzende Verbreitung findet. Daß es den Bolschewismus mit seinem artfremden Denken und seiner hinterlistigen Verschlagenheit hinwegfegt. Die deutsche Rasse – sehen wir sie in Leutnant Thomas nicht geradezu vorbildhaft ausgeprägt? – die deutsche Rasse wird durch entschlossene und fanatische Kämpfer wie ihn zum Sieg geführt. Ich möchte sagen, daß ich, wenn ich ihm in die Augen blicke, gar nicht mehr daran zweifeln kann. Ich denke, ich darf ihm auch in Ihrem Namen aufrichtigen Dank zollen, in Ihrem Namen für die Zukunft Großdeutschlands.

Mit diesen Worten umarmt sie Dieter herzlich, vielleicht überschwenglich und gibt ihm auf jede Wange einen Kuß. Der Major und die beiden Herren sind sichtlich bewegt. Der Major verzieht sein strenges Gesicht und läßt einen Gefühlsmund mit liebevoll nach oben gedrückten Mundwinkeln zu. Kreisleiter und Bürgermeister zeigen ihre Rührung mit leicht aufeinandergepreßten Lippen, denn sie selbst hätten in ihrem Amt nicht eindringlicher formulieren können, wonach ihnen der Sinn steht, was nun das Gebot der Stunde ist. Applaus am Waldrand.

Dieter ist wie benommen. Geküßt! Und die Worte klingen ihm noch im Ohr. *Dank zollen, mit seinem Blut, fanatischer Kämpfer.* So gesehen ein Held. So viel hat er gar nicht getrunken. Schon hat sie ihn wieder losgelassen, ihre Hände von seinen Schultern genommen. Wieso denn? Ach so. Die Herren. Er möchte etwas sagen, er möchte doch sagen, daß die Worte, daß ihre Worte ihn sehr, tief und ganz außerordentlich. So leidenschaftlich, sehr offiziell zugleich, na, geradezu politisch kam sie ihm. Nach solchen Worten liegen aufgewühlte Energien in der Luft, das heißt, sie liegen in den Nerven der Zuhörer und des Redners. Richtig, des Redners, denn eigentlich war es eine Rede, eine regelrechte Rede, die Heidi gehalten hat. Unerhört, die Rede einer Frau vor lauter Männern. Das ist mal mutig. Doch die Rede ist zu Ende, und es stehen vier Herren auf der Terrasse, die sich allesamt siezen, die Hochstimmung ebbt ab, bleibt aber in der Wärme des Klaren bestehen.

Dieter steht am Eisengeländer. Heidi trägt das Tablett still ins Haus, und der Major bringt dem Kreisleiter, es muß der Kreisleiter sein, auf der Freitreppe einige Details näher, *früher mittendrin ein Tempel mit großer Orangerie,* als auf Dieter, der im Begriff ist, sich auf das Geländer zu stützen, Schritte zukommen. Die Schritte des Bürgermeisters.

Ich darf mich dem Fräulein von Braacke anschließen, sagt er mit sorgfältigem Lächeln und einem auf Festigkeit bedachten Händedruck, *und Sie wohnen beim Pfarrer Stepp? Wie geht's ihm denn?*

Den Umständen entsprechend, denke ich, ich habe ihn leider noch nicht gesehen. Er kann das Bett nicht verlassen.

Ah, sagt der Bürgermeister mit einer augenscheinlichen Erleichterung, anstatt sich besorgt und voller Anteilnahme zu zeigen. *Ist er noch bei Bewußtsein?*

Das auf jeden Fall.

Und spricht er noch?

Ich denke ja.

Was spricht er denn so?

Da durchschießt es Dieter, der sich gerade noch denkt, was soll der Großvater schon sprechen? Er kann es kaum glauben: Da will einer was wissen. Zum Glück hat er ihn noch nicht gesehen, seit er hier ist. *Wie gesagt, ich habe ihn noch gar nicht gesehen, seit ich hier bin, leider.*

Verstehe, verstehe. Na, dann richten Sie ihm und der Gemahlin einen recht schönen Gruß aus.

Ich bin nicht verheiratet.

Wie? Ach so. Ja, nein, ich meine der Frau Pfarrer. Was spricht sie denn so?

Oh, sie ist sehr besorgt um den Großvater, um ihren Mann. Sie kümmert sich aufopferungsvoll um ihn.

Dann brauche ich mir ja keine Sorgen um ihn zu machen, nicht wahr?

Ich denke nicht.

Der Bürgermeister grinst so breit, daß seine beiden hasenartigen Schneidezähne auf der Unterlippe zu tanzen scheinen. Sie sind enorm groß, nicht wesentlich kleiner als der Schnurbart über ihnen, mit dem sie eine unerträgliche Einheit bilden. Man müßte ihm eine Karotte zwischen die Zähne stecken.

Er weiß also auch von der Sache. Und fragt weiter. Onkel Gustav hatte es melden müssen, was der Großvater wohl wiederholt und nicht am Krankenbett geäußert hatte. Nur, was war genau passiert? Das weiß Dieter bis heute nicht. Was, wenn er jetzt Großvater schon getroffen, mit ihm gesprochen hätte? Zum Schluß hätte der was geplappert, was man nicht sagt. Gar nicht auszudenken. Was einfach irgendwie, nun ja, zersetzend, wehrkraftzersetzend zum Beispiel, ist. Oder vielleicht doch nur gegen so ein paar Bonzen, die gibt es ja – wenn er den Kreisleiter und den Bürgermeister so anschaut. Wenn er es recht bedenkt, gehören die ganz und gar nicht in die Kreise wie Heidi. Der Bürgermeister hat nicht nur Schweißränder unter den Armen, auch die glänzende Stirn seines roten Kopfes, das pfeifende Atmen, mit dem er alkoholgeschwängerte Luftzüge auf Dieter losläßt, lassen ihn eher als Emporkömmling erscheinen. So etwas soll es geben.

Brief ohne Kuvert

Braunschweig, den 31. Mai 1939

Liebe Tante Elle!
Für Deinen lieben Brief mit den Marken hab vielen Dank! Leider hat mir von den Bergzabernern über Großvaters 80. Geburtstag keiner berichtet, aber durch den neuen Familienzuwachs haben sie sicher keine Zeit zum Schreiben. Hoffentlich schicken sie die Urkunden noch rechtzeitig, damit ich die Kennkarte noch vor den Sommerferien habe. – Ich bin sehr gespannt auf das Kleine! Da kann ich im Sommer dann die Trude beschäftigen, denn die anderen werden doch durch die kleine (weißt Du, wie sie heißt?) sehr beschäftigt sein. Na, ich hoffe, daß von den Bergzabernern mir bald mal wer schreibt, wie es heißt.
Eben sind ja gerade Pfingstferien, morgen ist der letzte Ferientag. Onkel Ludwig ist übrigens ab 1. 6. nach Berlin versetzt, hat seinen Wagen mitgebracht. Da wird natürlich, sobald es geht, der

Führerschein für Wagen gemacht, denn Onkel Ludwig leiht mir dann den Wagen mal. Er fährt fabelhaft, über 120 Km/std. Bis 100 darf man jetzt ja nur in Deutschland.
Die Tanzstunde ist wegen der Ferien leider gleich 2 mal ausgefallen, wir machen jetzt aber gleich nach der nächsten Stunde unseren ersten Ausflug, d.h. die ganze Tanzstunde gemeinsam, einige Paare, darunter auch Th. jr., haben schon so ein paar Ausflüge mit dem Rad, Paddelboot und zu Fuß, gemacht. Aber auf unserm gemeinsamem Ausflug wird dann auch getanzt. Wir wollen nach dem Flughafenrestaurant, die Damen bringen die Brote zum Abendessen mit, die Herren sorgen für die Getränke.
Morgen wollen Walter u. ich mit unseren Damen und dem Koffergrammophon mit dem Rad spazierenfahren und den Foxtrott üben, denn 14 Tage ist die letzte Tanzstunde schon her, und in 8 Tagen findet die nächste statt.
Am 2. Pfingsttag war ich bei den Eltern meiner Dame, Helga heißt sie, zum Kaffee eingeladen. Sie sind keine so starken Nazi, da hört man nicht nur Phrasen. – Jetzt hab ich übrigens die Offizierslaufbahn gefunden, bei der werde ich mich bewerben, ich habe schon hingeschrieben, um nähere Einzelheiten zu erfahren. Es ist die Truppeningenieurslaufbahn, da kann ich studieren und erhalte auch eine Offiziersausbildung. Sobald ich näheres darüber weiß, teile ich Dir es mit.

Viele Grüße, auch von Vati
Dieter

18

Und dem Bürgermeister soll er erzählen, was der Großvater so gesagt hat? Er würde doch nicht seinen eigenen Großvater… Onkel Gustav schon, mußte wohl. Der Großvater, so unvernünftig? Reizbar, nun gut. Es können nicht alle so ausgeglichen sein wie er.

Aber wie soll er auch anders sein, wenn er an diesem fabelhaften Sommerabend von einem Mädel so über den grünen Klee gelobt wird, und dann noch von seinem Mädel. Na ja, von Adelheid von Braacke, von Heidi eben. Aber den Bürgermeister geht das mit dem Großvater nichts an, das gehört in die Familie, und sonst hat das niemanden zu interessieren. Irgendwo muß eine Grenze sein. Wird schon nicht so schlimm gewesen sein, was Großvater da gepoltert hat. Wenn aber Onkel Gustav. Dann muß es doch schlimm gewesen sein. Denn Onkel Gustav spricht kein Wort zuviel. Zumindest nicht in der Familie. Und sonst? Als Leiter der Stadtbücherei spricht er bestimmt auch wenig, da wird gestempelt und ein- und ausgetragen. Aber die Familie geht vor. Also Mutti und Vati und Inge, schon. Doch, schon. Auf jeden Fall. Wenn der Krieg erst einmal gewonnen ist, dann werden die Gemüter sich nicht mehr so schnell erhitzen. Und dann hat auch der Großvater keinen Grund mehr. Dann wird er sofort Heidi besuchen. Genau. Heidi hat ihn geküßt, hat ihn zum ersten Mal geküßt. Das muß man sich vorstellen. Das kann er gar nicht fassen. Wo ist sie denn? Sie hat ihn auf die Wange geküßt. Und wie sich das anfühlte, das war prima. Und da ist sie auch schon. Der Bürgermeister dreht sich mit Dieter nach ihr um und lächelt sorgfältig.

Auf die Herren wartet drinnen noch ein schöner Silvaner. Und Dieter, wie wäre es mit einem Abendspaziergang?

Ein?

Ein Abendspaziergang, während die Herren hier noch einen Wein trinken?

Du meinst, nur, also ohne, ich meine, wir?

Ja, genau, ohne die Herren. Die haben noch ein paar Dinge zu bereden.

Ja, wunderbar, gerne. Sehr gerne! Dann, äh, darf…

Dann darfst du dich verabschieden.

Ja, also. Auf Wiedersehen, Herr Major!

Leutnant. Und machen Sie uns weiterhin soviel Ehre.

Herr, äh… Kreisleiter, auf Wiedersehen.

Auf Wiedersehen, Herr Leutnant. Der Gau Westmark braucht Helden wie Sie.

Herr Bürgermeister, auf…

Ja, auf…, Herr Leutnant. Grüßen Sie den Herrn Pfarrer in Ruhe von mir.

Ich werde es melden, ich meine, ich werde es ausrichten.

Heidi wartet an der Treppe. Sie gehen hinunter, schlendern kann man fast sagen, denn der offizielle Teil ist erledigt. Im Park, der wirklich winzigen Parkanlage mit einem kleinen runden Becken, mehr eine Brunnenschale, und einigen gestutzten Hecken, im Park will Dieter seine gute Laune unter Beweis stellen und reicht Heidi seinen Arm: *Danke für die schönen Worte, die du für mich gefunden hast.*

Oh, bitte, bitte. Sie strahlt so unverkrampft wie seit ihrem Sieg beim Schwimmen nicht mehr. Jetzt sind sie endlich alleine, nur noch das Gittertor hinter sich lassen, nach links und wieder nach links in den Feldweg hinein. Dann stört keiner mehr, dann sind sie ganz privat, und, genau, Heidi drückt sich an seine Schulter.

Du bist nun mal wirklich im Frontkampf für Großdeutschland. Das sind die anderen Herren nicht. Nun gut, mein Vater hat früher auch für Deutschlands Sache gekämpft, aber die anderen sind hier doch recht sicher. Du, sagt sie schließlich und umfaßt seinen Arm ganz energisch. So wie im Film, kraftvoll, deutlich, aber auch verantwortungsvoll, motivierend. *Du machst mich wirklich stolz. Du lehrst die Russen das Fürchten. Und wenn im Osten der Lebensraum erobert ist, dann fahren wir mal dorthin und schauen uns an, wo du gekämpft hast.*

Dieter ist erstaunt über Heidis Vorschlag: sie mit ihm in den Osten. Er ist so überrascht, daß er nicht weiß, ob er sich freuen oder die Idee als abwegig belächeln soll. Als wäre man verlobt. Er grinst. Wie sie hier so gehen, sie bei ihm untergehakt: als wäre man verlobt. Gar nicht so abwegig.

Du meinst, wir wollen da zusammen hinreisen?

Warum nicht? Wäre das nicht wunderbar?

Das wäre hinreisend. Im wahrsten Sinne des Wortes. Dieter, der Schelm. Sie lachen.

In fünf Jahren werden dort herrliche Landschaften sein. Man muß nur den Bolschewiken vertreiben, der verhunzt alles.

Wem sagst du das!

Ja, eben. Wenn das Kroppzeug weg ist, dann kann man da vielleicht sogar wohnen. Man kann sicherlich günstig Land erwerben. Und hat viele Arbeitskräfte. Die muß man natürlich gut unter Kontrolle haben. Die Russen im Stall, aber deutsche oder, genau, baltische Verwalter, die sollen auch rassisch in Ordnung sein. Kennst du dich damit aus?

Nein.

Und man kann ausreiten.

Aber der Winter ist schon sehr hart. Der ist anders als bei uns.

Stimmt, hast ja recht. Träume sind Schäume. Schön, daß du wieder hier bist. Aber ich finde, man muß auch an die Zukunft denken.

Es war schön heute im Schwimmbad. Und der Kuchen war auch sehr gut. Natürlich denkt er an das Schwimmbad mit ihr. Und der Kuchen? *Hast du den gebacken?*

Ja. Unsere Köchin hat heute Ausgang, wie überhaupt das ganze Personal. Ich finde es so schöner. Mit Personal wirkt alles immer so offiziell.

Heidi, ein witziges Mädel, ein Mädel mit Ideen. Aber Dieter fällt gerade so gar nicht ein, wie er den nächsten Schritt tun soll. So gerne er würde. Bloß nicht mit der Tür ins Haus fallen! Aber er hat auch nicht ohne Ende Zeit. In einer Woche. In einer Woche, genau. Eine brennende Sekunde durchfährt seine Lunge wie ein Zug aus trockenem Tabak. In einer Woche sitzt er wieder im Zug. Nach Norden. In die Kaserne. Wieder in den Osten. Vielleicht auch in den Westen. Keine Ahnung. Seit knapp drei Wochen gibt's da auch wieder genug zu tun. Drei Wochen. Angenehm wird's nicht. Ob man jetzt gegen den Neger oder dieses ostische Menschentum steht. Gehört jetzt nicht hierher!

Den staubigen Feldweg hinauf, im Abendlicht, zwischen Weinbergen hindurch, eine wunderbare Sache. Mit ihr am wunderbarsten. Und er ist mit Heidi.

Dann schauen sie in die Ebene, der junge Mann und die reizende junge Frau, unter ihnen die Stadt. Am Horizont, im abendlichen Hellblau verschwimmend, die Berge des Schwarzwaldes. Dazwischen Hügel, Dörfer, Kirchtürmchen. Tante Elle hat ihm mal das rote Kirchturmdach von Minfeld gezeigt, dem Dorf, wo Großvater früher Pfarrer war. Ganz früher. Wo Dieters Mutter geboren ist, wo ihre Asche liegt und wo Mädi liegt, ihre Schwester. Und Eugen. Aber der liegt woanders, ruht in fremder Erde, steht auf dem Grab, in Belgien gefallen. Im Weltkrieg geblieben. Dieter war selbst in Minfeld, mit dem Rad ist er mal hingefahren.

Da leuchtet sie auf, die rote Spitze, sie muß es sein, gerade noch so in der Sonne. Mutti in Minfeld, ihre Asche. Wenn er sich nur an sie erinnern könnte. Da war so eine Frau, eine junge Frau. Kann das sein? Mit dunklen Augen. Nein, er kann sich nicht erinnern, kennt sie nur von Fotos. Die hat ihm Tante Elle gezeigt, nicht Vati, denn der kämpft bei so was immer mit den Tränen und muß husten. Tante Elle, der Großvater und die Großmutter, alte Fotos aus der Kiste, aus dem Album in Großvaters Stube. Er streckt den Arm aus, um Heidi die Turmspitze zu zeigen: *Da liegt Minfeld.*

Ja, da liegt Minfeld.

Doch das ist nicht, was er jetzt sagen muß. Was soll Heidi mit seinem *Da liegt Minfeld* anfangen? Sie sagt eben: *Ja, da liegt Minfeld*. Ziemlich dämlich. Sie kommen an ein Weinbergshäuschen aus grau ausgeblichenem Holz. Er kennt dieses Holz, das irgendwann die Farbe des grauen Himmels annimmt, des Himmels, wenn er nicht schön ist, wenn es regnet. Wenn der Regen Farbe und Form aus dem Holz gewaschen hat und über die Jahre graue aufgesprungene Maserungen zurückläßt. Auch der Schuppen hinter dem Backsteinhaus hat diese graue Farbe des Holzes, bei Tage. Jetzt wird es dunkel, als der Tisch gedeckt ist mit allerlei Eß- und Trinkbarem, wenn die Platte mit Tanzmusik zur Stelle ist. Dieter hat es behaglich herrichten lassen für die Kameraden, hat selbst mitgeholfen, er, der Kompanieführer, ist sich nicht zu schade, für die Kameraden, die draußen saubermachen, den Hof kehren, während das Dorf auf einen Wagen geladen wird. Bis morgen früh sind alle steifgefroren.

Sie ist nicht dabei, zum Glück. Sonst hätte er nicht in aller Seelenruhe den Tisch decken können. Sie hatten auch keinen Grund, ihr etwas anzutun. Wenn er nur wüßte, wo sie ist. Entweder ist sie aus dem Dorf geflohen und hat sich hinter die Linien des Feindes durchgeschlagen, was er ihr nicht verdenken könnte, oder, und diese Vermutung empfindet er als so hoffnungsvoll, daß er von einem warmen Strom durchflossen wird, sie ist nicht weit, gar nicht weit, ganz nah, ganz in seiner Nähe, und keiner weiß etwas davon. Im Schuppen. Da hat niemand nachgeschaut, der ist so unauffällig, daß man ihn übersieht, er ist nur die Wand, in der die Kugeln stecken, die daneben gegangen sind, der Hintergrund. Mag aber auch sein, daß es der warme Strom ist, den der Schnaps und der Likör nun schluckweise einziehen lassen in die Gemüter seiner Kameraden, die mit roten Gesichtern anstoßen und lachen, als wären sie von

Leibesübungen an der frischen Luft hereingekommen, was so falsch nicht ist. Die Landschaft verglüht in der Bläue. Schemenhaft die Berge, entfernt. Neben ihm steht Heidi. Die Ferne nähert sich, wenn er den Blick vom Städtchen im Tal hebt. Hat schon weitere Weiten und fernere Fernen gesehen. Es ist alles nicht weit. Das Rheintal ist auch nur ein Tal, und die Berge dahinter geben ihm ein Gefühl, sicher zu sein. Bis dorthin, wo er Schwarzwald sagen kann, gerät nichts aus der Ordnung. Von dort kommen die Hügel, die sich einer vor den anderen schieben, auf ihn zu. Aus der fahlen Bläue ins Grün und Gelb, bis ins Nachbartal, wo sein Blick die Grenzen umreißt, hin und her. Irgendwelche Bauernhöfe verbergen sich da in der letzten Mulde zum Hier, in der Falte dahinter, erinnert er sich und kann sich nicht lösen vom Anblick der Hügelkuppe, die in das Tal zur Stadt abfällt und zu ihm aufsteigt. Ihm nah. Er muß sich einen Ruck geben, um den Kopf zu Heidi zu drehen, die auf seinen Blick gewartet zu haben scheint. Nähe sucht er. Wert hat, was nah ist, nichts weiter. Der Augenblick, in dem er Heidis Arm in seinem spürt, ist der entscheidende. Nichts sonst zählt. Fast nichts. Minfeld zählt, auch eine Nähe. Seine Augenwinkel werden warm, und Flüssigkeit sammelt sich. Doch nicht gar! Jetzt heulen. Das gehört nicht hierher. Er zieht seine Stiefel aus und stellt sie in den Staub. Er knöpft seine Uniformjacke auf und wirft sie über die Stiefel. Er öffnet seine Uniformhose und wirft sie über Jacke und Stiefel, so daß eine kleine Staubwolke aufgescheucht wird, die nach rechts abzieht und nach wenigen Metern in der Luft verschwindet. Er steht in einer kurzen Wildlederhose da, mit Hosenträgern und Latz, auf den zwei Edelweißblüten gestickt sind, darunter ein weißes Sommerhemd und lange, beige Kniestrümpfe.

19

Postkarte
Stempel: »Besucht den Luftkurort BERGZABERN«,
28.7.39.–14
Adresse: Fräulein Elle Stepp, Steuerinspektor, Würzburg,
Weingartenstraße 6 III r
Absender: Thomas-Stepp, Bergzabern/Pfalz, Bismarckstr. 394b

28.7.39.

Liebe Tante Elle!
Ich bestätige dankend den Eingang der gewünschten Urkunden. Ich werde diese von Braunschweig aus zurückschicken. Die fehlenden muß ich mir dann in Ludwigshafen ausborgen. Die Trauurkunde von den Eltern habe ich in Minfeld bekommen. Der Pfarrer hat mir das ganze Haus gezeigt, die Kirche und mich dann zum Kaffee eingeladen. Ich habe die Fahrt mit Umweg übers Weintor mit Onkel G. Rad gemacht. Heute ist es hier wieder sommerlich warm, da gehe ich heute nachmittag noch mal zum Baden. Heute Abend zur Eröffnungsvorstellung ins Kino. O. G. hat mir eine Freikarte gegeben. Sonst ist hier alles gesund und munter, in 1 Woche kann auch ich schon ans Kofferpacken gehen, wie schnell ist doch jetzt die Zeit vergangen. Sparbuch: 61 M. Der Film ist gut, ich schicke Dir die Bilder von Br. aus.

Von uns allen viele Grüße
Dieter.

In Minfeld war ich an Tante Elles 85. Geburtstag. Sie war schon klapprig. Wir besuchten das alte Pfarrhaus und die Kirche, von deren Kanzel ihr Vater gepredigt hatte. Dann gingen wir auf den Friedhof und besuchten das Grab der Geschwister. Nur der Eugen, so stand zu lesen, ruhte »in fremder Erde«. Ich erinnere mich noch, daß es vorher Kaffee und Kuchen auf der Terrasse in Wolfgangs neu gebautem Haus gegeben hatte. Es war ja der 28. August, Goethes

Geburtstag. Das wußte sie noch und schüttelte stolz den Kopf – sie schüttelte damals immer den Kopf.

Jetzt habe ich Hunderte von Briefen gelesen, die meisten an Tante Elle. Ein Konvolut, ein Butterbrotpapier-Konvolut von Briefen. Und ich denke mir: So ist es also gewesen. Damals in den Dreißigern, damals im Krieg. Historisches Quellenmaterial. Thema: Die üblichen Verdächtigen. Man kann es nicht mehr hören. Man kann es nicht mehr sehen. Was hat das mit uns zu tun? Sich nicht bei diesen Fragen ertappen.

Kein Mensch kennt heute diesen Dieter. Die Briefe müssen eine Aussage zulassen. Sie lassen eine Aussage darüber zu, was Dieter Thomas damals seiner Verwandtschaft im Frieden und im Krieg, mit Reichspost und Feldpost geschrieben hat.

Er schweigt sich aus. Ob er 394bviel darüber nachdenkt, was er nicht schreibt? Geraucht hat er, das weiß ich, das schreibt er. Ich rauche auch und denke. Hab's ja gelernt. Hat er gelernt, so zu denken? 11 bei der Machtergreifung. 17 bei Kriegsbeginn. Zwei Stellen gibt es, an denen er schreibt, daß man in Briefen nicht alles schreiben kann. Am 19. Juli 1941 an Tante Elle: »Ich habe also den Krieg richtig kennengelernt, über alles mag man gar nicht erzählen.« Am 3. April 1944: »Vorläufig bin ich durch die Erlebnisse noch etwas abgespannt, schreiben darüber mag man nicht.«

Nach der letzten Zigarette öffne ich nachts um eins das Fenster. Ich bekomme Besuch von Nachtfaltern, die ziellos durch den Raum schwirren, auf den Schreibtisch purzeln, wieder aufstehen, scheinbar gar nicht wissen, wo sie sind. Dabei kreisen sie bloß um die Sonne, die auf dem Tisch steht und die Briefe beleuchtet.

20

Heidi schaut ihn noch immer an, und er überlegt, ob er den obersten Knopf seiner Uniformjacke öffnen soll. Er legt Daumen und Zeigefinger an den Knopf, will drehen, will ihn durch das Knopfloch pressen. Ganz einfach – und verständlich, nur zu verständlich. Den oberen und den unter dem oberen. Er läßt es. Könnte ihr eine Zigarette anbieten. Sie raucht ja, auch wenn er das nicht so gut findet. Er deutet nach links in die Ferne, da liegt Minfeld. Mit dem alten Friedhof vor dem Dorf. Den sieht man nicht. Nur den Kirchturm. *Eigentlich komme ich da her.*

Eigentlich ja.

Zigarette?

Sie schaut ihn an, dann auf das Päckchen, das er vor sich hält, dann wieder auf ihn, um mit dem Lächeln zu beginnen, das nicht endet. *Aber gerne. Hier sieht uns keiner.*

Dieter will eine rausschnippen, aber was er da gehört hat, läßt seinen Blick vom Päckchen auf ihre Augen schießen, sich auf ihnen festsetzen. Keiner sieht sie. Wie recht sie hat, wie recht, wie kühn, wie tollkühn. Er spürt eine magnetische Energie zwischen ihren Gesichtern, weiß noch nicht, wie sie gepolt sind. Anziehend, abstoßend, anstoßend, abziehend? Das sind die Möglichkeiten, die in diesem Augenblick offenstehen. Für ihn, für sie. Und es ist der Augenblick, der Augenblick schlechthin. Der, auf den er gewartet hat. Sehnlich, auch so ein Wort, das nie paßt, wenn man es denkt. Es sei denn diese augenblickliche Energie treibt's aus dem Hirn.

Keiner sieht uns, sagt sie, als hätte er nicht recht verstanden, aber er hat verstanden. Schon will er das Päckchen wegstecken, um alle Hände frei zu haben, als sie schelmisch zwinkert: *Da können wir doch wohl eine rauchen.*

Das Päckchen auf dem Rückzug macht kehrt, der Traum ist erst einmal dahin. Die Zigaretten, eine für sie, eine für ihn, dann die Streichhölzer, eines genügt, und die ersten Rauchfahnen steigen zwischen den Weinbergen hervor. Dieters Blick sucht nach der letzten möglichen Gefahr. Das wäre ein keifender Feldschütz, der hinter ihm stünde. Der ruft, obwohl er direkt hinter ihm steht, mit kraft seiner Autorität gehobener Stimme: *Des Rauche is aufgrund der widderungsbedingdn erhöhdn Brandgefahr strengschdens unnersaacht.* Heidi dreht sich verwundert wie Dieter zu dem lächerlichen Popanz um. Dem Popanz, der mit einem Hund an der Leine und einem Feldstecher über dem dikken Bauch mit dem Fuß scharrt, was ihm der Hund gleichtut. Dieter lacht mit einem so klaren Gefühl der Überlegenheit, daß er ohne Zögern seine Zigarette nimmt, den Feldschütz im Genick packt und die Zigarette in dessen linkes Auge drückt. Nicht nur die Wimpern sengt er ab, sondern die Glut brennt sich in die Hornhaut und weiter hinein, ein dumpfes Zischen, mehr ein Knistern, wird augenblicklich übertönt vom Aufschrei des Feldschützes. Heidi nimmt noch einen Zug und drückt, während Dieter den Kopf des dicken, ungelenken Mannes festhält, ihre Zigarette in dessen rechtes Auge. Auch das kann er nicht rechtzeitig schließen, denn Heidi ist flink, das muß Dieter sagen, flink ist sie, erstaunlich. Dann zieht er die Pistole. Erst die Dame. Lachend reicht er sie ihr, nicht ohne sie schnell zu entsichern.

Du zuerst, ich dann den Hund.

Welche Ehre. Du begnügst dich mit dem Hund?

Aber ja, nur zu!

Und als würde Marika Rökk auf dem Jahrmarkt eine Trophäe schießen, drückt Heidi ab. Und obwohl der Rückschlag der Waffe in ihrer zarten Hand sie überrascht und zu einem verlegenen Kichern über ihre ungewohnte Rolle bringt, die sie zugegebenermaßen noch nicht richtig beherrscht, trifft die Kugel den Feldschütz genau zwischen die Augen. Die Augen, die sich der Mann brüllend gerieben hat. Er sackt zur Seite und scheucht eine Menge Staub auf, vor dem der Hund gleichermaßen zurückweichen will, wie er seinem Herrn zur Seite stehen will. Heidis keckem und schmollend bittendem Blick kann Dieter nicht widerstehen, und sie darf auch noch den Hund erledigen. Diesmal läßt der Rückschlag ihre Hand schon weniger fuchteln. Übung macht den Meister.

Brief ohne Kuvert

Braunschweig, 20. 10. 32.

Liebe Großeltern und liebe Tante Karla.

Recht herzlichen Dank für Eure Lieben Sachen, das Geld von Großvater und daß andere. In Lutter war ich mit Großvater beim Sprengen von Baumwurzeln. Zuerst wurden Löcher in die Stümpel gemacht. Dann wurden Patronen darein gelegt, dann Erde ins Loch. An eine Patrone wurde die Zündschnur gemacht dann angezündet – und weg! Die 1 Meter lange Zündschnur brannte dann langsam ab. Dann einen furchbar lauten Krach. Eine Dampfwolke mit Holzstücken stieg hoch und überall kamen Holzstücke herunter. Noch einmal einen Knall und noch Holzstücke kamen. Dann ging es zur Stelle. Er war nur halb weg. Beim Nächsten mal wurden gleich zwei in die Luft getrieben, die waren ganz und gar verschwunden. Dann kamen noch ein Hilfsförster und Förster. Die hatten eine Katze geschossen. Da wurde sie darunter gelegt und Steine darauf. Bald knallte es wieder. Hier und da sah man Teile von der Katze. – Die Schokolade hat prima geschmeckt! Mit Inge bin ich oft mit dem Wagen den Garten heruntergefahren. Am 85. Geburtstage des Reichspräsidenten haben wir Schulfrei gehabt. Im Zeichnen fangen wir mit Tuscheschreiben jetzt an. In diesem halben Jahre schreiben wir Lateinisch, das ich besser als deutsch kann. Vielleicht wird dann die Note besser. Morgen, Freitag, schreiben wir

Rechnen. Von Tante Emmi und von Lutter habe ich je 1 Mark bekommen und von Mutti eine, wofür ich mir S.A. Soldaten gekauft habe, also 5,00 M. Fürs gute Zeugnis. 4,00 M. sind in der Bodenseekasse.

Herzliche Grüße.
Euer Dieter.

21

Der Rauch, den Heidi ausatmet, verschleiert wie Nebel ihren Mund. Schade um den schönen Mund.

Wollen wir dort hinauf, zum Moritzhäuschen? Heidi deutet zwischen den Weinbergen entlang auf die Anhöhe. Dort oben steht ein Weinbergshäuschen. Eine Steintreppe führt zwischen akkurat gesetzten Mauern hinauf. Das Häuschen mit grünen Fensterläden wie die Villa.

Ich war mit Tante Elle mal da, ganz früher, sagt Dieter, der sich im Augenblick kein geeigneteres Liebesnest vorstellen kann, ganz oben über allem. Er nimmt einen kräftigen Zug aus der Zigarette, die er zwischen Daumen und Zeigefinger hält, als wollte er Maschenkas Zeichen für *malij – klajn* nachmachen. Nur wirkt es bei ihm so männlich, so ganz anders. Der Rauch verbindet sich mit dem Dämmerlicht. Die Sonne ist jedenfalls hinterm Berg, auf dem das Häuschen wie eine Silhouette am gelben Himmel steht. Unheimlich und heimelig zugleich. Die grauen Weinbergsmauern mit ihren feinbehauenen Quadern, die sich ohne Fugen übereinanderlegen, grau mit schwarzen Punkten von Flechten und Moos, machen den Eindruck eines eigentümlichen Ortes. Auch die Steinbänke neben der Öffnung, mit der sie den Treppenlauf nach oben hindurchlassen, nähern sich beim Hinaufgehen mit einer Würde, die Dieter plötzlich unheimlich scheint.

Eine Himmelsleiter, sagt Heidi in diesem Augenblick. Wieder so ein Augenblick. Und sie sagt, was er denkt. Wenn man oben ist, steht man vor einem Häuschen mit grünen Fensterläden. So sieht der Himmel aus. Ein Häuschen mit grünen Fensterläden, und keiner wohnt darin. Es könnte auch ein Schuppen sein, wie im Hof hinter dem Backsteinhaus dieses Kolchosniks. Keine Ahnung, ob ihr Vater wirklich Kolchosnik war. Im Schuppen, während nebenan die Kameraden fröhlich saufen, er mittendrin. Hoch die Tassen, die Gläser, die Becher! Ein leichtes Zittern noch bei manchem in den Händen. Doch das gibt sich, gibt sich mit der Zeit, mit jedem Schluck, der die Kehle hinabläuft und sich zwischen den Abzug und die Hand des Kameraden schiebt, lange vorüber und weit entfernt scheint der Moment, wo wie zusammengerollte Teppiche und Decken die schmutzigen Alten und die Mütterchen zusammensackten und einknickten. Ein Wunder, daß sie nicht in ihren vor Dreck starrenden Kleidern stehenblieben, meint ein Kamerad, einer, der beim Aufladen half. Der Arme. Alkohol desinfiziert. Wohlsein! Mal pissen gehen in den Hof, hier ist alles besetzt. Einige sind schon am Kotzen. Warum vertragen die nix?

Dieter geht durch den gefleckten Schnee. Er reibt mit der Hand über das ausgewaschene Holz der Schuppentür, dessen Maserungen sich seinen Fingerkuppen in den Weg stellen, denn er hat keinen Handschuh angezogen.

Maschenka, haucht er. *Maschenka! Ich bin's, Dieter.* Keine Antwort. Ein kaum hörbares Klopfen, sein eigenes, nichts sonst zu hören. Er schleicht hinter den Schuppen, stapft durch den kniehohen Schnee, an einer Stelle eine Verwehung, er kommt nicht weiter. *Maschenka.* Noch einmal. *Maschenka.* Nichts. Da werden Stimmen laut. Stimmen aus dem Backsteinhaus, Lachen, Grölen. Einer hat die Tür geöffnet, die quietscht, Stapfen durch den Schnee, auf

Dieter zu. Innehalten, ein Stöhnen und dann ein leichtes Zischen, der Strahl dampfender Pisse in den Schnee. Dieter bleibt in Deckung.

Nanu, sagt der Kamerad. *Ist da wer?* Hat wohl Dieters frische Fußspuren gesehen. Der Strahl versiegt, die Schritte stapfen näher. Nichts wie den Schwanz rausgeholt. Und los, pissen jetzt, drauflospissen, komm schon. Abzählen, einszweidreivierfünf.

Kamerad?

Ja, Kamerad.

Achso.

Dieter ist erleichtert, als seine Pisse in den Schnee zischt.

Oder bist du am Strahl festgefroren? lacht der andere.

Nee, lacht Dieter.

Warum stehst du hier wie angewurzelt? fragt Heidi.

Nichts, nur so. Das Häuschen im Abendschein.

Ach, das Häuschen im Abendschein, grinst Heidi.

Ja, so schön.

Sehr schön, ja, grinst Heidi breiter. Sie reicht ihm die Hand. *Vielleicht kommen wir heute noch an, da oben, wenn du dich von diesem schönen Anblick lösen kannst.*

Dieter ist wieder bei ihr und grinst verlegen. Eine Zigarette? Keine Zigarette jetzt. Kann nicht immer rauchen, wenn er verlegen ist. Wenn er rot wird wie ein kleiner Junge. Wenn seine Lippen glänzen und zwischen einem Schleier aus Speichel seine Zähne hervorschauen. Oben, neben dem Häuschen, schauen sie sich an und gleich zurück in die große Ebene. Hat schon ebenere Ebenen gesehen, weitere Weiten. Die letzten Sonnenstrahlen wärmen ihre Hinterköpfe. Endlich zieht angenehme Kühle vom Tal herauf, in dem die Glocke neunmal schlägt. Schon so spät? Auf dem Berg steht das Häuschen, dahinter ein Feld und dahinter ein Hof, Liebfrauenhof, nicht sehr alt, aber eines hat er, was Dieter nicht einfach innehalten läßt. Er wird starr vor Schreck. Einen Zwiebelturm. Vor gelbem Abendschein die Silhouette eines Zwiebelturms macht ihn frösteln, frösteln an einem schwülen Sommertag, wenn der Abend endlich atembare, kühle Luft von den Weinbergen aufwehen läßt. Die Holzkirche mit dem Popen im Baum. Baumelt. Die Zunge blau. Die Zunge vertrocknet. Dieter steht zitternd neben dem Häuschen, an Heidis Seite. An der Hand, die gefriert, als er in den Schnee pißt. An der Hand hält ihn Heidi.

Was ist mit dir? Du zitterst.

Es.

Heidi dreht sich zu ihm. *Jetzt sag nicht, es ist kalt!* Ihr Lächeln gefriert. Der Baum verliert seine Blätter. Der Zwiebelturm bekommt ein dickes weißes Dach. Der Schnee macht alles halb so schlimm. Alles halb so schlimm. Wie der weiße Schneeberg, der im Frühjahr, als es plötzlich schnell taut und das starre Weiß sich gluckernd in den Schlamm verzieht, zu einem Haufen Leichen wird, toter Russen, der, als die Luft zu riechen beginnt, mit ihr zu riechen beginnt und die zaghafte Frühlingsluft mit einem infernalischen Gestank durchsetzt. Wie der vertrocknete Pope, der im Frühjahr im Tauwasser des faulenden Stricks tropfend hängt. Schlaff. Seine schwarzlederne Gesichtshaut ist zerrissen, und fleckige Knochen drücken sich unter ihr durch. Wie bei Walnüssen, wenn sie reif vom Baum fallen. Hautfetzen flattern im Windstoß der Frühlingsluft.

Dieter!

Dieter sieht Heidi in die Augen. Ganz fest. Keine Angst. Keine Angst mehr vor dem Wasser. Wir sind allein, ganz allein, hab keine Angst: *Keine Angst,* sagt er.

Ich hab keine Angst.

Ich meine: alles in Ordnung.

Heidi faßt Dieters zitternde Hand. Sie drückt sie fest, und ihr Daumen streichelt über seinen Handrücken. Dieter zittert am ganzen Leib. Hat in seiner Uniform mit der Abendsonne im Rücken Gänsehaut. Und Schweiß auf den Schulterblättern und am Hals, wo der Kragen mit den Kragenspiegeln auf das Hemd darunter drückt. Feucht, naß, als stünde er nackt vor Heidi, die ihn mit einem Schwamm wäscht. Er unterdrückt gehetztes Atmen. Er unterdrückt jedes Atmen, aus Angst, es könnte gehetzt sein und Heidi auf falsche Gedanken bringen. Falsche Gedanken? Männer weinen nicht, Helden sowieso nicht. Jungs weinen, Mädels weinen. Wenn man am Abend vor gelbrotem Sonnenball, der hinter den Kuppen des Pfälzer Waldes versinkt und die Rheinebene in blauem Dunst zurückläßt, auf den sich die Nacht legen wird, in traumbringender Schwere, in bleierner Schwere, wenn man *mit Pudding in de Bää,* wie Tante Emmy sagen würde, dasteht, auf Beinen, die einen in die Knie sinken lassen. Dann kann man nur heulen. Wie ein kleines Kind.

Heidi legt ihre Linke auf Dieters Schulter, als wollte sie sein Zittern lindern. Die Rechte steckt immer noch in seiner Hand. Warm und ruhig. Sicher und warm. Ganz sicher. Hier ist er sicher. Sein Mund ist geöffnet, ein Grübchen links daneben. Ein Grübchen im Kinn, aus Verlegenheit. Das Häuschen, der Schuppen, der Zwiebelturm, der Pope, Heidi, Heidi. Heidi hier, Heidi jetzt. Jetzt, Heidi. Jetzt legt Heidi ihre Linke um sein Genick, da stellen sich die Nakkenhaare, Gänsehaut, ein Schauder. Sie zieht langsam seinen Hals zu sich. Auch das Gesicht ist dabei. Zieh das Gesicht nicht zurück, Dummkopf! Wieso auch? Und Dieters geöffneter Mund kommt ihr gelegen. Sie schaut in seine Augen, eins noch im Glanz der Sonne, eins im blauen Schatten der Ebene da unten, alles weit weg, da unten im Tal, in den Tälern. Wenn er jetzt ihren Hals nähme und seine Hände um ihn legte, die Daumen auf den Kehlkopf preßte, bis sie beinahe mit seinen Fingern in ihrem Genick zusammenträfen. Wenn er ihr gänzlich die Luft abdrückte, bis ihre Augen groß würden und starrend aus den Lidern träten. Bis die Zunge zwischen den Zähnen, den weißen göttlichen Heidizähnen, schattenlos weiß wie bei Ilse Werner, hervorgeschoben würde, schreiend, gurgelnd, röchelnd, zischend, still. Dann wäre Dieter im Eis der Angst geblieben. Keine Angst jetzt. Das gehört doch hierher nicht. Nicht jetzt.

Seine Hände legt er auf ihre Wangen, streicht langsam an ihnen hinab, zu ihrem Mund, über ihren Mund, dessen Lippen sich nach vorne wölben. Bereit.

Ich, sagt er.

Ich auch.

Endlich. Während im Westen die Schatten der Bäume an ihren Knien hinaufkriechen, seine Stiefel und ihre Sommerwaden in Kühle hüllen, liegen ihre östlichen Augen im Blau des Abends. Bis dorthin, wo er Schwarzwald sagen kann, gerät nichts aus der Ordnung. Jetzt nicht. Im Augenblick stehen sie neben dem Moritzhäuschen und küssen sich. Und anders kann es gar nicht sein. Jetzt halten seine Hände vor sich ihre Hände vor sich. Wie auf einem Hochzeitsfoto irgendeines Kameraden. Das Moritzhäuschen ist verschlossen, der Schuppen ist verschlossen, bis zum Liebfrauenhof sind es Hunderte von Metern, gut einen halben Werst. Sie kann küssen, und wie sie küssen kann. *Sie hält schon still.* Seine Hände über ihre Schultern, ganz behutsam, ohne Gier. Sein Mund in ihrem. Auf diesen Augenblick hat er nicht nur drei Wochen gewartet. Als der Schatten ihre westlichen Schultern erreicht, stehen sie noch immer in der Mitte der Welt. Nicht der Himmel, sondern die Mitte der Welt hat grüne Fensterläden. Ihre Zunge warm. Ihr Hals weich. Dieter schaut ihr in die Augen, nur noch die Augen, er hält sie am Rücken, während sie ins Gras gleiten, fast schwebend landen, auf dem abendfeuchten Gras, dem

Wegerich, dem Klee. Sie küssen sich im schattenblauen Gras. Dieter hält inne und horcht. Er will hören, was ihn schon seit Minuten irritiert, will die Stille hören, die sie umgibt. Kein Geräusch, nichts Alarmierendes. Nur das Zirpen der Grillen, das leise Rauschen der Bäume am nahen Waldrand und das kaum hörbare Rauschen der Ferne. Dieter beugt sich über Heidi, die auf dem Rücken im Gras liegt. Ihr Kleidchen ist klamm, als die Turmuhr im Tal zehnmal schlägt. Ihre blauen Augen sind grau.

Schon zehn? Kann doch gar nicht. Schau doch mal. Heidi stützt sich auf ihre Arme, und Dieter zieht sich zur Seite zurück, muß auf seine Armbanduhr schauen, kann es schon kaum mehr erkennen.

Ja, ich glaube ja.

Ich muß nach Hause. Sofort.

Natürlich.

Bevor es ganz dunkel wird. Wird doch verdunkelt.

Verzeih, ich hätte dran denken müssen.

Ich hätte selbst dran denken müssen. Egal. Kommst du? Heidi sitzt im Gras und reicht Dieter die Hand. Er steht auf und zieht sie nach oben. Dann berühren sich ihre Gesichter fast, aber er hält sie weiter in seiner Hand und schreitet, ja marschiert zielstrebig die Himmelsleiter hinab, zieht Heidi behutsam, aber sachlich durch die Weinberge, am schwarzen Weinbergshaus vorbei, den Weg entlang. Sie muß sich geliebt vorkommen wie ein geschulterter Karabiner, aber sie muß nach Hause.

Als sie dann vom Weinbergsweg zum Schotter der Zeppelinstraße kommen, fährt der schwarze Mercedes des Bürgermeisters, der vor der Villa geparkt hatte, mit spärlich leuchtenden, geschlitzten Scheinwerfern an ihnen vorbei, hält kurz im knackenden Schotter.

Gute Nacht. Zur angetrunkenen Stimme des Bürgermeisters scheint einer der Schneidezähne fahl aus dem Autoinneren.

Gute Nacht, die Herren, Heidi ganz charmant.

Am schwarzen Gartentor angekommen, wo die Dunkelheit zu einem Kuß verhilft, bleibt nicht viel Zeit. Der Vater wartet, und Dieter findet nicht mehr nach Hause. Der Geruch von Heidis Haut durchsetzt die Abendluft. Er begleitet ihn bis zur kleinen Tür, der oberen Tür in Stepps Garten, durch die er heute nachmittag schnell zur Villa geschlüpft war. Heidi in seiner Nase, tastet er sich zum Haus vor, Blumen riechen ungesehen süß. Reste warmer Luft ziehen durch den kühlen Garten. *In der Normandie wurde der feindliche Brückenkopf östlich der Orne weiter eingeengt.* Im Schloß klackt der Bart des Schlüssels. Dieter ist wieder zu Hause. Was für ein Abend. Kühl und scharf die Luft im Treppenhaus, ein Kampf zwischen Heidis zarter Haut und Großvaters schwärendem offenen Rücken. Was für eine Nacht. Kann nur voller Träume sein. Vom Tag, von Heidi, vom Moritzhäuschen. Überhaupt nur vom Moritzhäuschen. Gelber Abendschein, ihre Lippen erstmals auf seinen. Auf der letzten Treppenstufe muß sich Dieter am ertasteten Geländer festhalten. Nicht nur die Dunkelheit läßt ihn straucheln. Was an diesem Tag geschehen ist, an diesem Tag, der begann wie der gestrige, das kann man sich nicht vorstellen, wenn man eine Woche Zeit hat. Das kann man sich nur vorstellen, wenn man lange Zeit hat, sehr lange Zeit, die man miteinander verbringen will. Wer weiß! Auf Zickzack oder später im Osten. Das könnte dauern, denn erst einmal muß man dort aufräumen. Ein ziemlicher Saustall. Vielleicht doch besser in Braunschweig. Mag sein, daß es dort etwas eng ist. Hier ist alles kleiner, aber man ist so schnell in der Natur, mit dem Fahrrad irgendwo, in Minfeld oder einfach im Wald, in diesem verzauberten Wald, mit ihr. Er wird mit ihr morgen im Wald spazierengehen, dort wo niemand stört. Heidi, großer Gott, Heidi. Sie liegt oben in der Villa und denkt an ihn, und er liegt im Bett unter dem Goethebild, ist bei ihr und denkt an sie. Er liegt im Bett und hält ihre Hand, spürt sie neben sich die ganze Nacht, diese zarte Haut, diese Wärme, dieser schwebende Abend. Er zerfließt auf dem Federbett, jede Berührung mit seiner nackten Haut, eine Berührung mit ihrer Haut, mit allem, was in diesem entzückenden Kleidchen steckte. In diesem Kleidchen, das er um keinen Knopf geöffnet hat. Mit geschlossenen Augen zerflossen auf dem Bett im Fremdenzimmer über dem Großvater.

Der Großvater! Er ist zu Besuch bei seinen Verwandten und dem sterbenden Großvater! Noch etwas träumen, noch etwas mit geschlossenen Augen. Durch das offene Fenster die Grillen, wie vorhin beim Moritzhäuschen. Kein Wort zu ihnen davon, kein Wort zu irgendwem. Das muß ein, wenn auch sehr süßes, doch absolut wohlgehütetes Geheimnis bleiben. Zunächst. Später, wenn sie sich verloben, dann geben sie sich die Ehre, auch andere davon wissen zu lassen. Wann könnte das sein? Wann wird er das nächste Mal hier sein? Nutzen muß er die Zeit, die nächsten Tage, die Zeit, die ihm bleibt. Gedanken wird er sich machen. Morgen. Morgen wird er sich Gedanken machen. Wenn die Sonnenstrahlen hereinblitzen, dann wird er blinzeln, und die ersten Gedanken werden süß sein, werden Erinnerungen sein, dann kommen die nächsten, die werden Pläne sein. Morgen, nicht jetzt. Jetzt wird er weiter den Duft ihrer Haut einatmen, wird sich überlegen, ob er zur Hochzeit einen Zylinder tragen wird, ob die Hochzeit nicht vielleicht hier in Bergzabern stattfinden soll. In der kleinen Schloßkirche auf dem Berg. Genau, und der Großvater wird sie trauen. Der Major steht in einer hellblauen kaiserlichen Paradeuniform neben Seiner Majestät, in weißer Uniform und goldglänzender Pickelhaube. Federschmuck, nicht zu vergessen. Seine Kameraden in Ausgehuniformen stehen Spalier. Alle sind gekommen und bewundern das junge

Glück tränenreich, denn wenn man dieses strahlende Paar sieht, dann bekommt man ganz von alleine wäßrige Augen. Alle alle alle, Mutti und Vati und Inge. Onkel Gustav und Tante Carla und Trudel und Edda und Wolfgang. Großvater und Großmutter. Großvater und Großmutter aus Goslar. Tante Elle und Tante Emmy. Heidi im weißen Seidenkleid. So stehen sie alle alle alle unter der schlichten Holzdecke der Schloßkirche, auf der Sonne, Mond und Sterne prangen, vor Gott. Auf der dunklen Kanzel steht der Großvater, im schwarzen Talar, mit weiß strahlendem Beffchen und predigt neben dem Stundenglas, findet die schönsten Worte und stellt die berühmte Frage. Dann dreht sich der Großvater im schwarzen Talar um, und der Kaiser stöhnt entsetzt auf, denn alle sehen, daß der Großvater einen offenen Rücken hat. Dann fährt Dieter auf einem geschmückten Panzer durchs Städtchen und schießt sie alle übern Haufen. Die Bordwaffen mähen und mähen sie nieder. Und dazwischen die Kanone. Zylinder fliegen durch die Luft, Blütenblätter flattern auf den Boden, mit ihnen abgerissene Brautjungfernhände. Kinderköpfe kullern übers Pflaster. Hoftore und Hauswände spritzen auseinander. Nasenbeine und alle Arten von Beinen und Gebeinen und Knochen und Hälsen und Zähnen werden knack knack von den Ketten zerdrückt. Knack knack. Und aus Großvaters offenem Rücken schnellt die Wirbelsäule und erschlägt wirbelnd die Großmutter. Und die Sonne scheint dazu.

Stockfinster ist es. Zirpende Grillen. Kein Mucks sonst, kein Lichtstrahl. Nichts zu sehen. Schwarz. Wie weit man die Augen auch aufreißt, schwarz. Die Kälte auf Stirn und Schultern ist schweißnaß. Kein Luftzug zieht darüber, und so ist es kalt und heiß, hier kalt, dort heiß, dort wo die Decke auf dem Körper liegt, ist es heiß und klebt. Was war? Was ist? Nichts. Doch, alles ist so nah, der Raum ist eng und unsichtbar. Es drückt der kalte Schweiß. Dieter kann kaum die Augen vor dem schwarzen Nichts schließen. Er könnte. Aber sie bleiben offen und starren in die Dunkelheit. Als wären die offenen Lider eingerastet. Das Herz schlägt und ist zu hören, in den Ohren, im Mittelohr das pfeifende Pumpen der großen Pumpe.

Da schießt ein Lichtstrahl der völligen Helle durch den Raum. Ein Blitz malt den Fensterrahmen und eine Uniform schwarz an die Wand. Jemand im Zimmer! Ein Kamerad im Zimmer. Ein Kamerad oder ein Russe. Wer sollte, wer könnte? Still, ohne sich zu rühren. Wieder ein Blitzstrahl an der Wand. Der Kamerad oder Russe in leichter Bewegung. Ein Windstoß, der im Laub raschelt. Kaum zu hören, erst, als die Grillen das Zirpen einstellen. Dort, wo der Kopf aus dem Uniformkragen ragt, steckt der Haken des Bügels, auf dem Dieters Uniform am Fenster lüftet. Kaum hat Dieter Zeit, erleichtert auszuatmen, nur für sich. Lächerlich, was außer seiner Uniform soll da gewesen sein? Weiter geht es mit Wetterleuchten. Aus dem Weißenburger Loch zuckt sich ein Gewitter ans Städtchen heran. Die Luft wird dünn, der Schweiß drückt sich durch jede Pore, auch wenn die Lider sich nun schließen lassen. Ein Windstoß, ein Rascheln im Efeu, ein Rauschen der Birke vor dem Haus. Zucken, Rascheln, Rauschen. Dieter geht ans Fenster, wo seine Uniform weht. Der Wind setzt sich durch, flatternd, knisternd, bevor ihn das Grollen des Gewitters auf die Plätze verweist. Es zuckt. Es zuckt recht ordentlich im Weißenburger Loch. Der Wind heult durch das noch frische Laub des Jahres. *Wenn was kommt, dann kommt was aus dem Weißenburger Loch,* hat Heidi gestern gesagt.

Der erste Donner knackt in das lichte Zucken. Beim zweiten Mal kracht er schon, beim dritten Mal setzt Regen ein. Erste Tropfen versetzen das frische Laub in Aufruhr.

Scharfschützen im Blätterwerk. Die Fensterläden rumpeln. Sie werden von den grünen Eisenmännchen mit den grünen Baretten gehalten, die in den Fugen des Sandsteins stecken. Es sind grüne Fensterläden wie an der Villa Zickzack und am Moritzhäuschen, die von grünen Eisenmännchen gehalten werden. Dieter hat sie heute abend gesehen. Nur bei der Villa Zickzack ist er sich nicht sicher. Jetzt zuckt und kracht es beim Zucken und zuckt es beim Krachen. Gott, wie das in so schneller Zeit vom Wetterleuchten zu einem handfesten Gewitter geworden ist. Dieter ist hellwach und steht blinzelnd am Fenster, denn man sieht die Blitze am Himmel, jeden einzelnen, gezackte weiße Linien. Tropfen auf die Nase. Aufregung in der Luft, sie kühlt. Eben noch in Ruhe geschlafen, jetzt im leuchtenden Regen, keine Ahnung, was er gerade geträumt hat. Der Regen pladdert, und da ist es zu hören, ein dumpfes Zischen, und an der Nase prallt ein Hagelkorn ab, ein erstes, ein zweites, eines auf der Stirn.

Es schloßt, sagt Tante Emmy immer, wenn es schloßt. Und wenn es schloßt, wie eben jetzt, dann prallen die großen Körner von den Fensterläden ab. Ohrenbetäubend, Geschoßeinschläge wie Granaten. Wenn es regnet, hagelt und gewittert, ist es so, als ob die Welt unter Getöse kurz anhält. Und es ist fraglich, ob das Leben weitergeht oder ob nicht alles im Hagel versinkt und im Wolkenbruch ertrinkt. Man weiß nicht nur vor lauter Krach nicht, was vorhin war und gleich sein wird, wenn überhaupt noch etwas sein wird, man will es auch gar nicht mehr wissen. Und wenn man es nicht mehr wissen will, ist es viel einfacher. Denn wenn es nichts wird, dann ist es das gewesen, und es ist gut, wenn ein ordentliches Getöse ist, wenn es das gewesen ist, wenn alle offenen Fragen im Krach versinken, wenn es keiner hört, wenn man so laut ruft und schreit, wie man nur rufen und schreien kann. Wenn der

Krach so viel wichtiger ist als alles, was jetzt noch kommen kann. Dann braucht man keine Angst mehr vor nichts zu haben. Denn was jetzt noch kommen kann, kann nicht so schlimm sein, kann doch nicht so schlimm sein, kann doch alles nicht so schlimm sein, kann doch alles nicht mehr so schlimm sein, wenn man nur im Schlamm versinkt, wenn man naß wird und im Schlamm versinkt, bei richtig lautem Krach, wenn's so richtig kracht, donnert, Gewitterdonner, Geschützdonner. Wenn der Herzschlag ruhig aussetzen könnte, denn es donnert weiter. Da braucht man die Pumpe gar nicht mehr, die jedenfalls nicht mehr, die Blutpumpe. Da stehst du da und schreist und hältst drauf.

Naturschauspiel, sagt Vati immer und öffnet das Fenster, wenn es draußen so richtig gewittert.

22

Hin und wieder fallen letzte Tropfen aus dem Efeu. Dieter liegt mit geschlossenen Augen zwischen Erinnerungen und Plänen. Heidis Brautkleid hatte einen kurzen Schleier. Egal. Pläne jetzt. Also gut, Augen auf. Noch kurz rumdrehen. Augen auf. Ins Schwimmbad, mit Heidi. Dieter muß schmunzeln. Das hätte er nicht für möglich gehalten, daß er heute mit Heidi ins Schwimmbad geht. Oder in den Wald? Erst ins Schwimmbad und dann in den Wald, erst in die Kühle des Wassers, dann in die Kühle des Waldschattens. Erst hinunter zu Kaffee und Großmutter. Dann ab ins Bad. Augen auf. Liegestütze, heute Liegestütze. Das Muskelspiel könnte im Schwimmbad noch eindrucksvoller sein. Im Fremdenzimmer auf dem Dielenboden mit dem grauen Läufer. Zehn, zwanzig, dreißig, vierzig, genug. Als er am Treppenabsatz ankommt, vor der Uhr, riecht er den Kaffee. Eine Kanne steht auf dem Herd. Heiß, frisch gebrüht. Auf der Veranda sitzt vor ihrer Tasse nicht die Großmutter, nicht Tante Emmy, niemand sitzt. Alles still. Dieter nimmt sich eine Tasse und gießt den heute sichtlich dünnen Kaffee ein. Er ist dünn, aber heiß. Sonst ist nichts. Wenn nichts ist, fehlt etwas, fehlt alles. Der genügsame Morgen fällt aus. Er fühlt im Augenblick eine völlige Leere, als stünde er nicht im Haus der Stepps, als stünde er irgendwo draußen. Es ist niemand bei ihm. Er steht allein und unbewaffnet mit der Kaffeetasse in der Hand und fragt sich, was werden soll aus dem Tag. Er schaut zur Tür von Großvaters Zimmer, nichts, kein Laut. Sind die etwa gar nicht im Haus? Er schaut auf seine Hand mit der Tasse, sie zittert, und der dünne Kaffee schlägt kleine Wellen, *schlabbert,* würde Tante Emmy jetzt sagen, schlabbert über den Rand und läuft über Dieters Hand.

Jetzt. Jetzt, denkt Dieter, ist er allein und muß für sich selbst sorgen. Bisher hatte alles seine Ordnung, alles war abgestimmt aufeinander. Es war jede Minute etwas geschehen, was ihn zur nächsten Minute brachte, vom Schwimmbad zum Gewitter, vom Moritzhäuschen zur Villa, von Tante Carla zu Heidi. Jetzt muß er den Kaffee trinken und kann etwas anderes tun. Er kann alles tun. Er hat frei. Er ist frei. Dieter atmet sein Staunen aus. Ein Windstoß aus der Nase in die Tasse. Kaum zu glauben. Jetzt ist nichts, was ihn hält. Er kann sein Handtuch holen und ins Schwimmbad abmarschieren. Er könnte den oberen Knopf seines Uniformkragens öffnen. Aber wieso? Es ist noch früh und kühl, da kann er ihn auch geschlossen lassen. Er könnte sich eine Zigarette anzünden, das könnte er, aber nicht hier drin, da müßte er rausgehen, in den Garten. Nein, da müßte er erst oben sein Päckchen holen. Unfug.

Er trinkt die Tasse leer und stellt sie auf den Küchentisch. Seine Hand zittert nicht mehr. Na also. Er geht hinauf, holt das Päckchen Zigaretten aus dem Zimmer und sein Handtuch aus dem Bad. Auf ins Schwimmbad, sie wird schon da sein, sie muß da sein, er wäre schwer enttäuscht, wenn sie es nicht wäre.

Als er wieder auf dem Treppenabsatz vor der Uhr steht, deren Zeiger sich nicht bewegen, schaut er schnell auf seine Armbanduhr. In diesem Augenblick geht aus dem Nichts die Tür zu Großvaters Zimmer auf, und Tante Emmy schießt heraus.

Ich such ihn, sagt sie und geht mit gesenktem Blick in die Küche, ohne Dieter zu bemerken. Da kommt auch schon die Großmutter, schwebend durch den Türrahmen. Sie hebt den Blick langsam, ganz langsam, als wollte diese Bewegung kein Ende nehmen. Als wüßte sie, daß Dieter genau dort steht, wo Dieter steht, und sie genau dort auf seinen Blick treffen würde. Die Großmutter sieht Dieter an.

Emmy, da ist er, ich hab ihn, ruft sie in die Küche, wenn man das rufen nennen kann, denn die Großmutter hebt kaum die Stimme.

Dieter, der Großvater hat nach dir gefragt, er will mit dir sprechen.

Jetzt gleich?

Jetzt gleich, kommst?

Aber klar, Großmutter, sagt Dieter, als würde er einen Befehl erhalten. Er legt das Handtuch auf den Knauf des Treppengeländers und geht auf Großmutter zu. Einen Schritt, da steht er neben ihr im Türrahmen. Sie weicht zurück, als wolle sie noch einmal schauen, ob es Dieter auch gestattet sei, jetzt das Zimmer zu betreten.

Dieter steht im Zimmer. In der linken Ecke, hinten links, da ist das Bett mit dem Großvater, genau unter Dieters Bett im Fremdenzimmer. In dickem weißem Federbett liegt der Großvater. Die Großmutter oder Emmy hat sein Kissen aufgeklopft und seinen Kopf so daraufgelegt, daß er auch was sehen kann, daß er zumindest in die Richtung des kleinen Dieter schauen kann. Der Großvater ist grau im Gesicht. Seine Wangen sind eingefallen, und der Teil der Unterlippe, der normalerweise im Mund vor den Zähnen des Unterkiefers liegt, hängt glänzend nach unten, nach außen, denn das Gebiß will heute nicht passen. Seine Augen sind so eingefallen, als würden sie immer weiter nach hinten in die Augenhöhlen rutschen, bis man sie gar nicht mehr findet. Aber sein Blick trifft jetzt Dieters Blick.

Guten Morgen, Großvater. Wie geht es dir?

Der Großvater atmet durch den Mund und grunzt am Gaumen. Vielleicht röchelt er auch. Das Fenster ist geöffnet, der weiße Vorhang davor geschlossen, weht mit kleinen Lichtpunkten, die darauf hüpfen, in die halbdunkle Kammer. Es riecht nicht so scharf wie sonst. Eigentlich sogar weniger scharf als im Treppenhaus. Seltsam. Dieter geht einen Schritt vor und greift die linke Hand des Liegenden, die dort untätig und unbeteiligt auf der Decke ruht. Was soll sie auch tun? Dieter streichelt Großvaters Hand. Und Großvater öffnet den Mund und hebt dabei ganz unmerklich den Kopf. Dieter, der weiteres Röcheln erwartet, will seinen Mund lächelnd öffnen, um etwas Höfliches zu sagen, da er seinen Großvater von früher her sehr gerne mag. Aber er weiß den Satz noch nicht, den er gleich sagen will. Da schiebt Großvater seine Unterlippe nach unten, und Dieter traut seinen Ohren kaum: *Laßt den Jungen mal hier bei mir. Laßt mich mit dem Dieter allein.* Er sagt es gut verständlich, obwohl er viele Laute nicht mehr aussprechen kann, ohne sein Gebiß, und weil er so schwach ist. Er spricht nicht laut, aber auch nicht flüsternd. Dieter schaut zur Großmutter hin, ungläubig, als wolle er sich vergewissern, daß es auch richtig ist, was der Großvater murmelt, als wolle er sich bei ihr die Erlaubnis einholen, mit dem Großvater allein zu bleiben.

Doch die Großmutter nickt ihm ruhig zu, so langsam, daß Dieter sicher sein kann, daß ihr Nicken von Bedeutung ist, daß nun eine Bedeutung in das Zimmer einzieht, die es bisher nicht zu haben schien. Die Bedeutung, die der alte Mann in seinem Bett haben wird, nun, da sein Leben gelebt ist und er nichts mehr zu erwarten hat, während die anderen auf seinen Tod warten. Das merkt Dieter in diesem Augenblick, jetzt, wo die Großmutter nickt. Für die anderen heißt es wieder: Warten vor der Tür oder in der Küche oder auf der Veranda. Die Großmutter zieht die Tür hinter sich zu, und Dieter ist allein mit dem Großvater. Vor einer Viertelstunde stand er noch mit der Kaffeetasse draußen. Jetzt ist er beim Großvater, jetzt ist alles anders als zuvor. Und der Großvater sieht ihn an, aus den fernen, kleinen Augen, die nicht alt sind.

Dieter, haucht der Großvater aus dem Federbett, gehetzt, wie in einem Atemzug. *Dieter, du mußt nicht denken, daß ich verkalkt bin, das bin ich nicht, das bin ich nicht, Dieter. Verkalkt bin ich nicht. Bin nicht verkalkt. Ich sterbe bald, ich bin schwach, bin so müde, und das Wetter, das Wetter, Dieter, Gott, das setzt mir zu, ich könnte schwitzen von morgens bis abends. Ich habe gewartet auf dich.*

Dieter wird blaß. Er glaubt nicht, was er hört, er schaut zur Tür, doch die ist zu, er ist allein mit dem Großvater, steht ganz nah am Bett.

Dieter, der Großvater packt seine Hand. *Weißt du, wie alt ich bin?*

Ja, Großvater, fünfundachtzig. Leider konnte ich zu deinem…

Schon gut, schon gut. Und du, du bist zweiundzwanzig.

Ja, genau.

Ja, genau, zweiundzwanzig. Die Großmutter hat's mir gesagt. Du weißt, daß deine Mutter, daß das Fidi einen Bruder hatte.

Natürlich, den Eugen.

Den Euscheen, genau. Und was weißt du von dem Euscheen?

Der ist im Weltkrieg gefallen.

Ja, der Großvater atmet schwer. *Im Weltkrieg. Und du?*

Und ich?

Und du, ja?

Da war ich doch noch gar nicht geboren.

Nein, aber jetzt bist du im Krieg. Der Großvater stöhnt. Er hält inne. Er kann nicht mehr, hat Dieter den Eindruck.

Ja, ich war im Osten, aber wir haben den Iwan zurückgeschlagen. Dieter weiß nicht recht, ob er den Großvater beruhigen soll oder ob er ihm stolz von seiner Tapferkeit in den Kämpfen erzählen soll, so wie in der Villa Zickzack.

Im Osten, genau. Dieter, ich habe keine Zeit mehr. Ich muß es kurz machen, du verstehst, die Kraft. Sie ist nicht lange bei mir, und wenn es so warm wird, dann kann ich nicht mehr. Osten, ja, Osten. Du weißt doch, wer auch im Osten war anno achtzehnhundertzwölf?

Ja, Großvater.

Und?

Und?

Und er ist mit seiner Armee gescheitert, so wie dieser Wahnsinnige auch scheitern wird, dieser größenwahnsinnigste Feldherr aller Zeiten.

Großvater!

Dieter! Du mußt mir glauben. Ich habe nicht mehr lange Zeit, aber ich will. Ich will sterben, bevor du stirbst, das ist meine Pflicht. Du mußt noch leben, eine Weile leben.

Unglaublich, unerhört, was der Großvater da vor sich hin brabbelt.

Dieter, ihr werdet alle ans Messer geliefert, ihr seid in der Armee des Teufels.

Großvater, was du sprichst, deine Worte, du darfst …

Dieter, jetzt sind Großvaters Augen weit geöffnet und nah bei Dieter, als wären sie aus den Augenhöhlen gekrochen.

Am Anfang war das Wort, und das Wort war bei Gott, und Gott war das Wort. Und er sprach zu ihm: Bist du Gottes Sohn, so sprich zu diesem Stein, daß er Brot werde.

Das sprach der Teufel, Großvater.

Der Teufel. Ja, der Teufel. Dieter, er ist der Teufel, niemand anders kann es sein. Du dienst dem Teufel, Dieter. Er hat die Welt angezündet. Mit euch. Dieter, ich bin nicht verkalkt. Ich bin nicht wirr. Klar. War nie so klar wie jetzt, denn ich gehe in eine Welt ein, die friedfertig ist.

Großvater! Dieter tastet sich von Silbe zu Silbe, doch er kann weiter nichts sagen. Das Schauspiel des Großvaters, der plötzlich in jedem Millimeter seines Gesichts lebendig wird, als wollte sich die Haut von den Knochen lösen und die Augen aus den Höhlen und die Lippen vom Mund und die Nase in den Raum schweben und Dieters Gesicht berühren.

Dieter, ich kann nicht mehr. Ich muß pissen und kann es nicht halten. Ich laufe aus, ich laufe überall aus. Aber ich sage dir: Hau ab! Wirf diese Uniform weg, geh nach Hause und warte ein paar Wochen! Dann ist der Krieg aus.

Großvater, du meinst doch nicht desertieren, Feigheit vor dem Feind?

Genau das mein ich, Feigheit vor dem Feind. Und der Feind, das ist unser Führer.

Wie sprichst du vom Führer? sagt Dieter, in erstaunter Ruhe, aber mit sich überschlagender Stimme. Zu Heidi davon kein Wort, bloß kein Wort zu ihr. Das ist ja Wehrkraftzersetzung, das ist Verrat. Großvater ist kein Verräter. Das kann nicht sein, nicht sein Großvater. Dieter spürt seine heißen Wangen, denn er verbrennt von innen.

Dieter, greif unter mein Kopfkissen, der Atem reißt dem Großvater ab. Mit den Augen deutet er nach links, unters Kopfkissen, die Augen schließen sich, als würde er ohnmächtig. Alles senkt sich, die Augen in die Höhlen, die Haut auf die Knochen, die Lippen legen sich um den Mund, flutschen nach hinten und entblößen das Fleisch auf den zahnlosen Kieferknochen. Großvaters Kopf sackt ins Kissen. Dieter streckt seine Hand aus. Und ist unter dem Kissen, es ist warm und feucht da, und seine Fingerkuppen stoßen an einen Gegenstand. Dieter zieht ein kleines, glänzendes schwarzes Buch heraus. Mit rotem Blattschnitt. Er schlägt es auf. Einträge in violetter Handschrift. Verschmiert sind die Ränder mit brauner Farbe.

Dies ist mein Blut, röchelt der Großvater. Dieter glaubt nicht, was er erlebt. Nachdem er gerade noch nichts erlebt hat, in Freiheit gelebt, jetzt ein wahnsinniger, röchelnder Großvater. Das schwarze Buch zittert in Dieters Hand: *Kurze Aufzeichnung meiner Erlebnisse im* Der Großvater stöhnt, als wollte er etwas sagen. Er röchelt, als würde das Röcheln nun seine Sprache *Kriege 1914 als Freiwilliger von Eugen Stepp aus Minfeld.* Da ahnt Dieter etwas. Er kann sich denken, was der Großvater noch zu tun hat, bevor er abkratzt. Er sieht es deutlich: Großvater will sich rächen. Er will den Tod seines Sohnes rächen. Da fährt Großvaters Zunge über den Kiefer, und er spricht, ja, spricht, röchelt nicht, spricht wieder mit einer gebißfesten Klarheit und einer Klarheit der Stimme. Der alte Landpfarrer spricht: *Lies das Buch. Dieter: Lies es, ist nicht viel, ist dünn, siebzehn Seiten. Lies es bis zum Ende.*

Ja, Großvater.

Und jetzt sieh mir in die Augen.

Dieter blickt zu Großvater auf, erstaunt über diese Aufforderung, ihm geradewegs in die Augen.

Der Großvater nickt, hört gar nicht mehr auf zu nicken. Aber sein Nicken ist von einer Klarheit wie sein Blick, wie seine Sprache, wie seine Stimme: *Ich. Ich habe mein Ziel gefunden, aber Du! Du! Du, Dieter!*

Großvater, du bist müde. Etwas Besseres fällt ihm nicht ein. Er kann Großvater nicht anschreien, auch wenn er es am liebsten würde.

Bin hellwach, Dieter, hellwach, nicht verkalkt, war nie klarer im Kopp. Alles Sünde. Wir müssen das alles aufhalten. Geh jetzt.

Dieter kann es nicht fassen, er kann seine Fassung nicht zurückgewinnen, er ist außer sich, zittert am ganzen Leib, läßt das schwarze Buch beinahe fallen, stolpert, als er zur Tür geht, als er mit offenem Mund zur Tür geht, sich nach dem Großvater umdreht und *Gute Besserung, Großvater* stottert.

Vor der Tür trifft er die Großmutter, als hätte sie dort die ganze Zeit gewartet. Sie hat Tränen in den Augen. Dieters Lippen zittern, das ganze Kinn legt sich in Falten. *Schlimm,* sagt er. *Schlimm, Großmutter.*

Hasch du's?

Was?

Hat er's dir gegeben?

Ja. Und er hat so Dinge gesagt.

Ja, die sagt er. Gustav hat ihn dafür sogar schon, er hat ihn, eine Träne rutscht in ihr linkes Auge, läuft aber nicht die Wange hinunter, *angezeigt.*

Ich weiß.

Und sie waren hier.

Wer war hier?

Großmutter schließt die Tür. Sie stehen im Treppenhaus, wo es beißend stinkt, daß es einem schlecht wird, daß Dieter ein Schluck Kotze warm den Hals hinaufsteigt.

Na, die Leit.

Leute?

Von der Polizei, Gestapoleute.

Wie bitte? Gestapo war hier? Das ist doch wohl nicht wahr, sein Großvater ein Verbrecher. *Und?*

Nichts und. Ein dicker und ein dünner, sehr freundliche Herren. Der dünne hat gesagt, als er Großvaters Rücken sah …

Wie, er hat Großvaters Rücken gesehen?

Ja, du weißt doch, seinen offenen Rücken.

Ich weiß, aber …

Sie mußten überprüfen, ob er transportfähig ist.

Transportfähig?

Das war er natürlich net, er konnt sich ja gar net uff de Bää halte. Die mußten den immer wieder festhalte. S'Emmy hat das Nachthemd hochgschowe und ihne de offne Ricke vum Großvater gezeicht. Großmutter ist ruhig und gefaßt, wenn sie spricht, sie hat eine Ruhe dabei, die Dieter einen Schauder über den Rücken jagt.

Tränen steigen in seine Augen, die Kotze brennt in seinem Hals, er kann das Brennen hinten oben nicht herunterschlucken.

Da haben sie gesagt, daß sie ihn nicht mehr mitnehmen müßten. Da konnte Emmy das Hemd wieder herunterziehen. Sie hat ihnen einen Kaffee gebracht, und sie haben uns gesagt, daß sich die Sache von selber regeln wird.

Dieter muß heftig husten, und ein Bröckchen aus dem Hals wird auf seine Zungenspitze geschleudert. Sein Ekel läuft über, wie eine Tasse Kaffee überläuft. Seine Augen sind rot und röten sich weiter, die Augäpfel quellen hervor und wollen herausspringen. Dieter weiß nicht mehr, ob vom Husten oder von der Geschichte, die ihm die Großmutter erzählt, oder von den Dingen, die Großvater gesagt hat, oder von dem kleinen Buch. Wenn er noch länger der Großmutter ins ruhige, gefaßte Gesicht sieht, in ihre großen Augen, die ihn liebevoll anschauen, so mild, so sanft, wenn er diesen Blick noch länger ertragen muß, dann muß er würgen. Er hält sich am Knauf des Treppengeländers fest, über dem sein Handtuch hängt. Handtuch, sein Handtuch. Fürs Schwimmbad. Ins Schwimmbad wollte er.

Wollte sie doch treffen, hatte sich so gefreut auf sie. Hätte ein so schöner Morgen werden sollen im Schwimmbad und ein so schöner Mittag im Wald.

Als würde es ihm permanent aus der Hand gleiten, hebt er ruckartig und immer wieder ruckartig das Buch in die Höhe, streckt es der Großmutter hin und beginnt aus dem Zittern zu nicken. Ja, er wird. Wird es lesen, wird es jetzt oben im Fremdenzimmer lesen.

Siehst du die braunen Flecken an den Rändern? fragt die Großmutter ruhig.

Ja.

Das ist Blut vom Euscheen. Der Großvater hat die Seiten vorsichtig mit einem scharfen Briefmesser aufschneiden müssen, das Blut hat sie so zusammengeklebt. Er hat es ganz vorsichtig gemacht.

23

Oben im Fremdenzimmer wirft Dieter das Buch aufs Bett und atmet ruhiger. Der bittersaure Geschmack im Mund geht zurück. Aber er hat nicht genug Spucke, um ihn herunterzuschlucken. Dieter geht ins Bad und trinkt aus dem Wasserhahn einen Schluck, zwei Schluck, drei. Hält sein Gesicht darunter, kühlt seine Augen und seine Stirn, auf die Schweißperlen getreten sind. Hat seine Gelassenheit verloren und findet sie auch unter dem Wasser nicht. Als hätte er sie nie besessen, als käme er aus einer Familie von Hysterikern. Kommt sich wie ein kleines Kind mit verweinten Augen vor, dabei hat er gar nicht geweint.

1. Oktober, Donnerstag
Für 11^h war der Ausmarsch festgesetzt, Wurde aber verschoben. Wohnung im Exerzierhaus. Von 4–7^h Reisemarsch in kriegsmäßiger Ausrüstung.

2. Oktober, Freitag
7–11^h vorm. Kompagnieexerzieren auf dem Ebenberg.
3–6^h Reisemarsch.
3. Oktober, Samstag
8–11^h Reisemarsch
4^h Antreten zum Treffen der letzten Vorbereitungen für den Ausmarsch. 10^h abds Zug von der Kaserne zum Bahnhof, dortselbst 11^h Abfahrt unter lautem Jubel der Landauer Bevölkerung in der Richtung nach Neustadt.

Ja und?

4. Oktober, Sonntag
Bahnfahrt von Worms bis vor Köln Verpflegung 4^h vorm in Groſs Gerau. 10^h vorm St. Goarshausen.
Herrliche Fahrt bei sonnigem Wetter am rechten Rheinufer entlang über Mainz, Koblenz, Bonn.
5. Oktober, Montag
Bahnfahrt von Köln bis Herbesthal Verpflegung 10^h in Düren 3^h nachm Mittagessen in Mehlem. Von Aachen ab sehr groſse Verzögerung bis Herbesthal infolge Überfüllung der Linie durch Militär-, Verwundete- und Gefangenentransporte. 10^h nachm in Herbesthal verpflegt. Regenwetter

So liest sich Dieter durch den Oktober 1914. Noch weiß er nicht, was Großvater meint und warum er ihm das Buch unbedingt geben wollte. Auch er ist Soldat. Nichts Besonderes, Märsche und Fahrten, was ist das schon? War damals alles anders?

22. Oktober, Donnerstag
Die Komp hatte wieder von 7–10^h Exerzieren, ich nichts zu tun. Wir aſsen den ganzen Tag ununterbrochen, sodaſs ich Magen-

geschichten bekam. Von 7–8^h abds machte ich bei Mlle Banchart Mercelle, einem liebenswürdigen Fräulein Besuch.
Unsre 17er draußen hatten 3 heftige Angriffe der Franzosen zurückzuweisen. Im Café Caputzel feierten wir Abschied u. tranken bis 12^h mittern. Kaffee.

Magengeschichten. Vollgefressen haben sie sich nicht, gehungert haben sie auch nicht, selbst als es verdammt eng wurde bei Schepetowka. Aber Magengeschichten hat er noch keine gehabt. Und dann Mademoiselle Banchart Mercelle, der Eugen Stepp hatte was mit einer Französin, sieh an. Der Eugen von den Photos der Steppschen Kinder, neben seiner Mutter, dem Fidi, ein blonder Junge mit Brille. Ein Techtelmechtel also. Eine Ähnlichkeit, absolut nichts Besonderes, aber eine Ähnlichkeit. Die violette Schrift und die Vorstellung von dem blondgelockten Jungen mit Brille. Und dann. Am Blattrand die braune Farbe. Schrift, Farbe, Locken. Locken, Farbe, Schrift. Braun, violett, blond. Die Brille, durch die hat er dieser Mademoiselle in die Augen geschaut, *einem liebenswürdigen Fräulein.* Wie er durch die Schneebrille. Wenn er wüßte, was aus ihr geworden ist. Wenn er, wenn er das nur wüßte, was so aus ihr da, dort, dort so, in diesem Nest, wenn er es nur wüßte, was so, was sie so da, da drüben, da in diesem Schnee, da wo der Schuppen, und wie sie so aus der Sache, ob sie aus der Sache, wenn er wüßte. Wenn er es nicht genau wüßte, wenn er, was aus, wie auch, aus der Maschenka, der kleinen, klajn, malyj. Mademoiselle Maschenka.

30. Oktober, Freitag
Unsere Artillerie feuert heftig. Das 2. Bataillon ist Unterstützung der Brigade

Schluß Ende aus ohne Punkt. Das war's? Eine sprachliche Leuchte war er nicht. Wo bleibt das Schreckliche, das Großvater angekündigt hat? Ist halt Krieg. So ist das. Ist doch alles ganz in Ordnung. Großvaters Sohn war kein Wehrkraftzersetzer. Er war Soldat, Soldat wie Dieter. Großvater ist alt. Sein offener Rücken tut weh. Da leidet er natürlich, armer Großvater. Aber er kann doch auf ein schönes Leben zurückblicken, ein erfülltes. Großvater ist ihm nie unglücklich vorgekommen. Früher, wenn er ihn im Garten bei den Beeten und seinen Blumen getroffen hat, wenn Dieter mit der Großmutter und Tante Emmy Marmelade gekocht hat. Und wenn der Großvater mit seinem Spitzbart um die Ecke kam, von der Veranda mit weißer Gartenjacke und Schirmmütze, die fast wie die Mütze eines alten Seebären aussah. Wenn er so frech mit strahlenden Augen lachte, bevor er seinen Finger in den Marmeladentopf oder ins Einmachglas steckte und naschte. Und wenn die Großmutter es merkte, wenn's was auf die Finger gab und Großvater tat wie ein kleiner Junge, der heulte, weil er gerade was auf die Finger bekommen hatte. Und wenn er dann so schallend lachte, wenn er Dieter so schallend anlachte und ihm zuzwinkerte, wenn er das Auge so fest zukniff, daß er es scheinbar kaum mehr aufbekam. Früher. Da war der Großvater noch rüstig. Da hatte er noch nicht so stark abgebaut wie seit Pfingsten, da kam er ihm noch wie ein Großvater vor, da war er noch nicht so verbittert von den Schmerzen, von dem vielen Liegen und von dem offenen Rücken. So eingefallen wie sein Gesicht ist, kommt er ihm wie ein Gespenst vor. Großvater ist zum Gespenst geworden. Es hatte eine überraschende Kraft, das Gespenst, eine gespenstische Energie.

24

Der Tag ist im Eimer. Es ist halb zwölf, als er auf die Uhr schaut. Er liegt auf dem Bett und klappt das Buch zu, das ihn nicht losläßt. Was hat es für eine Bewandtnis damit? Was soll er mit den bösen Beschuldigungen des Großvaters? Wie Warnungen klangen sie. Aber wozu? Wovor? Als sei er im Sterben um Dieters Leben besorgt, wohl kaum. Ein verbitterter alter Mann, der kein Vertrauen mehr hat, der überall Gespenster sieht und selbst eins ist. Woher hat er aber diese unseligen Ideen? Als würde er von Dämonen verfolgt, als wäre er von Wahnideen umgeben, die ihn nicht loslassen. Man müßte ihm klarmachen, daß es Wahnideen sind. Aber ob er das noch begreifen würde? Woher kommen diese Ideen? Feindsender hört er bestimmt nicht. Irgend jemand muß sie ihm eingeimpft haben, irgendein böswilliger Mensch, denn der Großvater ist alles andere als böswillig. Das kann man ihm wirklich nicht unterstellen.

Noch ist Dieter gefangen auf dem Bett über Großvaters Bett. Er begreift den Großvater einfach nicht. Dabei kam er ihm noch recht klar vor. Er sprach so klar, aber was er sprach, bleibt völlig unklar. Und es war so unheimlich, wie er es sagte. Alles war so schön, so ruhig bisher, einfach prima. Vorgestern die Ankunft, alles in Ordnung, gestern der wunderbare Tag mit Heidi. Und heute der Großvater, das Gespenst. Warum mußte alles so kommen? Und die Großmutter wußte Bescheid. Sie ist vielleicht die Drahtzieherin, aber die Großmutter ist auch keine böswillige Person, alles andere, alles andere. Aufgewühlt hat es ihn, den Dieter, der hier nur auf Urlaub angekommen ist, Urlaub in seiner eigentlichen Heimat. Aber er muß es sehen, wie es ist. Er muß klar sehen, so klar, wie der Großvater zu sehen glaubt.

Dieter ist jung und frisch, er kann tatsächlich klar sehen. Er muß sich zu Herzen nehmen, was eben war. Er muß sich eingestehen, daß es ein erster Schritt zum Abschied war. Abschied vom Großvater, der im Begriff ist, diese Welt, diese schöne Welt, diese friedvolle Welt der Bismarckstraße zu verlassen, der verbittert sein mag, daß er sie ausgerechnet jetzt verlassen muß, wo so vieles auf der Welt geschieht, soviel Wichtiges, soviel Großes und Entscheidendes. Armer Großvater.

Es schellt. Es wird geschellt. Jemand schellt, an der Haustür. Es ist Heidi, sie ist von sich aus vorbeigekommen, um ihn abzuholen, ins Schwimmbad oder in den Wald. Sie ist seine Rettung. Entschlossen klappt Dieter das Buch zu und pfeffert, nein legt es, legt es ruhig. Kann nichts dafür, das Buch, kann nichts dafür, daß der Großvater. Aber der Großvater kann auch nichts dafür, kann nichts dafür, daß das Buch. Also weglegen. Mehr kann er im Augenblick nicht tun. Sein Herz klopft, und er reißt die weiße Holztür auf, um mit den Stiefeln die Holzstufen hinunterzupoltern, die rechte Hand am Geländer, um noch schneller zu sein. Als er an der Uhr vorbeisaust, hat Emmy schon die Treppe passiert, zieht neben dem Plumpsklo die Haustür auf, wo sie in strahlendem Sommerkleid steht, die süße Heidi, das reizende Mädel, das, das. Sie fragt, ob Dieter zu Hause sei. Nein, fragt sie nicht. Sie sagt: *Emmy, hallo.* Und Emmy sagt: *Hallo Carla, wo sinn denn die Trudel und die Edda?*

Die sinn schun hinne im Gadde, sagt Tante Carla, die den kleinen Bubi, den Wolfgang, an der Hand hat, der verlegen strahlt und in der Nase bohrt. Emmy beugt sich zu ihm hinunter und sagt mit erhobenem Zeigefinger, den sie hin und herschüttelt: *Wer andern in der Nase bohrt, ist selbst ein Schwein.* Dann nimmt sie die NSZ aus Carlas Hand, die soll sie von Onkel Gustav mitbringen, natürlich, wie immer. Tante Carla läßt sich die NSZ aus der Hand nehmen, oder gibt sie sie Tante Emmy? Nein, die NSZ wandert von Tante Carla zu Tante Emmy, von einer Schwester zur anderen. Da merkt man, daß es Schwestern sind. Die Zeitung wandert von selbst. Tante Emmy nimmt sie nicht wirklich. Sie macht auch keine Bemerkung wie vorgestern bei Dieter.

Dieter steht hinter den beiden. Kann seine Enttäuschung, daß es nicht Heidi ist, wieso sollte es auch Heidi sein, schwer verbergen, aber er tut es. Darauf kommt es jetzt auch nicht mehr an. Das zu verbergen nach dem Gespräch mit dem Großvater, ist keine Kunst. Er lächelt.

Guck mal, Bubi, da ist der Onkel Dieter. Wolfgang hat seinen Finger aus der Nase gezogen und fuchtelt damit wie Tante Emmy herum, zeigt stolz den Popel, der darauf sitzt. Tante Emmy haut ihm sanft auf die Finger, sie findet das wohl keinen Grund stolz zu sein. Tante Carla lächelt mild dazu und zieht den Kleinen zu sich, wie einen Hund, den es von anderen Hunden fernzuhalten gilt oder der gerade seine Nase in einen Haufen Scheiße gesteckt hat, nein stecken will, Tante Carlas Umsicht sieht Gefahren im voraus.

Dieter lacht den Kleinen an. Der reibt seinen Kopf an Tante Carlas Knie und weiß nicht, ob er schmollen soll oder lachen. Dieter hat den kleinen Stich im Griff, der ihn durchflackert hat, als er Tante Carla und nicht Heidi vor sich gesehen hat. Wenn sie ihn jetzt fragen, ob er mit ihnen ins Schwimmbad gehen will, dann liegt sein Handtuch zwar noch immer hinter ihm auf dem Knauf des Treppengeländers, aber er will im Moment nicht ins Schwimmbad. Viel eher denkt er sich, wie er unbemerkt an Tante Carla und dem Kleinen vorbeischleichen kann und nach rechts durch den Garten zur Villa Zickzack. Aber im Garten spielen Trudel und Eddachen. An denen kommt er nicht ungesehen vorbei. Er müßte ganz harmlos und beiläufig an Tante Carla und dem Kleinen vorbeischlendern, so, als wollte er sehen, ob es regnet. Aber die Sonne scheint. So, als wollte er schauen, was Trudel und Edda machen.

Dieter, kommst du mit uns ins Schwimmbad? fragt Tante Carla vor ihm im Rahmen der geöffneten Tür. Er lächelt, greift nach hinten, wo auf dem Knauf sein Handtuch liegt, und sagt: *Bin schon soweit.*

Bist schon soweit? fragt Tante Carla ruhig und kaum verwundert. *Na, dann können wir ja schon los,* sagt sie fast ohne Pause und ruft im selben Atemzug sanft und mütterlich, aber so, als paßte es in einen großen Plan, nach Trudel und Edda.

Na komm, sagt Dieter zu Wolfgang, wirft sich das Handtuch über die Schulter und hebt den Kleinen auf seinen Arm. Das Bild, das er immer wieder bei den Kameraden an der Front nach dem Heimaturlaub gesehen hat, wenn sie mit den schnell entwickelten Photos vom Urlaub zurückgekommen waren. Zu sehen sind sie, wie sie ihren Sohn oder ihre Tochter auf dem Arm tragen, den herzigen Bub, die liebe Kleine, die, wie sie sagen, seit dem letzten Urlaub fast doppelt so groß geworden sind. Auf den Bildern ist das Sekundenglück erstarrt und dann von der Entwicklerflüssigkeit an irgendeiner Stelle verhunzt worden, auf einem Bild sogar im Gesicht der Frau. Der Kamerad sagte, das sei die Schwiegermutter und das sei normal so bei ihr. Witzbold. Das war an dem Abend, als Dieter vom Pissen hinterm Schuppen wieder ins Backsteinhaus kommt, um weiter zu feiern mit den Kameraden, als sie alle schon sentimental werden. Das ist die Süße des billigen Likörs. Einer zieht eben das Photo von sich und seiner Holden, wie er sie nennt, aus der Uniformtasche, er mit dem Kind auf dem Arm. Erst gestern ist er aus Klein-Leuthen im Spreewald zurückgekommen. Klein, malyj – klein. Und jetzt kippen sie den Likör. Am Schuppen, da hat er beim Pissen und vor dem Pissen schon hineingeflüstert, da hat niemand geantwortet, da ist sie nicht, hat doch schon vor dem, vor dem Pissen, mein Gott, mußte er Pissen, vom vielen Saufen. Und was hat er gesoffen an dem Abend! Alle haben gesoffen an dem Abend. Wenn Iwan nicht zu weit gewesen wäre und an dem Abend einen Überfall gemacht hätte, er hätte nur völlig besoffene Kameraden vor sich gehabt, hätte sie alle niedergemacht. Eine ganze Kompanie vollzählig volltrunken. Und auch die Erinnerungen von Klein-Leuthen, von der Frau und dem Sohn auf dem Arm werden an diesem Abend mit aller Kraft aus dem tiefsten Inneren in den Schnee gekotzt, daß es gegen die Holztür des Schuppens spritzt. Und einer sagt auch noch: *Kotzen für den Endsieg!* Alle lachen, denn sie sind sternhagelvoll, voll wie eine Haubitze.

Auch Dieter schwankt und senkt sich mit bleischwerem Kopf auf sein knarrendes Feldbett, nachdem der letzte Tropfen Pisse sich nicht hat abschütteln lassen, sondern erkaltend hängengeblieben ist und die Unterhose angenäßt hat. Das trocknet wieder, ist aber unangenehm kalt, merklich unangenehm, weil es trotz Suff im Kopp untrüglich das Gefühl gibt, in die Hose gepißt zu haben, und wann hat Dieter zuletzt in die Hose gepißt? Da war er vielleicht fünf oder sechs. Wann pißt man in die Hose, in die Unterhose oder Badehose? In die Badehose auf jeden Fall im Sommer – im Freibad. In die Unterhose, wenn man fünf oder sieben ist oder eben, wenn's zu Ende geht. Hat es mal bei einem Kameraden gesehen. Über dem Koppelschloß suppt das Blut durch die Uniform und darunter die Pisse durch die Hose. Wenn's dich erwischt, dann bleibt kein Auge trocken und keine Uniform.

Trudel und Edda kommen aus dem Garten und freuen sich, als Dieter schon mit Wolfgang auf dem Arm bereitsteht. Ein allgemeines Zusammenlaufen beginnt, ein Sich-

Umeinanderdrehen und Bei-den-Händen-Nehmen, ein Tanz, den Tante Carla mit den Kindern vollführt, jedes Händchen sucht eine Hand. Jede Hand nimmt ein Händchen, auch in Dieters freie Hand hat ein schwitziges Händchen gegriffen. Warm und feucht. Eddas. Da merkt Dieter, daß es schwül geworden ist, schon am Vormittag schwül.

Viel Spaß, ich muß zum Großvadder, beendet Tante Emmy den Reigen seliger Geister. Dieter wird abgeführt ins Schwimmbad. An der Gartentür, wo der Weg nach links zur Villa Zickzack führt, nach rechts zum Schwimmbad, beim Verlassen des Grundstücks, wo die zunehmende Entfernung vom Großvater das Atmen wieder leichter macht, da merkt er, daß die Nähe, die geliebte Nähe, die gesuchte Nähe zu all dem, was ihm lieb ist, was er liebt, zu dieser Familie, die er seit frühester Kindheit besucht, die seine Familie ist, die im Sommer seine Heimat ist, daß diese Nähe auch eng werden kann. Besonders wenn er die Nähe zu einer Person sucht, die nicht dabei ist, die im Moment unauffindbar ist, nicht zu entdecken beim Blick in die beginnende Luitpoldstraße oder in die Gärten hinauf, über denen am Waldrand die Villa thront. Dort das Schimmern des grauen Schieferdaches und darüber das Aufblitzen der Wetterfahne, aber nicht aufzufinden die Bewohnerin Heidi. Nicht aufzufinden im Moment, wo die großen und kleinen Frauen Rose – und der Kleine auf dem Arm, der in dieser Stimmung natürlich schwerer und schwerer wird –, ihn umgarnen und einspinnen wie die Spinne ein erbeutetes Insekt. Nicht aufzufinden in der drückenden Schwüle, in der weißen Sonne, die ins Auge sticht, im glitzernden Schwimmbad, über das ein Lüftchen fegt und die Wasseroberflächen in unruhige Riffelungen legt, während sich in das Glitzern schon schwarze Flocken gespiegelter Wolken mischen, die im Weißenburger Loch Aufstellung nehmen.

Nicht aufzufinden im weiß beschwerten Schuppen nach dem Neuschnee, der in der Nacht einsetzt, als sie rülpsend, furzend und schnarchend in erkaltetem Schweiß und erkalteter Pisse kreiselnde Träume haben und der Kopf dröhnt, bis sich der anschwellende Druck zu einem stechenden Schmerz verdichtet. Der Tag wird von der Last des Kopfschmerzes niedergedrückt und auf das Notwendigste, eine aufrechterhaltene Wachsamkeit, beschränkt.

Doch jetzt kann er nicht unbehelligt zum Schuppen stapfen und nachsehen, denn es ist hell geworden. Auf Wache im Schnee, auf Posten im Eis, rauf und runter, zum Hügel und wieder zum Dorf. Der Himmel kurz von einer milchigen Sonne durchschossen, die Dieter ins Auge sticht, so daß es sich beim Blinzeln verkrampft. Dann ein Weißgrau, das zum Horizont hin dunkler wird und womöglich einen Schneesturm in sich trägt. Ein erst kaum hörbares Pfeifen fegt kleine Geschwader körnigen Eises über die Schneefläche, die leise knistern, als sie über die Verwehungen rechts und links des eingegrabenen Weges ziehen. Auf dem eingegrabenen Weg geht der nach Kräften aufmerksame Dieter, den seine Mutter Diet nennt, und späht in das anschwellende Pfeifen, in die mit mehr und mehr Eiskristallen durchsetzte Eisluft, die kleine Stiche auf seine Wangen spießt. Die Stiche werden mit den einsetzenden Böen zu einem Brennen in den Augen und zur Gewißheit, daß da ein schwerer Schneesturm aufkommt. Er kommt aus der grauen Ebene, die nahtlos in den grauen Himmel übergeht. Dieter kann seine Schneebrille nicht finden, hat sie irgendwo liegenlassen. Und in seinen zusammengekniffenen Augen verschwimmt die hügellose Ebene zu einer endlosen Weite, zu einer undurchsichtigen Unendlichkeit. Der Sturm hat in Sekunden eine Kraft angenommen, die die Hände durch die Handschuhe und den ganzen Körper durch den weißen Tarnanzug in Eis legt.

Weitere Weiten gibt es nicht. Obwohl die Ferne aus Dieters Augen verschwunden ist, spätestens als er im Schneegestöber die Hand kaum mehr vor ihnen sieht, als er im eingegrabenen Weg umgeweht wird. Der Sturm aus der dunklen, unsichtbaren Weite fegt die weiße Tarnanzug-Mumie vor sich her. Dieter rutscht und kann sich nicht aufrichten. Das Rauschen ist ohrenbetäubend. Es hat die Ohren betäubt. Dieter kann einen Fuß auf den Boden setzen, doch als er den zweiten hinzunehmen will, rutscht der eine wieder weg, und er fällt mit dem Gesicht in den Schnee. Der Kopfschmerz, der ihn an den Suff der letzten Nacht erinnern könnte, ist betäubt. Wie im Taumel rollt Dieter den Weg entlang und wird aus der unsichtbaren Weite ins Dorf getrieben. Um sein Leben bangt er nicht, auch als ihm eine scharfe Eiskante den Schal vom Mund zieht und über seine Oberlippe schabt. Er ist betäubt und gibt sich gar keine Mühe mehr aufzustehen. Läßt sich immer wieder in den Schnee fallen, rollt sich immer wieder ab, um wenigstens nicht auf seinen Arm zu fallen oder ihn sich auszukugeln. Wie in einem Eiskanal bündelt sich der Sturm der endlosen Weite im eingegrabenen Dorfweg.

Da merkt er, daß er am Schuppen angekommen ist, am Schuppen hinter dem Backsteinhaus. Und als er vor dem Schuppen schwankt, wieder auf den Beinen, aber stolpernd und staksend wie ein Besoffener, klopft er an die Tür. Er klopft mit den Fäusten, er hämmert mit den Fäusten. Der Speichel, der ihm aus dem Mund rinnt und sofort zu stechender Kälte erstarrt, gehört nicht zu einem Weinen. Zum Weinen ist ihm nicht zumute. Ihm ist in diesem Augenblick, und er weiß nicht, was das für ein Augenblick werden soll, zu nichts zumute. Er ist nicht verzweifelt, er ist nicht verletzt, er ist wohl erschöpft, aber das stört ihn nicht. Er will an nichts denken, ruft laut Maschenkas

Namen, während er weiter gegen die Tür hämmert, gegen die er seinen ganzen Körper stemmt. Als wären Lebensgeister in ihm wachgeworden. Und als die Tür nach innen aufspringt, ist es nicht das Gewicht seines Körpers gewesen, das sie aufgedrückt hat. Von innen hat jemand einen Riegel gelöst. Und als er mit einer Schneewolke in den schwarzen Raum fällt und sich auf dem Boden windet wie eine Mottenmade in einem ungelüfteten Kleiderschrank, sieht er an der geöffneten Tür im Umdrehen eine Gestalt, in graue Fetzen gehüllt, ohne Gesicht und Hände, mit einem Schal, aus dem ein Kopftuch herausschaut. Eine kleine gebückte Gestalt, eine alte Bäuerin mit Filzschlappen und Filzlappen darüber. Aus einem schmalen Schlitz in den Lagen von Schals und Tüchern sieht ihn ein Augenpaar an. Die Tür fällt ins Schloß, und ein Riegel wird vorgeschoben. Nun ist es völlig dunkel. Er sieht nichts, er hört nichts, das Rauschen von draußen füllt noch gänzlich seine Ohren.

Erst als eine Flamme auftaucht aus dem schwarzen Nichts, hört er im nachhinein das Zischen des Streichholzes, das sie entzündet hat. Jetzt sieht er etwas hinter der grellen, gelben Flamme, die ihn irritiert, weil sie eine so eindeutige Farbe hat, eine Farbe, wie er sie an diesem Tag erstmalig zu sehen glaubt, denn bisher hatte der Tag keine Farbe. Das Grau und Milchweiß und Schwarz hatte ihn nicht aus der Einfarbigkeit seiner Kopfschmerzen gerissen. Jetzt aber so ein Gelb. Und dann taucht hinter dem Gelb die gelbliche Haut zwischen dem Augenpaar auf, das ihn beobachtet. Jetzt weiß er. Es ist Maschenka, die ihn ansieht. Und er sieht, daß die beiden Augen ungleichmäßig glänzen, als würden sie in verschiedene Richtungen blicken. Daß ihr Blick verstört ist. Er weiß aber auch, daß sie genau weiß, daß er Dieter ist, sonst hätte sie nicht den Riegel gelöst, sonst hätte sie nicht die Kerze angezündet. Dieter bleibt auf dem Boden liegen. Die Kerze über ihm bleibt in völliger Ruhe, die Flamme flackert nicht, brennt ruhig und beleuchtet das falsch glänzende Augenpaar.

Maschenka, müßte er längst gesagt haben. Er hat es nicht. Er sagt es nicht. Ihre Augen. Er sagt es nicht. Er sagt nichts und rührt sich nicht vom Boden. Es ist still im Raum. Draußen heult und brummt der Schneesturm. Drinnen hört er nicht einmal ihr Atmen. Plötzlich ist die Flamme nicht mehr da. In einem Wimpernschlag seiner Augen ist die Flamme verschwunden. Nichts deutet daraufhin, daß jemand sie ausgeblasen hat, kein Laut, nicht die verzerrte Flamme, die vom Docht weggetrieben wird. Schwarz. Dieter verhält sich still. In solchen Fällen still verhalten, nichts tun, niemandem eine Angriffsfläche bieten. Der Feind soll ihn nicht ausmachen können, um nach Gehör auf ihn zu schießen oder eine Granate zu werfen. Er bleibt liegen. Es ist eisig in diesem Raum, in seinem Tarnanzug, am Boden. Minuten liegt er so in vollkommener Dunkelheit. Nicht einmal der dünne Rauchgeruch einer ausgeblasenen Kerze zieht ihm in die Nase. Er spürt seine Füße und weiß, daß sie in Richtung der Tür liegen. Über seinem Kopf hat er Maschenkas Augenpaar zuletzt gesehen. Er drückt seine Fersen in die Stiefel und die Stiefel fest auf den Boden. Seinen Körper schiebt er, indem er die Beine anwinkelt, zur Tür hin. Und berührt die Tür auch gleich mit den Absätzen. Kleine Bewegungen, nur das Notwendigste an Geräusch und Energie. Aber genau dem Ziel angepaßt: Raus hier. Um jeden Preis. Ohne eine weitere Minute zu verlieren.

Mit den Händen tastet er sich auf dem Boden entlang, krümmt sich wie eine Schlange, bis seine Finger an die Tür stoßen. Er tastet an ihr hinauf, bis er auf einen Widerstand stößt. Das könnte ein Riegel sein. Er hat ihn umfaßt, und seine Hände schieben ihn zur Seite. Noch im Sitzen zieht er die Tür auf, bis der Spalt so groß ist, daß einer von der Dunkelheit ins spärliche Grau des Sturms, von der muffigen Kälte des Schuppens in die frische Dumpfheit des Schneegestöbers durchschlüpfen kann. Er steht auf und zieht die Tür von außen zu, so als wollte er sicher sein, dem dunklen Schuppen auch entkommen zu sein und vor allem dem, was er dort gesehen hat, wenngleich er beim ersten Gedanken daran feststellen muß, daß er kaum etwas gesehen hat. Da war Maschenka.

Großer Gott, Maschenka. Er flieht, was er liebt. Er drückt die Tür wieder auf und ruft in die Schwärze des Raumes, in den sich Armeen von Schneeflocken schieben: *Maschenka! Maschenka!* Er muß sie wiedersehen, es war doch seine Maschenka. Das Russenmädel. *Maschenka!* Einmal noch, einmal noch muß er nach ihr rufen, sie muß antworten. Sie gehören doch. Nein, gehören sie nicht, natürlich gehören sie nicht zusammen. Blödsinn. So ein Blödsinn. Wieso gehören sie zusammen? Abschminken kann er sich das, aber ganz schön. *Feindberührung in der Lendengegend* hat das mal ein Hauptmann genannt. *Djewotschkafick* nennen es die anderen. Mehr nicht. Nur, was er in diesem Schuppen, als er hell beleuchtet war und warm, als es nach Veilchen und Kartoffeln roch, erlebt hat, das war etwas anderes. Das konnte es doch nicht gewesen sein. Das sollte es gewesen sein?

Einmal noch: *Maschenka!* Kein Laut aus dem schwarzen Raum. Da spürt er einen Schlag auf sein Nasenbein und auf seine Stirn. Ein kurzer, schmerzhafter Schlag, obwohl der Schal vor seinem Gesicht die Wucht abgefedert hat. Eine Kerze fällt vor ihm auf den Boden. Sie muß sie ihm ins Gesicht geschleudert haben. Als er die Hand von seiner Nase nimmt, um die Kerze am Boden aufzuheben, steht die vermummte Maschenka vor ihm. Sie vor ihm. Er weicht einen Schritt zurück. Sie weicht einen Schritt zurück.

Sie zieht nach links. Er weiß nicht, ob er sich ihr in den Weg stellen soll. Natürlich, er will sie nicht gehen lassen. Was will er mit ihr machen? Er läßt sie durch. Doch dann, als sie nach einer knappen Sekunde zügig an ihm vorbeistreift, packt er sie an der Schulter, will sie halten. Sie dreht sich nach ihm um, als würde er sie verraten, wenn er sie jetzt hält. Da sieht er Tränen in dem Augenpaar, das ihm für Sekunden in die Augen sieht. Tränen und ein augenblickliches Zusammenkneifen der Augen, das von der Kälte kommen könnte, das aber auch ein Ausdruck sein könnte, den er von ihr jetzt zu spüren glaubt. Der ihn auf der Stelle ersticht: Haß.

Maschenka, sagt er leise und so sanft, daß sie im Surren und Krachen des Sturms ihren Namen nur von seinen Lippen hätte lesen können, wenn sie sich nicht schon wieder von ihm abgewendet hätte. Dank seiner Hartnäckigkeit hält er zumindest ihren Schal in den Händen.

Wie angewurzelt steht er mit wehendem Schal im Eis, denn er glaubt, ihr den Arm abgerissen zu haben. Es ist nur ihr Schal. Er glaubt in diesem Augenblick, auch so ein Augenblick, daß er ihr den rechten Arm abgerissen hätte und ihn nun vor sich im Schneegestöber hält, während Maschenka ohne ihren rechten Arm mit wenigen Schritten hinter dem Schneetreiben verschwunden ist. Augenblicklich. Es ist nur ihr Schal. Es ist nur ihr Schal. Es ist nur ihr Schal. Es ist nur ihr Schal. Nur ihr Schal. Nur ihr Schal. Nur ihr Schal. Nur ihr Schal. Nur ihr Schal. Dieter zittert, und seine Zähne klappern aufeinander.

Sie bleibt verschwunden. In seiner Hand klebt Eddas Händchen, noch immer, denn sie bleibt verschwunden. Vor den Kastanien des Waldhanges kann er nichts erkennen, keinen grünen Fensterladen, kein Fenster, aus dem Heidi schaut. Sie bleibt verschwunden, und Dieter marschiert, gut bewacht von den Mädchen, ins Schwimmbad. Die Kassiererin im Kassenhäuschen schiebt die Billetts herüber, während der Bademeister neben ihr steht und ein Glas Limonade trinkt. Er nimmt von Dieter, dem zweifachen Frevler, zunächst keine Notiz. Und als sein Blick doch auf ihn fällt, da unterbricht er kurz das Schlucken, setzt aber nicht das Glas ab. Er schaut, das merkt Dieter deutlich, mit einer Genugtuung merkt er es, von seinem Gesicht hinab auf seine Kragenspiegel und weiter hinab auf seine Abzeichen. Da nimmt er das Glas vom Mund und murmelt: *Lisbeth, fär Wehrmachtsaageheerische is de Eidritt frei.*

Ach, des hatt ich jetzat vellisch vagesse. Tschuldischung, Herr…

Leutnant, hilft der Bademeister seiner Frau. Dieter lächelt und nickt. Die Frau schaut verlegen an ihm vorbei. Sie schaut *scheel,* würde Tante Emmy sagen, denn Tante Emmy hat Dieter schon als Kind vor Leuten gewarnt, die *scheel gugge.* Und sie hat ihn immer schon in der Stadt darauf aufmerksam gemacht, wenn Leute *scheel* geguckt haben. *Gugg emol denn do. N Hausierer,* mit ungewaschenem Gesicht und dickem Schnauzbart, eine graue verfleckte Kappe hatte er auf. Es war ein Landarbeiter vom Westwall. Die Leute, die nicht nur *scheel guggn,* sondern die ihre Augen unterschiedlich weit geöffnet hatten, wurden besonders gerne und regelmäßig von Tante Emmy beobachtet, und sie sprach dann von *Sittenstrolchen,* die so guckten. Oder von Zigeunern, obwohl es echte Zigeuner schon lange nicht mehr gibt. Sind alle aus dem Verkehr gezogen worden, hat Tante Elle, nicht Tante Emmy, gesagt. Früher hatte er noch eine Zigeunerin an Stepps Garten vorbeistreichen sehen. Ihre Augen blickten in zwei völlig verschiedene Richtungen, und ihre Nase war wie ein Habichtsschnabel, mit einem großen Höcker auf dem gewölbten Nasenbein. Da stand nicht Tante Emmy, sondern Tante Elle neben ihm, und er durfte gerade nach vorheriger Genehmigung und in abgesprochenem Maße Knallerbsen zertreten, als am Gartentürchen die Frau entlangschlich. Schlich? *Gschli-sche isse,* sagte Tante Elle: *Guggse dir genau aa.* Sie bitten einen um einen Schluck Wasser, und wenn man mit dem Glas zurückkommt, ist der Schmuck weg, sagt Tante Elle, und manchmal das ganze Haus, sagt Onkel Gustav. Und er sagt es ohne Scherz.

Tante Carla, die für sich und Trudel ein Billett gelöst hat, sagt dergleichen nicht. Sie lächelt verschmitzt, als die Frau des Bademeisters, Frau Klär, wie sie Dieter später sagt, ihm freien Eintritt läßt. Frau Klär tut dies unter einem für Dieter gleich auszumachenden stillen Protest, indem sie weiter an ihm vorbeischaut und sagt: *Alla hopp.* So, als wäre sie besonders gnädig, wenn sie ihm freien Eintritt gewährt. Aber Dieter ist nicht auf die Gnade einer solchen Person angewiesen, vor allem läßt er sich nicht so *scheel* von der Seite ansprechen. Mehr Respekt, natürlichen Respekt, selbstverständlichen Respekt ist er gewohnt und fordert ihn auch ein.

Mehr Respekt! sagt er in schärferem Ton und ohne das leichte Lächeln von eben, indem er sich nach vorne bückt, um auf gleicher Höhe mit der Frau hinter dem Fenster im Häuschen zu sein.

Hä? sagt sie, indem sie nun zu ihm hinschaut.

Das ist wenig, auch für eine einfache Frau. Sie hat hier immerhin eine städtische Aufgabe zu erfüllen. Sie sitzt hier als Teil der Stadtverwaltung und kann nicht einfach zu einem Leutnant *Hä* sagen. Dieter hat die Frau am Hals gepackt und zieht ihren Kopf durch das Fenster. Richtig schreien kann Frau Klär nicht, da ihr bei Dieters Würgegriff die Luft wegbleibt. Röcheln kann sie. Sie röchelt. Und ihre Arme und Hände flattern von innen gegen das Fenster wie bei einer gurrenden Taube. Dieter macht der Szene ein Ende. Kein lautes Knacken dabei, ein leises Knacken im Genick. Unspektakulär.

Weitergehen, weitergehen, hier gibt's nichts zu sehen. Machen Sie, daß Sie weiterkommen, sagt Dieter in schnarrendem Kasernenton den herantretenden Schwimmbadbesuchern, die sich zunächst wundern, weshalb es nicht vorangeht beim Eintritt ins Bad. Sie gehen weiter. Tun, was ihnen befohlen wird. Obwohl sie nicht ihren Eintritt entrichtet haben. Solches Glück hat man selten, daß man wegen eines unvorhergesehenen Ereignisses keinen Eintritt bezahlen muß. Soll man diese Gelegenheit etwa nicht ergreifen? Muß man in diesen Zeiten nicht jede Gelegenheit beim Schopfe packen?

Dieter schaut die Leute, die hinter ihm darauf warten, das Kassenhäuschen zu passieren, genau an. Es ist keiner dabei, der scheel guckt. In seinem warmen Handteller schwitzt Eddas Klebehändchen. Ist es das, was ihm so unerträglich wird, daß ihm der Speichel im Gaumen trocknet? Nicht die Hand, nur die Unausweichlichkeit des kommenden Augenblicks, und des nächsten und auch dessen danach.

Da wird er gerettet, als er hinter den Köpfen der Leute, denen Frau Klär mit volkstümlicher Zuvorkommenheit die Billetts aushändigt, hinten, an der Treppe, die zwischen den Villen von der Luitpoldstraße herunterführt, wo er gerade durch den Staub gestiefelt ist, Heidi sieht, eindeutig auf dem Weg ins Schwimmbad. Na also. Tante Carla und die Kleinen haben nur begrenzt Zeit, denn bald muß das Mittagessen auf dem Tisch stehen. Da hat sie ihn gesehen, winkt ihm schon zu. Das Gegenteil von Enge, das Gegenteil einer schwitzenden Kinderhand, das Gegenteil einer Uniform, deren Kragen auf den Hals drückt und die an den feuchten Schultern kratzt. Das Gegenteil eines Schaftstiefels, der den schon dampfenden Fuß verschalt. Sommerschuhe laufen zum Schwimmbad. Ein warmer Strom fließt durch Kopf und Körper, wird Erregung, auch wenn er in der Uniformhose nicht das Aufschlagen eines Zeltes verursacht vor ihren Augen, so wird seine Männlichkeit doch ausgeprägt, und die Uniformhose wird ein Teil von jenem Gefühl von Enge, das nicht die Nähe ist, die er sucht. Nicht seine Nähe. Seine Nähe kommt näher und formt den nächsten Augenblick. Als Heidi neben ihm zu den Umkleidekabinen geht, ihm artig die Hand hinstreckt, *Herr Leutnant* sagt und er ihr einen Handkuß gibt, was sie erst irritiert, dann amüsiert, ist er blendender Laune. Er spürt Übermut.

Wo ist denn die Edda? fragt Heidi. Steht die doch noch am Kassenhäuschen! Hat er sie einfach dort stehen lassen. Und der kleine blonde Lockenkopf steht mit ängstlich zusammengekniffenen Augen da und schaut in alle Richtungen nach Dieter oder der Mami und beurteilt die anderen Leute nicht danach, ob sie scheel gucken, sondern ob sie aussehen wie Dieter oder Mami. Als sie losheulen will, schiebt sich eine Hand in ihr Händchen, und sie dreht sich beunruhigt um. Die Erleichterung fährt ihr augenblicklich ins Gesicht, denn es ist Dieter. Und Dieter stellt fest, daß er noch immer nicht im Schwimmbad angekommen ist, schon gar nicht den ersten heutigen Augenblick mit Heidi allein gefunden hat. Es bedeutet für ihn die Notwendigkeit, die Truppe zu verlassen. Aber das geht nicht einfach so.

Doch als sie am Beckenrand stehen, Heidi und Dieter, Tante Carla und Trudel und Edda und Wolfgang, da schaut er, wie unzählbar oft in der letzten halben Stunde, zu Heidi herüber. Sie schaut, und das hat sich seit dieser halben Stunde auch bei ihr eingestellt, zu ihm, nicht so verschmitzt, nicht so herausfordernd grinsend, sondern mit ernsterem Lächeln, in diesem Ilse-Werner-Blick, wenn sie von unten heraufschaut und die Stirn in diese unwiderstehlichen Falten legt, die Heidi, nicht die Ilse. *Ich hab dich und du hast mich.* Und wie in einem Traum der Schwerelosigkeit, steigt Dieter auf einen der Sprungblöcke, ordnungsgemäß, hinter ihm das Filmorchester. Heidi tut es auch. Sie tun es praktisch gleichzeitig, von derselben Idee geleitet. Vor uns das Kühl der gemeinsamen Zukunft, für eine Bahn im Schwimmbecken. Hinter uns die anderen, von denen wir uns nun mit einem Sprung entfernen, nicht wahr? Diesmal kein Wettschwimmen, kein Fest der Völker, kein Wettkampf, kein angestrengtes Spiel: entspannter Ernst. So tauchen sie mit durchgestreckten Körpern aus dem Wasser, gleiten auf gleicher Höhe auf dem Wasser, im Wasser, auf dem Wasser, Blick zum anderen, Blick nach vorn. Alles in Ordnung. Keine Aufregung, jetzt wird sich alles fügen. Gewiß. Ganz gewiß. Aber gewiß doch. Als die Bahn zu Ende ist, geht's zurück, wieder alles zugleich, der gleiche Blick aus tropfenden Wimpern. Ernsthafter Glücksstrom, Abstoßen mit den Füßen vom Beckenrand, Gleiten, Schauen, Gleiten. Trotz der Kühlung spürt Dieter, daß er zwischen den Beinen ein weiteres Ruder hat, wie ein Schiff. Diesmal kein Torpedoboot, diesmal kein Kampf, ohne Sieg, Sieg hier nicht erwünscht. Glück erwünscht, Eheglück, Familienglück. Flügelschlag mit den Füßen ins Private. KdF-Dampfer, gemächlich, auf Fjordkurs. Im Liegestuhl mit Sonnebrille. Und das glückliche Ende kündigt sich schon bei den letzten Blicken nach vorne an, als es Kurs auf Tante Carla mit den Kleinen heißt: Tante Carla als Signalgast ohne Flaggen, winkt ruhig, aber mit hektischen Bewegungen: Aufmerksamkeit jetzt, bitte. Hallo. Die beiden schauen nicht her. Aber jetzt. Sie kommen unter den Sprungblöcken an.

Tante Carla muß. *Mär missen.* Das Essen muß auf den Tisch, natürlich, es ist schon halb eins durch. Sie muß mit den Kleinen los. *Kommst du mit zum Essen, Dieter?*

Dieter vergewissert sich bei Heidi, daß ihr Blick mit Besorgnis auf die Entscheidung wartet. Dieter kann schon eindeutig in ihrem Gesicht lesen. In diesem Augenblick, wo einem das Herz aufgeht, und wann geht einem schon das Herz auf, wenn jemand besorgt schaut, zumindest für eine Sekunde die Augenbrauen kaum merklich zusammenschiebt oder nicht und die Lippen nach vorne schiebt oder nicht: *Wir wollten noch ein bißchen hierbleiben, Tante Carla. Ich komme später noch vorbei.*

'Sch in Ordnung. Bis später, Dieter. Bis später, winken die Kleinen, in deren Gesichtern Dieter jetzt auch leicht zusammengeschobene Augenbrauen und nach vorne geschobene Lippen erkennen müßte. Enttäuschte Schmollmünder, denn um die Kleinen hat sich Dieter heute nicht so recht gekümmert bisher, überhaupt nicht, ja, hat Eddachen mit ihrem Schwitzehändchen am Kassenhäuschen stehenlassen. Langwerdende Kindergesichter müßte Dieter erkennen, aber er schaut nicht hin, er schaut stellvertretend zu Tante Carla, die in ihrer Milde und Bescheidenheit völlig gelöste Gesichtszüge hat, unter denen ihre Zähne im halb geöffneten Mund ohne aufgeregten Glanz hervorschauen. Die einzige Besorgnis, die möglicherweise ihr Gesicht durchstreift, kreist um Salzkartoffeln und ein paar Gartenkräuter, Bärlauchzeit schon vorüber, Radieschen hat sie noch …

25

Keine halbe Stunde, nachdem sich die Mutter mit den Kleinen auf den Nachhauseweg gemacht hat, durch die Mittagshitze und den Mittagsstaub, die Luitpoldstraße hinunter, betreten Dieter und Heidi oberhalb der Villa Zickzack den Wald. Der Waldrand sonnendurchflutet, nicht nur, weil direkt unterhalb Villen und Gärten die Gesundheitsatmosphäre des Ortes unterstreichen, sondern auch weil mehr und mehr fehlende Bäume und Sträucher auf den

Brennholzmangel hinweisen, dem man hier im vergangenen Winter auf Spaziergängen und in gezielten Aktionen strafbarerweise begegnet ist. Das Knacken und Summen der im Mantel versteckten Äxte und Fuchsschwänze wurde meist geflissentlich überhört. Wenige Anwohner drohten mit Meldung, sagt Heidi. Einige meldeten. Jetzt steigt warmwürziger Holz- und Nadelduft in die Nasen der beiden, während Amseln, Meisen, Finken zwitschern und Grillen zirpen. Ein dunkles, fernes Rauschen von Baumspitzen bringt Luftzüge wenigstens zu Gehör, wenn man sie schon nicht spürt. Unten im Wald läßt das dichte Laub nur noch vereinzelte Sonnenflecken durch, schafft zwar nur leichte Kühlung, aber schränkt Blicke von außen ein und verhindert sie schließlich ganz.

Zeit, daß sich Hand in Hand begibt, aufgeregt. Aufregend. Pochende Herzen, schnelles Atmen, warme Schauer auf Rücken und sonstwo, die aber gleich zum Schwitzen führen, auf Rücken und sonstwo. Trockene Kehlen, während sich Heidi und Dieter gegenseitig die Zunge befeuchten. Zunge in Zunge. Das blauweiße Sommerkleidchen, auf das die Uniform und der warme Männerkörper darin drückt, und der graugrüne Uniformstoff, auf den das Sommerkleidchen und der besser durchlüftete Frauenkörper drückt, bilden feuchte Stellen, auf Bauch, Brust und Busen. Ob das eilig errichtete Männerzelt durch den duftigen Stoff des Kleidchens auf ihren Bauch drückt, weiß Dieter nicht, ist ihm auch egal. Ganz egal jetzt. Das sind Körperregionen, die jetzt noch nicht interessieren, oder doch? Wahrgenommen wird wie das ferne Rauschen in den Baumwipfeln die körperliche Hingabe obenrum. Wie aneinander festgesaugt stehen die beiden zwischen Kiefernstämmen. Und dem Augenblick bleibt nichts anderes übrig, als ungestört zu verweilen. Es kann so schön sein. *So schön wie heut, so müßt' es bleiben.*

Für alle Zeit stehen Dieter und Heidi umschlungen auf dem Martinspfad oberhalb des idyllischen Kurstädtchens Bergzabern, stehen dort eine ganze Weile in jenem Augenblick, Donnerstag, 22. Juni 1944, nachmittags zwei Uhr und dreizehn Minuten. Dann schreckt sie ein Knacken im Geäst auf. Nicht daß sie noch jemand sieht. Das Knacken kommt nicht von einem Spaziergänger oder in der Gegend stationierten Soldaten. Es kommt von einem Reh, das jetzt oberhalb des Weges tiefer in den Wald springt und dessen rotes Fell mit den weißen Flecken unter den Lichtpunkten glitzert, die von der Sonne noch in den dichten deutschen Wald dringen. Und als Dieter seine Hand zückt und *Schaumal* sagt, schaut Heidi kurz, dann legt sich ihre Hand auf seine Hose, dort wo seine Erektion ihr längst nicht mehr verborgen geblieben sein kann. Er fühlt seinen Steifen nur zu deutlich unter dem leichten Druck ihrer Hand und fragt sich, ob sie auch die Härte und Hitze fühlt, die von ihm ausgeht. Er schwillt in der Enge an. Und auf dem ganzen Körper verteilt sich langsam, aber mit der Übermacht einer Invasionsarmee eine atemschnürende Geilheit, die seine Zunge zu feuchtem Fleisch werden läßt, das er in ihr feuchtes Fleisch drücken und schieben wird.

Kein kleiner Junge mehr, ein Mann, geht an Heidis Seite in den Wald hinein. Immer tiefer dringen sie ein, wo man das vereinzelte Brummen vereinzelter Autos nicht mehr hört, wo Schmeißfliegen, Hummeln, Bienen, Wespen an den engen Wegen brummen und surren und der Sperling darüber piept. Ein Flirren und Summen umgibt das Paar. In Dieter flirrt der Atem, der Herzschlag puckert in den Ohren, dringt scheinbar weithin hörbar durch den geöffneten Mund nach draußen in das Zirpen der Grillen und vermischt sich mit all den Lebenslauten und dem Ästeknacken im Gestrüpp und Unterholz. Heidis Magen gluckert, ihre Augen sind weit geöffnet und auf alles gerichtet, was Dieter tut, jeder Blick, jede Handbewegung, jeder Schritt, jede Körperdrehung.

In einer kleinen Lichtung treffen sie auf Schneegestöber. Kein Schnee, keine Kälte, Samen von Löwenzahn und Pappeln schweben im Sonnenschein weiß schimmernd durch die Luft, bleiben an Grashalmen hängen und bilden mit anderen Samen eine Schneefläche.

Jetzt.

Jetzt drückt er den oberen Knopf seiner Uniform durch das oberste Knopfloch.

Jetzt drückt er den Knopf darunter durch das Knopfloch darunter. Seine Uniformjacke legt er ins Gras wie eine Decke. Daneben sein Koppel mit der Pistole. Nichts wehrhaft Hartes soll zwischen ihnen stehen. *Der Großraum London liegt nunmehr seit einhundertsechzig Stunden mit nur geringen Unterbrechungen unter unserem Störungsfeuer.* Männliche Härte hat er unbewehrt zu bieten, geht dem Jungen durch den Kopf. Kindisch, aber wahr.

Dieter schaut Heidi in die Augen, nur noch die Augen, er hält sie am Rücken, während sie ins Gras gleiten, fast schwebend landen, auf dem samenbedeckten, trockenen Gras des Nachmittags. Flinke Heidihände arbeiten sich von Knopf zu Knopf an seinem Hemd. Die Hosenträger werden heruntergeklappt. Das Unterhemd schiebt sich nach oben. Endlich den Körper anfassen, den sie im Schwimmbad aus anziehender Sichtbarkeit kennt. Die Brustwarzen mit den Fingern ertasten, die spärlichen blonden Haare auf der Brust, ein kaum sichtbarer Flaum. Freilegung der Fundstätte würde das der Freizeitarchäologe, Major von Braacke, nennen. Würde er natürlich nicht, denn er macht sich gar keine Vorstellung davon, was seine artige Tochter nun am Körper des Leutnants Thomas aus Braunschweig tut. Überraschend, wie geschickt sie mit einer sanft dahingleitenden Hand, von Kinn zu Brustwarze, von Brustwarze zu

Brustwarze, von Brustwarze zu Nabel und weiter, die wenigen Zentimeter haarige Linie nach unten zum Hosenbund, wie anständig sie seine Geilheit steigert. Augen schließen und genießen. Jetzt den Mund öffnen, seine feuchte Zunge, die über seine trockenen Lippen streicht, um zu genießen und die Vorstellung in sich zu bündeln, daß alles nicht nur ein Traum ist. Augen auf, und Heidis blonder Schopf ist unter seinem Gesicht, während er Lippen auf der Brustwarze spürt. Er nimmt ihren Kopf und adelt Heidis Fleiß mit seinem Kuß auf den Heidimund.

Jetzt muß er seine Geschicklichkeit beweisen, auf dem Weg zu ihren Knöpfen: Genauso elegant wie sie will er es anstellen. Unendlich gut und warm und geil ist ihm. Jener Augenblick: Donnerstag, 22. Juni 1944, nachmittags drei Uhr und zweiundzwanzig Minuten. Freilegen der Schultern, feucht und kühl, zart, so zart. Seine Lippen auf ihren zarten Schultern, während er durch den Stoff ihre rechte Brust umfaßt. Erfaßt. Begreift. Den weiblichen Körper begreift. Ein Wattebausch von Samen bleibt an seiner Wimper hängen. Eine Schneeflocke. Er wischt sie weg. Aber sehen kann er nichts mehr. Stechend weht ihm der Wind ins Gesicht, sie bleibt verschwunden, hinter der Flockenwand aus Eis. Nur ihr Schal flattert in seiner Hand. Am Schuppen hebt er die Kerze auf, die seinen Kopf traf. Von ihr geworfen. Gibt eine Beule überm Auge. Schmutziges Grauweiß. Scheiße. Scheiße. Nur den Schal. Was soll er mit Schal und Kerze? Man wird fragen: Woher hast du den Schal? Er wirft ihn in die halboffene Tür, in den Türspalt dessen, was war. Schwarzer Spalt, in den das Eis einzieht.

Ihre Hände verschwinden unter seinem Hosenbund, gegen den der Schwanz wie eine Beule drückt, nachdem er langsam aus der Enge der Unterhose gefahren ist. Noch einen Fingerbreit, und sie berührt die heiße Eichelspitze, die zuckend auf nichts anderes wartet. Doch die gelbleuchtenden Schneeflocken von den Bäumen und Sträuchern, von der warmen Sonne des Nachmittags im Augenblick, die Uniformwärme im Rücken, Heidis Fingernagel noch eine Fingerkuppe von seinem Glied entfernt, lassen ihn erstarrend liegen. Dieter schließt die Augen. Sein Schwanz ein Thermometer, in dem das Quecksilber in der Hitze steigt. Bloß nicht schwach werden, bloß nicht wach werden. Wach werden in der Kälte des 3. Januar 1944, morgens um halb sechs, Malaja Irgendwas. Die Beule über dem Auge ist wahrgeworden.

Feldpostkarte
handschr.: Luft, Aufdruck: Feldpost, Briefstempel: Dienststelle Feldpost-Nr. 23096 A«, Poststempel: »FELDPOST a 26. 12. 43«
Adresse:
Herrn Pfarrer, i. R. Stepp, Bergzabern/Rheinpfalz,
Bismarckstr. 394b
Absender:
Lt. Dieter Thomas, 17 251 A

29. 12. 43

Liebe Großeltern, liebe Tante Emmy!
Erst heute komme ich wieder zum Schreiben, da ein paar unruhige Tage hinter uns liegen.
Für T. Emmys Weihnachtspäckchen danke ich recht herzlich, sonst kam zum Fest nur noch das von Goslar, die anderen werden wohl nachkommen. Auch die Post kommt jetzt wohl hoffentlich wieder in Gang und auch die nach der Heimat wird wohl wieder besser gehen.
Hoffentlich habt Ihr recht schöne Feiertage verlebt, ich habe oft an Euch gedacht, wir konnten allerdings erst ab vorgestern nachmittag feiern, vorher war keine Zeit dazu. Für heute recht herzliche Grüße!
Euer Dieter.
3. 1. 44 auch noch gesund und munter. Dieter

Gesund und munter später im Morgengrauen des dritten Januar. Bläue auf dem Eis, auf dem Schnee, der matt glitzert. Keine Wolke am Himmel, der Schneesturm vorbei, vergessen. Heute, Kinder, wird's was geben. Sonne. Ein Tag wie ins Eis gemeißelt, sagt ein kauziger Kamerad. Soll er. Die Sonne kriecht am Horizont entlang und steigt dann unaufhaltsam. Blau und Gelb. Als sie höher nicht kann, gibt es das beste Licht, das der gemeißelte Tag zu bieten hat. Auf halber Höhe bleibt sie im Himmel hängen. Keine Frontbewegung. Kein Überfall, kein Alarm an diesem Tag, während die Sonne am Himmel entlang schleicht, nicht höher kommt, sich nicht um Licht erpressen läßt. Unweit des Dorfes, im Birkenwald, werden Partisanen ertappt. Leisten Widerstand, kurzer Prozeß. Niemand verletzt. Zum Glück. Im Eis eindickendes Blut aus den Genicken. Aufgesetzte Schüsse. Am Abend kleine Feier. Wieder weniger Gesocks, das dem Iwan listig helfen kann. Breites Grinsen in Kameradengesichtern. Heute, Kinder, wird's was geben. Da steht was an. Im Backsteinhaus gibt's nicht nur Likör. Es hat sich herumgesprochen. Da sind Leckereien dabei. Mit den Partisanen was Nettes geschnappt.

Djewotschka.

Du meinst, so ein Vögelchen?

Ja, Kamerad, so ein Vögelchen zum Vögelchen.

Komm schon!

Nein!

Komm schon!

Nein!

Jetzt komm schon!

Nein, nein, nein! Schluß jetzt, ihr Doofköppe!

Du bist aber dran, Kamerad Schnürschuh. Jetzt mach schon!

Heidis Fingerkuppe hat die Eichel berührt, sie zuckt. Heidis Herz pocht hörbar aus allen Teilen des Körpers. Der Puls schlägt überall, durch die Fingerkuppe, durch die

Brust ohnehin. Die hält Dieter in seiner Hand und läßt sich ihr Herz in die hohle Hand schlagen.

In äußerster Anspannung liegen sie im Glanz der Samenflocken, die über die Körper rollen, auf Dieters Uniform.

Komm schon!

Nein!

Der atmende Dieter, die atmende Heidi, die nun mit den Fingerkuppen von Daumen und Zeigefinger die vorhautfreie Eichel umfaßt. Erfaßt. Begreift. Und es scheint alles so richtig. Endlich ist es richtig geworden.

Schluß jetzt, nein, nein, nein!

Manchmal denkt man, wenn man lange auf etwas gewartet hat, es hätte falsch begonnen und wäre dann erst durch die Veränderung oder durch eine plötzliche Wendung der Dinge richtig geworden. Oft hat es nur woanders begonnen und war von Anfang an richtig. Denn was von Anfang an falsch war, kann nicht plötzlich richtig werden. Das zu vermuten, wäre ganz falsch. Falsche Gedanken stellen das Richtige in Frage. Falsche Gedanken führen dazu, daß Dieter aus seinem Körper schlüpft, während Heidis trokkene Lippen die Eichel küssen. Falsche Gedanken muß man sich verkneifen, verdammt noch mal.

Schluß jetzt, nein, nein, nein!

Heidi benetzt ihre Lippen, indem sie die Zunge unsichtbar zwischen den Lippen hervorschiebt und Feuchtigkeit auf ihnen verteilt, so daß aus der Trockenheit, die kleine harte Runzeln wirft, eine geschmeidige glatte, wulstige Fläche wird.

Du bist aber dran, Kamerad Schnürschuh. Jetzt mach schon!

Und der nächste macht. Bier und Schnapsfahnen ziehen seit Stunden durch den feuchten Raum. Es wurde ordentlich eingeheizt. Schweiß steigt auf. Warteschweiß und natürlich Sportlerschweiß. Er soll sich nicht so anstellen, wird jeder, der nicht scharf wie Müllers Lumpi vor der Tür wartet, von seinen schnapsgetränkten Kameraden angelacht. Übermut, nicht der Schneid, den die Truppe sonst hat. Das Private bricht sich Bahn und drückt sich aus allen Öffnungen. Wieherndes Lachen, grunzendes Lachen, Kumpanenschulterklopfen, wimmerndes Brotfurzen. Über allem Murmeln und Stöhnen. Aber kein Lazarettstöhnen. Eine andere Form der Erschöpfung, das die Kameraden anstacheln soll. Zwar wird der Schwanz nicht mehr herausgeholt, um zu zeigen, aus was für einem Rohr man gerade geschossen hat, aber jede Bewegung des Mundes, ob man eine raucht, ob man etwas sagen will oder die vor Erregung eingetrockneten Lippen befeuchtet, ist ein Glitschen feuchter Haut und Weichteile, hat man den Eindruck. Verächtliches Brummen. Anstachelndes Summen. Ein Stegreifchor: *Hey ja!*

Der Nächste bitte, sagt ein Witzbold.

Jawohl, Herr Doktor, zischt der Nächste die Worte durch die Zähne.

Ist auch noch was da? johlt ein wartender Kamerad. Die Beute muß gerecht geteilt werden. Eine russische Partisanenhure. Sie muß für alle reichen.

Wenn die mal bloß nicht ausgeleiert ist, wenn ich an der Reihe bin, wie son olles Strumpfband. Erste Sorgen. Aber Sorgen muß man sich nicht machen.

Kameraan, der Abend war dufte, is dufte und bleibt dufte, ein Kamerad aus Berlin.

Sö sieht's aus, ein Kamerad aus Leipzig.

Dieter kommt sich verloren vor zwischen den Kameraden auf dem Gang. Zwei noch vor ihm, der aus Leipzig und einer mit Glatze und schlechten Zähnen. Der eine und andere Schluck Schnaps von der herumgehenden Flasche hilft Dieter nicht viel beim Entspannen. Der wartende Glatzkopf ist angespannt, richtet sich in seinem Schritt das steife Glied, das in der engen Hose zwickt, während hinter der Tür zum ehemaligen Verwaltungsbüro des Kolchosniks oder was auch immer, dort, wo der Samowar steht, die Partisanenfrau durchgefickt wird.

Jetzt seid doch mal leise, der Pütsche is drin. Man hört ja nüscht, der aus Berlin.

Isser schön färtsch? der aus Leipzig.

Die Tür geht auf, und ein junger Mann mit Schweißperlen auf dem roten Gesicht kommt heraus. Grinst erbärmlich dreckig.

Na, Pütsche, hast'se ordentlich jestoßen? Wisch dir doch ma de Hose ab, da klebt noch wat. Die Soße auf der Hose. Hahaha.

Sö, do nächste nimmt mo sei Doschnduch und macht des Loch n bissel souber, sönst kömmsch ja go nimma nei.

Und tatsächlich greift der dicke Glatzkopf, der jetzt in der Tür verschwindet, in seine Hosentasche nach dem Taschentuch. Die Pulle am Hals, schluckt Dieter den Zweifel aus dem Kopf.

Komm schon!

Ja, ist ja gut.

Den Hals läuft der Schnaps hinunter in den Hemdkragen der aufgeknöpften Uniform. Der oberste Knopf und der unter dem obersten. So weit ist er schon. Wird nicht der Schlappschwanz der Kompanie sein. Wenn der dicke Glatzkopf fertig ist, dann kommt der Oberleutnant aus Leipzig an die Reihe. Und dann er, der Letzte. Dann geht er rein. Ein Schluck. Dann drückt er die Tür hinter sich zu. Ein Schluck. Dann sieht er keinen Kameraden mehr. Ein Schluck. Dann steht er vor der Partisanenhure. Ein Schluck. Dann steht er vor ihr, der Hure, und fickt die ostische Fotze. Ein Schluck. Fickt sie durch, die Verrätersau, das willige Loch, das dienstfertige slawische Loch.

Wenn du mal Glück bei den Frau'n hast, fall mit der Türe ins Haus, sonst bleibst du immer nur Zaungast, und mit dem Glück ist es aus.

Sie macht das sehr schön, die Heidi mit ihren flinken Händen und ihren feuchten Lippen, die sich auf Dieters feuchten Lippen bewegen. Und die flinken Hände, die linke am Schaft in gleichmäßigem Auf und Ab. Wie ein Fahnenschwenker. Auf und ab. Ja, nicht aufhören, immer gleichmäßig. Dann hat alles seine Zeit. Er muß aber auch bei Laune bleiben, merkt er. Wenn sie ein Würmchen in der Hand hält, dann nimmt sie ihre Lippen weg. *Wenn sich noch andre bewerben, mußt du ne Lippe riskiern, dann können die nichts mehr erben, dann können die nur noch verliern.* Er küßt sie leidenschaftlich. Er will an nichts anderes mehr denken.

Der Glatzkopf mit offenem Hosenstall. Sau. Wedelt mit einem nassen, klebrigen Taschentuch. Dann der klebrige Oberleutnant: *Sö,* grinst der. Ein Schluck. *Sö,* grinst er auch, als er nach wenigen Minuten wieder rauskommt: *Bin doch eena vun da flinkn Drübbe.*

Dieter stellt die Flasche auf den Boden, wischt sich den Mund ab. Steht wankend in seinen Stiefeln, die ihn zu halten scheinen. Genau, einfach alles egal. Der feuchte Türgriff, die feuchte Hand. Der dunkel kreiselnde Raum. Vor ihm zwei Waden, darüber zwei Knie, dahinter liegt die Frau mit dem Rest vom Schützenfest. Muß nur die Beine spreizen. Der Schnaps hat eine teigige Wirkung auf Dieter. Jeder Gedanke zerfließt, bevor Dieter ihn fassen kann, oder ist so zäh, daß er ihn nicht formen kann. Dieter taumelt und spürt schwere Lider, einen offenen Mund. Aber er spürt keine rechte Geilheit. Er will sich fragen, ob es am Alkohol liegt, daß er keinen hochkriegt, oder an den Beinen mit den schwankenden Knien. Dieter drückt ihre Knie weiter auseinander, um den Rest dahinter zu finden. Eigentlich hätte er längst seinen Hosenstall aufgemacht haben müssen, um ihn rauszuholen, aber hat es nicht. Er will nur sehen, wie so eine Russenpartisanin aussieht, nachdem sie in Kompaniestärke durchgevögelt worden ist.

Die Knie auseinander, die weißen Schenkel mit roten Striemen übersät, und zwischen den Beinen quillt aus dem Loch zwischen den wunden Lippen zähflüssig wie Dieters Gedanken der Samenschleim des deutschen Offiziers, denn außer Hochprozentigem haben die Kameraden nichts Vernünftiges getrunken. Kein Wunder, daß der Schleim zäh ist.

Und wie er an dem nackten Körper heraufschaut, Druckstellen auf dem Bauch und dem kleinen mädchenhaften Busen, pfeift draußen einer der Kameraden einen Walzer. Beschwingtheit kommt bei Dieter nur langsam auf und nicht recht in Gang. Rechter Busen ausgiebig von Kameraden begrapscht, linke Brustwarze blutet, hat einer zu kräftig reingebissen. Das Gesicht ist wie leergefegt von jedem Blicken, von jedem Fühlen. Keine Angst? Keine Schmerzen? Am Mundwinkel hängt eingetrockneter weißer Schleim. Die Augen starren an die Decke. Das weiße Gesicht mit dem Zopf. Dunkelbraun, wie eine Schnecke um den Hinterkopf gelegt, doch von einem Kameraden gelöst, liegt er neben ihrem Kopf. Ein Püppchen der russischen Volkskunst. So ein hübsches Gesichtchen und diese rosigen Wangen, schmal, aber kräftige Wangenknochen, ostisch. Dünn die Haut, als würden sich jeden Augenblick die Knochen durch sie hindurchdrücken. Über dem Auge eingetrocknete Spritzer und auf den Wangen. Der gepfiffene Walzer draußen vor der Tür, draußen auf dem Gang, wo keiner mehr wartet, wo alle gewartet haben, die Kameraden, bis jeder zum Schuß gekommen ist. Wer pfeift da überhaupt? Der Walzer scheint die Knie der Russin im Takt zu bewegen. Dieter geht in einem heißen Körperstrom unter, der ihn zu ersticken droht, während die wippenden Knie der Frau sich im Walzer wiegen und gegen seine Oberschenkel schlagen. Trotz der Trägheit setzt sich das Gefühl durch, würgen zu müssen. Seine Augen starren auf den Zopf, den aufgelösten Zopf, ihren Zopf.

Tak malyj – so klein.

Mutti und Vati und Inge und Mutti und Vati und Inge und Mutti und Vati und Inge und Mutti und Vati und Inge. Wo sind sie? Zu schwach, um zu schreien, legt Dieter die Hand an den Mund, als wollte er ihr sein Erschrecken zeigen, sein echtes Entsetzen, alles was er an Gefühlen für sie in sich trägt und in eben diesem Augenblick, auch so ein Augenblick, noch findet. Aber sie starrt an die Decke, mit offenem Mund, dem süßen Mund von Maschenka.

Bis zum Kieferknochen, als wollten seine Finger in die Haut seiner Wange eindringen, preßt er sich seine Hand aufs Kinn, seinen Handteller zwischen die Lippen geschoben. Nicht nur Tränen schießen ihm in die Augen, auch die Brühe des warmen Stromes, der die Speiseröhre heraufgekrochen ist, spritzt in Bächen zwischen den Fingern hindurch, läuft die Hand hinab, auf seine Armbanduhr zu und tropft kurz vorher ab. Auf den Bauch der Starrenden. Die braune Soße auf den weißen Bauch. Tut ihm leid, so leid, augenblicklich so leid, tut ihm leid, bitte entschuldige, so leid, das. Schweißperlen rinnen das Gesicht hinab im Wettlauf mit Tränen und Erbrochenem. Alles läuft, ein Strom aus den Augen, aus den Poren der Stirn, aus Nase und Mund.

Dieters Knie knicken ein, zwingen ihn zu Boden. Er sackt zusammen, ein Sack in Uniform. Plumps. Fällt auf die Knie wie in einem Fridericus-Film so ein Oberst vor dem Alten Fritz. Nur nicht so pathetisch, mehr plump. Deutscher Soldatensack. Sein Kinn schlägt auf die Holzkante, dumpf. Ein klappernder Aufschlag der Zähne, genau dort, wo sie starrend liegt, sein Kopf zwischen ihren Beinen. Und er schaut auf das zwischen ihren Beinen, das, was da, den Blutschleim, den er jetzt sieht, rote Schlieren in der weißen Masse. *Ma- Ma- Ma- Ma- Ma- Ma- Ma- Ma- Ma- Ma- Ma- Maschenka* formen seine Lippen tonlos und kraftlos, denn sein Kinn liegt auf dem Tisch, und er muß den Oberkiefer und den ganzen Kopf nach oben bewegen, um die Lippen auseinanderzukriegen. Stößt heulend Luft aus und die letzten Schübe der Brühe mit Bröckchen vom Konservenfleisch. Unschuldig wie ein kleiner Junge sabbert er im dumpfen Schmerz. Um aufzustehen, hält er sich an ihrer Wade fest. Die gibt nach, und er rutscht wieder auf den Boden. Aber er fängt sich und steht auf. Er muß schlucken, um zu überleben, jedes Wort jetzt hier zuviel. Was soll er ihr sagen?

Maschenka, sagt er heulend mit hoher Knabenstimme. Sie sieht ihn an, von der Decke zu ihm, mechanisch wendet sie den Blick, vielleicht die erste Bewegung, die sie seit Stunden von sich aus macht. Doch ist es ihr Blick? Verdrehte Augen? Verschobene Pupillen? Wird er angeschaut? Sie gibt sich keine Mühe, ihn zu kennen. Denn sie weiß wohl nicht, ob er sie auch schon hier eben gefickt hat oder nicht. Sie müßte es wissen, sie müßte sicher sein, wenigstens bei ihm. Da hört das Pfeifen auf. Kein Walzer mehr draußen vor der Tür, im Backsteinhaus. Die Truppe hat sich vom Gang zurückgezogen.

Er mit ihr allein, weit und breit, wie im Schuppen vor wenigen Tagen. Keine Woche ist es her, da haben sie die dampfenden Kartoffeln gegessen. Er kann nicht mehr, kann nicht mehr das nackte Mädchen vor sich sehen. Er dreht sich um. Sieht die grobe Holztür, in dunklem Rot gestrichen. Er will sich beruhigen und auf die Tür schauen, Maserungen durch den blätternden Lack. Aber die weißen Beine, der weiße Bauch, das soll Maschenka gewesen sein? Maschenka, Maschenka. Die elektrische Funzel, die in den Raum ein schmutziges Licht gießt, fängt an zu flackern und brummt auf. Es ist Zeit. Es ist unerträglich. Die Schärfe und Klarheit, mit der Dieter den Raum um sich in sich aufnimmt, läßt den anfänglichen Suff vergessen. Sein

Blick kreist schwankend durch den Raum. Hin und her. *Das Karussell fährt immer immer rundherum, und die Welt scheint sich im Tanz zu dreh'n, davon wird mir's im Kopf so kunterbunt und dumm, doch ich find' es trotzdem wunderschön. Komm, steig doch ein und fahr mit mir, ich fahre einmal, zweimal, dreimal um das Glück mit dir.* Der Raum ist eng geworden, so eng, als würde er auf die Uniform drücken. Der Samowar steht in der Ecke, denn, das sieht Dieter erst jetzt, auf dem Schreibtisch des Kolchosniks, da liegt sie. Maschenka liegt auf einem Schreibtisch. Sie haben sie auf den Schreibtisch gelegt zum Durchvögeln. Seine Kameraden! Alle Knochen müssen ihr wehtun. Die Knochen tun ihr weh. Wunde Schulterblätter muß sie haben. Da brennen ihm die Augen, denn er merkt, daß es nicht nur ihre Knochen sind. Er kann sich nicht rausreden mit Schulterblättern. Vor ihm liegt sein Mädel. Nicht sein Mädel, ein Russenmädel. Sein Mädel, seine Maschenka. Eine Partisanenbraut. So was passiert. Wir sind im Krieg. Wir sind hier nicht zum Vergnügen. Aber hier liegt Maschenka, mein Mädel. Aufgerissen. Er beugt sich über Maschenka, die wieder an die Decke starrt.

Maschenka, ich … Er kann nicht weiter. Sie versteht es eh nicht. Sie war Maschenka, bis er eben in diesen Raum gekommen ist. Vor neun Minuten. Die schönste Nacht in seinem Leben war er bei ihr, hat ihre Haut gerochen, hat ihre Haut auf seiner Haut gespürt, hat mit ihr gegessen und getrunken. War in ihr. Diese fremde Sprache, diese Sanftmut, auch so ein Wort. Aber das hier? Es ist nie geschehen. Was er sieht, hat er nie gesehen, wird es nie sehen. So etwas sieht man nicht, so etwas gibt es nicht. Es ist Krieg, da passiert so was. Ist nichts Besonderes. Maschenka ist seine. Maschenka ist eine. Irgendeine in Malaja Irgendwas. Irgendwo in Rußland, Ukraine, sonstwo, in diesem verdammten Winter, in dieser verdammten russischen Scheiße.

Tränen drücken sich aus seinen Augen. Sie brennen, denn der Alkohol hat seine Tränenflüssigkeit aufgesogen, hat alles aufgesogen. In der plötzlichen Nüchternheit dreht sich alles, einfach alles. Dieter heult, der Dieter, der sich waschen ließ von seiner Maschenka, heult, *wie ein Schloßhund,* würde Tante Emmy sagen. Wie ein Schloßhund, *und es muß auch raus,* würde Tante Emmy sagen. *Heul nur, Diet, was raus muß, muß raus,* sagt die Mutti. Dann ist alles wieder gut. Alles ist gleich wieder gut, gleich, wenn Maschenka auf dem Schreibtisch in den Wellen der brennenden Tränen, der aus gutem Grund brennenden Tränen, der Alkohol ist schuld, wenn Maschenkas Bild verschwimmt und die weiße Haut der Frau da zum Bild der weißen Haut von Maschenka im Schuppen wird, als sie in seinen Armen lag, als sich ihre Haut auf seiner Haut, seine Haut auf ihrer Haut. Ihre Lippen auf seinen, seine auf ihren, er in ihr. Das kann doch nicht, das darf doch nicht. Er hält sich die Augen zu. Er wischt sich die Sicht klar. Er muß doch sehen. Muß sehen, wie es ihr geht, muß er doch, kann sie doch nicht einfach so, einfach so auf dem Schreibtisch. Er hat sie doch so, er hat sie einfach so sehr. Es ist doch sie, die da liegt, es ist doch wirklich sie. Sie. Sein. Mädel. Sein Mädel. Sein. Sein. Sein. Immer nur sein. Sein. Sein. Sein. Sein. Sein. Sein. Sein. Seine Finger verlassen seine Augen, schieben sich weg. Er sieht, wie sich seine Finger von seinen Augen entfernen, wie die schwarzroten Finger verschwinden. Er muß sehen. Jetzt muß er sehen. Der Zeigefinger, der Daumen. Und dann das funzelige Licht. Das Zimmer, fahles Weiß im fahlen Glanz der Funzel. Er sieht es. Er muß sich hinunterbeugen, zu ihr zu ihr, kann sich nicht hinter seinen Fingern verstecken, hinter seinen Händen, die ihn im Dunkeln lassen, im Dunkel der Erinnerung an sein Mädel. Ihr Gesicht. Leergewischt. Regungslos. Ohne die Regungen, die dieses Gesicht zu Maschenkas

Gesicht gemacht hätten. Seine, dieses. Diese. Geschunden. Frau. Gezeichnet. Fürs Leben. Das ganze. Das ist doch. Nein. Nicht sie. Sie nicht. Sie ist es nicht. Sein Mädel. Sie liegt nicht da. Nicht da vor ihm. Auf dem Schreibtisch. Nicht sie. Wer liegt da? Was liegt da? Ein Haufen ostisches Fleisch mit eingetrocknetem arischen Schleim. Wie kann das nur passieren? So was passiert. Klar, so was passiert. *Unsere Truppen in schwerem Kampf mit feindlichen Angriffstruppen.*

Und plötzlich liegt seine Hand auf ihrem Knie. Er stützt sich auf ihr Knie, da er sonst über sie fallen würde, herfallen, nein, fallen, nur fallen, nichts weiter. Sein Gleichgewicht setzt aus. Auch bei ihm. Ohnmacht, wie bei einer Frau, er weibisch, schwach, wird ohnmächtig, wenn's gerade paßt, das kann er wie eine Frau.

Da schiebt sie ihre Augen auf seine Augen, sie sieht ihm in die Augen. Maschenka. Sie ist es.

Maschenka!

Maschenka öffnet den Mund, den ausgetrockneten Mund mit den trockenen Lippen, die Runzeln aufwerfen. Er will sie küssen, will er sie küssen? Er kann sie nicht küssen, nicht auf diesen Mund, in den eben lauter deutsche Soldatenschwänze hineingedrückt wurden. Nicht mit seinem Mund, an dem noch rötliche Reste seines Erbrochenen hängen. Das gehört sich nicht. Und all die geil tropfenden Schwänze, die sich in diese Russenmöse geschoben haben, in diese, in Maschenka, die nichts dagegen getan hat, die ist auf dem Schreibtisch gelegen. Hat es sich bequem gemacht. Dagelegen, und die Kerls sind gekommen, die schwitzenden Kameraden, haben ihre Hosenschlitze geöffnet. Die ihren Schnapsatem in den Russenmund, in Maschenkas Mund geblasen haben. Maschenka kommt ihm vor, als hätte sie ihn betrogen. Als hätte sie ihn mit seinen Kameraden betrogen.

Ein Gedanke, der ihm sofort so ungeheuerlich vorkommt, daß er in diesem Augenblick merkt, wie falsch alles sein wird, was er in diesem Zimmer tun wird, noch tun wird, noch denken wird, noch sagen wird. Raus, nichts wie raus hier. Weg! Anzünden das Ganze. Benzin drüber und weg. Weiter gegen Iwan, Dorf um Dorf, Panzer um Panzer, Auge um Auge. Er hört sie schreien, unerträglich, will sich die Ohren zuhalten. Geht nicht, da ihn seine Hand noch auf ihrem Knie stützt. Dabei ist Maschenka regungslos, sagt nichts, schreit nicht, schaut nicht. Liegt. Schaut nicht. Liegt. Mit offenen Augen. Atmet, atmet noch, liegt, atmet. Nichts weiter. Wie ein angeschossenes Kaninchen. Ein Vogel mit gebrochenem Flügel und angebrochenem Genick. Er kann den Mund nicht küssen. Selbst ihren nicht. Wirkte so vornehm. War sie nicht, nein, war sie nicht, ein Russenmädchen aus Malaja Irgendwas. Vornehm, das können die gar nicht sein, diese Sowjetmenschen. Das wollen sie nicht. Nein! Nein!

Sie öffnet den Mund und sagt kalt, geradezu gleichgültig, herzlos möchte man meinen: *Wajna!* Dieter kennt das Wort. Es heißt Krieg. Er ist in diesem Raum gefangen. Mit ihr. Sie ist am Ende. Maschenka atmet ruhig. Sie schiebt die Beine vom Tisch und will sich aufrichten. Sie rutscht zurück. Dieter gibt ihr die Hand, sie nimmt sie und setzt sich auf, während die Beine vom Tisch baumeln. Dieter gibt ihr sein Taschentuch. Er will ihr zulächeln, aber er schafft es nicht. Sie nimmt das Taschentuch und wischt sich zwischen den Beinen ihre wunde Scheide ab. Ohne eine Gefühlsregung gibt sie ihm das Taschentuch zurück. Ihr Gesicht ist nicht versteinert und nicht erstarrt, es ist ohne Verkrampfung. Dieter nimmt das Taschentuch. Aber er kann es nicht zurücknehmen. Er kann dieses Taschentuch nicht in seine Hosentasche stecken. Erstens ist es ekelhaft und zweitens, das geht doch nicht. Wenn sie die Nase geputzt hätte. Tränen gewischt. Aber Tränen wischen wäre überflüssig, denn sie weint nicht, hat vollkommen trockene Augen. Wie die das wegsteckt. Mit dem Taschentuch in der Hand bleibt Dieter stehen. Er zittert am ganzen Leib. Zittern ist wie Rattern, das Rattern der Maschinengewehre. Er merkt es schon gar nicht mehr, wenn er zittert. Merkt es nur daran, daß ihm das Taschentuch auf einmal schwer wird in der Hand, so schwer, daß er es nicht mehr halten kann, daß er es loslassen muß, daß es ihm aus der Hand fällt. Und als es ihm aus der Hand fällt, kippt Maschenka nach vorne, kippt wie ein Brett nach vorne und fällt *der Nase lang,* würde Tante Emmy sagen, auf den Boden, mit dem Gesicht auf den Boden, wie ein Brett.

Dieter kann sie nicht mehr halten, beugt sich über sie, als sie liegt, dreht sie um, dreht ihr Gesicht zu sich. Maschenka blutet aus der Nase. Eine Träne schiebt sich aus dem linken Auge, hängt erst am unteren Lid wie ein Gerstenkorn, dann als matter Tropfen auf der Wimper. Wie ein Spinnenkörper auf die Spinnenbeine drückt. Maschenka starrt, öffnet den Mund und würgt sich ein Schluchzen aus dem Hals. Eins, ein zweites, ein drittes. Dann verstummt sie. Sie hört nicht nur auf, Laute zu äußern. Sie verstummt. Ihre Augen fallen dabei in eine müde Starre und zeigen Dieter Maschenkas Verstummen. Ohne Zweifel.

Dieter kann es nicht mitansehen, kann nicht mitansehen, wie es leidet. Wie es leidet. Wie es leidet, das junge Ding, das Mädel, das da mit Maschenkas Körper am Boden liegt. Als ihr verstummtes Schluchzen in mechanisches Zucken übergeht, wird er von einem Mitleid gepackt, das den Raum zum unerträglichen Gefängnis für sie macht. Für ihn, für sie, denn sie gehören zusammen. Gehören sie doch? Nicht? Gehören sie! Auch wenn er zittert, auch wenn er im Zittern seiner Hände das Taschentuch hat fallen lassen, so reißt er sich jetzt zusammen und rafft alle seine Kräfte zusammen. Er muß etwas tun, es ist an ihm, etwas zu tun. Er spürt seine Lippen, spürt, wie in seinen Mundwinkeln etwas antrocknet. Spürt seinen Mund. Er hält sein Mädel in seinen Armen. Sein Mädel. Das muß man. Das muß man küssen. Und Dieter drückt seinen Mund auf ihren, drückt sein eintrocknendes Erbrochenes auf ihren besudelten Mund. Doch er spürt nur seine Lippen, nicht ihre. Als hätte sie keine. Wo sind ihre Lippen? Wo sind Maschenkas Lippen? Es ist nicht. Es ist gar nicht Maschenka. Er sieht sie an, er sieht sie inständig an, inständig bittend. Es möge. Sie möge. Du, bitte, bitte. Bitte, bitte, bitte. Einen klaren Gedanken noch, einen. Eine Reaktion von ihr, ein Lebenszeichen, eins. Eins noch, bitte. Ein Zeichen, daß sie Maschenka ist. Und wenn sie Maschenka ist, dann muß sie doch wissen, daß er Dieter ist. Muß sie doch.

Maschenka! Ich bin's doch.

Seine roten Augen brennen, Tränen kommen keine mehr, er hat keine mehr. Alles vom Alkohol aufgesogen. Aber er kann alles wieder gutmachen. Er ist es doch. Dieter. Das kriegen wir schon hin. Maschenka. Jetzt einfach Vertrauen haben, Vertrauen in ihn. Wird alles. Wird alles wieder. Gut. Ja, morgen alles schon besser. Sein Kinn zittert, seine Lippen finden nicht aufeinander, sein Mund bleibt offen. Er kann ihr das zumindest erklären.

Aber sie hat es ihm doch schon erklärt. Hat es ihm mit dem einzigen Wort erklärt, das sie geäußert hat, seit er sie nach dieser Nacht, dieser alles bedeutenden Nacht von einst, von neulich, von vor ein paar Tagen, wiedergetroffen hat. Ein einziges Wort. Eins, das er verstand: *Wajna*. Schieß, bevor's der Feind tut. Er möchte sie retten. Das Mädel, das sein Mädel war, in der Nacht da. Nicht heute, heute nicht. Heute nicht. Heute nicht. Heute nicht. Nein, nein. Heute nicht. Heute nicht. Heute nicht. Heute nicht. Nein. Heute nicht. Heute nicht. Heute muß er sie retten, muß die Erinnerung an sie retten. Ihre Ehre. Sie hat heute ihre Ehre verloren, für ihr Leben. Sie ist für ihr Leben. Sie ist entehrt. Das kann er nicht wiedergutmachen, was da Kameraden getan haben. Kann es nicht. Eine höhere Reinigung muß sich vollziehen. Ich rette dich. Sie wird ihm recht geben müssen. Später, wenn sie begreift, daß er sie gerettet hat von dem Bösen. Dem Bösen, das noch immer aus ihrer Scheide läuft. Könnte er sie noch als ehrenhaft anerkennen? Wie dann ein Russe? Einer, der ihre Sprache spricht, dem sie irgendwann erklären muß, was geschah.

Wir sind im Krieg, da kommt so was vor, passiert einfach. Der Krieg ist kein Wunschkonzert. *Unsere Truppen in schwerem Kampf mit feindlichen Angriffstruppen.*

Aber wenn einer was aus Liebe tut, dann ist es doch er, der Dieter. Er kann etwas aus Liebe tun, denn er hat nichts mit dem zu tun, was da aus ihrem Körper läuft, auch wenn sie es mit dem Taschentuch abgewischt hat. Es läuft und läuft. Da kann sie wischen, wie sie will. Da bleibt was drin, ihr Leben lang. In ihr. Unauslöschlich, auch so ein Wort. Ein Wort der Minister. Auslöschen, die Schande, für sie, weil er sie liebt. Aus Liebe. Zu ihr.

Ich liebe dich, meine Maschenka. Ich bin Dieter und du bist Maschenka. Ich werde dich nie, werde dich nie, nie, nie, niemals vergessen. Das verspreche ich dir.

26

Du gehst aber ran! sagt Heidi, als sie sich tatsächlich von seinen Lippen lösen kann, die an ihren Lippen saugen wie ein Kind an seinem Daumen, aber doch so wunderbar. Sie liegen sich in den Armen, als sie zu ihm *Du gehst aber ran!* sagt.

Und bei aller Leidenschaft ist bei ihm Kalkül dabei. Die Umarmung, die unbedingte körperliche Gegenseitigkeit, mußte er herbeiführen. Nur, um ihre Hand zu entfernen von der Arbeit, die sie verrichtet hat. Gut verrichtet hat. Aber vergeblich. Denn die Verwandlung von hartem Kautschuk in ein weichwarmes Würmchen sollte sie nicht bezeugen. Er kann jetzt beim besten Willen nicht. Warum, weiß er nicht, so ein Gefühl. Eine eigenartige taube Schwäche. Als beginne er dort nichts zu spüren, wo er sollte. Als würde er zitternd ein Taschentuch aus den Händen verlieren. So ein Gefühl, so könnte man es beschreiben, genau so, oder so ähnlich. Ablenkungsmanöver. Auf seinem glänzend pomadisierten Scheitel versuchen Samenknäuel vergeblich vor Anker zu gehen. Rutschen ab und gleiten weiter. Ein langer Kuß folgt. So lang, als wäre es ihr letzter. So lang, daß beide heftig atmen, als sie sich voneinander lösen. Keuchen geradezu. So lang, daß es ihnen selbst unheimlich vorkommt. Sie lassen sich zur Seite fallen.

Jeder landet auf dem Rücken, und jeder sieht den anderen nicht mehr, jeder sieht den Himmel mit den Wolken und mit den Samenknäueln, die schemenhaft vor den Wolken schweben. Sie überholen die Wolken. Aber die Wolken lassen sich nicht beirren. Die Ruhe unbeirrter Wolken läßt Dieters Atmen ruhiger werden, und Dieters ruhiger werdendes Atmen läßt Heidis Atmen ruhiger werden. Dieters Zittern läßt nach. Der Himmel, die Wolken, die Samen schweben wohlig über ihm, er muß nur hinschauen, hinstarren, wohlig warm wird ihm, und in den Strom der Wolken und Samen mischt sich ein Lufthauch, der über ihn hinwegzieht und sein schweißnasses Gesicht kühlt, das Gesicht und seine schwitzigen Schenkel, seine klebrige Brust, alles andere bleibt in feuchter Hitze unter dem Stoff, der sich vollsaugt. Ein eisiger Luftzug. Angst. Sie zu verlieren. Heidi neben sich zu verlieren. Da merkt er, daß sie sich in diesem Augenblick, wieder so ein Augenblick, vielleicht der schlimmste überhaupt. Er merkt, daß sie sich nicht berühren. Er liegt für sich im Gras, sie liegt für sich im Gras. Daß der Abstand zwischen ihnen wohl wenige Zentimeter nur beträgt, zählt nicht. Was zählt, ist Nähe, aber ist das Nähe? Er liegt im Gras wie der Großvater im Bett, wie der Großvater demnächst im Sarg.

Ich liebe dich, meine Maschenka. Ich bin Dieter und du bist Maschenka. Ich werde dich nie, werde dich nie, nie, nie, niemals vergessen. Das verspreche ich dir.

Und als er seine Pistole entsichert hat und sie aus reiner Liebe an ihre Schläfe setzt, da zieht Maschenka die Augenbrauen nach oben und schließt die Augen, als würde sie lächeln oder als würde sie ohnmächtig. Sie schließt die Augen, die sich nicht schließen lassen, die nach oben und nach innen schon schauen, während ihre Wimpern sich zitternd um sie zu schließen versuchen und zitternd das Weiße ihrer Augen preisgeben. Der Blick ist ganz verschwunden. Und Dieter weiß noch immer nicht: Ist es ein Lächeln oder eine Ohnmacht? Lächelt sie nun? Soll er zurücklächeln, aus Liebe, um ihr Zutrauen nicht zu verlieren, um es zu bewahren, für sich? Wenigstens für sich?

Der reinste Augenblick. Dieter gibt sich einen Ruck. Er muß frei werden. Er muß etwas Richtiges tun. Jetzt, da überall falsche Entscheidungen lauern, im funzeligen Dunkelraum. Er muß wissen, was er tut. Gnade, Liebe. Der Augenblick platzt vor Bedeutung. Alles richtig machen. Dieter muß nicht nur die freie Entscheidung treffen, er muß sie für ihre Liebe treffen, für ihrer beider Liebe. Er muß ihre Liebe retten. Retten vor jeder Bedrohung von außen. Wir sind im Krieg. Klar, schon verstanden. Aber er muß Maschenka vor dem Krieg retten. Die Liebe wird bleiben, muß bleiben, das kann es nicht gewesen sein. Ein vergewaltigtes Flintenweib. Das ist nicht Maschenka. Der

Augenblick der Liebe hält ihn in seinen Armen. Und er hält eine Pistole in seinen Händen. Wie kommt er dazu, eine Pistole in seinen Händen zu halten? Auf ihre Schläfe gerichtet. Er muß ihr, deren Liebe. Ihre Nacht. Kleine Rinnsale warmen Wassers über Brust und Rücken. Püppchen. Wunderschön, kleiner Busen, alles noch so mädchenhaft, so unschuldig, so sauber, so wunderschön. Ihr Becken slawisch wie ihre Wangen, und gebärfreudig. Ihre Haut zart. Mund. Süß. Malyj – Klain. So klein. Tak so, tak so, tak so, tak so, tak so, tak so, tak so. Niemals vergessen. Das verspreche ich dir. Dieter steht zu seinem Wort, wenn nicht er, wer dann? Und er schießt.

Mutti und Vati und Inge und Mutti und Vati und Inge und Mutti und Vati und Inge und Mutti und Vati und Inge. Da sind sie: *Inge hat die Masern gut überstanden. Hoffentlich bekommt sie der Diet nicht auch noch. Herzliche Grüße Dir + den Eltern Deine Anni.*

Auftragsgemäß bestätige ich hiermit die Richtigkeit der Angaben von Dieter, daß er im Französischen eine 2 (lies Zwei) geschrieben hat. Ohne Beifügung des Dienststempels. Georg.

Liebe Tante Elle. Ich habe einen Osterhase bekommen. Gruß Frohe Ostern Inge.

Er liegt im Gras. Sie liegt im Gras. Sie liegen und liegen, während die Wolken da oben ziehen. So weit. Er will heim. Dieter will heim, will nach Hause. Kann nicht mehr. Kann nichts erklären. Ihr erklären, warum er hier liegt, neben ihr im Gras. Diese Lichtung, dieser Blick in den Himmel. Der ihn nicht losläßt. Er kann seinen Kopf nicht mehr bewegen. Er kann nicht herüberschauen zu ihr. Heidi bleibt unsichtbar. Ihre Wärme zieht zu ihm herüber. Er spürt sie. So klein.

27

Dieter trinkt seinen Kaffee auf der Veranda. Er ist nach Hause gekommen. Hat sich im Wald eine Zigarette angezündet, hat ihr eine angezündet.

Was ist? hat sie gefragt.

Ich, hat er gesagt, ohne Stimme. So klein.

Du, hat sie gesagt, *du mußt nicht.* Sie hat ihm über seinen Scheitel gestrichen. Heidi ist ein wunderbares Mädel. Heidi.

Heidi, ich, wie soll er sich erklären? hat er gedacht. Wie soll er ihr etwas erklären, was er nicht begreift? hat er gedacht. Als sie noch im Gras in die Wolken geschaut haben.

Dieter, ist es? Ich meine, gibt es? Eine andere? Frau?

Dieter hat sich nicht herausreden können, hat ihr was erklären müssen, denn sie will es wissen, sie muß es wissen. Natürlich muß sie es wissen. Denn sie haben etwas getan, das hat er nicht wegdenken können, etwas, was man nicht einfach so, etwas Unerhörtes.

Heidi, es gibt. Es gibt keine andere. Nein, aber nein. Mach dir bitte keine Sorgen, hat er ihr geantwortet und ihr wieder in die Augen geschaut, hat sich zu ihr gedreht und ist sofort auf ihren wartenden Blick gestoßen.

Wie er wieder aus dem Wald gefunden hat, das weiß er nicht mehr, als er einen Schluck Kaffee, Ersatzkaffee natürlich, nimmt, einen kleinen Schluck, denn bei einem größeren Schluck würde er sich bestimmt verschlucken, bei all dem, was ihm da durch den Kopf schießt, durch den Kopf, und er kann nicht in Deckung gehen. Wie sind sie wieder zurückgelaufen? Genau, sie hat ihn an der Hand genommen. Sie hat ihm das Hemd zugeknöpft. Wie eine Mutter oder eine Tante hat sie dem Kleinen das Hemd zugeknöpft. Liebevoll einen Klaps auf den Hintern hat sie ihm natürlich nicht gegeben, das wäre es noch gewesen. Und das ihm. Er ist doch der Mann. Er ist der Held aus dem Feld. Vom Dienst. Vom Krieg, im Krieg, der Kompanieführer. Und merkt beim nächsten kleinen Schluck, vorsichtig, einen kleinen, nicht verschlucken jetzt, merkt, daß er ein Waschlappen sein muß. Ihre Hand an seinem Glied, das Wort, das ihm einfällt, wenn er mit geschlossenem Uniformkragen bei einem Nachmittagskaffee auf der Veranda im Halbschatten sitzt. Wenn er weiß, daß Tante Emmy beim Großvater ist und die Großmutter sich in Vaters dunkler, aber kühler Stube ausruht. Sie liest die NSZ von heute, die Carla mitgebracht hat, das hat ihm Tante Emmy gesagt, *des Käsblättl,* hat sie gesagt, bevor sie in Großvaters Schlafzimmer gegangen ist. Und das ist wieder neun Minuten her. Seit neun Minuten sitzt Dieter im Trommelfeuer der Gedanken an die Augenblicke im Wald. Die Augenblicke mit Heidi. Die Stunden mit Heidi, die ihn an der Hand genommen hat, ihm das Hemd zugeknöpft hat, die Samenknäuel von seinem Uniformrock geschüttelt hat und ihm diesen hingehalten hat. Ihm, dem Kriegshelden. Dieter ist ein Schlappschwanz. Und sein Glied auch. Das muß er sich eingestehen.

In diesen freien Minuten, als die Sonne um die Hausecke kommt und in die Veranda greift. Dieter sieht zum Graffel hinüber, wo einzelne Pappelsamen vorüberziehen. Angriff? Abzug? Vormarsch? Rückzug? Er weiß es nicht. Er muß es doch wissen. Er ist doch kein Junge mehr. Kein kleiner Rotzbub. Ein Knacken von innen, aus dem Haus. Kommt Tante Emmy aus Großvaters Zimmer? *Ihr werdet alle ans Messer geliefert.* Großvater, du alter Narr. Großvater, lieber Großvater. Was ist, wenn du klar im Kopf bist? *War nie so klar wie jetzt.* Wenn du nicht in geistiger Verwirrung in deinem Bett vor dich hin west? *Ich bin nicht wirr.* Und du, Heidi. Was mußtest du erleben mit mir? Wie soll ich dir? *Du mußt nicht.*

Und dann am gußeisernen großen Tor vor der Villa Zickzack hat sie gesagt: *Siehst du, Dieter, jetzt müssen wir uns erholen. Die Hitze ist uns wirklich nicht bekommen.*

Darf ich dich wieder…

Darfst du, Dieter, darfst du.

Dann ist ja…

Es ist alles in Ordnung, Dieter.

Und Dieter hat gestottert wie ein Weltmeister, der größte Stotterer aller Zeiten. Er will doch nur, er will doch einfach nur. Er will den Großvater in seinem Bett mit einem Kissen ersticken, so lange das Kissen aufs knochige Gesicht drücken, bis das letzte Zucken des Körpers erstarrt und der Großvater aufhört, mit seinen wirren Gedanken andere Leute zu belästigen. *Ich bin nicht wirr.* Soll ich dir das abnehmen, soll ich dir das alles glauben? *Du mußt mir glauben. Ich habe nicht mehr lange Zeit.* Ich weiß, du wirst den Sommer nicht überstehen. *Aber Du! Du! Du, Dieter!* Was ist mit mir, Großvater? Willst du mich in die Enge treiben? Ich will ja. Ich will doch. Natürlich will ich leben. *Unsere Artillerie feuert heftig. Das 2. Bataillon ist Unterstützung der Brigade*

Kein Punkt nach dem letzten Wort. Hat keinen Punkt gemacht, der Eugen. War noch nicht fertig. Wollte noch weiter. Geht ohne Punkt unter. *Wirf diese Uniform weg, geh nach Hause und warte ein paar Wochen! Dann ist der Krieg aus.* Ich kann das nicht, wie soll das gehen? Ich kann doch meine Kameraden nicht im Stich lassen. Und außerdem, die machen kurzen Prozeß. Standrecht, Kriegsgericht. Bei sorgfältiger Kultur und rechtzeitiger Ernte lassen sich viele Tomatenschädlinge vermeiden. Bei beginnendem Befall hilft auch rechtzeitiges Auspflücken der kranken Früchte, da hierdurch die Verschleppung von Pilzsporen auf gesunde Tomaten unterbunden wird.

Großmutter! Er muß Großmutter fragen, er muß mit ihr reden. Sie kann es ihm erklären. Dieser plötzliche Gedanke, dreizehn Minuten, nachdem Tante Emmy in Großvaters Zimmer verschwunden ist. Er drückt die Zigarette auf einem grünen Porzellantellerchen aus, das ihm Tante Emmy hingestellt hat. Einen Tabakkrümel pickt er von der Zunge, trinkt noch einen kleinen Schluck und stellt die Tasse auf die Untertasse. Leise, ganz leise, und geht ins Haus. Dieter reibt mit der Hand über das weißlackierte Holz der Stubentür, dessen kalte Glätte sich an seine Fingerkuppen schmiegt.

Großmutter, haucht er. *Großmutter! Ich bin's, Dieter.*

Keine Antwort. Ein kaum hörbares Klopfen, sein eigenes, nichts sonst zu hören. Was soll er tun? Dann raucht er sich eben noch eine auf der Veranda. Nein. Er hat doch gerade auf der Veranda geraucht und nachgedacht. Wollte zur Großmutter gehen. Also bitte. Hat es eben so entschieden. Los jetzt.

Er öffnet die Tür. Leise, ganz leise. Da sitzt die Großmutter im Ohrensessel. Ihr Oberkörper in Schräglage, die Zeitung liegt auf ihrem Schoß, nicht zusammengefaltet, einfach heruntergerutscht, hängt in ihrer rechten Hand, die auf der wulstigen Armlehne des grünen Sessels liegt. Beim Lesen eingeschlafen. Der Mund ist geöffnet, der Unterkiefer nach unten geklappt, heruntergefallen. Blaß ist die Großmutter. Wenn nicht der leise Luftstrom ihres Atems aus dem Mund gleiten und ihre dürre Brust unter dem schwarzen Kleid unter der dunkelblauen Schürze sich gleichmäßig heben und senken würde, dann könnte man fast meinen …

Dieter will nicht stören. Die schlafende Großmutter soll sich ruhig erholen. Da rutscht die Zeitung aus ihrer Hand und raschelt, als sie über Lehne und Knie zu Boden geht. Und die Großmutter wacht auf. Schließt ihren Mund und öffnet die Augen. Öffnet die Augen und sieht den Dieter.

Ei Dieter, du hascht mich awwer erschreckt.

Entschuldigung, liebe Großmutter, flüstert er, das wollte ich nicht.

Ach unn die Zeitung lischt uffm Bodde. Hebschtse mol uff, bidde? Wie spät ischs denn?

Gleich sechs, sagt Dieter und gibt der Großmutter die Zeitung.

Was, schun so spät?

Ja.

Ach Gott. Da hab ich ja ball e Stunn gschloofe. Die Großmutter streicht die Zeitung glatt und sucht den Artikel, den sie zuletzt gelesen hat. Als sie ihn findet, liest sie Dieter noch benommen und gähnend vor: *Hier verschluckte ein Kleinkind eine Bohne, die ihm im Halse steckenblieb. Das Kind erlitt dadurch den Erstickungstod.*

Oh, sagt Dieter, denn er weiß nicht, was er davon halten soll, daß die Großmutter ihm solche Dinge vorliest. Er hätte nicht anklopfen sollen. Er hätte nicht in die Stube gehen sollen.

Ja, Großmutter. Hast du dich denn erholt?

Wääß isch net. Wääß net emol, ob ich jetzat uff die Bää kumm.

Soll ich dir helfen?

Wart noch en Aucheblick. Die Lewensgeischter. Wääscht? Die missen erscht widda kumme. Die Großmutter lächelt mit geschlossenen Augen, zeigt, daß sie schwach ist, zeigt es aber nur dem Dieter, dem lieben, lieben Dieter, der ihr wohl doch sehr am Herzen liegt und dem sie es auch zeigen kann. Wem, wenn nicht ihm? Der hat doch das Herz auf dem rechten Fleck, der Bub. Ihr Enkel. Ihrer.

Ja, Großmutter, lächelt Dieter ganz lieb, ganz lieb zu seiner alten Großmutter, die sich jetzt langsam, würdevoll im Sessel aufrichtet. Sie sammelt ihre Würde und Bedeutung, denkt Dieter. Er spürt förmlich, wie sie sich zusammensetzt aus ihren knochigen Einzelteilen. Langsam, ganz langsam, als wollte diese Bewegung kein Ende nehmen. Und dann ist sie wieder da, die Großmutter. Genau die, die Dieter gesucht hat, als er an die Tür geklopft hat. Die Großmutter, mit der er sprechen wollte, sprechen muß. Sie legt ihre Arme auf die Armlehnen und umgreift die Enden mit den Händen. Ihre Finger legen sich wie abgezählt auf die Stoffknöpfe, die das grüne Lehnenpolster zusammenhalten. Ihre Füße zieht sie nach hinten, eng an den Sessel. Jetzt ist sie wieder da.

Eine Sekunde schaut sie noch ins Leere vor sich, dann wendet sie langsam ihren Kopf und den Blick zu Dieter, als würde sie ihm das Signal geben, jetzt bereit zu sein für die Audienz.

Großmutter, sagt Dieter.

Ja, sagt die Großmutter ganz entschieden. Bereit, jetzt den großmütterlichen Rat zu geben, um den sie gefragt werden wird.

Es. Es geht um Großvater.

Ich weiß.

Du weißt?

Es geht immer um Großvater. Weißt du? Mir geht es immer um Großvater.

Ja.

Hast du es gelesen?

Du meinst? – Ja.

Dann hast du ja verstanden.

Was habe ich verstanden?

Na, das, was dein Großvater gesagt hat.

Wieso? Ich meine, was soll ich denn verstanden haben?

Alles oder zumindest einen großen Teil.

Wieso?

Weil du sonst nicht hier wärst. Bei mir. In seiner Stube. Großmutters Blick zeigt Dieter die Stube, die er doch kennt.

Kennst du seine Stube? Den Schreibtisch da hatte er schon, als wir geheiratet haben. Die Pfeife hier haben ihm Carla und Elle zu seinem Sechzigsten geschenkt. Das ist sein Brillenetui. Und das ist das Brillenetui vom Euscheen. Sie liegen immer zusammen auf dem Schreibtisch, seit dreißig Jahren.

Ist da noch Eugens Brille drin?

Ich weiß es nicht. Ich glaube, es ist leer. Ich habe das Etui nie geöffnet. Und jetzt werde ich es auch nicht mehr öffnen. Großvater sagt, es ist leer. Und deshalb glaube ich, es ist leer.

Ist es denn verschlossen?

Nein, aber ich muß es nicht öffnen. Es gibt wichtigere Fragen auf der Welt. Ob da jetzt die Brille drin ist oder nicht. Er hat sie immer getragen. Weißt du, auf den alten Photographien, da trägt er sie doch.

Da trägt er sie, Großmutter, ja.

Viel wichtiger ist doch die Frage, was du mit dem beginnst, was der Großvater dir gesagt hat und was in Euscheens Büchlein steht.

Das weiß ich noch nicht.

Natürlich nicht.

Großvater ist krank und sieht vieles sehr verzerrt, oder?

Großvater ist krank und sieht vieles noch sehr klar. Großmutter spricht mit einer großen Gelassenheit, aber dennoch so klar, als würde sie nicht vor Dieter sprechen, sondern eine Rede halten. Wie Heidi gestern auf der Terrasse der Villa Zickzack.

Dieter steht vor ihr und weiß gar nicht mehr, was er sagen soll. Der Raum beginnt zu leuchten, oder hat er so schon die ganze Zeit ausgesehen? Wahrscheinlich. Nur jetzt fällt es Dieter auf. Der Raum leuchtet grün, als würde der Ohrensessel seine Farbe in den Raum gießen. Doch es ist das Licht von der gegenüberliegenden Straßenseite, das durch das frische Laub der Bäume und Sträucher vor dem Haus in die Fenster scheint. Das Bücherregal hinter dem Ohrensessel steht schwarz mit dunklen Büchern, mit schweren Büchern, schwarze Einbände. Dazwischen eine alte Holzkiste, bücherhoch mit schwarzgrauen Beschlägen. Doch alles, was nicht schwarz ist, ist grün. Nur noch zwei Farben in diesem Raum. Großmutters Kleid schwarz. Selbst die blaue Schürze schwarz. Großmutters Gesicht grün. Ihre Hände grün. Ihr graues Haar schwarz. Die weißen Wände grün, die Möbel schwarz, die Bücher schwarz. Das kleine Photo von Eugen an der Wand hinten rechts schwarz, nur sein Gesicht und seine blonden Locken grün. Die Photos von den Schwestern: Carla, Emmy, Fidi und Mädi. Grüne Gesichter, schwarze Augenränder. Die Brillenetuis schwarz, die Pfeife schwarz. Das Tintenfaß schwarz. Ein Raum, in dem man nur noch eine Wahl hat. Dieters Wunde beginnt zu jucken, wie ein Anfall, er zuckt zusammen. Dieter erstarrt. Die Großmutter sieht ihn noch immer gelassen an, jetzt mit einem Anflug von Erwartung. Sie hatte das letzte Wort. Jetzt ist es an ihm, etwas zu sagen, zu sagen, was er begriffen hat. Ihr zu sagen, ob er verstanden hat. Oder nicht? Das meinst du doch, Großmutter? Du gibst Großvater recht. Es geht nur noch um eine Frage. Es geht nicht mehr um Heidi hier. Doch, es geht nur um Heidi. Ausschließlich. Denn sie steht im Zentrum dessen, was dein Leben ist. Aber ohne dein Leben keine Heidi. Es geht um Grün oder Schwarz.

Warum trägst du schwarz, Großmutter? Großvater ist doch noch am Leben.

Wie bitte, was? Warum ich schwarz? Alte Leute tragen schwarz. Es ist nicht wegen Großvater. Deine Uniform ist grün. Grüngrau, nicht wahr?

Ja.

Grün ist nicht die Farbe des Todes, denkt Dieter. Grün ist die Farbe der Hoffnung.

Grün ist die Farbe der Hoffnung. Man wartet und hofft, sagt die Großmutter. Grün ist die Farbe des Wartens. Sie warten alle hier. Worauf warten sie alle hier?

Auf was wartet ihr alle hier?

Warten wir auf etwas?

Ja, den Eindruck habe ich. Seit ich hier bei euch bin.

Wir warten. Dieter, natürlich warten wir. Wir warten, bis es zu Ende ist.

Bis was zu Ende ist?

Das Leiden, Dieter.

Du meinst Großvaters Leiden?

Das auch, aber er macht sich auf den Weg. Weißt du? Er verläßt diese Welt in innerem Frieden. Und den sucht er noch. Er kann ihn nur in sich finden. Drum wühlt er in sich. Er durchwühlt sein Inneres.

Er ist eben krank.

Er ist alt. Und macht sich auf die Reise. Er ist jetzt fünfundachtzig. Als er achtzig war, begann der Krieg. Als er fünfundvierzig war, begann der Krieg. Als er elf war, begann der Krieg. Muß er deswegen im Krieg sterben?

Großmutter, ich …

Du mußt es auch nicht wissen. Aber immer sagen sie einem: Es beginnt der Krieg. Da setzt die Großmutter ihre Hände fest auf die Kanten der Armlehnen, stützt sich ab. Erhebt sich, steht nicht auf, erhebt sich. Sie steht vor Dieter und strömt nicht den muffigen Atem einer alten Frau aus. Nicht diesen muffigen Atem alter Leute, die nicht nur das verdauen, was sie gegessen haben, und das, was ihnen zwischen den Zähnen hängengeblieben ist und in der Mundhöhle fault, sondern die sich selbst verdauen, deren Verwesung schon längst begonnen hat, die aber entweder ein Parfüm auflegen oder nach dem Gemüse riechen, das sie schneiden, oder den Zigarren, die sie rauchen, oder den Mottenkugeln, zwischen denen ihre Anzüge, Kleider und Schürzen hängen, oder dem Mist aus dem Stall. Großmutter strömt das nicht aus, sie riecht nicht. Das Körperliche stört nicht die Bedeutung, die sie ausströmt, die Dieter zwischen Schwarz und Grün vor Augen langsam erahnt.

Es könnte sein, daß die klapprige alte Großmutter alles daransetzen wird, daß sie und der Großvater nicht im Krieg sterben werden. Er spürt eine Kraft, die er nicht bestimmen kann. Großmutter kann nicht Iwans Armeen aufhalten, sie kann auch keine Sabotage in der Wehrmacht begehen. *Wirf diese Uniform weg,* hat er gesagt. Und sie steht vor ihm und sagt nichts. Aber sie weiß, was er gesagt hat. Und sie meint es ebenso. Sie meint es gut mit Dieter. Aber ich kämpfe doch auch für dich, Großmutter. Für sie kämpft er mit. Gehst du zurück, marschiert der Tod in Richtung Heimat!

Dieter, weißt du, was der Großvater zu mir gesagt hat?

Nein.

Er hat zu mir gesagt: Eigentlich könnt er im Keller unterschlüpfen, im Keller beim Eingemachten und den Marmeladen. Die hat er doch selbst mit eingekocht, hat er gesagt und hat gelächelt dabei, hat versucht zu lächeln. Das ginge doch, hat er gesagt. Das ginge, wenn es den Gustav nicht gäbe, hat er gesagt.

Das hat er gesagt?

Ja, Dieter.

Ich, Dieter hat noch nicht ganz begriffen. Er hat wohl begriffen. Er hat es schon begriffen, als der Großvater zu ihm sprach, schon als er von der Sache zwischen dem Großvater und Onkel Gustav gehört hat, hat er begriffen. *Du meinst, ich soll ...?*

Nein, ich nicht – das hat der Großvater gesagt.

Ich soll fahnenflüchtig werden?

Die Großmutter schüttelt den Kopf: *Ich weiß es nicht, Dieter. Wenn es dir hilft?*

Wenn es mir hilft? Dieter traut seinen Ohren nicht. Wie soll ihm das helfen? Wobei soll ihm das helfen? Sein Leben, um welchen Preis? Er muß es Heidi erzählen. Das kann er ihr nicht erzählen. Er würde sie verraten, er würde alles verraten. Die Großmutter spricht wie im Delirium, aber so klar. Sie wirkt nicht gespenstisch. Der Großvater hat gewirkt wie ein Gespenst. Sie wirkt so nah, wie sie vor dem Sessel steht, vor Dieter. Vor dem Sessel, in dem der Großvater immer gesessen hat. Wo der Großvater seine Pfeife geraucht und ins Polster gefurzt hat. Und wo er sich die Predigten ausgedacht hat. Die Predigten, die er gehalten hat. Und die er noch immer hält. Er hat gut Reden. Das hat er. Und die Großmutter auch. Ihr Leben ist vorbei. Fast. Und wenn man gut Reden hat, dann redet man gut. Dann redet man gut, vielleicht weil einen vieles nicht mehr kümmert. Nicht mehr kümmern muß. Man sich einen Dreck darum schert. Ob man da klarer sieht? Und wenn man da klarer sehen würde, warum würde man da klarer sehen? Hat man so viel nachgedacht? Der Großvater bestimmt. Und die Großmutter auch. Sie denkt ja immer für den Großvater mit. In den kleinen Dingen zumindest. Und wenn die kleinen Dinge groß werden? Dann weiß auch die Großmutter Bescheid. Und wenn das der Großvater weiß, dann läßt er sie reden. Aber sie sagt nicht viel. Sie sagt nur, was er gesagt hat. Weil sie weiß, daß was dran ist an dem, was er sagt und gesagt hat. Er hat jahrzehntelang in den Sessel gefurzt. Sein Sessel! Und nachgedacht. Da kann er machen, was er will. Und denken, was er will. Und wenn der Tabakqualm dann um seine Nase zieht und den Geruch der Fürze zudeckt, dann ist der Großvater bei sich und denkt in sich hinein. Da kann ihm keiner reinreden. So muß das gewesen sein mit dem Großvater. Dieter dämmert was.

Ja, sagt die Großmutter, *vielleicht hilft's dir. Ich weiß nicht. Bin doch noch e bissl mied jetzat, Dieter.* Ihr Zeigefinger kreist um einen Artikel, den sie Dieter unbedingt noch vorlesen will. Unbedingt, das umkreist der knochige Finger ruhig, ohne aufs Papier zu klopfen, aber unzweifelhaft wichtig, von Bedeutung für die Großmutter: *Dieter, här mol do: In einem Bauernhofe zu Niederwiesa (Kreis Chemnitz) kam ein Kalb mit zwei völlig ausgebildeten Unterkiefern, drei Zungen und vier Nasenlöchern lebendig auf die Welt.*

Die Großmutter schaut zu Dieter auf. Sie sieht ihn an, als wäre diese Nachricht eine geheime Botschaft oder etwas, was für sich selbst spricht, was für etwas steht, worüber sie gerade die ganze Zeit gesprochen haben.

28

Dieter liegt auf dem Federbett. Es ist erst neun. Und er hat die Roses heute nicht mehr besucht. Die Kleinen werden enttäuscht sein. Aber nach dem Gespräch mit Großmutter ist er sofort auf sein Zimmer gegangen und starrt an die Decke, wie Goethe auf dem Stich ins Zimmer starrt. Er starrt seit einer Stunde. Gestern, ja gestern. Aber heute.

In der Nacht schläft Dieter unruhig. Bilder blitzen auf, ohne daß er sie festhalten kann. Huschende Gestalten, ein schön gedeckter Tisch, Festtafel, Hochzeitstisch. Weiße, gestärkte Servietten in blitzenden Ringen. Aus weißen Porzellanschüsseln quellen Speisen auf den Tisch: Großmutterhände, Popenzungen, Tomatenpfähle, Krüppelhände, Samenschleim tropft über den Saucierenrand. Wer wischt denn mal gerade bitte? Tante Emmy, Tante Elle und auch 's Fidi und 's Mädi sind da. Fidi, seine Mutter, hat keine Augen, nur schwarze Höhlen. Die Tanten sind jung, so jung wie auf den alten Photos in Großvaters Stube. Erst als er in Großvaters Schlafzimmer kommt, wird es ruhig, getragen.

Komm, sagt die Großmutter an Großvaters Bett zu Dieter, *setz dich doch zu uns.*

Großvater sitzt im Bett. Es scheint ihm besser zu gehen. Er wirkt geradezu vergnügt. Auf dem Kopf trägt er eine

Seemannsmütze. Sitzt aufrecht im Bett und winkt mit den Zehen, die unter der Bettdecke herausschauen. Im Mund hat er eine Pfeife, aus der sich munter kleine, runde Rauchwölkchen kräuseln. Mit den Händen umgreift er ein Akkordeon. Die Großmutter lacht Dieter an und schaut dann zu ihrem Mann. Er hat blaue Augen, die sehnsuchtsvoll an Dieter vorbeisehen, in die Ferne. Dieter kann sich nicht erklären, wie Großvaters Finger so flink über die Tasten fliegen und wie die Arme mit kräftigem Drücken der Quetschkommode eine burleske Musik zustandebringen. Großvater wirft seine Pfeife in die Luft, wo sie ruhig schwebt und in regelmäßigen Abständen kleine Rauchwölkchen ausstößt. Er singt ohne jede Anstrengung, mit einem verschmitzten Lächeln: *Ach, die Erde ist so rund – na schön, und wenn. Und das Leben ist so bunt, na schön, und wenn. Heut' küßt dich ein roter Mund – na schön, und wenn. Morgen kommst du auf den Hund – na schön, und wenn. Greif zu, wenn man dir gibt, und nimm, 's ist alles halb so schlimm. Kind, du brauchst nicht weinen, du hast ja einen, und der bin ich, dideldideldidel. Brauchst du einen ganz schnell, dann ruf nach Hans schnell, denn der bin ich. Schau, ich kann dich so gut leiden, denn du bist bescheiden, und das ist so was für mich – ja: Kind, du brauchst nicht weinen, du hast ja einen, und der bin ich, und der bin ich, und der bin ich, und der bin ich, nur ich.*

Der Großvater steht im Bett, wirft das Akkordeon in die Ecke, das dort selbständig weiterspielt, und zieht die Großmutter zu sich nach oben, er will tanzen. Dann singt er ganz nah an ihrem Ohr: *Sagt das Glück dir mal adieu – na schön, und wenn. Und verbrennt der ganze Schnee – na schön, und wenn. Kind, dann denkst du bloß an mich, wie ich dich kenn, und sagst ebenso wie ich: na schön, und wenn. Wir zwei sind doch aus einem Guß, komm gib mir einen Kuß. Kind, du brauchst nicht weinen, du hast ja einen, und der bin ich, dideldideldidel. Brauchst du einen ganz schnell, dann ruf nach Hans schnell, denn der bin ich. Schau, ich kann dich so gut leiden, denn du bist bescheiden, und das ist so was für mich – ja: Kind, du brauchst nicht weinen, du hast ja einen, und der bin ich.*

Großvater steckt Daumen und Zeigefinger der linken Hand in den Mund und pfeift ohrenbetäubend.

Und dann trifft Dieter die Großmutter an Großvaters Grab. *Aber Großvater ist doch noch gar nicht tot, Großmutter. Wieso stehst du an seinem Grab?*

Hast recht, Bub, ich setz mich. Sie setzt sich. Sie setzt sich auf Großvaters Grab. *Komm, setz dich doch zu mir. Ich habe da was gelesen, es ist zu komisch. Hat man so was schon gehört? Da ist doch tatsächlich in einem Dorf hier in der Gegend etwas irrsinnig Komisches passiert.* Die Großmutter kann ihr Lachen nicht mehr zurückhalten. Sie prustet los. Ein schallendes Großvaterlachen aus der Großmutter. *Also, da ist doch ein, es ist zu komisch.* Sie hält sich die Seite vor Lachen, und ihr Gebiß vibriert über den drei Zungen, die wippend in ihrem Mund schaukeln, als sie sich schüttelt, ausschüttet vor Lachen, als ihre Hände auf ihre Brust drücken, damit sie nicht auseinanderspringt, die Großmutter.

Ein Kleinkind, verstehst du? Ein Kleinkind verschluckte eine Bohne, die ihm im Halse steckenblieb. Das Kind erlitt dadurch den Erstickungstod. Haha, lacht die Großmutter so herzlich, so herzhaft, so grauenhaft.

Am anderen Morgen hat Dieter vergessen, was er geträumt hat, nur lächelt er unentwegt in den Minuten, bevor er die Augen öffnet. Fast muß er lachen. Er wird von einem warmen Jucken in den Mundwinkeln festgehalten und will die Augen noch nicht öffnen. Er weiß, daß er am Leben ist. Das Leben ist warm und juckt.

29

Dann steht Dieter am Fenster, am offenen Fenster und schaut hinaus, in die Bäume und Sträucher, auf die Brombeerhecken. Es schlägt halb neun. Irgendwas ist anders heute früh. Das Zimmer ist so hell, so sonnig. Er steht allein am Fenster. Und da merkt er, was fehlt. Sie ist weg. Wo ist sie? Seine Uniform ist weg. Er sucht am Bett, im alten Kleiderschrank, wo er sie noch nie hingehängt hat. Er hat sie doch ans offene Fenster gehängt, wo er sie immer hinhängt. Er schaut aus dem Fenster nach unten in den Garten, ob sie wohl hinuntergefallen ist, vielleicht ein Windstoß. Nichts. Nichts da. Auch der Bügel ist weg. Als gäbe es sie gar nicht. Als hätte sie nie existiert. Da schießt es ihm durch den Kopf: Fahnenflucht. Sie haben ihm die Uniform geklaut. Großmutter hat es doch geschafft. Großvater hat sie dazu angestachelt: Sabotage. Er reißt die Tür auf und rennt die Treppe hinunter. Auf dem Absatz vor der Uhr wird er ruhiger, fängt sich wieder. Ganz ruhig. Sowas würden die nie machen. Die haben andere Sorgen. Er geht in Unterhemd und Unterhose die Treppe hinunter. Erst mal pissen. Doch vor dem Klo angekommen, sieht er, daß die Kellertür offensteht. *Sperrongelweit offe,* würde Tante Emmy jetzt sagen. Wo ist Tante Emmy jetzt? Wo ist die Großmutter? Nichts zu hören. Was soll er im Keller? Er muß pissen. Das Licht im Keller brennt. Also ist jemand im Keller. Tante Emmy, die Kartoffeln holt, wer sonst? Und wenn sie da unten ist, bestimmt da unten ist, dann wird er sie gleich mal fragen, was das soll, wo die Uniform ist. In Unterhosen in den Keller? Egal.

Dieters Filzlatschen schlappen auf dem Sandstein der Kellertreppe. Es riecht nach Moder und alten Äpfeln. Niemand da. Tante Emmy nicht, kein Mensch da unten. Er geht vorbei an Gläsern mit Eingemachtem, an dunklen Flaschen und Gläsern, an Marmeladen. Brombeere 1939, Himbeere 1942. In der Waschküche hängt Wäsche. Opas Nachthemd, früher mal weiß vielleicht. Überall Flecken. Wills nicht wissen. Tante Emmys Unterwelt, Höschen, Blüschen, Hemdchen. Na, Emmy ist ein Brummer, Hosen sind das bei ihr und Blusen und Hemden. Grobes Leinen, geflickt, aber ordentlich geflickt. Keine Rüschen, keine Spitzen. Wieso auch. Ob Tante Emmy jemals einen Mann hatte? Jemals mit einem Mann ausgegangen ist? Schwer vorzustellen. Kochschürzen, Kittelschürzen, Emmys Welt. Sie sorgt und sorgt und sorgt. Sie ist eine ausgefuchste Lebensmittelkartenwalterin. Gott, er muß ihr noch seine Marken geben, die er mitgebracht hat aus Braunschweig.

Kalt hier unten. Kühle Gruft. Und pissen muß er. Plötzlich ein Rumpeln von oben. Ein Klacken: Licht aus, ein zweites: Tür zu, ein drittes: Riegel vor. Dieter ist im Dunkeln, im Keller. Eingesperrt! Ohne Licht. Wo ist der Lichtschalter? Stockfinster. Noch bevor er das in dieser Situation immer zweckmäßige *Hallo!* ruft, zweckmäßig dann, wenn man nicht an der Front hinter die Linien des Feindes geraten ist, wenn man sicher sein kann, daß Kameraden in der Nähe sind, die einen auch hören und antworten. Vor dem *Hallo!* überfällt ihn ein Gedanke, der sich wie ein Schrapnell in sein Hirn bohrt: *Eigentlich könnt er im Keller unterschlüpfen, im Keller beim Eingemachten und den Marmeladen. Die hat er doch selbst miteingekocht.* Dieter steht vor dem Eingemachten und Eingekochten, vor den Marmeladen. Sie wollen ihn vom Krieg befreien. Wollen das Beste für ihn. Ich weiß, ihr wollt das Beste für mich. Sie sperren ihn ein, um seiner Freiheit willen. Was die so für Freiheit halten. Wenn er ruft, werden sie nicht öffnen. Eingebunkert. Haben ihn eingebunkert. Lassen ihn warten. Lassen ihn mit sich warten. Warten auf bessere Tage. Sind meine guten Tage auch eure guten Tage? Entscheidet ihr für mich? Er kann nichts sehen. Er muß tasten. Tasten wie im Schuppen, als ihm Maschenka die Kerze an den Kopf geworfen hat. Warum eine Kerze? Weil sie gerade eine in der Hand hatte. Er muß den Raum verlassen. Niemand darf was merken. Seine Kameraden dürfen nichts merken. Wie stellt er's an? Maschenka liegt friedlich vor ihm. Geschlossene Augen, das Gesicht entspannt. In die rechte Schläfe ist die Kugel eingedrungen. Aus dem Schußkanal quillt ein sämiger Tropfen schwarzen Blutes. Hinter dem linken Ohr wieder ausgetreten. Nicht viel Sauerei. Er muß sie wegschaffen. Er hat es schließlich für sie getan. Hat es für ihre Liebe getan. Geht keinen was an. Was hat er getan? Was hat er? Und bevor es morgen weitergeht, hat er sie weggebracht. Was hat er? Hat sie weggebracht. Ach so, ja, weggebracht. Hat sie erschossen und weggebracht. Noch liegt sie vor ihm. Und er steht wie festgefroren über ihr. Minute um Minute. Starrt die nackte Leiche an. Und merkt, daß er beim Starren keinen Gedanken an den vorherigen fügen kann. Er kann es schon, aber er weiß, daß, wenn er es versucht, das Dröhnen im Hinterkopf, das ihn als leichter Druck seit dem Saufen begleitet hat, um sich greift und ihn weiter betäubt. Als würde der Sani eine Kopfwunde verbinden und den Verband endlos um Dieters Kopf wickeln, bis er mit verbundenen Augen und Ohren in Dumpfheit versinkt. In sie sackt man immer tiefer, aus ihr wird man gewiß nie wieder herauskommen. Dabei hat er doch keine Kopfwunde, die vor ihm hat sie. Aber die ist tot. Sie ist. Er hat sie. Die Dumpfheit macht ihn schwerer und schwerer. Noch steht er vor einer nackten Leiche, aber die verschwindet sicherlich jeden Augenblick. Er merkt, wie er nach Luft zu schnappen beginnt. Wie er hektisch ein- und ausatmet, wie die Luft nicht ausreicht, um ihn zu beruhigen, wie die eisige Luft in seine Lunge dringt und ihn auskühlt. Er weiß, wenn er jetzt noch einmal den Gedanken von eben, welchen, hat er vergessen, mit dem Gedanken, den er anschneidet, den nämlich, wie er die vor ihm liegende nackte Leiche verschwinden läßt, ach ja, der von eben, der an Maschenka, die er doch geliebt hat – hat er doch? –, verbindet, wenn er dadurch erahnt, was da eben hier geschehen ist, dann türmt sich ein Gefühl in ihm auf, das so ungeheuerlich ist, daß er ersticken wird, wenn er sich nicht an die letzten Reste der Dumpfheit klammert, in der er hängt. Wenn er jetzt nicht aufwacht, dann wird er den Verstand verlieren. Aber er braucht ihn auch nicht mehr. Weg damit. Wenn er sich vorstellen wollte, was er getan hat, dann würde er am Ende noch auf die Idee kommen, daß er seine Freundin, sein Mädel Maschenka, umgebracht hat.

Aber er ist wach. Hellwach. Dieter löst sich aus der Starre, indem er alles, was ihn ausmacht, neben sich zurückläßt, alles, was er gefühlt hat, alles, was ihn als Mensch mit Maschenka verbunden hat, die wenigen Stunden, die große Wärme, die Liebe seines Lebens, als Mensch, nicht darüber nachdenken, was das bedeutet. Er muß sich lösen davon, befreien. Befreien. Das Wort überrascht ihn. Und seine Hand überrascht ihn, denn sie liegt auf seiner Pistolentasche. Sie liegt vor ihm, er steht vor ihr. Wie auf einem dünnen Balken probiert er einen Schritt aus. Wenn er an sie denkt, wird er abstürzen, zu ihr in die unendliche Tiefe, wird mit ihr in der Kälte des Schuppens erfrieren. Wenn er an sie denkt, wird er die Tasche öffnen, seine Pistole ziehen, den Lauf leicht gegen seine Schläfe drücken. Dann würde der Schuß das Klappern seiner Zähne beenden. Dann wäre der Krieg vorbei. Und wer weiß, vielleicht würde er ihr sofort begegnen. Aber ich? Ich habe doch. Mensch, Leutnant Thomas, bringen Sie das verdammt noch mal in Ordnung. Die nackte Leiche vor mir muß verschwinden.

Im Schrank hinter dem Schreibtisch findet er eine alte löchrige Pferdedecke. Er zieht Maschenka nicht an, sondern legt ihre Kleider auf ihren Körper und wickelt ihn in die Pferdedecke ein. Er schaltet die Funzel aus und öffnet die Tür zum Flur. Kein Mensch da. Keiner mehr da, alle im Bunker, in ihren Betten. Im Suff. Stockfinster, und er muß sich durch den Gang tasten zur Haustür. Schritt für Schritt. Maschenka hat er auf den Rücken genommen. Balanciert sie wie einen Sack auf dem Rücken. Im Dunkeln.

Schritt für Schritt mit den Filzlatschen die Kellertreppe hinauf. Er klopft an die Tür.

Keine Antwort.

Er ruft: *Hallo! Hallo!*

Keine Antwort.

Steht da in Unterhosen und muß pissen. Da, plötzlich ein Klacken: der Riegel, ein zweites: die Tür. Tante Emmy steht vor ihm.

Ei Dieter, was machschn du im Keller?

Die Tür war offen, da bin ich runter. Und dann hast du sie wieder zugemacht.

Ach Gott, ich häb dich ägsperrt. Und was haschn du an? Nur Unnerwäsch. Ich häb dir doch die Uniform extra gebieschelt heit moje. Die hängt owwe im Bad.

Die schwarze Tür ist nicht verschlossen, draußen schimmert der Schnee grünlich fahl, als wäre ihm nicht ganz wohl. Dieter schleppt mit ausgetrocknetem Mund die eingewickelte Tote durch den Schnee. So ein Augenblick, auch so ein Augenblick. Konzentriert, bis in die Fußspitzen konzentriert, wendig nach allen Seiten, achtsam, die Sehnen angespannt. Achtsamkeit, die Tugend der Kameradschaft. Was zählt, ist der Augenblick. Nichts weiter. Er muß im Augenblick bestehen. Muß verrichten. Verrichten um jeden Preis. Und dann: hinter sich bringen. Und morgen: weiter.

Er trägt sie in den Schuppen. Ein Grab unter den Decken. Der Schuppen schwarz in schwarz. Grünlich der Schnee. Die Tür versucht er aufzuziehen, ohne das Bündel vom Rücken zu nehmen. Keine Spuren! Bloß keine Spuren! Schleifspuren im Schnee. Verräterisch. Der trockene Mund und die beißende Kälte im Gesicht. In wenigen Minuten ist alles vorbei. Die Tür läßt sich nur mühsam aufschieben. Dieter geht zwei Schritte in die Schuppenschwärze. Zwei Schritte, die kein Geräusch verursachen. Läßt das Bündel fallen. Hofft, daß es eingepackt bleibt. Sieht nichts. Was wenn morgen hier noch einmal ein Kamerad hereinkommt, vor dem Aufbruch? Er muß zumindest sehen, daß nichts von dem nackten Körper herausschaut.

Dann steht er da und kramt nach einer Schachtel Streichhölzer. Er findet eine. Zwei oder drei sind noch drin, mehr, glaubt er, nicht. Eins zündet er an und hält es vor sich. Etwas mehr nach unten, um zu sehen, ob da etwas Weißes herausschaut. Nichts. Gut verpackt. Als die Flamme an dem gekrümmten und verkohlten Hölzchen lang und dünn wird, flackert noch einmal der Name auf, der ihn ansengt, der sich hoffentlich nicht einbrennt. Er muß Kamerad bleiben. Jetzt nicht weich werden. Kamerad bleiben heißt anständig bleiben. Jetzt nicht losheulen. Wenn er jetzt losheult, weil ihm die Erinnerung an ihren Namen einen Berg an Ungeheuern auftürmt, an Wärme, Hitze, an, jetzt nicht dieses Wort, an Liebe, nicht dieses Wort. Wenn er jetzt losheult, weil er so ein Mädel da in seiner Nähe hatte, eine Nacht lang. Zwei Nächte lang, aber diese Nacht heute, die kann er nicht mitzählen. Oh, doch. Die muß er mitzählen, denn sie ist die Nacht, die zählt. Denn er muß Kamerad bleiben. Die Nacht heute hat er mit seinen Kameraden verbracht. Wenn er heult und aufweicht wie der Zwieback unter dem Schnaps, wenn er jetzt gefühlsduselig wird, dann wird er ein echter Waschlappen, ein Schlappschwanz. Dann wird er ein Kameradenschwein. So sind es mal welche in seiner Kompanie geworden, so sind es einige geworden. Feigheit vor dem Feind. Selbstverstümmelung. Standgericht. Wenn er's jetzt verbockt, dann klebt etwas an ihm wie die Scheiße, die sich in diesem Augenblick mit einem Reißen im Darm einen Weg bahnt zwischen seinen Arschbacken. Und was da kleben wird, stinkt an ihm. Wenn du ein Jammerlappen bist, dann jammere, dann heul halt. Kneif deinen Arsch zusammen. Wenn die Soße läuft, dann läuft sie dir aus allen Löchern.

Das Streichholz ist abgebrannt. Dieter hat sie in der Pferdedecke nicht noch einmal gesehen. Er bleibt der Truppe nicht länger fern. Raus aus dem Schuppen. Die Tür steht halb offen. Der grüne Schnee fahl von außen, dringt in die Schwärze nicht ein, in der Dieter an Maschenkas Leiche steht und heult. Die Tränen laufen ihm die Wangen hinunter, er schluchzt, und sein Kehlkopf stößt ein quietschendes Jammern aus. Als ob es eine fremde Stimme sei, ein fremdes Jammern. So quietscht doch kein deutscher Soldat, so quiekt ein Schwein. Kameradenschwein. Er kann nicht anders. Kann nicht aus seiner feigen Haut. Das hat er nicht gewollt. Das hat er doch alles nicht gewollt. Nicht gewollt. Das hat er doch nicht. Er doch nicht, der Dieter doch nicht. Das wollte er wirklich nicht. Er kann doch nichts dafür. Die warn's doch, seine, seine. Er doch nicht. Wirklich nicht. Kann doch nicht. Mutti. Nein. Vati. Nein. Inge. Nein. Muß Pipi. Muß kacken. Der Magen zieht sich zusammen, der Darm rebelliert und reißt. Die Tränen auf seinen Wangen gefrieren auch im Schuppen zu Eis. Keine Flüssigkeit zum Heulen.

Da liegt neben dem Körper in der Pferdedecke Dieter im Eis der Angst. Dabei steht er, steht, zittert, aber steht. Heult, aber steht. Krümmt sich vor Darmreißen, aber steht. Schluchzt und will die Mutti rufen, die Mutti, die keine ist, die ihm eine geworden ist, ist ihm doch eine geworden, eine gute, aber steht. Denkt an die Schmauchspuren an ihrer Schläfe, über ihren Augen, aber steht. So gesehen ein Feigling, aber steht. Und während seine Kameraden in ihren Betten liegen und ihre von getrocknetem Schleim und Sackratten juckenden Schwänze von Zeit zu Zeit reiben und zurechtschieben, ungewaschen nach dem Djewotschkafick der besonderen Art, reibt sich Dieter die letzten Tränen aus den unsichtbaren roten Augen, aber steht. Anständig geblieben und schließlich noch als Retter in der Not. Für Maschenka ist der Krieg zu Ende.

30

Dieter sitzt beim Kaffee. Heute ist Tante Emmys Kaffee so dünn, daß nur mit seiner Wärme am feuchten Morgen Schluck für Schluck dünne Zuversicht einzieht. Und bei ihm sitzt Tante Emmy am Tisch. Frisch gebügelt seine Uniform. Sie schweigen, und Emmys Blick auf Dieter könnte Tantenstolz enthalten, sie hat ihren Beitrag geleistet, damit ihr Neffe, der Kriegsheld oder so ähnlich, tadellos aussieht.

Als der Tassenboden auftaucht, und das tut er schon, als die Tasse noch fast voll ist, hat Dieter ein bohrendes Gefühl. Er ist nervös und steckt sich eine Zigarette an. Der Fluß der Zeit wird schneller. Heute schon Freitag. Am Dienstag ist er angekommen. Der Fluß der Zeit zieht an, seit gestern, seit er von Heidi nach Hause gekommen, nein, schon seit er zum Großvater reingegangen ist. Er weiß es nicht genau, hat so ein Gefühl. Weiß nur, daß die Ruhe dahin ist. Die Ruhe, deretwegen er immer hierhergekommen ist. Die Ruhe, die dieses Städtchen in sein Tal drückt. Nicht drückt, eher versteckt vor den Leuten, die es hinter den Hügeln von ferne suchen. Das sich nur langsam öffnet, wenn man mit dem Triebwagen vom Bahnhof Winden angefahren kommt. Die Ruhe ist dahin. Und die hat er doch eigentlich gesucht. Hat er immer gesucht. Die Freude der Großeltern, wenn der liebe Dieter kommt. Die Freude der Tanten. Und seit Trudels Geburt auch der Kleinen. Eddachen und Wolfgang. Radfahren mit Onkel Gustavs Rad. Erdbeeren essen, Brombeeren, Kirschen. Und baden natürlich. Im Winter war er selten da. Aber im Sommer immer. Schauen im Städtchen. Schauen nach den Mädchen. Und herumhören. Ist das ungewöhnlich für den Urlaub? Ungewöhnlich für den Heimaturlaub? Unheldisch ist es. Der Held ist immer in Bewegung. Er muß Dinge tun, Dinge vorantreiben. Er muß die Handlung vorantreiben, die Kriegshandlung, bis zum Sieg. Muß den 561er zum Endsieg steuern. Aber manchmal muß er sich doch ausruhen. Ich habe kein heldisches Gemüt. Unheldenhaft. Unehrenhaft. Nein, nicht unehrenhaft.

Tante Emmy schaut ihn an. Aber bei Tante Emmy ist es nicht so wie bei der Großmutter, wenn sie ihn anschaut. Tante Emmys Blick hat nichts Bedeutsames. Tante Emmys Blick ist auf das gerichtet, was im Alltag notwendig ist. Die kleinen Dinge, die klein bleiben. Ein Blick wie eine Kittelschürze, wo rechts das Schälmesser für die Kartoffeln und links die Gartenschere und die Schnur steckt. Immer die Fürsorge im Auge, damit nichts Unvorhergesehenes eintritt. Schon gar nicht etwas Unangenehmes. Wenn er sie sieht, fallen ihm die Kleinigkeiten ein, die Dinge, an die er noch denken muß. Die Lebensmittelkarten, ach ja, und die Paßbilder, die er bei Foto Kuhr hat machen lassen. Gestern hätte er sie abholen sollen. Dann holt er sie eben am Montag ab. Und so wundert es Dieter nicht, daß Tante Emmy nicht in sein Gesicht schaut, sondern auf seine Schulter, den Uniformstoff neben den Kragenspiegeln. Sie streicht mit der Hand darüber und lächelt fürsorglich.

Ei, jetzat häb ich gedacht, daß ich do n Knick neigebieschelt hätt. Awer's is alles in Ordnung.

Alles prima, Tante Emmy.

Dieter weiß nicht, was das Beunruhigende ist, das auf die Ruhe gefolgt ist. Entweder der Großvater und das Buch oder Heidi und die Lichtung. Gleich halb elf jetzt. So spät. Gestern um diese Zeit war es erst neun. Da hatte er noch Zeit. Da war er noch nicht beim Großvater. Da war es noch anders. Jetzt zieht ihn die Zeit wieder aus der Ruhe. Übermorgen kommt Tante Elle aus Saarbrücken zu Besuch. Seine Tante Elle, die liebste Tante, auch wenn Tante Emmy auch lieb ist. Und Tante Carla. Gott, die Kleinen, er muß noch Zeit mit den Kleinen verbringen.

Tante Emmy, weißt du, ob die Tante Carla mit den Kleinen ins Schwimmbad geht?

Nä, die Carla is uf'm Markt. Heut is doch Markt. Ich geh aach glei. Normal geh ich um neun, awwer heit isses schun halwer elf, kummsch mit?

Dieter weiß nicht recht. Heute treibt ihn nichts, nur die Zeit. Und es ist ihm fast egal, ob er jetzt ins Schwimmbad geht oder mit in die Stadt, auf den Markt. Nicht einmal auf Heidi kann er sich konzentrieren, auf die Frage, wo er sie am wahrscheinlichsten treffen kann und ob er sie überhaupt treffen kann. Schon fast elf, als er mit Tante Emmy zum Gartentürchen hinausschlüpft. In die Stadt. Nicht zu Heidi. Er kommt sich wie betäubt vor. Ist Heidi nicht mehr zwingend und schön? Noch hat ihn der Sog der Zeit nicht ganz erfaßt, aber er ist schon zu spüren.

So ist es immer beim Kommiß, wenn der Landser merkt, daß der Urlaub zu Ende geht, dann wird groß gezählt. Tage, Stunden. Man dreht den Kopf, man schaut nach hinten, wie der hinkende Hund am Schotterweg der Luitpoldstraße, der am dicken Turm eine Spur verfolgt, die ihm im Vorüberlaufen am Wegesrand in die Nase gestiegen ist. Vielleicht ist die Spur wichtig und macht einen Augenblick lang sein Leben aus. Aber das Lederband strafft sich. Und er muß weiter. Klar muß er weiter. Was hat er da zu suchen? Seine Nase in Sachen zu stecken, die ihn nichts angehen. Die ihn nicht zu kümmern haben. Was soll er am dicken Turm der alten Stadtmauer, da pinkeln nun mal alle Hunde in die Sträucher und Gebüsche der Stadtmauer.

Dieter und Tante Emmy gehen am Haus der Roses vorbei, die Pfarrgasse hinunter. Ihre Einkaufstasche scheint den Weg zu weisen. Er trottet nebenher. Schaut nach vorne. Es ist der Weg, den er auch wieder zum Bahnhof gehen wird, wie er ihn am Dienstag in die Gegenrichtung gegangen ist. Es könnte ihn Wehmut überkommen. Den Dieter. Was will ich denn machen? So ist das nun mal. Abschied. Noch nicht, noch ist Freitag. Erst am Dienstag. Da wird es heißen: mit dem Koffer zur Bahn. Zurück nach Braunschweig und dann in die Kaserne nach Salzwedel. Erst mal zurück in die Kaserne. Nicht gleich an die Ostfront. Was will ich denn machen? *Eigentlich könnt er im Keller unterschlüpfen, im Keller beim Eingemachten und den Marmeladen.* Ach was!

Da stehen die Marktfrauen in der dumpfen Hitze der Markthalle, mit Kopftüchern und Kittelschürzen. Aufstellung in zwei Reihen. Hinter ihnen ihre Korbwagen, die *Kärchel,* wie Tante Emmy sagt, vor ihnen die Auslagen. Tante Emmy fehlt nur noch das Kopftuch, um zwischen ihnen unterzugehen, eins zu werden mit den anpreisenden Bäuerinnen. Und da steht auch die Carla mit Eddachen an der Hand und neben ihr Trudel mit dem Wolfgang an der Hand. Tratschend blickt Tante Carla den Gang in der Halle entlang. Nickt dabei bekannten Gesichtern zu. Nickt ganz außerordentlich hocherfreut, als sie Dieter sieht. Und Dieter erst. Und Trudel erst. Schon verklumpen sie zu einem lachenden Hallo und versperren den Weg. Aber wer wird dem feschen Leutnant schon verwehren wollen, daß er sich hier tummelt, allein unter Frauen? Der Held. Bestimmt ein Held. Groß und blond, rank und schlank.

Des isch awwer n Sießer, hört er eine der anpreisenden Bäuerinnen herüberlächeln, mit einem Bündel Karotten in der Hand und gelbem Pferdegebiß. Doch neben ihr steht er. Dreht sich gerade nach hinten und bückt sich in den Korbwagen. Holt in seiner Arbeitsjacke und mit krummen Beinen eine flache Kiste mit Erdbeeren hervor. Der gegerbte Alte. Sieht Dieter nicht, schiebt Karotten zu Kartoffeln und legt eine Kiste Erdbeeren auf die Auslage, während die pferdegebissige Frau neben ihm, seine Tochter offenbar, jetzt, da sie den Blick von Dieter genommen hat, ein Bündel Karotten hochhält und lauthals in die Runde ruft: *Gälriewe!* Der Alte leckt den gegerbten Zeigefinger und Daumen und nimmt eine gefaltete NSZ, in die er für eine junge Frau im Sommerkleid Erdbeeren schaufelt. Legt schon die Gewichte auf die Waage. Wie immer. Schneidet von der Karte die Marken. Leckt Daumen und Zeigefinger ab und nimmt die nächste Tüte. Der alte Bauer, wie jedi Woch. Als er mit ihm im Triebwagen saß, da war er noch gar nicht angekommen. Da ist er von Winden gekommen und hat vor sich hingedöst. Jetzt steht der Alte da, als würde jedi Woch zählen, als wäre der Bauer der Held und nicht der Dieter, denn der Dieter ist hier nur auf Besuch, auf Urlaub, der Bauer ist immer hier. Ein Leben lang. Viele Leben lang. Und Dieter hat doch nur eins. *Warte ein paar Wochen!*

Die Gedanken drängen sich auf, verursachen Dieter ein Kribbeln im Kopf, werden von der Taubheit und Dumpfheit, die ihn heute begleitet, in besonders aufmerksames Horchen und Schauen gewendet. Er will das geschäftige Treiben erhaschen. Und dennoch verliert er in Sekundenschnelle das aus dem Blick, was er gerade angepeilt hat. Dem Trudeli, das nach seiner Hand greift, streicht er lächelnd über den Kopf und schaut dabei schon wieder in eine andere Richtung. In den Kopfsalat, in die Gelbrüben, in die Kartoffeln, auf die Erdbeeren, auf die Kittelschürzen, in Tante Emmys Nasenlöcher, auf Trudelis Scheitel, auf Eddas Lockenkopf, auf die Erdbeeren, auf die Erdbeeren, auf den Alten, auf die Zunge, die zwischen den stehengebliebenen Eckzähnen hervorschnellt und über Daumen und Zeigefinger fährt, die Zeichen der Zeit, in Tante Emmys Einkaufstasche, in der gerade ein Bündel Gelbrüben verschwindet. Nur Frauen um ihn herum. Bis auf den zahnlosen Alten ist er der Mann am Platz. Er ist der Held. Er muß strahlen. Eroderich. Er muß berichten, wie es da draußen ist. Hinter den sieben Bergen, bei den sieben Zwergen. Niemand fragt ihn. Cherbourg, Witebsk, Giurgiu. Was weiß ich denn? Ich bin auf Urlaub. Hier! Großangriff, Bomberverbände. Hier? Ein Gewitter, ein Regen, Frauen in der Markthalle, ein Geschnatter, ein Brummen wie im Bienenstock. Gesichter, denen es schlechter gehen könnte. Hier.

31

Noch ist er hier. Steht ganz ruhig in der Sonne. Noch ist Zeit. Halb drei. Auf seinen Schultern sitzt Eddachen. Trudeli im Becken. Er blinzelt, reckt den Kopf in die Höhe und lächelt dem Lockenkopf da oben ins Gesicht. Und wie Eddachen zurücklacht: Das Mondgesicht wird ganz breit. Und dann springt die Trudel vom Dreimeterbrett. Keinen Köpper, aber immerhin. Traut sich was, die Kleine. Die Große, muß er sagen. Ja, das muß er. Heidi kommt nicht.

Dieter sitzt noch ganz ruhig am Kaffeetisch bei den Roses, hinten im Hof, hinterm Haus im Garten, umgeben von Wäscheleinen mit dem Seifengeruch weißer Laken. Erdbeerkuchen. Carla hat gebacken, und die Kleinen mampfen. Dieter mampft. Muß an den Erdbeerkuchen bei Braackes denken, mit Frontbericht. Mit Carla muß er nicht so viel sprechen. Sie lächelt, und er sagt ihr gerne, daß ihm ihr Kuchen sehr gut schmeckt. Kommt ihm ganz leicht über die Lippen. Hm, lecker, ein Gedicht, jawollja. Ausgezeichnet, wirklich ausgezeichnet. Und sie freut sich, daß es ihm schmeckt, lächelt ihm zu, schlägt die Augen nieder, bei so viel Lob wird man ja ganz verlegen. Ja, der Kuchen. Und auch die Dosenmilch macht sich prima dazu. Ganz prima. Und dann gibt Carla dem Dieter noch Tomaten mit *für oben*. Für oben? Ach, für die Stepps.

Gustav hat doch so ein Händchen dafür, sagt Carla, indem sie die Tomaten in die Zeitung wickelt.

Und als er am grünen Gartentürchen angekommen ist, 394^{b}, da ist der Tag auch schon wieder beim Abend. Halb sieben. Unaufhörlich. Es wird eng. Die Zeit, die Zeit. Tomatensalat auf der Veranda mit Tante Emmy und der Großmutter. Schon neun. Die Großmutter wirkt apathisch. Blaß, leichenblaß. Sagt kein Wort. Tante Emmy bringt einen Korb mit Brot.

Und dann gab es Erdbeerkuchen, sagt Dieter und hat das Gefühl wegzurutschen, in die Zeit zu fallen. Am liebsten würde er sich am Tisch festhalten, am Teller mit den Tomaten. Er hätte es tun müssen. Er hätte sich schon an Carlas Kaffeetisch festhalten müssen. Denn weil er es nicht getan hat, ist die viel zu schnell vergehende Zeit so richtig in Schwung gekommen. Und als Tante Emmy die leeren Teller abräumt, legt die Großmutter ihre Serviette auf den Tisch. Mit hastiger Bewegung dreht sie ihren Kopf zu Dieter. Schaut ihn mit festem Blick an und sagt: *Bleib hier.*

Mehr sagt sie nicht. Nur diese beiden Worte. Ohne Ausdruck, ohne Geste, ohne Langsamkeit, ohne Zeit. Da schwingt nichts mit. Worte, die nicht getragen durch den Raum schweben. Worte, die gehört werden wie ein Befehl, der nicht auszuführen ist. Als würde Dieter auf ein Himmelfahrtskommando geschickt. Aufbruch. Unmittelbar.

Alles aufsitzen! Die Rauchsäulen steigen empor. Schwarz, aus gelben und roten Flammen. Die Häuser brennen lichterloh. Die Dorfstraße eine Feuerwand. Vom Holz des Schuppens ist nichts mehr zu sehen. Flammen hüllen ihn ein und lösen ihn auf. Lösen alles auf, was an diesen Schuppen erinnert. Was jemals auf seine Existenz hingewiesen hat, wird ausgelöscht. Knistern, Rauschen, Krachen, Knacken. Glühende Späne fliegen durch die Luft. Der Schnee um den Schuppen schmilzt und dampft. Sie fahren die Dorfstraße entlang. Der Tag hat begonnen mit blauem Himmel, und die Sonne steigt. Prächtig. Großartig. Hinter ihnen die Rauchsäule, unter der Malaja Irgendwas knisternd, rauschend, krachend, knackend zusammensackt. In der endlosen Weite der Ebene noch lange zu sehen, wie sich Malaja Irgendwas in den Himmel schraubt. Und das Dorf daneben auch und das dahinter. Die brummenden Motoren schieben sich durch den Schnee.

Der Morgen hat begonnen mit blauem Himmel und voller zwitschernder Amseln. Als Dieter den Treppenknauf umfaßt, brummt es in der Küche. Tante Emmy hört Radio. Nanu, hat sie noch nicht gemacht, seit er hier ist. Er hat ihn ganz vergessen, den Kasten, war doch sonst immer ganz versessen darauf. Nicht in den letzten Tagen. Sonst immer. Da hat er schon in aller Herrgottsfrühe gehört. Aber jetzt hat er kein Bedürfnis. Liegt das an Heidi? Wahrscheinlich liegt das an Heidi. Oder an den Amseln. Oder an der Ruhe, die man erst mal hören lernen muß.

Brief ohne Kuvert

Braunschweig, den 21. V. 40.

Liebe Tante Carla!
Für Deine Karte hab vielen Dank! In der Zwischenzeit hat sich nun so viel Neues ereignet, kaum glaublich, was wir in den paar Tagen schon erreicht haben. Schade, daß ich nicht schon bei dem Vormarsch unserer Panzer dabeisein konnte. Wenn das so weiter fortschreitet, wird der Krieg bald beendet sein. Man kann ja da keine Pläne machen. Möglich ist es, daß die Einberufung schon im Juli erfolgt oder aber noch alles seinen normalen Gang geht, also im nächsten Januar Reifeprüfung, Arbeitsdienst und erst 1 Jahr später zu den Soldaten. Ich rechne also nicht damit, nun bestimmt im Herbst oder früher ohne Prüfung die Schule verlassen zu können, sondern arbeite so, daß ich eventuell auch die Reifeprüfung glatt ablegen kann. Sollte aber die Einberufung kommen, so wird es immer noch möglich sein, Euch zu besuchen. Und sonst könnte ich Euch nach bestandenem Examen nächste Ostern besuchen. – In der Schule haben wir bislang einen Aufsatz und eine mathematische Arbeit geschrieben, ich habe in beiden eine 2. Im NSKK hat jetzt die vormilitärische Ausbildung begonnen, die bis Anfang Juli dauert. Wir schießen oft, lesen Karten und verwenden die Kenntnisse im Gelände. Das Reichsjugendsportabzeichen habe ich inzwischen verliehen bekommen, das große Sportabzeichen muß ich nach dem 16. 6. nochmal ablegen, da man bei Beginn der Prüfungen das 18. Lebensjahr vollendet haben muß, aber das kann ich in einer Woche schaffen. – In den Pfingstferien habe ich den Motor vollkommen zerlegt, ich habe ein besonders gutes Stück erwischt, gut eingelaufen ist er auch, kein Wunder, daß er im Sommer so gut lief. Mit dem Photographieren ist es auch nichts mehr, da es den Leicafilm u. Farbfilm fast gar nicht gibt und Papier völlig ausverkauft ist. Und das Akkordeon ist noch nicht da, wird vielleicht garnicht geliefert. Aber mein Radio kann ich noch benutzen, das stelle ich schon morgens an zu den Nachrichten um 7 Uhr, Stuttgart hat ja auch mal wieder Frühkonzert gesendet, das Pausenzeichen habe ich

schon lange nicht mehr gehört, Willi Butz-Bara hat auch nachmittags mal gespielt. Es hieß ja mal, unsere Flüchtlinge können auf's Land, aber ich glaube nicht so recht dran, obwohl sie vor 7 Wochen Nachricht bekommen haben, daß sie in etwa 2–3 Wochen führen. Die Frist ist also schon herum, nur der Befehl noch nicht. Wir hätten dann Rüstungsarbeiter bekommen, die wären auf den Boden gekommen, und ich hätte wieder in mein Zimmer ziehen können. Gibt es in Würzbg. Tabakwaren nur noch gegen Karte? Hier ist es so, viele, die früher wenig rauchten, kaufen alles was es gibt. Wenn es dort wenig gibt und Onkel Gustav wenig bekommt, kann ich ihm mal schicken, da ich ja nicht viel rauche und bis 48 Stück pro Woche bekommen kann.

Euch Allen recht herzliche Grüße!
Euer Dieter

Gibt es bei Euch billige Füllhalter (bis 4,00 M), da ich den guten Pelikan nicht gern mit in die Schule nehmen möchte, denn so einen guten Halter kann man eben nicht ersetzen? Hier sind sie leider alle ausver- (oder aufge) kauft. Nur ein neues Etui u. den passenden Druckfüllstift habe ich noch bekommen.

Tante Emmy schaut geradeaus und hört nach rechts zum Apparat. Sie schaut konzentriert, als müsse man geradeaus schauen, wenn man rechts hören will: *Im mittleren Frontabschnitt nahm der sowjetische Großangriff an Wucht zu und dehnte sich auf weitere Abschnitte aus.* Hier, denkt er, ist man unter sich. Hier ist man verdammt weit weg. Weg von was? Und er merkt wieder die Taubheit, die Benommenheit um ihn herum. Hat sich an ihn drangehängt. Sie drückt jetzt auf die Augen. Seine Augen sind schwer. Und es ist schon wieder eine halbe Stunde herum. Darf doch nicht wahr sein. Tasse Kaffee. Veranda. Runter zu Roses.

Zus Roses? Sagscht ihne Dank fär die Tomate.

Ja, sage ich ihnen.

Gehscht net ins Schwimmbad?

Vielleicht. Mol kucke, lächelt er ihr zu.

Jo, guggsche mol. 'S Wetter is jo schä.

Das Wetter ist wunderbar. Blauer Himmel. Blauer Himmel. Prima. Und am Gartentürchen. Macht er halt. Schwindlig ist ihm. Denn ihn zieht es nicht zu Carla und den Kleinen. Die Straße hinauf natürlich, und dann nach links zur Villa Zickzack.

Und er steht vor dem großen Tor. Die weiße Fassade des Untergeschosses in grelles Licht getaucht. Scheint ihm ins Gesicht, sticht ihm in die Augen, die schweren. Da geht oben die weiße Glastür auf, und ein Sommerkleid wird angeweht von einem leichten Windstoß. Heidi winkt und hüpft die Treppe hinunter. Glück gehabt. Sie müssen sprechen.

Heidi winkt, und er winkt zurück, der Major. Steht am Fuß der Treppe und schneidet die Rosen. Im hellen Anzug und gelbem Strohhut. Kein Gärtner, der Major persönlich schneidet die Rosen. Und Heidi jetzt bei ihm. Dieter hört das Wort Tee. Der sei fertig. Da steht er, die Hände um die Gitterstäbe gelegt. Am liebsten würde er am Tor rütteln, um auf sich aufmerksam zu machen. Kann schlecht *Heidi!* rufen, ohne angemeldet zu sein, oder? Dieter läßt das Gitter los und dreht sich um. Er setzt sich auf die kleine Treppe vor dem Tor und wartet in der Sonne. Warten worauf? Gleich halb zwölf schon. Seine Zehenspitzen wippen in den Stiefeln, stoßen an die Lederschalung. Die Sonne im Gesicht, Heidi im Rücken, Heidi, die nichts von ihm weiß, nichts von ihm wissen will. Nichts mehr. Vor ihm Häuserspitzen und Baumwipfel, Pappeln und Schieferdächer. Vor ihm die Zeit, die ihm bleibt. Wenn das nicht die Zeit für eine Zigarette ist. Er hat sie vergessen. Das heißt, Tante Emmy hat sie wohl herausgenommen beim Bügeln.

Seine Armbeugen hängen über den Knien, und er hat nicht mal was zu rauchen. Und wenn er auf die Uhr schaut, weil ihm bei jedem anderen Blick die Sonne direkt ins Gesicht scheint, dann kann er nur die schweren Lider aufeinanderlegen, denn schon wieder sind zwanzig Minuten vergangen. Unruhe befällt ihn. Doch zu Roses? Er will ja nur was fragen. Steht schon fest mit den Fersen in den Stiefeln. Das Zifferblatt schenkt ihm nichts heute. Sitzenbleiben, noch fünf Minuten. Lachhafte fünf Minuten.

Nanu, hört er eine Stimme hinter sich. Eine tiefe Männerstimme. Er dreht sich um, natürlich dreht er sich um, blitzartig, nicht, weil er die Hoffnung hätte, Heidi zu Gesicht zu bekommen. Das ist nicht möglich, von vornherein ausgeschlossen. Der Gärtner mit der Gartenschere ist es. Der Herr Major. Und da steht er, der Leutnant, in tadellos gebügelter Uniform.

Nanu, wiederholt der Major, *Leutnant Thomas. Sie hier? Warum treten Sie nicht ein?*

Ich, ähm. Ich war gerade auf einem Spaziergang.

Achso. Wollen Sie eine Tasse Tee mit uns trinken? Meine Tochter hat gerade welchen aufgebrüht. Sie wird sich freuen, Sie zu sehen.

Äh, ich, ja, freue mich. Auch. Ich auch, Herr Major.

Na, dann kommen Sie mal rein. Nur zu! Nur zu!

Nur zu. Gern. Nur zu gern, Herr Major. Da kommt er jetzt unmöglich raus. Zwickmühle. Will er auch gar nicht. Aber ob sie sich freuen wird, ihn zu sehen, das wagt er ernstlich zu bezweifeln. Das ist doch gewagt, da jetzt hineinzugehen. Nur zu! Nur Mut! Mensch, mal etwas mutiger. Tatendrang. Vorwärts. Nun, Volk, steh' auf und Sturm, brich los! Neben dem Major den Kiesweg entlangzugehen, engt seine Gedanken ein. Er kommt sich so militärisch vor. Er *ist* militärisch. Auch wenn der Major statt des Degens nur die Gartenschere führt. Er ist der Leutnant, der Major ist im Ruhestand. Hat, so gesehen, mit diesem Krieg nichts mehr zu tun, wirkt auch etwas blaß und abgespannt, der alte Herr. Sie gehen die Treppe hinauf. Forsch der Leutnant.

Langsam, sehr langsam, ganz langsam, als wollte die Bewegung jedes einzelnen Schrittes kein Ende nehmen, der Major. Dieter dreht sich um, wartet auf den Major. Verlangsamt seinen Schritt. Setzt behutsam seinen Stiefel auf den Stein.

Ihr Grenadiere, flink wie Windhunde. Der Panzer braucht seine Zeit. Abschüssiges Gelände, Leutnant. Haha, nicht wahr?

Dieter lächelt verschmitzt und anerkennend, vor allem aus Höflichkeit.

Drinnen Heidi, am Tisch, darauf eine Teekanne und ein wirklich schöner Strauß gelber Rosen, aus dem Garten, klar erkannt.

Liebes, ich glaube, der Herr Leutnant trinkt auch noch eine Tasse mit.

Ihr Blick aus der sinkenden Zeitung, hinter die sie gerade ihre Tasse gehoben hat: überrascht. Die Tasse wackelt, der Tee schwappt. Ihr Blick: erst ohne Lächeln, eins, zwei, drei Sekunden ohne Lächeln. Dann setzt sich die kecke Heidi durch. Nur ein kurzer Kampf mit den Mundwinkeln. Oh, nein. So etwas ihm. Sie ist nicht positiv überrascht. Keineswegs. Gute Miene zum bösen Spiel.

Ich hole noch eine.

Sagt es, stellt die Tasse ab, legt die Zeitung weg und ist im selben Augenblick verschwunden. Also weiter Konversation mit dem Major. Die Ahnenbilder an der Wand haben heute einen Ausdruck auf ihren Gesichtern, der Dieter durch die gelbe Patina anschaut, anstarrt, hat er das Gefühl. Als wollten sie ihm bohrende Fragen stellen. Als würden sie von ihm etwas erwarten. Als würden sie von ihm erwarten, für sie zu sein oder gegen sie. Er muß sich entscheiden, für sie oder gegen sie. So springt sein Blick im Raum wie der eines Kaninchens.

Gemälde aus dem siebzehnten und frühen achtzehnten Jahrhundert, sagt der Major, der Dieters Blick für Interesse hält.

Die Gemälde in ihren schweren Rahmen haben nichts Gediegenes, nichts Festgefügtes. Ein Porträt im Rahmen, aus dem 17. Jahrhundert hat doch sonst etwas Gediegenes. Die Ahnen, die darauf zu sehen sind, und es sind immer Ahnen, von wem auch immer, sehen einen an, weil sie für die Ewigkeit gemalt worden sind. Aber dennoch in einem Augenblick. Sie zeigen einen Augenblick, auch so einen Augenblick, in dem sie mit ihren Augen blicken. Und alles soll in diesem Augenblick stecken. Ihre ganze Bedeutung, konzentriert. Und der Blick gilt gar nicht demjenigen, der sie sieht. Nicht Dieter jedenfalls. Normalerweise gelten die Blicke der gesamten Nachwelt. Aber diesmal blickt aus dem Schwarz der Mann in Harnisch und grüner Armbinde. Nur um sein Gesicht herum taucht seine graue Perücke aus dem Schwarz auf. Gelbgrau die Haare über seiner Stirn, als würde er zu viele Zigarren rauchen. Löser & Wolff oder Deutsche Jagd. Aber der Mann, wohl ein von Braacke, schaut nicht verqualmt aus der Wäsche. Und nicht auf die Nachwelt. Nur auf einen. Auf Dieter. Soviel steht fest. Dann entscheide dich mal.

Das Frauenporträt zeigt eine streng dreinschauende Alte. Mit gelbweißen Punkten um ihr Kinn, die offenbar zu einem Spitzenkragen gehören. Hochgeschlossen, nicht sehr *offenherzig,* wie Tante Emmy das nennen würde, vielmehr *bis owwe hin zugeknöppt*. Sie fügt sich in ihr Schicksal. An der Seite ihres Mannes. Die Frau taucht aus der Schwärze des Hintergrundes auf. Vielleicht gibt sie sich auch gar keine Mühe. Als wollte sie zurückweichen, um nicht entdeckt zu werden. Als würde sie Zuflucht im Dunkel suchen, aus dem ein Vorhang oder etwas Ähnliches wie ein Vorhang nahezu vergeblich ragt. Aber wenn sie versucht zurückzuweichen und sich womöglich hinter dem Vorhang zu verbergen, dann braucht sie sich nicht zu wundern, wenn keiner hinschaut, außer Dieter. Und das zur Mittagszeit, wo der Raum durch die weißen Sprossenfenster von der Sonne am hellsten beschienen wird. Da kann sich niemand mit Lichtverhältnissen herausreden. *Knipsverhältnisse,* wie Vati zu Dieter sagt, wenn der mit der Jubilette den Atem anhält. Die werden nicht besser. Wie die Großmutter scheint sie zu schauen, aber nicht so menschlich, nicht so voller Kraft. Die Ahnin starrt ihn an, als würde sie keinen Widerspruch dulden, als würde sie ihn sofort töten, wenn Zweifel in seinem Gesicht auftauchten. Füge dich in dein Schicksal. Dein Schicksal ist das Schicksal des deutschen Volkes. Du bist Großdeutschland. Weiß sie, was Großdeutschland ist, am Ende des 17. Jahrhunderts? Sie scheint es zu wissen.

Als Heidi nach einer geschlagenen Viertelstunde wiederkommt, geht der Major leise, aber bestimmt auf sie zu und flüstert ihr etwas ins Ohr, von dem Dieter nur ein gemurmeltes *schweigsam* mitbekommt. Dieter nimmt die Tasse, Heidi gießt ein und sagt: *Da steht heute etwas in der Zeitung, das muß ich euch vorlesen. Es ist so schön, so wunderbar und so wahr.*

Während Dieter den ersten, schon lauwarmen Schluck Tee nimmt und sich setzt, nimmt auch der Major Platz, schenkt sich ein und erwartet das Wunderbare. Und Dieter erst. Jedes Wort hört er ab, wie ihn die Ärzte im Lazarett abgehört haben. Stethoskopische Achtsamkeit für Heidis Worte aus der Zeitung.

32

Im Kurgarten
Vor Phlox und Malven

Ist es heute angängig, in ein stilles Reich leuchtender Blumensterne sich zu versenken? Ein Dichter begann eine Betrachtung der Zinnien einmal mit den Worten: »Es gibt Reichtümer, die als Geschenke in unser Leben eintreten. Eines Tages finden wir sie vor wie Bilder, die sich aus dem Unsichtbaren entfalten.« – Wann wäre eine Menschheit reifer gewesen für solche Geschenke als die unsere? Der gleiche Dichter – es ist Ernst Jünger – schrieb auch diesen Satz: »Der Mensch ist dem Material überlegen, wenn er ihm die große Haltung entgegenzustellen hat, und kein Maß und Uebermaß der äußeren Gewalten ist denkbar, dem die seelische Kraft nicht gewachsen wäre. Daraus kann jeder, der dazu fähig ist, den Schluß ziehen, daß im Menschen, im wirklichen Menschen, Werte lebendig sind, die nicht durch Geschosse und nicht durch Berge von Sprengstofftonnen zerstört werden können.«

Die Reserven menschlicher Möglichkeiten ständig auffüllen zu helfen, stehen auch die stillen Blumen da.

Von der Front gibt eines Soldaten Stimme uns Antwort auf die Frage nach dem Recht zur Daseinsfreude überhaupt:

»Niemand kann ein leidenschaftlicherer Künder der Lebensfreude sein als der einfache Grenadier, der, durch die Versuchungen und die Gefährdungen der Schlacht getrieben, durch die Marter des Trommelfeuers und seiner Ewigkeiten gejagt, durch eine Mauer des Todes und des Grauens geschritten, plötzlich beinahe fassungslos vor der Stille des Abends steht, in der der Lärm der Waffen verstummt, ein Windhauch über die Felder trifft und er, mählich zu sich selbst zurückkehrend, sein kleines Leben wieder erkennt, das ihm bewahrt wurde und der das Salz des Schweißes auf den Lippen noch schmeckend und dem dumpfen, tauben Ton lauschend, der noch in seinen Ohren widerhallt, doch schon im Pochen seines hämmernden Herzens das Leben fühlt, das herrliche, wiedergeschenkte, wunderbare Leben. Eine Freude durchflutet ihn in solchen Augenblikken, der kein Glück dieser Erde gleicht.«

Vor den Phlox-, Malven und Schwertlilienrabatten im Kurgarten stand am stillen Abend eine Frau, durch eine gleiche Schlacht gegangen, hergekommen aus den Bereichen blinder Vernichtung, von allen Wurzeln gerissen, übriggeblieben. »Ist es nicht tief beruhigend«, frug sie, »daß Menschen noch Blumen züchten, einer Vorsehung hel-

fen, Dinge zu schaffen, wie diese Blumen, in denen gleichwohl das Weltall zu wirken scheint?«

Ein Widerschein wiederkehrender Lebensfreude blühte aus dem grau und ernst gewordenen Gesicht. Sie ging durch den Genesungsgarten des Lebens, in dem das Bescheiden und die Freude am Einfachen blühen, – wie Dürers Veilchenstrauß und van Goghs blühender Mandelzweig.

Die kleinen Köstlichkeiten

»Was haben Sie heute entdeckt?«, frug ich beim Wiedersehen.

Die junge Frau in Schwarz antwortete: »In einem vergessenen Fach der Buchhandlung dies schmale Gedichtbändchen; –«

»– Ich las den Titel: »Sie alle fielen«. –

»– eine Bank bei den niedrigen Polyantha-Rosen am Brunnenbau; den Gärtner, der alle Blumennamen kennt, die stelzfüßigen lateinischen der Botanik und die blühenden deutschen des Lebens; das regenbogenfarbene Spektrum der Rasenbewässerung; eine Rose, die Madame Karoline Testout heißt; und das rätselvolle, kugelrunde Vogelauge der Schwarzamsel, die mich beim Frühstückstisch besucht – –«

»Das ist viel.« Sie lächelte mir über die Schulter zu mit ernsten Augen: »Ja«.

Der Gedichtband lag aufgeschlagen auf der Bank. In das grüne Sonnensegel hoher Bananenstauden blies ein milder Wind. In dickem Purpurrot prunkte der Mohn, prall im Fleisch. Phlox blühte in weißen, roten und blauen Farben zwischen Malven, Taglilien, Margueriten, Iris und Kokardenblumen. Auf einer einstigen Blumenwiese neigte nun Brotfrucht ihre schweren Halme. Eine Rosenrabatte verlor sich am Zaun; Blätter hatten sich gelöst und lagen verstreut. Das Flügelsummen der Bienen, der Libellen und Fliegen wogte auf und ab wie verhaltene Cellomusik.

Ich griff nach dem Gedichtband, las Gerrit Engelke, Bernhard von der Marwitz, Walter Flex, Gorch Fock, las Namen von Franzosen, Italienern, Bulgaren, Engländern: »Sie alle fielen.« Und ihre letzten Gedanken wurden gelesen an einem Tag solcher Bejahung des Lebens?

»Die Verse geben mir viel«, sagte die junge Frau; »sie sind das letzte Jasagen junger Menschen zur Herrlichkeit der Welt und zum Tod. – Alles hat seinen Platz in der großen Ordnung. Sehen Sie um sich, schauen Sie die Rosen an, diese gellende Aufstauung aller Schönheit zur Fermate, in der alles zerbricht: Auch sie vergehen auf der Höhe des Daseins.«

Wir schwiegen beide.

Ein Trauermantel schwebte durch die Stunde, ein Schmetterling in dunklen Samt gekleidet zwischen der hellen Seide der magisch leuchtenden Iris germanica, der Schwertlilien in

Halb eins.

gelben und braunen, in hell- und dunkelblauen Tönen. »Wie eine Note von Chopin, die verloren ging«, sagte die Frau. Und nach einer kleinen Weile: »Morgen lege ich die schwarzen Kleider ab. Sie sind des Toten nicht würdig, der das Leben so geliebt …«

Kurmusik

Ueber den blauen und grünen Abendgärten wird als erstes Gestirn hoch am Westhimmel der Planet Jupiter sichtbar. Man schaut empor und empfindet etwas wie die atemlose Stille der Generalpause eines Beethovenwerkes, gefolgt von leisen, starren, beklommenen Bläserakkorden: Die Sterne gehen auf.

Die Kurkapelle kommt zum Schluß; sie spielt eine Schubert-Serenade. Manche der Wandelnden um die Blumenquadrate bleiben stehen. Im Parkhotel flammen Lichter auf hinter wehenden, bauschigen Gardinen. Andere verlöschen. – Die Platanenblätter reißen große zackige Silhouetten in den milden, hellen Abend. Ein Soldat geht durch den ersten Abend des Urlaubs.

Dieter schaut auf zur Ahnin, die sich ins Dunkel zurückzieht. Lichtscheue Gestalt, denkt er. Dieter will nichts von Soldaten hören. Jetzt gerade nicht, selbst aus Heidis Mund nicht, der sich überschlägt vor sauberer Intonation. Sie ist beseelt von diesem süßlichen Blumenduft, der für Dieter so deutlich wird, daß er ein Kribbeln in der Nase spürt. Er reibt sich die Nase, wischt hin und her. Drückt auf den linken und den rechten Nasenflügel. Kommt sich vor, als müsse er nicht unbedingt hier sitzen und hören, was sie liest. Reden. Reden mit ihr. Es wäre so viel wichtiger. Wäre sie dann auch so beseelt? Wie sich die Lippen öffnen und schließen, die Zähne, die weißen Heidizähne. Glanz. Ganz auf Glanz.

Er geht wie von aller Verbindung mit der Mitwelt ausgeschlossen. Die Musik hält ihn und ihr Umkreis. Am plätschernden Brunnenbassin gibt er sich der dichtbelaubten, dunkelgrünen Tiefe des Parkes hin, sieht Blatt um Blatt empor, bis nach oben hinauf, wo der rasch zudunkelnde Himmel durch das Laub dringt. Die Musik baut einem Heimkehrer ein Portal.

Hätte die Kurkapelle keine einzige andere Aufgabe, – diese genügte. Vielleicht hat noch keine Zeit und kein Volk tiefer verspürt als die unsere, was Musik auszusagen vermag, wenn Worte hilflos verstummen.

Hinter wehenden Gardinen rief man ihn beim Namen und winkte ihn hinauf. Der Heimkehrer steht noch eine Weile und lauscht.

Dieter sitzt unbequem im Stuhl, er lauscht widerwillig. Warum, weiß er nicht. Unbehagen über das Geschehen um die lichtdurchflutete Ahnengalerie. Er schaut hinauf. Der Ahne schaut ihn beleidigt an, als sei es eine bodenlose Frechheit, nicht aufmerksam zuzuhören, was seine Nachfahrin liest.

Unter vielen Füßen knirscht der Kies der Pfade.

Auf hohen Kothurnen schreiten Mädchen vorüber. Im Restaurant werden schwarze Papierrollen herabgelassen;

Zwanzig vor eins. Dieter muß niesen. Er schiebt den Zeigefinger unter die Nase. Hält die Luft an. Er kann es für diesmal zurückhalten.

ein weißhaariger Ober stellt fürsorglich die ersten elfenbeinfarbenen Gartentische schräg. Noch spielt bei schwachen Lampen die Musik.

Die dunkle Frau geht durch den Garten – im hellen Kleid; vor dem Schatten des Soldaten bleibt sie eine Sekunde erschrocken stehen. Dann lächelt sie und geht vorüber. Einer kam heim und einer blieb, verging auf der Höhe des Daseins. – –

Die letzten Takte der Musik hängen noch lange in ihren Gedanken,

Dieters Hand saust nach oben, zu spät, er niest halb in die schützende Hand, halb in die Tasse, deren Teerest sich kräuselt, aber nicht überschwappt. Zwölf Uhr zweiundvierzig.

tröstend und befreiend. – Befreiend …

33

Der Major regt sich in seinem Stuhl, murmelt und schlägt die Augen auf, als er erwacht.

Mm. Mm. Schön, Liebes, ja. Gesundheit, Leutnant.

Heidi lächelt beseelt, man kann es nicht anders sagen, die Männer an.

Der Teufel. Ja, der Teufel. Dieter, er ist der Teufel, niemand anders kann es sein, denkt Dieter. Du dienst dem Teufel, Dieter. Er hat die Welt angezündet. Mit euch. Enge greift Dieter an den Hals. Jemand drückt ihm auf seinen Adamsapfel, will seinen Kehlkopf eindrücken. Auch so ein Augenblick. Er muß hier raus. Heidi macht keine Anstalten, etwas zu ihm zu sagen. Sie hat heute noch kein einziges Wort zu ihm gesagt, nicht eins. Als sie las, schaute sie ununterbrochen in die Zeitung. Auch an einen Blick von ihr kann er sich nicht erinnern. Wie dieser dämliche Soldat in dem Zeitungsartikel kommt er sich vor, der ausgeschlossen ist von der Mitwelt. Und aus den schweren Augen ist ein stechender Kopfschmerz geworden. Die Ahnin auf dem Bild ist nicht mehr zu sehen, sie hat sich hinter den Vorhang zurückgezogen. Dort verschwindet der letzte Rest ihres vergilbten Spitzenkragens und eine Hand im Schwarz auf Schwarz. Der Major schaut nach oben, ebenfalls auf das Bild der Ahnin. Doch anstatt das Unerhörte im Rahmen zu bemerken, legt er den Kopf nach hinten, Stück für Stück, bis er ein wenig zur Seite rutscht und die Lider sich aufeinanderschieben. Nur ein wenig dösen. Nicht einnicken, aber nein. Ein entspanntes Lächeln umzieht seinen Mund. Nur kurz dösen, noch entgleiten ihm die Mundwinkel nicht. Ist blaß. Durch eine solche Blässe, wie sie heute auf dem Major liegt, schlägt bei alten Leuten, sobald sie nicht nur kurz dösen, sondern für Sekunden oder Minuten einnicken, der Eindruck um in den möglichen Zustand des Todes. Dann nämlich, wenn der Unterkiefer nach unten klappt und der Ausdruck von Schlaffheit sich auf den ganzen Organismus legt. Was ist der Tod anderes als die finale Schlaffheit? Final und total. Alles Weitere ist Biologie, hat er gelernt. Er muß hier dringend weg. Raus. Der Major ist eingenickt und atmet sich zu einem Schnarchen hin. Dieter schaut kreisend im Raum herum. Alles dreht sich. Er weiß nicht, ob er panisch werden oder in eine Schläfrigkeit rutschen soll. Er wird unruhig. *Das Karussell fährt immer immer rundherum, und die Welt scheint sich im Tanz zu dreh'n, davon wird mir's im Kopf so kunterbunt und dumm, doch ich find' es trotzdem wunderschön.* Sie haben sie auf den Schreibtisch gelegt zum Durchvögeln. Seine Kameraden!

Dieter, ist dir nicht gut, fragt Heidi, weniger besorgt, mehr höflich.

Alle Knochen müssen ihr wehtun. Da brennen ihm die Augen, denn er merkt, daß es nicht nur die Knochen sind.

Er kann sich nicht rausreden mit Schulterblättern. Da liegt vor ihm sein Mädel.

Alles in Ordnung. Keine Sorge. Heidi.

Nicht sein Mädel, ein Russenmädel. Sein Mädel, seine Maschenka. Eine Partisanenbraut. So was passiert.

Nein, ich mache mir keine Sorgen.

Ich glaube, ich muß mich übergeben.

O Gott, dann komm schnell mit.

Dieter erhebt sich schwankend, und Heidi nimmt ihn an der Hand, um ihn in den hinteren Teil der Villa zu ziehen, zu einer Toilette. Einem kleinen altertümlichen Raum mit Zinkschüssel und Zinkbecken. Dieter kotzt sich leer. Nur Brühe, hat heute noch nichts gegessen. Essen, bloß nicht! Die Brühe spritzt in Bächen zwischen den Fingern hindurch, läuft die Hand hinab, auf seine Armbanduhr zu und tropft kurz vorher ab. Auf den Bauch der Starrenden. Die braune Soße auf den weißen Bauch.

Diesmal kotzt Dieter sicher in die Schüssel, ein Strom, der raus mußte. Er ist blaß, aber schlagartig ist ihm wohl. Und es wird ihm wieder klar, wovon ihm schwindlig geworden war. Heidi. Heidi heute nicht, später vielleicht. Jetzt nicht. Besser nicht. Er muß weg.

34

Runter zu Roses. Hat sich herausgeredet, von wegen, müsse nach Hause, sich hinlegen, etwas nur, werde sich später melden, werde vorbeikommen und sie gerne ins Schwimmbad abholen. Sehr gerne.

Sehr gerne, hat sie gesagt.

Heute nachmittag, gegen vier, wenn es nicht mehr so heiß ist.

Ich werde da sein, hat sie geantwortet.

Bei Roses herrscht Freude, als es Dieter ist, der geklingelt hat. Er nimmt Eddachen auf den Arm, tanzt Ringelreihn mit Trudeli, herzt den kleinen Wolfgang. Und fragt Carla, ob er sich Onkel Gustavs Fahrrad ausleihen dürfe. Aber natürlich darf er das. Onkel Gustav schafft im Garten und nickt, als Tante Carla die Frage denn doch an ihn weitergibt. Sie lächelt Dieter an, als hätte sie gewußt, daß er's erlaubt, siehst du, aber den Gustav mußte sie doch eben fragen, nicht wahr? Sie lächelt, und ihre Eckzähne blitzen auf. Dann verabschiedet sich Dieter zügig. Nicht zum Mittagessen? Eine Portion wäre sicher…

Nein, wirklich nicht, bin heute nicht so hungrig. Aber recht herzlichen Dank. Er schwingt sich aufs Rad und knirscht den Schotterweg hinauf.

394[b]. Am Gartentürchen trifft Dieter die Großmutter. Seltsam, wieso die Großmutter und nicht Tante Emmy? Weil die Großmutter, sagt sie, nach der Post geschaut hat. Dieter hat sie, seit er hier ist, noch nie außerhalb des Hauses angetroffen. Ganz verwurzelt ist sie mit diesem Haus.

Hasch dir Gustavs Rad ausgeliehen?

Ja, genau.

Wo willschtn hin?

Nur ein bißchen rumfahren.

Da wird die Großmutter ernst. Ihre schmalen Wangen fallen ein, als wollten sie sich um den geöffneten Mund zu einer beleidigten Enttäuschung spannen. *Erzähl mir doch nix. Ich weiß, wo du hinfährst.*

Wohin denn?

Zu deiner Mutter.

Dieter ist ehrlich überrascht. Da hätte er. Hätte es nicht. Hätte nie. Daß die Großmutter wußte, wohin er fahren will. Genau das hatte er vor. Genau das.

Vielleicht wäre ich da vorbeigefahren.

Sicher wirst du da vorbeifahren. Und vergiß den Euscheen nicht, der liegt da auch, in fremder Erde.

Ich weiß.

Oder fährschd zu ihm?

Nee, zur Mutter.

In der Uniform?

Natürlich.

Wieso natürlich?

Weil ich sie doch tragen muß.

Ach, du musch. Immer?

Ja.

Auch wenn du das Grab deiner Mutter besuchsch?

Ja, Großmutter.

Die ist doch viel zu warm. Unn bis owwe hin zugeknöppt. Ich habe da noch einen Sommeranzug vom Euscheen.

Danke, Großmutter, aber ich muß sie tragen. Und ich will sie tragen.

Du willst?

Was will man machen?

Man muß was machen, oder nicht? sagt die Großmutter plötzlich in einem fast spöttischen Ton. Es ist keine Post heute gekommen. Die Großmutter ist eigentlich umsonst aus dem Haus gelaufen. Aber Dieter hat den Eindruck, daß sie keineswegs wegen der Post zum Gartentürchen gekommen ist. Wie vor dem Gespräch mit dem Großvater. Da traf ihr Blick, als sie aus seinem Zimmer kam, direkt auf Dieter. Genauso kommt es ihm heute vor, als sei sie ausschließlich seinetwegen am Gartentürchen aufgetaucht, als ob sie wüßte, daß er genau eben dort ankommen würde. Auch, was sie gesagt hat, als er von Onkel Gustavs Rad abgestiegen ist, scheint ohne jeden Anflug einer Kenntnisnahme oder einer Überraschung geschehen zu sein. Als hätte er das Rad ihretwegen, auf ihre Bitte oder auf ihren

Befehl oder auf ihren, keine Ahnung was, geholt. Dieter schwitzt und will nicht weiter darüber nachdenken, daß ihm seine Großmutter unheimlich wird. Was soll er mit einer unheimlichen Großmutter während seines Heimaturlaubs anfangen? Das Städtchen, die Roses, die Stepps stehen doch für das Heimelige, das er hier kennt, das er liebt. Und der sterbende Großvater ist ein Ausrutscher, eine Trübung, die sich in die ansonsten prima Zeit mischt. Wirklich prima. Ist doch alles im Lot. Das mit Heidi ist ein wenig verunglückt, offensichtlich. Aber auch da ist noch nicht aller Tage Abend. Er muß sich ranhalten, nun gut. Zeit hat er nicht mehr allzu viel. Morgen kommt Tante Elle aus Saarbrücken, die beste aller Tanten, die Obersteuerinspektorin. Und jetzt, jetzt fährt er mit dem Rad weg. Nach Minfeld, zu Muttis Grab. Und auf dem Weg ist er mal allein, kann er mal, kann er erst mal ungestört, über alles kann er mal, über alles in der Welt, aber eben vor allem über die letzten Tage und über die kommenden vielleicht auch. Über sich. Über Heidi. Über Heidi und sich. Heidi mit ihrem Zeitungsartikel.

Langsam gehen Dieter und die Großmutter den Gartenweg entlang, in der leichten Steigung nach vorne gebeugt, er ein wenig, sie schon beträchtlich, denn sie muß das Gewicht nach vorne verlagern, damit sie die Kraft noch aufbringen kann, die Kraft der Bewegung, langsam, ganz langsam. Werden sie je am Haus ankommen? Da sind sie. Die Tür steht offen, und eine Fahne beißenden Geruchs weht ihnen entgegen. Und am Knauf des Treppengeländers hängt er. Ein cremefarbener Sommeranzug aus Leinen. Längst vorbereitet. Die Großmutter greift im Vorbeigehen den Bügel, stellt sich in den Eingang zur Küche, als wollte sie Dieter den Weg versperren, hält zur Treppe hin den Anzug in die Höhe, und Dieter weiß, ohne daß sie ein Wort sagt, ohne daß sie mit strengem Gesicht ihren Willen unterstreicht, was er zu tun hat. Dies ist mein Blut. Der Großvater. Er nimmt den Anzug seines Onkels, den er nie kennengelernt hat, wie seine Mutter. Der Eugen, mit der spiegelnden Brille und dem gelehrten, etwas altklugen Blick unterm blonden Schopf. Der Gymnasiast, der jeden Tag nach Landau fuhr, in die Festungsstadt, ausgerechnet befestigt von den Franzosen, und dann von dort aus aufgebrochen, gegen die Franzosen, wieder und wieder gegen den alten Feind. Ein Onkel, den es nicht gibt, denn kein Onkel ohne Neffen, und Dieter, den Neffen, gab es noch nicht im Oktober 1914. Also der verhinderte Onkel eines verhinderten Neffen. Muß los. Muß weg jetzt. Die Zeit läuft ihm davon. Schon so spät? Der Sekundenzeiger unaufhaltsam. Gleich halb drei. Eine Minute vor.

35

Er drückt die Klinke des Gartentürchens, wirft sich auf den Sattel und tritt in die Pedale, aber ordentlich. Und so schießt um zwei Uhr neunundzwanzig ein junger Mann in weißem Anzug und Hochwasserhosen die Bismarckstraße hinunter, leuchtend die offene Anzugjacke, bis zur Brust aufgeknöpft das weiße Hemd, biegt am Böhammerbrunnen nach links in die Kaiser-Friedrich-Straße, blaue Baumschatten erfrischen Anzug und Mann. Frisch, frisch ist Luft und Laune. Er holpert über das Kopfsteinpflaster und ist in Fahrt, vorbei an den Schloßtürmen mit den Stahlhelmen, auf die ein Storch im Anflug auf sein Nest seine weiße Kacke fallen läßt. Scheißt, muß Dieter lachen, auf die Helme. Und er? Hat auch keine Uniform an. Keinen drückenden Kragenknopf. Ist in Fahrt, und wie er in Fahrt ist. Schwitzt ein wenig unter den Armen, aber ansonsten luftiger Stoff und kühler Fahrtwind, der ihn da mühelos einen Pferdewagen überholen läßt. Fährt im Stehen, um an Fahrt zu gewinnen. Er gewinnt. Und ist schon zum Städtchen hinaus, am Sägewerk vorbei, in die grünen Auen, zum nächsten Dorf. Die Hitze fängt ihn ein, aber er tritt in die Pedale und hat einen Vorsprung. Vor dem Großvater. Vor Heidi.

Vierzehn Kilometer noch vor ihm. Zwischen ihm. Zwischen ihm und seiner Mutter. Der helle Stoff schimmert unter seinen Wimpern. Ein Schimmer, der lange nicht mehr da war. Er hält die Augen offen, die Welt um ihn in überzeugender Schärfe und Klarheit ohne Habacht. In dieser Schärfe gewinnt er Zeit, merkt er. Sie entgleitet ihm nicht mehr so wie heute morgen. Dieter spürt, wie einzelne Strähnen seines Scheitels aus dem pomadisierten Haardach ausgebrochen sind und nach hinten flattern, an den Haarwurzeln ziehen und seinen Kopf kühlen. Lüften. Dieter fährt hinter dem Dorf rechts die Hügelkette hinauf, die hier als Firstweg bezeichnet wird, denn wie auf einem Dachfirst kann man auf ihr entlangfahren, kann den Überblick bewahren und Klarheit finden, zumindest die Klarheit, wo die Fahrt hingeht. Und die braucht der Dieter, braucht sie bis kurz vor Winden. Und dann sind es nur noch zwei Kilometer in den Nachbarort Minfeld zur Mutter, nicht zur Mutti, nur zur Mutter. Dieter kann die Steigung selbst im Stehen kaum schaffen, steigt aber nicht ab. Schwitzt im Sommeranzug, ist aber oben.

Vorbei an einem Kirschbaum, vorbei an den Äckern und Feldern des Nachmittags, die Dörfer in den Tälern, wo die Hitze flirrt und Feldlerchen sirren, die, das hat ihm der Großvater mal erklärt, still in der Luft stehen und sich wie ein Stein zu Boden fallen lassen. Ihr hoher Ton schwebt schubweise zum Flügelschlag durch die Luft. Stille. Nicht die nächtliche Stille, in der man sich von innen hört, den Herzschlag in den Ohren. Es ist die äußere Stille, zu der ein flaches Feld und viel Himmel gehören, ein hoher Himmel, von dem sich die Lerche fallen lassen können muß.

Dieter steht neben seinem Fahrrad im Sommeranzug. Mit sich. Niemand da. Keine Tante, kein Onkel, keine Großeltern weit und breit. Tal und nächste Hügelkette und Tal und so weiter, dann links irgendwann die Berge und die Burgen. Ein Gleis, das Gleis nach Weißenburg, nicht das nach Karlsruhe, nicht das, auf dem er gekommen ist, gekommen und gefahren, immer wieder gekommen und gefahren. Ein Gleis, in Büsche und Bäume geschnitten. Zwei Linien aus glänzendem Stahl.

Der Turm der Minfelder Kirche. Und nichts zu trinken dabei. Dummer Dieter. Losgefahren ohne Marschgepäck. Losgesagt von den Tanten. Ungeregelt. Augenblicke kommen, ohne daß man zu ihnen etwas sagen kann. Sie kommen auf ihn zu, ohne daß sie von Tantenhand oder Onkelkrüppelhand rechtzeitig ausgepflückt und ein- oder zweireihig gezogen werden. Keine Maßnahmen getroffen. Kein Einkerben oder Ausschneiden. Dieter neben seinem Fahrrad, das er nicht sportlich am Sattel festhält, sondern ordnungsgemäß am Lenker, beide Hände an den Griffen. So steht er da. Er schaut auf seine Hände, die aus dem weißen Anzug herausragen. Hände, die aus weißen Anzügen ragen, gehören eindeutig in den Sommer, sie gehören in den Urlaub. Sie gehören den Urlaubern. Sie gehören weichen Menschen, die darauf achten müssen, daß die Hände gepflegt sind und dem weißen Anzug an Reinlichkeit in nichts nachstehen. Ins Reine gekommen. Umgekehrt muß auch der weiße Anzug, besonders die Ärmel, aus denen die Hände schauen, fleckenlos rein sein. Mit sich ins Reine gekommen.

Er macht sich auf den Weg. Er verläßt diese Welt in innerem Frieden. Und den sucht er noch. Er kann ihn nur in sich finden. Drum wühlt er in sich. Er durchwühlt sein

Inneres. Und ich? Die Finger öffnen sich um die Lenkergriffe, lassen sie los, und Onkel Gustavs Fahrrad fällt in den Staub des Firstweges. Ich sehe, wie meine Finger um die Lenkergriffe sich lockern und loslassen, wie Onkel Gustavs Fahrrad in den Staub fällt. Wirbelt weiße Wolken auf, die an Wegerich und Klee vorbeiziehen. Ich sehe weiße Wolken aus Staub. Geht doch. Ich bin ans Messer geliefert worden. Bin ich nicht. Habe die Uniform weggeworfen, hab ich nicht. Bin nach Hause gegangen, bin ich nicht, und habe ein paar Wochen gewartet, hab ich nicht. Dann war der Krieg aus, war er nicht. Ich bin nicht ans Messer geliefert worden. Habe das Fahrrad weggeworfen, es liegt neben mir im Staub. Aber ich liege nicht im Staub. Ich stehe mit weißem Anzug und weißen Händen auf einer Eisenbahnbrücke. Ich habe die Uniform weggeworfen, bin nach Hause gegangen und habe ein paar Wochen gewartet. Dann war der Krieg aus. Habe ein paar Wochen gewartet, und der Krieg war aus. Ich bin nicht wirr. Eigentlich könnt ich im Keller unterschlüpfen, im Keller beim Eingemachten und den Marmeladen. Die habe ich doch selbst miteingekocht, das ginge doch. Ich habe sie eingekocht mit den Tanten. Habe mit dem Großvater genascht. Gehst du zurück, marschiert der Tod in Richtung Heimat! Habe im Schuppen die Pferdedecke mit Benzin übergossen.

Den Schuppen, den mache ich, habe ich gesagt. Am Morgen des Aufbruchs. Bin zur Schuppentür zurückgegangen und habe ein Streichholz auf die Pferdedecke geworfen. Sie stand im Nu in Flammen. Weißer Qualm, oder war es weißer Dampf? Ist aus der Decke gequollen. Und unter der weggebrannten Decke kam es zum Vorschein, das weiße Gesicht mit dem Zopf. Dunkelbraun, wie eine Schnecke um den Hinterkopf gelegt, aufgelöst von einem Kameraden. Das Haar lichterloh in Flammen, zischte ins Nichts. Dann habe ich mich umgedreht und bin losgelaufen, bevor mir noch was passieren konnte. Denn so ein Schuppen brennt schnell. Wie Zunder brennt der. In Uniform und weißem Tarnanzug bin ich gelaufen wie ein Schneemann. Wie ein Schneemann. Weiß, ohne Nase. Aber ein Schneemann läuft nicht. Alle Kameraden wie Schneemänner. Die Karotte hat gefehlt. Viel weißer als der Sommeranzug. Aber schon schmutzig, graue Steifen und Flecken. Der Sommeranzug, tadellos, fleckenlos, weiß, rein und luftig. Im Nu hat sich beißender Qualm durchs Dorf geschoben. Mir in die Augen. Brennende Häuser. Brennende Augen. Habe gewischt. Aber die Tränen wurden nicht zu eisigen Stichen. Es war so heiß, daß sie sofort getrocknet sind. Und der kauzige Kamerad mit der Brille, der schon den Satz mit dem Tag, der ins Eis gemeißelt war, verbrochen hatte, rief mir ins Knistern und Knacken der Häuser hinter uns zu: *Mir!*

Dir?

Nein, Mir. Russisch.

Mir?

Heißt Welt auf Russisch.

Na und?

Und Frieden. Seltsam, was? Welt und Frieden, einfach dasselbe, sagte der Kamerad, nahm seinen weißen Helm ab und zog seine Mütze ab, bis ein dichter blonder Lockenschopf im Fahrtwind wehte. Mit den wehenden Haaren sah er auf einmal so unsoldatisch aus. So weichlich. Und seine Soldatenbrille, die beiden Gläser an Gummizügen um die Ohren geschnallt, wirkte so primitiv, so unpassend für einen Mann, der da solche Dinge wußte.

Ich merk nix davon, sagte ich.

Wie auch? Wir sind ganz falsch hier, sagte er.

Abgeholt haben sie ihn kurz darauf, hätte defätistische Parolen verbreitet. Wehrkraftzersetzung. Standgericht. Maschenka hat ihren Frieden gefunden, habe ich immer gedacht, ich hatte ihn ihr doch geschenkt. Hatte ich doch.

Mir geschenkt. Malyj. Klein. Wir sind ganz falsch hier. Der kleine Muck hat sich die Pantoffeln genommen, mit denen man so irrsinnig schnell laufen kann. Wohin man will. Keiner kann einem folgen. Und den Zauberstab. Mit dem kann man Goldschätze finden. Wo immer sie sind. Was man hat, hat man. Er verläßt diese Welt in innerem Frieden. Und den sucht er noch. Und ich? Weiter, immer weiter. *Iwwer die Brick niwwer,* würde Tante Emmy sagen. Ach die, was weiß die schon. Die weiß was von Ersatzkaffee und Grumbeeresupp. Aber was weiß die schon, wie's läuft. Wie's bei uns läuft. Der Großvater, der. Der weiß, wie's läuft. Der läuft aus und stinkt nach Fäulnis, aber der weiß, wie's läuft. Im Keller unterschlüpfen. Das ginge, wenn es den Onkel Gustav nicht gäbe, hat der Großvater gesagt. Weiter, weiter. Immer weiter.

Dieter hebt das Fahrrad vom Boden auf und schiebt es über die Brücke. Schiebt und schaut auf das Schienenpaar, glänzendes Eisen im blühenden Laub. Weiter schiebt er sein Fahrrad, als würde er sich darauf stützen. Er muß sich eben aufstützen. Der Kreislauf. Nichts getrunken, natürlich. Nichts zu trinken mitgenommen. Druck auf dem Kopf, trockene Kehle. Trocken gar kein Ausdruck. Und keine Zigaretten. Die auch vergessen, so eine Scheiße. Die schwirrende Hitze mit spitzer Lerchenstimme. Alles flimmert, in den Ohren, in den Augen. Dieter blinzelt, als er sich mühsam auf den Sattel schiebt und die Pedale in Bewegung setzt. Langsam, ganz langsam, als würde diese Bewegung kein Ende nehmen, als würde das Fahrrad mitsamt Dieter wieder in den Staub kippen, auch wenn er mit dem Lenker, den er hin- und herschiebt, versucht, ein Gleichgewicht herbeizuwedeln. Doch er bleibt sitzen, und das Fahrrad bewegt sich weiter. Immer weiter.

Der Firstweg endet an einer kleinen Straße. Die führt zum Friedhof. Unendlich. Kommt man denn heute gar nicht mehr an? Draußen vor dem Dorf liegt der Friedhof. Und auf dem Friedhof liegt das Fidi, liegt das Mädi. Der Eugen in fremder Erde.

36

Dieter erreicht das Tor. Als wollten sie den einzigen Besucher bei dieser brütenden Hitze vertreiben, zirpen Grillen angriffslustig in den Hecken, die den Friedhof ohne viel Schatten umzäunen. Keine Gnade. Halt. Da hinten in der Ecke beugt sich im Flimmern der Luft noch ein krummer schwarzer Rücken unter einem schwarzen Kopftuch über einen Stein. Setzen, erstmal setzen, auf die Bank, die einzige weit und breit. Eine Friedhofsbank. Das Grab ist nicht weit vom Eingang, einfach geradeaus, dann rechts. Aber erst mal setzen. Da ist eine Wasserleitung. Gut, erst mal Wasser aus dem schwergängigen Hahn, der rotzig einen Schub in die Gegend spritzt. Mehr ein Schwall.

Dieter wäscht sein Gesicht, in dem er eine Schicht feinen Sandstaubs zu spüren glaubt. Reibt sich die Augen, fährt über den ausgebüchsten Scheitel. Trinkt vor allem. Metallischer Beigeschmack, wer weiß, was da noch alles aus dem Hahn kommt. Die Bank ist frei. Hinter dem Luftgeflimmer immer noch der schwarze Rücken, das Kopftuch, bewegungslos, nur die Luft schiebt es hin und her. Niemand sieht, niemand schaut. Dieter läßt sich breitbeinig, Arme über die Lehne gehängt, auf die Bank sacken. Das Grab läuft nicht davon. Erstmal da sein. Warten. Ausruhen. Verschnaufpause. Geht gleich weiter, immer weiter. Kein Augenblick jetzt. Nichts regt sich, keine Bewegung. Flimmern und Zirpen. Hier innerhalb der Hecken kann nichts passieren. Ruhig. Ruhig und heiß. Sehr heiß. Stechende Hitze. Verschwimmt zwischen den rotleuchtenden Lidern.

Dieter, grüß dich.

Ja, grüß dich. Wie geht's?

Ging schon besser.

Ja, heiß heute. Und du nur in Unterhosen?

Na, du hast doch meinen Anzug an.

Ach. Und der Spaten? Ganz blank. Mit Öl gereinigt?

Natürlich Öl, nur mit Öl.

Hast du gegraben? Und schwitzt gar nicht.

Wir schwitzen nicht. Ja, habe ich, ganz allein. Habe sie gefunden. Schau!

Ihre?

Meine bestimmt nicht. Ich liege woanders. Belgien, weißt du noch? Fremde Erde. Abmarsch von Comines nach, na? Nach, weiß nicht mehr, wohin. Muß mal schauen bei Gelegenheit. Du hast's doch gerade gelesen.

Ja. Hab's gelesen. Ohne Punkt gefallen.

Das ist jedenfalls ihre.

Vielleicht auch die von Mädi.

Die wurde nicht eingeäschert. Heiß heute.

Sehr.

Durst?

Ja, aber das Wasser schmeckt komisch.

Trink das bloß nicht hier. Habe mal die Scheißerei davon bekommen.

Gut zu wissen.

Komm, wir gehen ins Pfarrhaus. Du weißt doch, da gibt's einen Kaffee.

Ich weiß, der Pfarrer hat mich mal eingeladen, kurz vor dem Krieg. Echten Kaffee?

Ersatzkaffee.

Schade, damals gab's echten, aber egal.

Und schön kühl da.

Sehr schön.

Das Wasser kocht schon.

Eigentlich Blödsinn, bei der Hitze einen Kaffee.

Wir schwitzen nicht.

Ich schon, aber egal. Du, das ist die falsche Dose. Das ist doch die … aus der, ich meine die mit der…

Das ist die Asche deiner Mutter. Habe doch gesagt: Ersatzkaffee. Probier.

Ich soll?

Ja, komm, ist doch von Muttern.

Na, ich weiß nicht.

Komm, mach schon, ist gut.

Ach. Gar nicht schlecht.

Gell?

Ja. Bißchen süß.

Zu süß?

Nein, geht.

Na also.

Schön heiß.

Ja, aber kühl hier.

Genau. Schön kühl hier.

Warum ist das Pfarrhaus leer?

Keine Ahnung. Zufall.

Wollte eigentlich nur zu Mutters Grab.

Ich weiß.

Woher?

Hab's mir gedacht, als du angekommen bist.

Geht's ihr gut?

Ausgezeichnet. Schmeckt man doch, oder?

Bist du mein Onkel?

Nee, glaube nicht. Als du geboren wurdest, da war ich schon lange ohne Punkt und so, gell?

Wie war das eigentlich?

Wie war was?

Na, das ohne Punkt. Ich meine warum?

Warum ich keinen Punkt gemacht habe?

Nein, oder doch, vielleicht ist das die Frage.

Na, erst heftiges Artilleriefeuer eben. Und dann ging's los.

Und dann?

Und dann?

Ja, da bist du doch, ich meine …

Ja, schöne Scheiße, gell?

Und die Mademoiselle Banchart Mercelle?

Wer?

Na, die Dame, die du besucht hast.

Ach, so ein netter Abend bei, wie hieß sie noch mal?

Banchart Mercelle. Erinnerst du dich gar nicht an sie?

Ja, nee, da war was, ja.

Nicht hübsch?

Doch, glaube schon. Aber seit ich da verblutet bin, erinnere ich mich nur schwach. Ja, und irgendwie lustlos.

Lustlos?

Ja, wenn du tot bist, ist das Leben doch irgendwie verpfuscht.

Glaubst du?

Du, das weiß ich. Aber mittlerweile ärgert es mich schon ein bissel mehr als früher.

Was?

Na, zum Beispiel der Kaiser. Der ist so alt wie der Vater, gell?

Der Kaiser ist tot, vor ein paar Jahren gestorben.

Ach. Wußte ich gar nicht. Hat's den doch noch erwischt? Die eitle Sau.

Wie sprichst du vom Kaiser?

Ich fand ihn großartig, früher. Mitten im Frieden. Mobilmachung. Große Klasse, Lieder, Fahnen. Jubelrufe. Alles auf den Beinen. Ruft und ruft.

Diesmal wurde wieder zurückgeschossen. Die Polen haben angegriffen.

Die Polen? Kaum zu glauben. Die Polen! Und dann haut's mich nach hinten, reißt mich um. Und die Brille in hohem Bogen in die

Luft. Ernsthaft, die Polen? Das letzte, an das ich mich erinnere: die Brille in hohem Bogen durch die Luft. Bin also ohne Brille verblutet.

Ist doch egal, wie man, oder?

Was?

Mit oder ohne.

Hätte sie gerne noch eine Weile behalten. Mit dieser Brille wirst du mal Student, hat der Vater gesagt, Theologie, Altphilologie.

Also ist es leer.

Was ist leer?

Ach nichts. Nur so. Das Etui. Großmutter hat es mir gezeigt. Sie weiß nicht, ob deine Brille da drin ist, hat sie gesagt.

Ich weiß, sie hat es nie aufgemacht. Wenn sie von mir träumt, dann fragt sie mich immer, ob die Brille da drin sei. Sie sagt: Wenn die Brille da drin ist, dann sehen wir uns noch mal wieder.

Und was sagst du ihr?

Ich sage ihr: Keine Ahnung, ob die da drin ist. Noch ne Tasse Kaffee?

Eine noch. Dann muß ich aber los.

Hast du's eilig?

Ja, nein, weiß nicht.

Immer sachte, immer sachte.

Seltsam, auf den Photos, da siehst du so, irgendwie so …

So brav?

Ja, genau, so brav siehst du da aus. Aber wenn ich dich so höre, dann bist du gar nicht so brav.

Nee. Wenn du erst mal tot bist, dann lernste ne Menge dazu. Warts ab. Warts ab. Wirst sehen.

Dieters Kopf sackt zur Seite, als ein Schatten über seine roten Lider einen schwarzen Balken schiebt. Und aus dem Schatten spricht eine Stimme zu ihm: *Euch Lüften, die mein Klagen so traurig oft erfüllt,* sagt sie nicht. Die Stimme, die da spricht, kennt er nicht.

Buwwelsche, des äsch n Friedouf. Schloofe kannscht wuannascht.

Da klappen Dieters Wimpern auf, und vor dem leuchtenden Himmel verschattet ein schwarzes Kopftuch und eine schwarze Schulter die Sicht auf Wege und Steine. Nach wenigen Augenblicken hat Dieter das Bild einer alten Bäuerin umrissen, die mit einer Gießkanne vor ihm steht, während um ihr Kopftuch zwei Schmeißfliegen surren.

Kumm, geh doch wuannascht hin. Stär hier net die Doderuh. Dieter schluckt trockenes Eisen, findet gerade an den Ort zurück. Gießkanne, Bäuerin, Friedhof. Mutters Grab. Nein, da war er schon, war doch schon an ihrem Grab. Totenruhe. Er läßt die Toten ruhen. Denn die Toten sind tot. Und ich? Noch ne Tasse Kaffee? Kaffee, jetzt? Dummes Zeug. Wasser. Noch einen Schluck aus dem rostigen Hahn. Er will etwas sagen, zu der Alten. Die mit krummen Beinen und tropfender Gieskanne wieder zu ihrem Grab schwappt. Als sich Dieter sammelt, beschließt er, schon am Grab gewesen zu sein. War doch gerade da. Habe meine Mutter getrunken. Es geht ihr gut, schmeckt gut. Wenn du tot bist, ist das Leben doch irgendwie verpfuscht, denkt Dieter unterm Wasserhahn. Eine Matratze zwischen Eingemachtem und Marmeladen. Wer weiß, wenige Wochen nur, vielleicht.

Er nimmt sein Fahrrad am Tor. Auf ihre Schläfe gerichtet. Wenn du tot bist, ist das Leben doch irgendwie verpfuscht. Aus Liebe. *Buwwelsche, des äsch n Friedouf. Schloofe kannscht wuannascht.* Hab ihr ne Kugel in den Kopf. Und Benzin drüber. Ich? Hinter seinem Rad wirbelt der Straßenstaub auf und verzieht sich wieder. Wirbelt auf und verzieht sich. Wirbelt auf, verzieht sich. Immer so weiter. Bis zu de Brick. Und in seinem Darm fängt es an zu stechen. Kaum hat er die Brücke erreicht, zwingt ihn ein Stich vom Rad. Er muß anhalten. Steigt ab. Muß sich mit beiden Händen auf den Bauch drücken, so sehr sticht es. Das Rad fällt in den Staub. Dieter sieht gekrümmt hinunter auf

Schotter und Gleise. Darmreißen, aber steht. Dann reißt es ihn in die Hocke. Scheiße. Das Wasser. Der rostige Hahn auf dem Minfelder Friedhof. Trink das bloß nicht hier. Auch der Magen rebelliert, und ein Geschmack von Eisen steigt in den Gaumen zurück. Dieter drückt sich das Geländer in den Bauch, damit der stechende Schmerz nicht unerträglich wird. Er beißt die Zähne zusammen und drückt die Lider gegeneinander, bis sich Tränen durch die Wimpern schieben. Von hinten unten pfeift der Triebwagen. Habe mal die Scheißerei davon bekommen. Vielleicht muß er auch kotzen. Ich bin Dieter und du bist Maschenka. Ich werde dich nie, werde dich nie, nie, nie, niemals vergessen. Das verspreche ich dir. Wenn ich sie nur vergessen könnte. Blutschleim. Rote Schlieren in der weißen Masse. *Kamraden*.

Jetzt.

Dieter zieht den Gürtel auf, reißt sich die Hose runter, als der Triebwagen da hinten unten pfeift. Schwamm und Seife taucht sie ins Wasser und beginnt sein Gesicht zu waschen. Dieter kommt zu sich und weiß, wo er steht, in Maschenkas Wärme, nackt, während ihm kleine Rinnsale warmen Wassers über Brust und Rücken laufen. Maschenka wäscht ihn, wäscht seine Brust, seine Achseln, seinen Bauch und seinen Rücken. Jetzt kann er nicht mehr. Sie hat ihn gewaschen, und er hat sie erschossen. Die Falsche erschossen.

Im weißen Sommeranzug ist ein junger großgewachsener blonder Mann mit dem Fahrrad unterwegs von Minfeld nach Bergzabern. Minenfeld. War bei der Mutter, jetzt auf dem Weg zu den Tanten. Mutter Asche. Maschenka Asche.

Das Fahrrad im Staub, Dieter in der Hocke. Toller Nachmittag, ganz prima. Schwamm und Seife taucht sie ins Wasser und beginnt sein Gesicht zu waschen. Da streift sein Blick die weißen Anzugärmel, und er hört das Ticken seiner Uhr am Arm. So spät? Er muß doch nach Hause, hat doch Heidi versprochen. Heidi. Das Heidigefühl, das ihn überfällt: ein weiteres Reißen und Zwicken. Schwamm und Seife taucht sie ins Wasser und beginnt sein Gesicht zu waschen. Heidi verschwimmt. Alles verschwimmt. Alles hätte so schön. Alles ist jetzt möglich. Alles zu seiner Zeit. Nacheinander. Wegerichblätter reißen nicht und sind groß genug. Schwamm und Seife taucht sie ins Wasser und beginnt sein Gesicht zu waschen.

37

Dieter sitzt auf dem Fahrrad und glaubt. Dieter tritt in die Pedale und glaubt. Es ist spät, aber er hat immer noch einen Vorsprung vor der Zeit. Jetzt erst recht. Firstweg. Weiß, wie es weitergeht. Keine Ahnung. Morgen kommt Tante Elle aus Saarbrücken. Warte ein paar Wochen, und der Krieg ist aus. Morgen Kaffee und Kuchen. Wenn alle kommen, auch die Roses. Wenn Carla ihren Erdbeerkuchen bäckt und Emmy den Nußkuchen, dann wird das Ganze doch richtig prima. Im Keller, zwischen Eingemachtem und Marmeladen. Selbst miteingekocht. Brombeere 1939, Himbeere 1942. Dieter 1944.

Passen sie überhaupt alle auf die Veranda? Oder versammelt in Vaters Stube? Die Großmutter, Tante Emmy, Tante Elle, Tante Carla und Onkel Gustav und Trudel und Edda und Wolfgang. Aber eine fehlt. Natürlich fehlt sie. Hat nichts zu suchen beim Familienkaffee, aber sie fehlt. Mir. Fehlt sie mir? Sitzt mit ihrem Vater beim Kaffee. Und was wird es geben? Erdbeerkuchen. Blutschleim. Rote Schlieren in der weißen Masse. Bestimmt Erdbeerkuchen. Durch entschlossene und fanatische Kämpfer wie ihn zum Sieg, so stellt sie sich das vor. Kämpfer wie mich. Mich?

Wie stellt die sich das vor? Ich bin der Dieter auf dem Weg von seiner Mutter zu seinen Tanten.

Wenn man nach der Scheißerei solche Fürze läßt, die sirrend pfeifen wie die Feldlerchen auf den Feldern, ist es dann, weil einem der Arsch auf Grundeis gegangen ist? Das Flügelsummen der Bienen, der Libellen und Fliegen wogte auf und ab wie verhaltene Cellomusik. Heidi, Heidi, wer schreibt denn so was? Du bist ein entzückendes Mädchen. Du trägst ein entzückendes Kleidchen.

Der Firstweg ist frei und leer. Er tritt kräftig und kommt immer schneller voran. Der Wind brummt in den Speichen. Nichts gegen sein Motorrad. Aber er saust hier fast wie mit dem Sachsmotor. Hier nur ein Brummen der Speichen im Wind. Keine Ketten, nicht das Brummen und Rattern des 561er, fahrbare Braut der Grenadiere, der Kameraden. Hier ist er für sich. Im weißen Anzug für sich. Zu den Tanten. Oder nicht? Immer weiter nach Westen, immer weiter, durchs Elsaß. Durch Frankreich. Bis an die Küste. Vielleicht zu den Invasoren. Bloß nicht erschießen lassen. Weder hier noch im Elsaß noch bei den Invasoren in der Normandie.

Und als er von den brummenden Rädern auf den Weg vor sich schaut und vom Weg vor sich auf die Felder vor sich und den Himmel vor sich, da hat sich was zusammengebraut, würde Tante Emmy sagen. Dicke Wolkentürme haben sich gegen das weitere gelbe Leuchten vor blauem Himmel entschieden, haben sich grauschwarz verdichtet, haben sich, wie Onkel Gustav immer sagt, *im Weißenburger Loch zu bedrohlicher Schwärze zusammengezogen*. Dort wo, wie Großvater immer gesagt hat, *Wald zu Wein wird* und hinter dem Weintor das Elsaß beginnt, zu dem Großvater Departement beziehungsweise *Departemong* gesagt hat. Der sterbende Großvater.

Geladene Luftschichten schieben finstere Wolken unaufhaltsam und rücksichtslos. Hinter ihnen sind andere zu einer dunklen Fläche zusammengezogen. Was da zu rauschen beginnt, ist nicht nur der Fahrtwind und das Brummen der bewegten Speichen. Nicht nur die Geschwindigkeit, mit der Dieter unter letzten Fürzen sich von Mutters Grab entfernt, das er nicht gesehen und doch gesehen hat. Das er noch nie so ganz aus der Nähe gesehen hat wie heute. Bis hin zu ihrer Urne.

Gegenwind. In Schüben zunächst, dann in Stößen, immer heftiger. Rauscht durch die Felder, schüttelt die Walnußbäume. Dieter tritt und tritt und kommt schließlich nicht mehr vom Fleck. Wie kann das alles so schnell gehen, eben noch in schwüldrückender Hitze die Scheißerei gehabt, jetzt erste Tropfen aus dem Nichts im Gesicht. Sturm in den Speichen. Flattern des weißen Anzugs, der sich mit grauen Tropfen bedeckt. Der nächste Walnußbaum. Wieso eigentlich nur Walnußbäume am Weg? Der nächste Walnußbaum, oben auf der Höhe. In Minutenschnelle legt sich ein Regenvorhang ins Tal, rechts und links, dort wo wie kleine Dörfer große Gehöfte liegen, und, wie Tante Emmy sagt, *der Viehstrich beginnt.*

Der Walnußbaum bietet Schutz. *Buchen sollst du suchen,* würde Tante Emmy jetzt sagen. Wo um Himmels willen, Tante Emmy, liebe Tante Emmy, liebes dickes Tantchen, sind jetzt Buchen zu finden? Aber es ist weniger beunruhigend als gedacht, denn Tante Emmys zweiter Lehrsatz tritt nicht in Kraft. Weit und breit keine Weiden. Da steht was an, da geht was los. *Kommen Sie, meine Herren, kommen Sie, meine Damen.* Die Ähren geben keine Ruhe mehr, das Walnußlaub mit den grünen, unreifen Nußschalen gibt keine Ruhe mehr. Es herrscht allgemeiner Aufbruch. Aufbruch und Ausbruch. Ein Laubdach ist kein Hausdach. Aber der hereinbrechende, lospladdernde und sich ins Herz ergießende Regen, den die Bauern sicherlich sehnlich erwartet haben, wird von Blättern abgewehrt. Noch verraten sie den Flüchtling Dieter nicht. Den kleinen Dieter im Sonntagsanzug, der vielleicht, das weiß er noch nicht genau, doch Pläne hat, die größer sind, als er sich bisher vorstellen konnte. *Einmal wirst du groß sein und ein starker Mann*. Einstweilen. Einstweilen steht er unterm Baum. Nicht unterm Haus, nicht im Keller zwischen dem Eingemachten und den Marmeladen.

Unter den Nüssen, die noch nicht im Keller gelagert werden, die noch nicht aufgesammelt sind und auf Holzgittern trocknen, im Herbst, im kommenden Herbst, Oktober 44. Noch im Baum in grünen Hüllen hängen, ungenießbar, Juni. Von Gewitterböen hin- und hergeschoben. Und eins zwei drei vier. Dann Donnern. Immer kürzer werden die Abstände zwischen Blitzen und Grollen. Hoppla.

Wenn der Blitz in unmittelbarer Nähe einschlägt, dann ist der Krach, den man hört, unzweifelhaft. Man weiß im Augenblick, wenn man ihn hört, daß er eingeschlagen hat, daß es eingeschlagen hat und daß man trotzdem lebt. Ein Donnerschlag, so laut, daß das Herz stehenbleibt. Für Sekunden bestimmt. Dann Angst. Böse! Ein Schlag wie ein Krieg. Er reißt einem die Ohren ab und das Herz raus. Herzklopfen. Wenn kein Panzer in Sicht, kein Bombengeschwader, keine Stalinorgel, dann kann so etwas doch nicht so, darf doch nicht. Man liegt zitternd unterm Baum. Eingeschlagen in die Krone des Walnußbaumes, unter dem man untersteht. Sich untersteht. Sich untergestellt hat. Buchen sollst du suchen. Daß man noch am Leben ist, auch wenn das Unglaubliche eingetreten ist. Und unter Funkenschlag die Elektrizität ihre Gewalt am Baum ausläßt und einen Ast verkohlt. Genauso ist es, wenn man von einer Kugel getroffen wird. Zum Beispiel ins Bein.

Postkarte
Poststempel: »Feldpost d 11.7.41«
Adresse: Herrn Pfarrer i. R. Stepp, Bergzabern/Rhpfalz, Bismarckstr. 394b
Absender: Gefr. Thomas 23 0 96C

10.7.41.

Liebe Bergzaberner!
Leider muß ich für einige Zeit aus der kämpfenden Front ausscheiden, da ich gestern verwundet bin. Aber ein gütiges Geschick hat die für mich bestimmte Kugel so gelenkt, daß sie keinen großen Schaden angerichtet hat. Der M.G. Schuß eines Heckenschützen ist durch den l. Unterschenkel, der Knochen ist heil und ich werde wahrscheinlich bald wieder wie früher laufen können. Vielleicht komme ich in die Heimat zurück. Wollt Ihr dies T. Elle bitte mitteilen?

Bald mehr
Herzliche Grüße
Euer Dieter.

Ein Schlag auf die Uniform, der Schlag durch die Haut dann unzweifelhaft. Es hat eingeschlagen. Ein Stoß und Wärme. *Um die kleinen Händchen webt ein Engelein.* Klar, jetzt hat sie eingeschlagen. Die Kugel des Feindes, des Heckenschützen. Genauso ist es bei einer Kugel in den Bauch, nur kann es dann schnell zu Ende sein, denn aus dem Strom der Wärme wird im Augenblick ein heißer Schmerz, der aus der brennenden Wunde den Körper lähmt. *Dir ein Seidenbändchen, behutsam und so fein.* Der aus der Wunde den Tod an die Seite des Verwundeten rückt. Der Tod geht mit dem Verwundeten ein Stück Wegs gemeinsam, während der Körper sich windet, während der Kamerad auf seine Wunde drückt, um den unerträglichen Gewißheitsschmerz mit dem schwachen Glaubensschmerz der Hände abzudrücken. *Einmal wirst du groß sein und ein starker Mann.* Beim Schuß in den Kopf ist es meistens schnell zu Ende, *schließ die Äuglein zu,* der Tod greift ins Gehirn und dreht dann das Herz zu, *und in deinem Stübchen ist jetzt tiefe Ruh'.*

Am Boden auf dem Bauch. Zittern. Dieter liegt am Boden auf dem Bauch unterm Baum neben seinem Fahrrad. Deckung. Der Krach und die sich entladenden Energien haben seine Ohren betäubt. Halb zu Boden geworfen, halb in Deckung gegangen. Übers Rad gepurzelt.

Und, das mußte ja passieren, am Ärmel des Sommeranzugs Kettenöl. Flecken wie auf den Wintertarnanzügen vom Ruß der Häuser, vom Ruß der Abgase, von den Schmauchspuren. Wie die Luftmassen da auf ihn zugerast sind und sich zum Entladen ausgerechnet seinen Baum ausgesucht haben, das ist schon, das ist doch wirklich, das ist doch ziemlich. Es ist völlig wahllos, ohne Bedeutung. Ein Gewitter ist eine ziellose Entladung von Energien, da mache man sich mal nichts vor. Ich habe es nicht bestellt. Was habe ich damit zu tun? Weiden sollst du meiden, aber Walnußbäume? Auch wenn Tante Carla Geschichten zu erzählen weiß, wo der Blitz direkt neben ihr eingeschlagen hat, mehrmals. Hier in der Nähe, am Bahnwärterhäuschen im Bahnhof Winden. Wird sie morgen am Kaffeetisch sicher erzählen, besonders wenn sie von Dieters Nußbaumgeschichte hört. Was soll sie auch sonst aus solchen völlig sinnlosen Erlebnissen machen? Erzählen. Dann haben sie was mit ihr zu tun. Was hat sie gelernt? Buchen sollst du suchen. Oder einfach in Deckung?

Der Lärm geht weiter, Blitzschläge und Krachen im selben Augenblick ringsum. Auch so ein Augenblick. Wenn man unter einem Baum neben seinem Fahrrad liegt und über einem ein gespaltener Ast qualmt. Wie aus heiterem Himmel. Wo ein Ast über einem qualmt, da ist man ganz falsch.

Verbranntes Holz steigt Dieter in die Nase. Verbranntes Holz und so etwas wie geröstete Nüsse. Wie der Nußkuchen, der hoffentlich morgen auf dem Kaffeetisch steht. Hm, Tante Emmys Nußkuchen. Er liegt auf dem Bauch, hält sich die Ohren zu und gräbt sein Gesicht ins Gras unter dem Baum. Eingraben! Es kühlt nicht, es kratzt. Und es kracht. Soll es krachen, soll es einschlagen, er ist fertig. Er riecht Nußkuchen, er riecht den morgigen Tag. Den Sonntagnachmittagskaffeetisch. Und er denkt an den Großvater, der nicht dabeisein wird. Der wird nebenan im Zimmer liegen. Er macht sich auf den Weg. Dabeisein wird Onkel Gustav von der Gartenfront. Der Großvater liegt in den Bettfedern und verläßt diese Welt in innerem Frieden. Und den sucht er noch. Eigentlich könnt er im Keller unterschlüpfen. Das ginge, wenn es den Gustav nicht gäbe, hat er gesagt. Und der Onkel Gustav ist morgen an Großvaters Statt am Kaffeetisch. Es wäre doch nur für ein paar Wochen. Und er müßte sich keine Sorgen mehr machen. Und dann: Mutti und Vati und Inge am Kaffeetisch in Braunschweig oder, warum nicht, am Kaffeetisch in Bergzabern. Alle zusammen. Bei der Hochzeit. 394^b oder in der Villa Zickzack. Der Leutnant und die Majorstochter. Dann natürlich nicht mehr Leutnant, dann Ingenieur. Ich habe jetzt keine Angst mehr vor dem Wasser.

Als er aufschaut und die Hände von den Ohren nimmt, raschelt und knackt es im feuchten Laub über ihm, und eine Nuß fällt ihm auf den Kopf. Eine Nuß in grüner Hülle. Unreif. Reif wäre sie erst im Oktober, dann kann man sie aufheben, aufsammeln, trocken lagern und zu Nußkuchen verarbeiten. Aber nicht jetzt. Viel zu früh. Da ist doch was nicht in Ordnung mit der Nuß, wenn sie jetzt schon. Von dem Ast, in den der Blitz, hoppla, und was für eine Wucht. Zugeschlagen. Der Baum ist zerfleddert, aber steht. Dieter reibt sich die Stelle auf dem Kopf, stützt sich jetzt auf sein Fahrrad, aber steht. Ihm ist grün vor Augen, der Kreislauf nach dem rostigen Wasser. Ausgetrocknet vom Durchfall und dann der Blitzschlag. Grün, aber steht.

Die diesigen Wolken beginnen wieder zu leuchten, oben in schmutzigem Hellgelb, unten im Blaugrau der restlichen Drohung: Wir kommen wieder. Aufgeschoben ist nicht aufgehoben. Der Mensch ist dem Material überlegen, wenn er ihm die große Haltung entgegenzustellen hat, und kein Maß und Übermaß der äußeren Gewalten ist denkbar, dem die seelische Kraft nicht gewachsen wäre. Soso. Warum hat Heidi ihm diese Sätze von Jünger so fanatisch vorgelesen?

Daraus kann jeder, der dazu fähig ist, den Schluß ziehen, daß im Menschen, im wirklichen Menschen, Werte lebendig sind, die nicht durch Geschosse und nicht durch Berge von Sprengstofftonnen zerstört werden können.

Oder meint sie am Ende etwas Ähnliches wie der Großvater. Sie spricht vom Endsieg, aber sie meint es wie der Großvater. Brombeere 1939, Himbeere 1942. Und dazwischen abwarten. Ist das ein Plan? Er muß sich entscheiden. Am Dienstag geht's zurück, heute ist Samstag. Wann wird er die Entscheidung treffen? Und was bedeutet sie? Er kann sie nicht heute treffen. Bloß nicht heute. Morgen. Morgen beim Nachmittagskaffeetisch.

Jetzt will er den Großvater in seinem Bett nicht mehr mit einem Kissen ersticken. Klar sind seine Gedanken. Und wenn er im Kurgarten, von dem Heidi vorlas, Maschenka getroffen hätte? Hat er aber nicht. Nicht im Kurgarten von Bergzabern und nicht im Kurgarten von Malaja Irgendwas. Da gibt es gar keinen Kurgarten. Malaja Irgendwas ist kein Kurort. Kurort heißt auf Russisch Kurort, sagte der erschossene Lockenkopf mit der Brille. Wieder so ein Wort. Aber nicht so gemein wie Mir. Wir sind hier ganz falsch. Und wo man ganz falsch ist, wird man früher oder später erschossen. Maschenka ist erschossen worden.

Umgekommen im Krieg, in Malaja Irgendwas. Der Krieg ist kein Kurkonzert. Der Krieg ist kein Wunschkonzert, obwohl das Wunschkonzert oft das Einzige ist, woran man sich mit den gespitzten Ohren der Kameradenseele halten kann. Wenn sie singt oder er. Am Radio. Und zu jedem gehören zwei Ohren, Ohrenpaare verharren und Augenpaare kreisen. Im Bunker eingesperrt, weil der Iwan draußen tobt. Was sind Kameraden anderes als zugeknöpfte Augenpaare, kreisende Kragenknöpfe im Bunker, im Graben, auf der Rollbahn, aufsitzen, absitzen, fallen, vornüberkippen? Wenn du erst mal tot bist, dann lernste ne Menge dazu. Sie hat mich gewaschen, und ich hab sie erschossen. Warts ab. Erschießen, was du liebst. Warts ab. Hab sie alle erledigt. Wirst sehen. Denkt ihr, ich mache das mit Absicht?

Jetzt komme ich nach Hause und habe Eugens Sommeranzug mit Kettenöl verdreckt. Großmutter wird schimpfen. Der hängt jetzt genau dreißig Jahre frisch und weiß und rein im Schrank. Und dann kommst du und machst ihn schmutzig. Und als er bei abziehendem Nieselregen schwankend in die Pedale tritt und sich dem Städtchen nähert, fragt er sich, was die Großmutter zu dem Anzug sagen wird, der in einem bemitleidenswerten Zustand ist. Zum Glück hat er nicht in die Hose geschissen. Wie ein kleiner Junge in die Hose zu scheißen. Das wär's noch gewesen. Der Dieter, ein Hosenscheißer. In die Hose hab ich im Osten bei einer Schießerei geschissen. Im Sommer 41, direkt nach unserer Ankunft, bei meinem ersten Gefecht mit dem Iwan. Und es hat keinen interessiert. Alle haben gerochen. Es interessiert keinen, der eine Uniform trägt. Denn unter dem Uniformstoff kann die Scheiße gut in der Unterhose eintrocknen. Es juckt, und man schiebt die Arschbacken gegeneinander, bis es besser geworden ist. Erst wenn sie dir ein Loch in die Uniform und in den Pelz geschossen haben, dann ist die Kacke am Dampfen. Dann rufst du den Sani. Oder hältst das Maul und bist raus.

Keine Heckenschützen, keine Partisanen, keine Sonderbehandlungen. Ruhe. Diese himmlische Ruhe des Zimmers, diese unbeirrte Kühle des Kissens auf seinem Gesicht. In die Ruhe horchen. Die Kerze über ihm bleibt in völliger Ruhe, die Flamme flackert nicht, brennt ruhig und beleuchtet das falsch glänzende Augenpaar. *Maschenka? Maschenka!*

38

Überall Dampf und nasser Glanz in der Bismarckstraße. Die Kühle, die das Gewitter hinter sich hergezogen hat, konnte sich nicht halten. Die Sonne sticht wieder durch den Dunst. Wie im russischen Dampfbad ziehen aufgeheizte Luftschwaden aus den Bäumen. Und Dieter kommt mit Schweißperlen auf der Stirn am Gartentürchen an. Den Kopf kühlen, denkt er. Auf dem Weg zwischen Nußbaum im Feld und Gartentürchen im Städtchen stand eine Klarheit in der Luft, die den Bergen eine scharfe Kontur gab und die Ruinen der Burgen genau beschrieb. Die Klarheit zwang die Augen zu schauen, saugte sie fest auf den wesentlichen Merkmalen einer Umgebung, die Dieter unendlich vertraut schien.

Als er 17 war, hat die Schule aufgehört, ohne Reifeprüfung, ohne Abschluß, ist einfach versickert in den Notwendigkeiten eines wehrhaften Volkes, die in scharfen Phrasen bekannt gemacht wurden. Aber er hat es immer geschafft, jedes Jahr im Sommer hierher zu fahren. Fünf Jahre Wehrhaftigkeit ohne Wenn und Aber. Auch wenn noch kein Abschluß erreicht ist. So einfach kann man da aber nicht raus. *Im mittleren Frontabschnitt nahm der sowjetische Groß-*

angriff an Wucht zu und dehnte sich auf weitere Abschnitte aus. Die feuchtwarmen Luftströme nebeln ihn ein, lassen den kühlen Kopf warm und weich werden. Ein Gedanke, einmal gefaßt, zerläuft wie Schokolade auf dem Verandatisch in der Sonne. Als er den Griff des Gartentürchens herunterdrückt, spürt er die metallene Kälte an seiner Hand. Sie durchfährt seinen Körper und bleibt wie der Blick der Großmutter. Hier bleibe ich. Hier gehe ich nicht mehr fort. Morgen wird es entschieden. Es ist entschieden. Es steht schon fest. Morgen, morgen. Heute noch nicht. Heute hat er noch Zeit. Er läßt den Griff los. Er hat die Zeit überholt, sie drängt bis morgen nicht.

Onkel Gustav wird Verständnis aufbringen. Muß doch einfach Verständnis haben für seinen Neffen. Für den lieben Dieter. Alles scheint klar. Der Baum, der Blitz, die Asche, der Anzug. O Gott, der Anzug. Noch wenige Meter trennen ihn von der Großmutter, die den verschmutzten Anzug erblicken und die Augen verdrehen, den Kopf schütteln wird. Aber der Anzug saß hervorragend, war bequem, längst nicht so schweißtreibend wie die Uniform.

Im Holzlager neben dem Graffel steckt die Axt trocken und unbeeindruckt im Hackklotz. Abnehmendes Tropfen in Bäumen und Sträuchern. Auf dem Weg verebben kleine Bäche aus Sand und Erdreich. Dieter schellt nicht, hat den Schlüssel mitgenommen. Nach so einem Regenguß, nach so einem Wolkenbruch, muß man sagen, sollte man meinen, daß es aus der Sickergrube und aus dem Plumpsklo heftig stinkt. Tut es nicht. Im Treppenhaus riecht es nicht. Weder nach dem Beißenden noch nach dem Süßlichen. Als hätte der Regen die Luft völlig gereinigt und ausgetauscht. Alles frisch.

Auf der Veranda sitzt eine frische Großmutter, während in der Küche eine frische Tante Emmy frischen Kaffee aufbrüht. Sie lächelt den Dieter an. Tante Emmy lächelt ihn kurz an. Dann verfinstern sich ihre Züge. Ihre Augen werden festgehalten, saugen sich fest an Dieters Anzug, an Dieters Anzugärmel, an den schwarzgrauen Flecken auf Dieters Anzug. Nicht Dieters Anzug, Eugens Anzug. Und es gibt keinen Zweifel, die Zeit des Lächelns ist vorbei. Sorgen und Unmut. Sorgen: Ob Gallseife hilft? Unmut: Also wirklich!

Was haschn do gschafft?

Ich, sagt Dieter, als die Großmutter mit einem Lächeln zu ihm schaut. *Ich bin in ein schreckliches Gewitter geraten. Hab mich unter einem Baum untergestellt. Und da hat doch tatsächlich der Blitz eingeschlagen. Bin umgefallen.*

Eigschlache?

Dieters Nicken sagt: Ja, stell dir vor.

Was warn des färn Bääm?

Ein Walnußbaum.

Ach so ja. Ei des konn schun soi. Solangs kä Wäädebääm war. Du wääsch jo.

Ja, ich weiß.

Zeig mal her, sagt die Großmutter. Und Dieter zeigt ihr den Ärmel, ach ja, auf dem Revers auch ein grauer Streifen.

Na, so schlimm ist das nicht. Mit Gallseife geht das doch wieder raus, Emmy, gell? Die Großmutter ist überhaupt nicht aufgebracht, nicht einmal ärgerlich. *Die Hauptsach, dir ist nix passiert und du hast ihn getragen, den Anzug.*

Wieso ist das die Hauptsache? Oder ist Eugens Sommeranzug das, was beim kleinen Muck Pantoffeln und Stock sind? Wenn man eines anderen Kleider trägt, dann trägt man etwas von ihm bei sich. Man trifft ihn sogar unterwegs. Wenn du erst mal tot bist, dann lernste ne Menge dazu. So ein Blödsinn. Wenn man tot ist, dann lernt man gar nichts mehr. Dann ist es aus. Und wenn man etwas lernt, wer will es dann noch wissen? Was kann man damit noch anfangen? Wo? In diesem Augenblick fällt Dieters Blick auf die Großmutter. Die sitzt am Tisch auf der Veranda und schaut ihn an. Schaut ihn an. Und streckt ihm die Hand hin. Die ganze Zeit schon. Er reicht ihr seine. Und die Großmutter drückt seine Hand fest, und ihr Daumen streichelt über seinen Handrücken.

Fidis Asche, ein guter Kaffee. Fidi geht es gut. So früh ist sie schon zu Asche geworden. Da war der Dieter gerade drei. Der Dieter, den seine Mutti Diet nennt. Seine jetzige. Dieter hat zwei Mütter. Da kann ihm doch gar nichts passieren. Mit zwei Müttern. Und wenn er jetzt der Großmutter liebevoll in die Augen schaut, zärtlich, verträumt, dann sind das zwar Kinderaugen, Enkelaugen, aber die Großmutteraugen, die er sieht, sind auch Mutteraugen. Sie sieht ihm in die Augen, wie nur eine Mutter ihr Kind anschaut. Und Dieter hat den Eindruck, daß er sich zwischen Zittern, dem Eis der Angst, und einem warmen Strom, der nun durch seinen Körper zieht, entscheiden muß. Das kann er nicht entscheiden. Das kann er doch alleine nicht entscheiden. Aber Großmutters Blick sagt ihm, daß er's kann. Großmutter kümmert sich wie eine Mutter um ihn. Das Wenige, das ihre Kraft noch erlaubt, ist ganz die Sorge der Mutter um ihren Sohn. Den Sohn, den sie wohl nicht ein zweites Mal verlieren will. Aber was kann sie tun?

So ist das mit den Müttern. Sie geben sie nicht gerne, die Söhne. Sie geben sie doch für Führer, Volk und Vaterland. Drei so wichtige Dinge lassen sie nicht außer acht. Können sie nicht einfach außer acht lassen. Der Wahnsinnige. Der Teufel. Der Teufel. Ja, der Teufel. Ach, Großvater. Er muß so sein. Hart muß er sein, es ist Krieg. Dieter, er ist der Teufel, niemand anders kann es sein. Hart mußte auch ich sein in diesem Krieg. Ich mußte die Ehre einer Frau retten. Du dienst dem Teufel, Dieter. Die Ehre einer Partisanenfrau. Vor meinen Kameraden. Er hat die Welt angezündet. Mit euch. Hart traf uns die Nachricht vom Tode meines einzigen Sohnes. Schmerzerfüllt bringen wir die traurige Nachricht, daß unser lieber Sohn. Die tieftraurige Nachricht. Hart und schwer traf uns die noch immer unfaßbare Nachricht, daß nun auch unser jüngster, heißgeliebter, braver, lebensfroher, sonniger Sohn. Gab er sein junges Leben. Im festen Glauben an ein Wiedersehen traf uns die immer noch unfaßbare, schwere Nachricht. Wenn sie von mir träumt, dann fragt sie mich immer, ob die Brille da drin sei. Sie sagt: Wenn die Brille da drin ist, dann sehen wir uns noch mal wieder. Den Heldentod. Nach fünfjähriger, treuer Pflichterfüllung. Fern der Heimat im Osten gab er sein junges Leben. Im blühenden Alter von neunzehn Jahren, kurz nach seinem ersten Urlaub. Helfer in Steuersachen. Gefreiter in einem Brückenbau-Pionier-Bataillon. Nach kurzem Einsatz im Osten. Den Heldentod. Im Alter von 22 Jahren im Osten den Heldentod. Leutnant in einem Panzer-Grenadier-Regiment. Im Alter von 22 Jahren. Im Alter von 22 Jahren. Im Osten. Den Heldentod.

Dieter, was ist mit dir? Die Großmutter drückt fest, ganz fest, Dieters zitternde Hand. *Ich bin doch bei dir. Keine Angst, Dieter. Ich bin bei dir. Ich verzeih dir.*

Verzeihen? Was? Was verzeihen? Fünfjährige treue Pflichterfüllung? Dieter versteht nicht recht. Kann nichts sagen. Was soll er sagen? Er weiß ja schon. Er weiß. Weiß, was sie meint. Weiß nur zu genau, was sie meint.

Trink deinen Kaffee. Das hilft.

Habe vorhin schon Kaffee getrunken, stammelt er.

Ach. Wo dann?

In. Ich meine. Ich hätte gerne welchen getrunken. Habe vorhin dran gedacht, wie schön das wäre. Prima, ganz prima wäre es, einen Kaffee zu trinken. Habe ich mir so gedacht und mich auf den Kaffee gefreut.

Dann huck dich mol hi.

In den Stuhl läßt sich Dieter fallen wie ein Sack Kartoffeln. Ein mit Kettenöl verschmierter Sack Kartoffeln. Dann nimmt er die Tasse. Die Hand zittert schon weniger. Kaum noch. Mit seinen Kinderlippen pustet er kleine Wellen über den Kaffee. Dabei beruhigt sich sein Atem. Und mit dem ersten Schluck Wärme zieht etwas ein in seinen Körper, durch den Magen, in die Arme und Beine, bis in die Zehenspitzen. Die einst fast erfrorenen. Es zieht ein so etwas wie, er kann sich nicht helfen, aber das, was da einzieht, ist Zuversicht. Warm und ruhig. Sicher und warm. Ganz sicher. Hier ist er sicher. Ganz sicher. Nichts kann ihm passieren, und alle freuen sich, daß er da ist. Daß er auf der Welt ist. Ganz besonders die Großmutter. So alt, so schwach, so zerbrechlich. So stark. Aufrecht sitzt sie in ihrem Kleid am Tisch, kein bißchen gebückt. Und als sie aufsteht, der Kaffee ist getrunken, und die Pflichten rufen, das Schlafzimmer des sterbenden Großvaters ruft, da kann Dieter nicht anders als auch aufzustehen.

Er steht vor seiner Großmutter, die sofort fragend lächelt, obwohl es keine Frage gibt, denn es ist klar, daß er sie herzlich umarmen will. Er tut es, indem er sie fest an sich drückt. Und sie tut es, indem sie ihn fest an sich drückt. Der Sohn die Mutter. Die Mutter den Sohn. Den einzigen, den sie hat. Und den gibt sie nicht her. Den wirft sie nicht einem Wahnsinnigen zum Fraß vor. Was bildet sich dieser Gefreite ein, die Kinder zu rauben?

Gell, du bleibst noch? sagt die Großmutter zuversichtlich und reibt mit der knochigen Hand Dieters Schulter.

Natürlich, Großmutter.

Hier bist du sicher.

Ich weiß, Großmutter.

39

Du kannst sicher sein, die gehen raus. Jetzt mach nicht so ein Gesicht, Emmy, sagt die Großmutter, *Gallseife!*

Ich mään jo bloß. Dann gebb mir mol die Jack.

Dieter schlüpft aus der Jacke und gibt sie Tante Emmy.

Ich zieh mich um, sagt er und geht nach oben. Er hechtet die Treppe hinauf. Irgendeine Energie treibt ihn an, treibt ihn die Treppe hinauf. Treibt ihn aus der Küche. Weg von den beiden Frauen dort. Weg vor allem von der Großmutter. Die liebe Großmutter ist zuviel für Dieter. So viel Energie, die sich auf ihn legt und ihn verbiegen will, ihn daran hindert, seinen Weg zu gehen. Er wollte doch nur. Er ist doch hier auf Urlaub. Er hatte doch gar keine solchen Pläne. Und auf einmal hat er Pläne, bei denen ihm alles andere als wohl zumute ist. Er ist es doch nur. Der Dieter. Der Diet. Was will er denn hier? Ruhe. Und was wollen die von mir? Sie wollen mein Leben retten. Großmutter will mir mein Leben schenken. Die große Mutter.

Im Fremdenzimmer drückt Dieter die Tür hinter sich zu und lehnt sich dagegen, als sei ihm unklar, ob er jetzt ohnmächtig würde oder ob er sich mit aller Kraft gegen die geschlossene Tür stemmen müßte, damit auch ja niemand hineinkommen und in ihn dringen könne. Keine knochige Großmutter, kein Großvater mit offenem Rücken, keine dicke Tante. Er wollte doch nur ein bißchen. So ein bißchen, ein klein bißchen. Wollte nur die Lieben sehen, bei den Lieben wohnen und sich freuen. Wollte Heidi. Heidi. Natürlich. Verabredet mit ihr. Um vier.

Und jetzt? Er hat seit Stunden nicht auf die Uhr geschaut, hat doch die Zeit überholt und die Uhr vergessen. Gleich sechs. Völlig vergessen. Aber da war doch was. Heidi. Die Vorleserin. Die Samenknäuel im Wind. Der Schlappschwanz im Gras. Ein schöner Held. Verpaßt. Hat

Heidi verpaßt. Die wartet nicht. So eine wartet nicht. Die liest jemand anderem vor. Heldenhafte Heidi. Stahlgewittrige Heidi. Fanatische Kämpferin. Wenn nötig totaler und radikaler.

Er reißt das Fenster auf. Aber außer einem nach Regen riechenden kühlen Luftzug kommt nichts hinein. Was denn auch? Den Luftzug läßt er tief in seine Lungen. Luft zieht ein. Nichts weiter. Nicht die Freiheit, nicht ein großer Gedanke. Er ist nicht so der Denker. Er versteht viel von Technik. Aber warum muß man über so viele andere Fragen nachdenken, Fragen, die einem die Großmutter stellt? Großmutter, frag nicht soviel. Sei froh, daß es uns so gut geht. So friedlich hier hinter den Baumwipfeln unter den Giebeln und Dächern.

Das täuscht. Hier ist es nur ruhiger. Einfach ruhiger. Nichts zu hören. Wenn man kein Radio einschaltet, dann hört man nicht mal den OKW-Bericht, und alles ist in Ordnung. Sö siehts aus. Der Abend war dufte, is dufte und bleibt dufte. Der eine und andere Schluck Schnaps von der herumgehenden Flasche hilft Dieter nicht viel beim Entspannen. Diese Ruhe im Karton. Trügerisch. Sehr. Jetzt seid doch mal leise, der Pütsche is drin. Man hört ja nüscht. Ist es heute angängig, in ein stilles Reich leuchtender Blumensterne sich zu versenken? Keine Ahnung. Von was ist hier, verdammt noch mal, die Rede? Hast'se ordentlich jestoßen? Hast'se? Hast'se? Hast'se? Wisch dir doch ma. Wisch dir doch ma. Wisch dir doch ma. Wisch dir doch ma de Hose ab, da klebt noch wat. De Hose ab, da klebt noch wat. Niemand kann ein leidenschaftlicherer Künder der Lebensfreude sein als der einfache Grenadier, der, durch die Versuchungen und die Gefährdungen der Schlacht getrieben, durch die Marter des Trommelfeuers und seiner Ewigkeiten gejagt, durch eine Mauer des Todes und des Grauens geschritten, plötzlich beinahe fassungslos vor der

Soße auf der Hose, vor der Stille des Abends steht, jetzt seid doch mal leise, der Pütsche is drin, in der der Lärm der Waffen verstummt, ein Windhauch über die Felder trifft und er, mählich zu sich selbst zurückkehrend, sein kleines Leben wieder erkennt, das ihm bewahrt wurde und der das Salz des Schweißes auf den Lippen noch schmeckend und dem dumpfen, tauben Ton lauschend, man hört ja nüscht, der noch in seinen Ohren widerhallt, jetzt seid doch mal leise, doch schon im Pochen seines hämmernden Herzens das Leben fühlt, das herrliche, wiedergeschenkte, wunderbare Leben. Da klebt noch wat. Ein Soldat geht durch den ersten Abend des Urlaubs. Und wie er an dem nackten Körper heraufschaut, Druckstellen auf dem Bauch und dem kleinen Busen, pfeift draußen einer der Kameraden einen Walzer. Der Heimkehrer steht noch eine Weile und lauscht. Sie weiß wohl nicht, ob er sie auch schon hier eben gefickt hat oder nicht. Die letzten Takte der Musik hängen noch lange in ihren Gedanken, tröstend und befreiend. – Befreiend …

40

Ein Kribbeln steigt in seine Nase, und Dieter niest in den Garten. In seinen Garten, den Garten, den er jetzt nicht mehr verlassen wird. Den Garten, von dem er nur die Knallerbsensträucher und das Brombeergestrüpp sieht. Er schließt die Augen. Seine Arme stützen ihn sicher auf das Fensterbrett. In dickem Purpurrot prunkte der Mohn, prall im Fleisch. Phlox blühte in weißen, roten und blauen Farben zwischen Malven, Taglilien, Margeriten, Iris und Kokardenblumen. Und als er die Augen wieder öffnet, ist er noch immer da. Steht noch immer am Fenster. Er bleibt im Urlaub. Der Urlaub dient der Erholung des Soldaten.

Dieter zieht das Hemd und die weiße Hose aus. Er steht in Unterhosen da. Der Junge steht in Unterhosen da. Auf dem Bett liegen Hemd und Hose, am Schrank hängt die Uniform. Dazwischen Dieter vor dem Fenster. Hinter ihm, in seinem Rücken das Fenster. Geöffnet. Eine Brise Luft. Hereinströmend. Über die Schulter ein Windstoß. Ein offenes Fenster im Rücken. Der zurückgezogene Vorhang im Windhauch. Eine Bewegung. Hin und zurück. Weg vom Fenster und wieder hin zum Fenster. Am Himmel eine weiß quellende Wolke. Sie schiebt sich hinter die Birke. Aber alles ist anders jetzt. Zwischen Bett und Schrank weht jetzt ein anderer Wind. Dieter dreht sich um und sieht aus dem Fenster. Ein gebräunter großer junger blonder Mann steht mit nacktem Oberkörper am Fenster und sieht hinaus. Niemand zu sehen. Niemand da, der auf ihn wartet.

Dieter zieht die weiße Hose, viel zu kurz, wieder an. Und das weiße Hemd. Auf dem Nachttisch liegen seine Zigaretten. So setzt er sich aufs Fensterbrett und raucht eine. Nervosität steigt beim ersten Zug auf. Obwohl er doch die Nervosität verringert, verursacht der erste Zug immer Unruhe bei ihm. Und es stellen sich die Nackenhaare. Er bläst den Rauch in den Garten. In seinen Garten, den er jetzt nicht mehr verlassen wird. Wird er doch nicht? Beim zweiten Zug ziehen tausend Bilder durch seinen Kopf. Er kann nicht eines fassen. Nichts festzuhalten. Die Nervosität steigt und mit ihr beginnt eine Erektion in seiner Hose. Nach dem fünften oder siebten Zug, nach einer halben Zigarette jedenfalls, drückt sein Glied gegen die Hose und die allgemeine Erregung hat sich einen Ort geschaffen: in Eugens Sommeranzugssonntagshose. Und da ist sie auch sofort: Heidi. Sie wartet, hat bestimmt gewartet. Und er ist nicht erschienen. Er knöpft die Hose auf. Heidi. Zwischen Eingemachtem und Marmelade muß das reichen. Ist das

Heidi. Hat das Heidi zu sein. Die weißen Brüste? Heidi? Die Schlüpfer, die er herunterstreift, während sie ungeduldig seinen Riemen erwartet. Die Kleinen! Die Kleine! So klein!

Ein Blick auf die Uhr: halb acht. Da sitzt er auf dem Fensterbrett. Um ihn herum geschehen Dinge. Und morgen kommen sie alle. Und morgen muß er mit Onkel Gustav reden. Einfach mal reden. Vorsichtig anfragen. Ganz allgemeine Fragen stellen.

Bei der zweiten Zigarette knöpft er seine Hose zu und geht, keiner begegnet ihm, in den Garten, durch den Garten, zur Villa Zickzack. Und da steht er eine halbe Stunde. Nichts rührt sich. Nachdem er den dritten Zigarettenstummel auf der Treppe vor dem großen Gittertor zermalmt hat, bis die Tabakkrümel sich auf dem Sandstein gleichmäßig zu verteilen beginnen, dreht er sich um. Dann eben nicht. Dann eben runter zu Roses.

Als er die Hand auf den Griff des weißen Gartentors legt, in leger aufgeknöpftem Hemd und Hochwasserhose, merkt er, daß er gleich vor Gustav stehen wird. Und da wird nicht er die Fragen stellen, sondern Gustav. Eine wird er stellen. Also zurück. Aber da steht oben an der Gartentreppe Trudel und beißt in eine Tomate. Er hat die Hand noch auf dem Griff. Sie winkt schon, schlürfend, mampfend, kiekst: *Dieter, Dieter!*

Und Dieter lächelt. Vergißt Gustav und lächelt das mampfende Mädel an. So süß, wie es an der Tomate saugt, winkt und seinen Namen ruft. Wie die Tochter ihren Vater. Da taucht Onkel Gustav zwischen Blautanne und Fahnenmast auf, hält seine Gartenhacke wie eine Hellebarde und winkt mit der verkrüppelten Hand im Wollhandschuh. Dieter streicht Trudel übers Haar, als Gustav mit der Brille funkelt und fragt, was zu fragen ist: *Dieter, sag mal, wo haste denn deine Uniform?*

Die, sagt Dieter, der sich das Dümmste zurechtgelegt hat, was einem in einer Minute Bedenkzeit auf so eine Frage vorsorglich einfallen kann, *die hängt zum Trocknen. Ist schmutzig geworden, ein Fleck, ein Tintenfleck. Tante Emmy hat es mit Gallseife versucht, und es geht wohl raus. Aber jetzt trocknet sie.*

Aha, ja. Denn eigentlich müßtest du sie doch, oder?

Eigentlich müßte ich, ja. Oder soll er ihn heute fragen wegen der Sache, wegen des Eingemachten? Das Thema ist ja schon da. Jetzt müßte er nur noch geschickt überleiten. Er sieht Gustav mit ausgesucht freundlichem Gesicht an, harmlos, arglos, jungenhaft, der liebe Dieter, der kleine Junge.

Und Gustav sagt, indem er die Hellebarde an die wehrhafte Mauer aus buckligen Sandsteinen stellt: *Aber du bist ja auch ohne Uniform ein –*

Ein?

Ich meine, du bist ja auch ohne –

Der Dieter, sagt Dieter.

Nein, ich meine, unser tapferer Kämpfer.

Ach so, ja, das auch.

Und da kommt's drauf an, daß da innen das Herz für die rechte Sache schlägt. Auch im weißen Hemd.

Die Haustür öffnet sich, und Tante Carla steht lächelnd mit dem kleinen Wolfgang auf dem Arm, der ebenso strahlt wie Eddachen, die sofort um Carlas Beine herum krabbelt. Denn der liebe Dieter ist da, hurra!

Du bleibst doch zum Nachtessen? fragt sie, als sie neben ihrem Mann steht.

Gerne. Zu Onkel Gustav: *Das Herz schlägt, und ich kämpfe so tapfer, wie es geht.*

Ja, bis zum Endsieg!

Auch dafür!

Ja wofür denn noch?

Wie auch immer.

Das klingt ja fast, als wäre uns der Sieg nicht sicher.

Doch, doch.

Na, also. Diese Zweifel, die man heute manchmal hört, das ist Wehrkraftzersetzung. Da wird hart durchgegriffen. Es gibt da Einzelfälle.

Aha.

Ja ja. Der Vater zweifelt, und der Sohn wird am Ende fahnenflüchtig.

Oh …

Na, dem gnade Gott.

Gab's hier einen Fall von Fahnenflucht?

In Bergzabern?

Ja.

Nicht, daß ich wüßte. Aber wenn ich es wüßte, dann wüßte ich, was meine Pflicht ist. Onkel Gustav streichelt Wolfgang über den Kopf, *und wenn es mein eigener Sohn wäre, ich müßte ihn melden. Und ich würde ihn melden. Denn wer Deutschland in den Rücken fällt, ist nicht mehr mein Sohn.*

Wenn Dieter nicht gerade die Hände in den Hosentaschen stecken hätte, er würde zusammensacken wie ein Exekutierter, wenn er vom Strang geschnitten wird, nach der Leichenstarre. Im Sommer. Im Winter wäre er steifgefroren wie ein Brett.

Die Hosentaschen retten ihn. In der Linken hält er sein Päckchen Zigaretten fest. In der Rechten die Streichholzschachtel. Das Päckchen fällt ihm beim nervösen Drehen aus der Tasche auf den Boden. Nichts anmerken lassen. Er hebt es wie beiläufig auf. Bloß nichts anmerken lassen. Dann hat er eine im Mund stecken. Wie er das geschafft hat, ist ihm rätselhaft, denn er spürt seine Hände nicht. Das erste Streichholz bricht ab, das zweite verliert seinen Schwefelkopf, das dritte zündet. Und der erste Zug führt zu einem Hustenanfall. Und daß er dabei mit Schweißtropfen auf der Stirn Onkel Gustav unentwegt ins Gesicht starrt, scheint den nicht zu beeindrucken. Der funkelt mit der Brille. Lächelt sogar. Wieso lächelt Onkel Gustav? Er tut es in einer milden Art, die befremdend an ihm wirkt. So als wolle er Dieter jovial auf die Schulter klopfen und sagen: Na, meinen Sohn würde ich natürlich nicht verraten. Und dich auch nicht. Das will er wohl sagen. Also doch. Onkel Gustav hat ein Einsehen. Jovial und verständnisvoll, wie er ist. Herzlich, ja, sein Onkel eben.

Und Onkel Gustav klopft Dieter jovial auf die Schulter, das Bärtchen gleitet nach oben, der Mund öffnet sich, um zu sagen, was nun zu sagen ist, und sagt es: *Sag mal, Dieter, dürfte ich dich, ich meine,* verlegen schaut Onkel Gustav in die Runde, *würdest du, hm, also ich würde auch gerne eine von deinen Zigaretten rauchen. Meine sind mir nämlich ausgegangen.*

Gerade hat sich Dieter vom Husten erholt, als er erneut beginnt: Verschlucken des Rauches. Tränen in den Augen. Was haben wir gelacht!

Na klar, sagt Dieter fassungslos, und sein eigenes Gelächter kommt ihm schallend vor, denn zum Lachen ist ihm nicht zumute. Er schnippt eine aus dem Päckchen und hält sie Onkel Gustav hin. Der nimmt sie mit einem verstohlenen Lächeln. Schaut verlegen zu Tante Carla. Und Tante Carla wendet gleich den Blick von ihm, nicht vorwurfsvoll, nicht enttäuscht, nicht kopfschüttelnd, still, als würde ihre Aufmerksamkeit an anderer Stelle gebraucht. Bei den Kindern. Bei der Blautanne. Bei den mit Zement und blauen Steinen eingefaßten Beeten des Vorgartens. Ist es heute angängig, in ein stilles Reich leuchtender Blumensterne sich zu versenken?

Das Streichholz zischt, und Gustav nimmt den ersten Zug. Dann nimmt er die Zigarette aus dem Mund und schaut sie an. Warum schaut man nach dem ersten Zug immer die Zigarette an? Als hätte man vor dem ersten Zug noch kein richtiges Vertrauen in sie. Aber wenn der Rauch erst mal auf dem Weg in die Lunge ist, dann merkt man, daß sie einen nicht enttäuscht hat, und man wirft ihr einen anerkennenden Blick zu. Sie hat das Vertrauen nicht enttäuscht, das man ihr entgegengebracht hat, sie nicht. Auf sie ist Verlaß, keine Frage. Und gleich noch einen nimmt Onkel Gustav. Dieter auch. Im Vorgarten steht die ganze Familie bei Dieter. Ruhig. Ganz ruhig jetzt. Ist doch alles. Prima.

Wir können dann, sagt Tante Carla. Trudels Händchen schiebt sich in Dieters Hand.

Wir kommen gleich nach, wenn wir fertig sind, sagt Onkel Gustav und bläst den Rauch nach oben, als wolle er sich ganz dem Genuß des Augenblicks hingeben. Ausgerechnet Onkel Gustav.

Eine Zigarette dauert genau einen Augenblick. Dieter nimmt einen tiefen Zug, läßt den Rauch in die Kehle ziehen, bis er glaubt, jetzt müsse er in der Lunge angekommen sein und fülle sie aus. Dann schließt er die Augen. Behält den Rauch mit geschlossenen Augen in der Lunge. Neben ihm steht Trudel. Für den Augenblick des Lungenzugs sieht er sie nicht, spürt ihre Hand, die immer noch in seiner liegt, denn Trudel ist geblieben. Hat Dieters Hand nicht losgelassen. Die Kinderhand ist warm, aber nicht schwitzig. Trocken und warm. Sicher und warm.

41

Im Sommer 1944 verbrachte Dieter Thomas eine Woche in Bergzabern, im Juni. Das geht aus den Briefen hervor. Was er da gemacht hat, ist natürlich nicht herauszufinden, denn von dort hat er keine Briefe geschrieben. Was dort passierte, ist auch nicht herauszufinden. Viel kann es nicht gewesen sein, denke ich mir. Sicher nicht.

Auch als ich dreißig Jahre später in dieser Stadt wohnte und nach dem Kindergarten Tante Elle im Haus der Urgroßeltern besuchte, passierte nicht viel. An anderen Orten passierte mehr. Ich weiß nicht, ob es einen an diese anderen Orte tatsächlich zieht, weil dort mehr passiert. Manchmal hat man, habe ich den Eindruck, einfach nicht die Wahl. Man denkt, man verläßt die stillen Orte aus freien Stücken. Aber man kommt doch ganz gerne wieder zurück. Weil man auf einmal die Wahl hat. Man kann da mal Urlaub machen, muß es aber nicht. Kommt gerne mal, aber fährt auch gerne mal woanders hin in Urlaub. Das Neue reizt einen doch. Aber das, was man aus Erinnerungen für das Alte hält, ist, auch wenn es sentimental klingt und durch nichts zu beweisen ist, letztlich man selbst. Vertraut und heimelig. Ich will so etwas nicht sagen, weil es keine gültige Aussage ist. Zu nichts.

Briefe schrieb Dieter erst wieder am ersten Juli von der Kaserne in Salzwedel, an die Großeltern und Tante Emmy und an Tante Elle.

Feldpostfaltbrief
Aufdruck: Feldpost
Briefstempel: »4./Pz. Gren. Ausb. Btl. 73«
Poststempel: »SALZWEDEL 1 d 1.7.44.-16«
Adresse: Herrn Pfarrer i.R. Stepp, (18) Bergzabern/Rhpf., Bismarckstr. 394b
Absender: Lt. D. Thomas, 4. Kp./Pz.Gren. Ers. Btl. 73, (19) Salzwedel/Altmark, Ad. Hitler-Kaserne

1.7.1944

Liebe Großeltern, liebe Tante Emmy!
Bin nun gestern Abend wieder hier gelandet. In Braunschweig war ich noch einmal im Theater in der Oper und bei einer Veranstaltung mit Lale Andersen.

Inge kam am Donnerstag von ihrer Schulung einen Tag herüber. Da waren wir zusammen im Kino, Heinrich George spielte die Hauptrolle.
Einmal, wie der Angriff auf Magdeburg war, saßen wir 4 std. im Keller, d. h. ich war draußen, habe einen Teil auch auf dem Rückflug gesehen. Hier müssen alle Offiziere nun wieder in die Kaserne ziehen, es ist Platz geworden.
Sonst ist noch Alles beim Alten, wie eben beim Kommiß so üblich. Die Fahrkarte für Inge hab ich schon besorgt, Dienstag um ¾2 erscheint sie also.

Recht herzliche Grüße!
Euer Dieter.

Wie geht es Tante Elle?

Feldpostfaltbrief
Aufdruck: Feldpost
Briefstempel: »4./Pz. Gren. Ausb. Btl. 73«
Poststempel: »SALZWEDEL 1 d 22.7.44.-13«
Adresse: Fräulein Elle Stepp, (18) Saarbrücken 6, Adalbertstr. 2
Absender: Lt. D. Thomas, (19) Salzwedel, 4./Pz. Gr. Ers. Btl. 73

Salzwedel, den 21.7.44

Liebe Tante Elle!
Hoffentlich bist Du auch beim letzten Angriff heil davongekommen und kommt bald Nachricht.
Zur Zeit ist ja noch ziemliche Aufregung wegen des Führeranschlages.
Nächste Woche fahre ich nach Br., d. h. nochmal nach Magdeburg dienstlich. Werde dann ja von Inge noch hören, wie es war. Die Abstellung kann noch 4 Wochen dauern, ich habe ja alles beieinander. Sonst geht es mit dem Dienst, es ist nur ziemlich heiß, die sog. Hundstage.

Mit herzlichen Grüßen!
Dein Dieter.

Feldpostfaltbrief
Aufdruck: Feldpost
Poststempel: »BERLIN O 17 dd 21.8.44.-15«
Stempel: »Nachgebühr«
Adresse: Herrn Pfarrer i.R. Stepp, (18) Bergzabern, Bismarckstr. 394b
Absender: Lt. D. Thomas, 23096 A

Im Felde, den 19.8.1944

Liebe Großeltern, liebe Tante Emmy!
Endlich sind wir am Ziel angelangt, waren ja auch lange genug auf der Bahn. Bin wieder beim alten Verband, weiß nur noch nicht, ob 17051 oder 23096, schreibe das nachher aber noch drauf, denn der Kommandeur wird es gleich entscheiden.
Allerhand bekannte Gesichter habe ich schon gesehen, fremd ist man ja nicht. Zur Zeit sind wir nicht im Einsatz, aber das kann sich bald ändern.
Die F.P. Nr. ist 23096 A, wird wohl noch mal wechseln, aber schickt ruhig Post ab, die wird dann schon zur richtigen Kompanie geleitet.
Ein Klassenkamerad, der auch in Salzwedel schon war, ist beim selben Verband, wohnt 1 Dorf weiter.

Mit herzlichen Grüßen!
Euer Dieter.

42

Der 19. August war ein Samstag, und im Osten hielten die feindlichen Angriffe nordostwärts Warschau, bei Wilkowischken und im baltischen Raum an. Der 22. August war ein Dienstag, und im Südabschnitt der Ostfront nahm die 52. Sowjet-Armee Jassy. Zwischen Bug und Narew eröffneten die Sowjets einen weiteren Großangriff. Ende August erhielt Tante Elle einen Brief. Sie kannte ihn nur zu gut, sie hatte ihn selbst geschrieben.

Feldpostfaltbrief
handschr.: Feldpost
Stempel: »Zurück an den Absender! Neue Anschrift abwarten!«
Poststempel: »FELDPOST d 04.9.44«
Adresse: Lt. Dieter Thomas, F P Nr ~~23096 A~~
[rot durchgestrichen]
Absender: E. Stepp, Saarbrücken 6, Adalbertstr. 2, (18)

S. 25.8.1944

Lieber Dieter!
Gestern erhielt ich Deinen Brief mit der FPNr vom 19.8. (abgestempelt 21.8.) Für Deine Geburtstagswünsche danke ich Dir sehr. Ich hatte die Absicht, morgen heimzufahren und ab Montag noch 7 Tage Urlaub zu nehmen. Nun hat die Urlaubssperre diesen Plan gestört.
Von Bergzabern wirst Du ja inzwischen die Nachricht von Großvaters Tod erhalten haben. Es sind heute schon 14 Tage, daß er von uns gegangen ist. Ich hatte die Nachricht so spät erhalten, daß ich zur Beerdigung nicht mehr recht kam. Da sitzt man nun so nahe, daß man in 3 Std daheim ist und wenn man am nötigsten dort sein will, klappt es nicht. Das Telegramm war 1½ Tg unterwegs. Telefonverbindung wegen eines Angriffs nicht zu haben. Von Tante Carla hörte ich gestern, daß jetzt Tante Emmy zusammengeklappt sei. Die Pflege hatte sie doch sehr angestrengt, besonders die letzte Woche muß sehr schlimm gewesen sein.
Von Braunschweig kamen gestern auch schon die Geburtstagswünsche. Meine an Mutti waren so lange unterwegs, da wollte sie ihre rechtzeitig zur Post geben.

Recht herzliche Grüße und
gute Wünsche
Deine Tante Elle.

Dann erhielt Tante Elle einen Brief von Dieters Vater Georg.

Braunschweig, 9. September

Liebe Elle
Wir haben die sehr traurige Pflicht, Dir den Heldentod unseres lieben Dieter mitzuteilen. Die Nachricht kam heute vom Chefarzt und lautet in den wesentlichen Zeilen:
Ihr Sohn, der Leutnant Dietrich Thomas ist am 22. 8. 44 auf unserem Hauptverbandplatz den Heldentod für Deutschlands Zukunft gestorben. Mit einer schweren Bauchschußverletzung durch Infanteriegeschoß wurde er in den späten Nachtstunden bei uns eingeliefert. Die erforderliche Operation wurde sofort von einem Fachchirurgen vorgenommen, die Verwundung war indessen so schwer, daß es aller ärztlicher Kunst nicht gelang, ihm das Leben zu erhalten. In den frühen Morgenstunden des 22. 8. um 2^{45} *ist er sanft und ruhig verschieden, ohne zu klagen oder einen Wunsch zu äußern. Er wurde heute auf dem schönen Heldenfriedhof in Radom im Reihengrab Nr. 189, Feld VI, Reihe 4 mit allen militärischen Ehren beigesetzt. Wir werden versuchen, Ihnen später ein Bild seiner Grabstätte zu übersenden.*
Nach Bergzabern hat Anni bereits kurz geschrieben, vielleicht teilst Du diese Einzelheiten dorthin mit.
Das trifft uns alles nun recht hart, wir hätten unserem lieben Jungen noch ein schönes Leben in friedlichen Zeiten gegönnt.

In tiefer Trauer
Georg.

43

Ein Schlag auf die Uniform, der Schlag durch die Haut dann unzweifelhaft. Es hat eingeschlagen. Ein Stoß und Wärme. *Um die kleinen Händchen webt ein Engelein.* Klar, jetzt hat sie eingeschlagen. Aus dem Strom der Wärme wird im Augenblick ein heißer Schmerz, der aus der brennenden Wunde den Körper lähmt. *Dir ein Seidenbändchen, behutsam und so fein.* Der aus der Wunde den Tod an die Seite des Verwundeten rückt. Der Tod geht mit dem Verwundeten ein Stück Wegs gemeinsam, während der Körper sich windet, während der Kamerad auf seine Wunde drückt, um den unerträglichen Gewißheitsschmerz mit dem schwachen Glaubensschmerz der Hände abzudrücken. *Einmal wirst du groß sein und ein starker Mann.* Am Boden auf dem Bauch. Zittern. Dieter liegt am Boden auf dem Bauch. Zittern. Der Krach und die sich entladenden Energien haben seine Ohren betäubt. Halb zu Boden geworfen, halb in Deckung gegangen. Und, das mußte ja passieren, am Ärmel des Sommeranzugs Kettenöl.

Hier bist du sicher.

Ich weiß, Großmutter.

Sebastian Barry

Ein verborgenes Leben

Roman · Aus dem Englischen von
Hans Christian Oeser
392 Seiten

*

Ein Roman über Familienintrigen, die blutige irische Geschichte und eine große Liebe. Mit Roseanne McNulty hat Sebastian Barry eine unvergeßliche Frauenfigur geschaffen und ihr eine kraftvoll rauhe und poetische Stimme gegeben.

»Ein raffinierter, einfühlsam erzählter Roman über notdürftig gepflasterte Erinnerungsrisse, über die Fragwürdigkeit von Konfessionen, über folgenschwere Nachbeben einer scheinbar kleinen Entscheidung. Am Ende hält man ergriffen Bruchstücke in den Händen. Eben deshalb ist es nicht nur Irlands Roman.«
Frankfurter Allgemeine Zeitung

»Das Leben dieser Figuren wird in einer Sprache von überragender Schönheit vergegenwärtigt.«
The New York Times

Steidl Verlag · Düstere Str. 4 · 37073 Göttingen
www.steidl.de

Erich Loest

Wäschekorb

Erzählung · 112 Seiten

*

Als vor zwanzig Jahren die DDR unterging, warf Bernhard Kielmann sein Parteibuch in einen Wäschekorb, den der Pförtner der SED-Bezirksleitung bereitgestellt hatte. Doch inzwischen feiert die Nachfolgepartei ungeahnte Triumphe. Zudem läßt den Schriftsteller Kielmann das wundersame Leben des Paul Böttcher nicht los: Der war in Sachsen kommunistischer Minister, spionierte während des Zweiten Weltkriegs in Genf für die Sowjetunion, wurde dafür zu zehn Jahren Gulag verurteilt und später in der DDR mit den höchsten Orden ausgezeichnet.
Was für eine Biographie, verglichen mit dem eigenen, recht kümmerlichen Dasein. Das ist Kielmanns Problem: Wie schreibt heute einer, der selbst feig war, über diesen roten Helden?

Steidl Verlag · Düstere Str. 4 · 37073 Göttingen
www.steidl.de

François-Marie Banier

Balthazar, Sohn aus gutem Hause

Roman · Aus dem Französischen von
Tobias Scheffel und Claudia Steinitz
272 Seiten

*

Die Wohnung, in der Balthazar Klimpt mit seiner Familie in der Avenue Victor Hugo lebt, dient dem Vater als Lagerhalle: Das groteske Sammelsurium zum Verkauf stehender Möbel droht alle Ein- und Ausgänge zu verstopfen. Vom Vater wird Balthazar gequält, die Mutter interessiert sich nur für ihren Wohltätigkeitsverein, und seine Schwester Capucine läßt keine Gelegenheit aus, ihn anzuschwärzen. Auch die verwirrte Großmutter und der stumme Hausangestellte sind ihm keine rechte Hilfe. Doch er freundet sich mit schrulligen Nachbarn an und wird zum Gefolgsmann seiner steinreichen Patentante.

Balthazar erzählt lakonisch vom bizarren Milieu in der Avenue Victor Hugo, von der Schule und von seinen Eskapaden. Mit Humor, Charme und Raffinesse schafft er sich Freiräume, wird Tanzlehrer und sogar Maler. Nur zu gerne begleitet man ihn, wenn er immer häufiger der düsteren häuslichen Atmosphäre entkomme, um heimlich durch Paris zu flanieren.

Eleonora Hummel

Die Venus im Fenster

Roman · 224 Seiten

*

Zehn Jahre hat Alina ihre Schwester Irma nicht mehr gesehen, nun wartet die junge Frau am Berliner Ostbahnhof auf die späte Nachzüglerin. Die rußlanddeutsche Familie Schmidt war Anfang der achtziger Jahre nach Dresden gekommen. Alina erinnert sich, wie sich die neue, fremde Heimat anfühlte, deren Sprache sie nicht verstand. Eleonora Hummel erzählt in ihrem Roman von einer Aussiedler-Familie, die sich auf eine Reise ins vermeintlich gelobte Land macht und auf dem harten Boden der Realität landet. Spannend, präzis beobachtend und mit leisem Humor schreibt Eleonora Hummel vom langen Atem der Vergangenheit, von Glücksversprechen und einer jungen Heldin auf der Suche nach sich selbst.

»Geschichten, die sehr viel von der Geschichte Europas vermitteln.«
Sächsische Zeitung